全一冊　小説　伊藤博文

幕末青春児

童門冬二

JN276215

集英社文庫

この作品は一九九六年五月、学陽書房人物文庫より
刊行された『小説伊藤博文　上・下』に拠りました。

小説　伊藤博文　幕末青春児　目次

嘘つき利助　9
出会い　35
吉田松陰　60
京都へ　93
花街の女　114
組織は人なり　136
暗殺の思想　156
桂小五郎と俊輔　189
政略家　215

来原良蔵の死　239
暗殺者誕生　260
変った男　278
長州藩士伊藤春輔　303
エゲレスへ　322
激流　345
アーネスト・サトー　380
冬の季節　405
馬関砲撃　443
長州の天才　459
正義派追放　482
蜂起　520

春輔と赤根武人 540
乱に生きる男 563
男と女 585
女ふたり 606
桂と高杉 628
青春児 657

解説　長谷部史親 692
鑑賞　平松守彦 699
伊藤博文　年譜　細谷正充 706

◆主要登場人物

伊藤博文《いとうひろぶみ》……明治時代、日本の指導的な政治家となる。山口県周防《すおう》の生まれ。幼名利助《りすけ》、後に俊輔《しゅんすけ》、春輔《しゅんすけ》と名乗る。

高杉晋作《たかすぎしんさく》……藩校明倫館《めいりんかん》に学び、松下村塾に入る。上海で太平天国を実見し、帰国。

吉田松陰《よしだしょういん》…松下村塾にて多くの門人を育成。幽閉され、刑死する。

来原良蔵《くるはらりょうぞう》…相模での沿岸警備を命じられた伊藤を、教育指導。

山県小助《やまがたこすけ》……後の狂介《きょうすけ》、維新後に有朋《ありとも》と改名。

赤根武人《あかねたけと》……松陰門下生。長州奇兵隊の総管（隊長）となる。

久坂玄瑞《くさかげんずい》……秀才の誉れ高く、松陰の妹を妻とする。尊皇攘夷論者。

桂小五郎《かつらこごろう》……後の木戸孝允《きどたかよし》。松陰に師事。長州藩士内の指導者。

川路聖謨《かわじとしあきら》……老中堀田《ほった》の供をして京に来る。一橋慶喜《ひとつばしよしのぶ》派。

長井雅楽《ながいうた》……「航海遠略策」を唱え、松陰門下の尊攘派と対立。

塙　次郎《はなわじろう》…伊藤に暗殺される。盲目の学者塙保己一《ほきいち》の四男。

横井小楠《よこいしょうなん》…熱心な開国論者。幕府の公武合体運動を推進。

井上聞多《いのうえもんた》……後の馨《かおる》。伊藤とともに英国へ留学。

アーネスト・サトー…通訳。横浜の英国公使館に勤務。

周布政之助《すふまさのすけ》…長州藩藩政家。尊攘改革派の指導者。麻田公輔と改名。

毛利登人《もうりのりと》……長州藩の正義派。伊藤のよき理解者。

すみ…………伊藤の妻。

お梅《うめ》…………伊藤の愛人。物心両面から伊藤を支える。

坂本竜馬《さかもとりょうま》……幕末期の志士。薩長の和解・連合に尽力する。

全一冊　小説　伊藤博文　幕末青春児

嘘つき利助

伊藤利助《いとうりすけ》に、こどものころから、

「人間が出世するかしないかは、出会った人間次第だ」

という世間学を教えたのは、父の十蔵である。利助は、周防《すおう》国熊毛《くまげ》郡束荷《つかり》村に生れたが、六歳の時に父の十蔵が家を捨てた。借金が返せなくなって土地にいられず、本家にも見放されたからだ。

十蔵は人が好《よ》く、軽率で、みんなから、

「ひょうきん者」

と呼ばれていた。だから借金も他人のためのものだったが、いざとなると父に世話になった人間たちは冷たかった。口をつぐんで近寄らなかった。それだけでなく、指をさして悪口をいいはじめた。これを見て、(貧乏人は、貧乏人にやさしいなどというのは嘘だ) と利助は思った。貧乏人は、自分より貧しい者には、より残酷になる。それが現実だ。そのことを少年利助は骨身にしみて経験した。

窮した十蔵は、利助と、その母の琴《こと》を、母の実家秋山家に預け、

「一、二年のうちに必ず迎えにくる」

といって、夜逃げ同様に萩に去った。出稼ぎのためである。村のひょうきん者が立てた誓いだ。守られるかどうかわからない。母子共に、ひじょうに不安な気持で、村を出て行く十蔵を見送った。

たとえ実家でも、他人に養なわれるという、いわゆる冷飯食いの境遇が、いかに陰に陽に世間から侮りの目で見られるか、ということを、母と子が痛く感じ出したのは、その直後からだ。貧しい者の、より貧しい者への痛めつけは、思いもよらぬ形で表われた。しかも陰湿だった。母子にとんでもないことがいわれはじめた。その一番大きなものは、利助の出生に関することだった。

「利助はひばり峠に捨ててあった捨て子だ」

という噂が流れた。

「いや、廻国巡礼の六部が生んだのを、十蔵夫婦がもらったのだ。礼金がたんまりついていたらしい」

という噂もとんだ。

これをききつけた利助はそのころ六歳だったが、くやしさに顔をゆがめて、母のところにかけこんだ。

「おっ母、おれは捨て子か？」

おどろきに目をみはる琴は、

「何を馬鹿なことをいう！　おまえは、私が腹を痛めた子だ、村のみんなが知っている！」

と、顔を鉛色にし、声をふるわせて憤った。が、

「その村のみんなが、おれのことを捨て子だという！」

と、利助に泣きながらすがりつかれて、琴はすべもなく嗚咽《おえつ》した。そして、心の底から、

(夫がいてくれたら)

と思った。女ひとり子ひとりだと思って、世間が馬鹿にする、とひがんだ。しかし、これは必ずしも村人が一方的に悪いとはいえなかった。利助自身が、そういう噂を誘発する行動をしていた。

父が夜逃げしてから、利助は、突然、ぼろぼろな着物を身につけた腰に、木でつくった大小の刀を差して村の中を歩きまわるようになった。そして、

「おれは侍の子だ」

といいながら、そっくりかえって歩いた。

「おまえは農民の子じゃないか？」

といわれても、

「農民の子じゃない」

といいはる。父の家も、母の実家も農家だ。それを、農民の子じゃない、と、毎日、突っ

ぱって歩くから、村人は、

「じゃ、誰の子だ？」

とからかう。それがやがて、

「それじゃ、利助は捨て子だろう」

という話になって、いろいろな噂が生れたのだ。利助にすれば、父に捨てられたあとの、母子に向けられる世間の侮りの目を、侍の子だといって一挙にはねかえしたかったのだが、そんな利助へのからかいの気持が、結果として利助を捨て子にしてしまった。

ただ、村人たちは、棒切れを腰に差して、そっくりかえって歩く利助少年の姿に、ふしぎなものを見た。ふしぎなものというのは、乞食同様の格好をしていても、ぼろの中身に侍らしい姿があったのだ。つまり、利助が、

「おれは侍の子だ」

というと、たしかに、そういわれればそうかな、と思わせるものがあった。これには理由があって、利助自身が、かなり自己暗示にかかりやすいということだった。もっと幼いころから、利助は夢を見がちな性格で、空想すると、容易にその世界に没入してしまう。

だから、

「おれは侍の子だ」

といいふらして歩いている時の利助は、自分では完全に侍の子になり切っているのだった。

たとえ、嘘でも、嘘をついている本人が自分でそれを真実だ、と思いこめば、意外とその嘘

は真実になる。そして、嘘をつかれた相手もだまされてしまう。こんなことはよくある。

しかし、村人は、利助がまぎれもなく十蔵・琴夫婦の子であることを知っていた。それこそ、琴が自分で腹を痛めて生んだ子であることを知っていた。だから、つぎに利助につけられたあだ名は、

「嘘つき利助」

であった。捨て子のつぎは嘘つきで、どっちにしてもろくなことではない。

また、利助の体軀は小柄で、顔が青かった。村のこどもたちは、捨て子の利助、嘘つき利助と呼ぶほかに、

「青びょうたん」

と呼んだ。

〽　利助の青びょうたん　酒を飲んで赤くなれ

と、はやし立てた。

普通の生活をしているのなら、笑ってすませられることかも知れない。が、父に捨てられ、他人の家の冷飯を食っている、という劣等感は、感じやすい少年の心を、極度にひがませる。こどもたちの、こんなはやしひとつにも、利助は鋭く反応した。

こどもの群をひとりで相手にして大喧嘩をした時、利助はこどもたちを草の中に誘いこみ、

風上から火をつけた。ヤマトタケルの故事そのままだ。火はこどもたちを包み、悲鳴があたりの宙を引き裂いたが、利助はすたすたと家に戻ってしまう。そういう非情なところがあった。何人もの火傷者が出て、こどもの親たちは秋山の家に押しかけてきた。秋山の家人は、利助に、

「あやまれ」

といったが、利助は応じなかった。棒切れの大小を脇において、端然と正座していた。頭をはられてもうごかず、腕をつかまれると、ふりはらった。

「強情な子だ」

と、秋山の家人はあきれたが、あきれながら、端然と坐っている利助の姿に、不気味な芯《しん》を見た。それは、利助がいつもいっている、侍の子だということを感じたのではなく、この少年の持っている人間としてのしたたかさを感じたのである。

結局、秋山の家人が頭をさげ、何度も腰を折ってかんべんしてもらった。さすがに母の琴が、

「あやまりなさい」

といったが、利助は、

「おれは悪くない」

と、かたくなだった。

芯が強いだけでなく、利助は知恵者だった。秋山の庭で数人の子と遊んでいる時、つよい

雨が降りはじめた。庭は凹地《くぼち》になっているので、雨が溜り、やがて池のようになった。秋山の当主長兵衛が、子供たちに「庭の水をかい出してくれ」といった。こどもたちは、思い思いに桶を使って水をかき出しはじめた。そのさまを、利助は何もしないで、だまって見ていた。いくらかい出しても、つぎつぎと雨が降るので、一向に水は減らない。利助は、やがて、庭の諸所に棒で深い穴をいくつも掘った。水はたちまち、穴の中に吸いこまれた。ほかのこどもたちは、あきれて利助を見た。

「あいつは、末おそろしい子だ」

見ていた秋山長兵衛が、自分の娘である琴にそうつぶやいた。

その末おそろしい利助を、ようやく萩から父が迎えにきた。三年ぶりである。嘉永二年三月のことで、利助は九歳になっていた。

ひさしぶりの父をひとめ見て、利助は仰天した。父は一変していた。顔つきも変っていたが、性格が変っていた。実直な労働者そのもので、昔の人の好さや、ひょうきん者を偲ばせる片鱗は一片もなかった。自分のからだから出た汗とあぶらで練りかためたような人間になっていた。

「さ、萩へ行こう」

十蔵はにこりともしないでそういった。こういう時の処理は、情もからまっていろいろと面倒なことも起るものだが、十蔵は秋山家とのやりとりを、まったくあざやかにおこなった。情をはさまず、純事務的に処理し、母子が世話になった年月の経費もきちんと清算した。秋山の当主長兵衛は、感にたえたようにいった。

「十蔵さん、変ったね」

十蔵は、

「はい、世の中が変っておりますので」

と、目をまっすぐにあげて答えた。ことばの底に、この三年の間に、十蔵がまったくの孤独裡につくりあげた太い芯が感じられた。利助は、おどろいたままだった。もちろん、母の琴もおどろきっぱなしだった。

「おれの住んでいるところは、萩の松本村というところだ。そこにおまえたちを連れて行く。ここから三十里ほどあるぞ」

東荷村を出ながら、十蔵はそういった。

「松下の邑たる、南に大川を帯ぶ。川の源は渓間数十里、人能く窮むるなし。けだし、平氏の遺民かつて隠匿せし所なり。その東北の二山、大いなる者を唐人山《とうじんやま》となし、朝鮮俘虜の釣陶する所なり、小なる者を長添山《ながそえ》となし、松倉伊賀の廃址なり……」

松本村の位置について、吉田松陰《よしだしょういん》はその、

「松下村塾記」

にこう書いている。

関ヶ原合戦後、周防・長門《ながと》（いわゆる防長二州）に領土を縮小された毛利《もうり》家は、藩都を国土の、便利な南側におくことをゆるされず、北側の辺境の地萩におかせられた。萩は、阿武《あぶ》川が日本海に注ぐ手前でふたつに分かれ、左が橋本川、右が松本川となって、ちょうど仰臥した人間が股をひらいた格好の、その股間にできた三角洲上のまちである。

どこの城下町でも同じだが、城に近いところには身分の高い者が、城から遠い土地には身分の低い者が住まわされるのが、当時のならわしである。

米つき、木こり、雑用などの日雇い仕事をつづけた十蔵は、利助母子を迎えにきた時、長州藩の足軽伊藤直右衛門の使用人に落ちついていた。伊藤は、一時水井《みずい》という足軽の中つぎ養子（その家の子どもが相続できるまで、相続人を代行する臨時養子）をつとめていたが、水井家の子が大きくなったので、水井の家を出、本姓の伊藤に戻って新しく足軽の株を買った。武兵衛といっていた名も直右衛門に改めた。

十蔵は、伊藤が水井武兵衛のころに奉公したのだが、伊藤は十蔵をひどく気にいっていた。水井家を出る時、

「本当なら、ここで暇《ひま》を出すところだが、このままおれに従《つ》いてこい」

といって、いままでどおり新しい家で働かせた。それだけでなく、まもなく、

「おれの養子になれ」

といった。おどろいたのは十蔵よりも伊藤の親戚たちで、

「とんでもない、あんな周防の食いつめ者を！」

と反対した。が、伊藤は、

「いや、十蔵は見所がある」

といってゆずらなかった。十蔵は伊藤の養子になった。そして、この伊藤の家は松本村にあった。松本村は松本川の右岸にある丘陵地帯にあり、丘の一角に登れば、萩の城下はもちろん、洲の突端にある指月《しづき》の城（萩城）や日本海も、かぎりなく展望できた。美しい景観が一望のもとに目におさまった。

新居の隣りには吉田清内《せいない》という足軽がいて、十蔵一家にすぐ親身な接触をしてくれた。清内には栄太郎という子がいたが、この栄太郎と利助はたちまち仲よくなった。仲よくなったのは、栄太郎がまた利助と同じように、目から鼻へ抜けるような機敏な子であったからだ。そして、互いにひどく貧しいということも、何かにつけて、ふたりの胸に共感を湧かせた。栄太郎も天保十二年の生まれだから、利助とまったく同年だった。このころ、すでに藩の、

「江戸番手道中御到来方御旅籠払方手子」

をつとめていた。

「えどばんて・どうちゅうごとうらいかた・おはたご・はらいかたてこ？」

ひどく長ったらしい役名を、おうむがえしにくちびるにのせながら、

「一体、何の役だい？」

と利助はきいた。

「ちぢめていえば、殿さまの参覲《きん》交代のご道中の時に、各宿場の支払いの下働きをするのさ」

栄太郎は笑った。

「ふうん、そうすると、萩と江戸の間を、よく旅をするわけだね？」

利助は、たちまち羨望の念を湧かせてきく。

「うん。そのためにずいぶんいろいろなことを知るよ。生きた学問ができる。学問というのは書物だけじゃない、人間をたくさん知ることさ。人間のほうがよっぽどいい教科書になるよ」

やや得意そうに栄太郎はそういった。そして、

「利助君、でも、書物を読まなければ駄目だ。私の持っている本は全部貸してあげる。家の者にも話してあるから、私が留守のときも、遠慮なく家に入って持ち出していいよ」

そういった。利助は素直に、

「ありがとう」

と礼をいった。捨て子だの、嘘つきだのといわれ、四六時中、緊張しながら肩身のせまい思いをしていたいままでのくらしにくらべると雲泥の差だ。

利助は、胸の中で固く凍り、凝結していた古い根雪が、ようやく暖気に解けはじめたことを知った。吉田栄太郎はそういう温かい人柄の少年だった。

「私は、貧しい人間のために何かをする」

と、いつもいっていた。

利助に学問をすすめるかれは、松本村に戻ってくると、すぐ近くの松下村塾にかよって勉強した。

このころの松下村塾の主宰者は、久保五郎左衛門という人で、吉田松陰の叔父にあたる。松下村塾をはじめたのは、やはり松陰の叔父玉木文之進で、玉木が役について、藩庁に出仕したあと、廃塾になっていたのを久保がひきついだのである。

吉田松陰がこの塾の主宰者になるのは、久保名義のもとに安政四年十一月五日のことである。当時、松陰は幕府指定の政治犯のため、公然と教育活動ができなかった。そして、翌安政五年十二月、松陰は獄につながれ、そのまま江戸に檻送される。松陰が、松下村塾を主宰したのは、だからわずか一年にすぎない。それにしては、門人に与えた影響は大きい。

その吉田松陰が生れたのは、伊藤直右衛門の家のすぐそばの杉百合之助の家であり、久保の家も玉木の家も、みんな近くにあった。

「人間が出世するかしないかは、たしかに運もある。だが、運以上に大事なのは人との出会いだ。それも力を持っている人との出会いだ。おれは伊藤様と出会ったからこそ、たとえ足軽でもこうして、一戸をかまえられた。おまえたちを呼びよせられた……」

松本村に落ちついてから、十蔵はよく琴と利助にそういった。特に利助に目を据えて話した。この三年の間に、自分が何を感じ、何を考えたかを、凝縮して利助に伝えようとしているかのようであった。利助は、十蔵が、人間は自分で変ろうと思えば、必ず変れるのだ、ということをいっているのだと思った。

こんなこともいった。

「ただな、人との出会いは偶然のようでいて偶然ではない。人に目をつけられるには、こっちもそれなりの努力をしなければ駄目だ」

「それなりの努力？」

　ききかえす利助に、十蔵はそうだとうなずき、

「力のある人がいやでも目をつけるように、こっちも目立つ人間になることだ」

　そういって笑った。その笑いの底に、利助は、かつての父のひょうきん者の色を見た。しかし、そのひょうきん者の色は、昔のようなただの道化ではなく、相当に狡猾なそれであった。その瞬間、父の狡さを、少年ながらも利助は、はっきりと見抜いた。だから、その時、のどもとまで出かかっていた、

「お父さんもそうしたんだね？」

　という問いをのみこんでしまった。のみこんですぐ、利助は、父と同じ狡さが自分にもある、と思った。だから問いをのみこんだのだ。利助は父の変質が、一面ではそういう処世の打算でおこなわれたのだ、と思った。しかし、それを悪いことだとは思わなかった。無産で低身分の人間がのし上っていくためには、まさに父のいう〝人との出会い〟にたよるよりほかに、方法がない。

　人との出会いは、だから、悪くいえば出会った人間を利用することにもなる。利助は、父のことばの、

「人との出会いが、運よりも大事だ」

　ということと、

「人と出会うためには、こっちも目立つ人間にならなければ駄目だ」

というこことを、つよく頭にきざみつけた。そして、特に十蔵が、出会う人間を、

「力のある人」

といういいかたをしたことに、つよい共感をおぼえた。たしかに、力のない人間にはいくら出会ってもしかたがない。

しかし、そのころの利助は、まだ、自分の家のそばにいる人々の価値をまったく知らなかった。吉田松陰の存在さえ知らなかった。もっとも、このころ、松陰は九州地方を遊学して歩いていたが、それにしても利助が、

「自分の出会うべき人」

としてその存在を認めるのは、数年後である。利助が無名の新人であると同じように、吉田松陰もまた、利助にとっては、無名の新人であった。力のない人であった。

利助は吉田栄太郎のすすめで、久保五郎左衛門の松下村塾に入塾した。が、すぐ講義に退屈した。利助が興味を示したのは、習字と絵を描くことだけであった。

「松下村塾なんて、大した学塾じゃないや」

それが、少年利助の下した傲慢な評価であった。

父の十蔵は利助を遊ばせておかなかった。母はこの村にきた日から、裏の畠での農耕に狩り出された。利助は、

「お武家さまの家に奉公に行け」

といわれた。福原という上士の家を紹介された。薪割り、ふろたき、炊事、使い、掃除、留守番などがその仕事だった。児玉、井原などという邸にも行った。雑用の渡り奉公である。扱いのひどい家もあって、ろくに飯を食わせてくれないところもあった。家人の食った残りものの冷飯を食わせるところもあった。しかし、利助は、束荷村の経験から、萩にきて、

(おれは二度と他人の家の冷飯を食わない)

という誓いを立てていた。だから、奉公先での冷飯は一切峻拒《しゅんきょ》した。腹をすかしたまま寝る夜もあった。腹が鳴って眠れなかった。

見かねて、

「利助さん、これ」

と、そっと女中が温かい飯をくれる家もあった。

また、どういうわけか、他人の家で使用人用の厠《かわや》に入るのがいやだった。そこに入ると、身分差別が胸につきあげ、屈辱感で溢れた。だからもよおすと、どんなときでも、松本村の自分の家に走り戻って用を足した。

「妙な子だ」

親は笑った。利助にもなぜなのかわからなかった。おそらく束荷村で、棒切れの刀を差していたころに培った、自己所産の、

〝武士の誇り〟

にその原因がある。この誇りは、しかし、下僕生活をつづける利助が、いま、ただひとつ

のものとして、しがみついている心のよりどころだった。しかし毎日の実態は心ぼそさの連続だった。奉公先の家で、夜、たったひとり留守番をしていると、不意に父が様子を見にくることがあった。とたん、すがりついて、

「家に帰りたい」

と泣き出す。すると父は、

「留守番は、この家のあるじの代理だぞ。それが泣くとは何だ」

と突き放した。突き放されて、利助は、父に、

「そんなことでは、目につく人間にはなれないぞ」

といわれた気がし、じっと耐えた。

雪の日に、遠いところまで使いに出されたことがあった。使いの途中で、こごえきったからだを温めようと、家に寄った。家のいろりで薪が燃え、隣りの吉田栄太郎が遊びにきていた。母は栄太郎に餅を焼いていた。

「やあ」

栄太郎は笑って手をあげた。利助がいろりのそばに寄ろうとすると、母がきいた。

「暇をもらったのか」

「いや、使いの途中だ。あんまりこごえたんで」

とたん、母の顔つきが変る。

「なまけ者、すぐ出て行け。使いの途中で何だ、さっさと用をすませろ」

「でも、せめてその餅を」

「餅は栄太郎さんに食わせる。おまえのじゃない」

「そんな……」

絶句する利助に、母は早く行けと追い立てた。他人の子に餅をふるまいながら、わが子には食わせないで雪の道に追い出す母に、

（まるで鬼だ）

と利助は悲しかった。母もいつのまにか父そっくりになってしまった。が、それもしばらく雪の道を走っているうちに、利助は、

（これも、目立つ人間になるための修業だ）

と自分にいいきかせた。

しかし、そうかんたんに利助が目立つ人間になれるわけもなく、したがって、かれに目をつける力のある人にも出会えず、数年が過ぎた。その間に日本の情勢はどんどん変り、特に海から外国の脅威が迫った。

徳川幕府は各藩に日本沿岸の防備を命じた。長州藩は相模《さがみ》の三浦半島の警備を命ぜられた。急に兵士が足りなくなり、足軽伊藤十蔵の子利助にも、召集の命がきた。

「こんなところで、他人の家の下僕をやっているよりはましだ」

と、利助は勇躍した。ひさしぶりに松本村の家に戻った。出立前に、母がごちそうをしてくれた。

　ごちそうといってもろくなお菜《かず》はなかった。熱い飯に熱い汁、それに松本川川口でとれた白魚《しろうお》のほとんどくず同然のものを、母親の琴が漁師から分けてもらったものが器に盛ってあった。萩名物の白魚はふつうならとても利助の家のような貧乏人の口には入らない。

が、くずだろうと何だろうと白魚は白魚だ。

「かえってこういうほうがうまいんだよ……」

　利助は母親のことばを信用する。きずもののために、お城の膳部や料亭に行く白魚の群からはじき出されたくず魚だ。

（おれと同じだ）

　生《なま》のままの小さな白い魚を、醬油の中に浸すと赤黒い醬油が魚の腹の中に流れこんでいく。それを熱い飯の上にのせて飯ごと頰ばる。ぷちっと砕ける白魚の肉と醬油と飯が溶けあって、ああ、こんなうまいものは食ったことがない、と利助は涙が出そうになる。

　飯が終って息をついているわが子を見ながら、琴は汚れた、それも焼きそこないの萩焼の茶碗に安茶を注いでやって、

「からだに気をつけるんだよ。殊に他国では水にね」

　という。

「うん」

　うなずいて利助は立ち上った。

「行くよ」

父は、働きに出ていた。出がけに、

「おまえの初勤務だ。相模で、いい上役に出会えるといいな」

といった。父のいう、いい上役とは、力のある上役ということだ。利助は家を出た。

月光に光る松本川を見下す峠の近くまできたとき、伊藤利助は若い娘に呼ばれた。

「利助さん……」

「………」

ふりかえると、数歩うしろにお津和が立っていた。お津和は利助の家から二丁ばかりはなれたところに住む、やはり農家の娘だ。利助よりふたつ年上の十七歳、利助が萩にきたときから利助さん、利助さんと寄ってくる。その面倒のみかたは他人とは思えないほどの実《じつ》があり、みんなから、

「お津和は利助とできている」

とよくからかわれた。

「お津和ちゃん」

利助は呼びなれた呼びかたで娘に笑いかけた。お津和は月の光をいっぱいに浴びて髪が美しい。

「どうした、こんな夜更けに」

利助は立ちどまった。

「うん……」

ほほえみかえしながらお津和は背負った籠をふりかえるように見ながら答えた。

「萩焼を、朝市に売りに行くの」

「だってまだ朝までずいぶんと時間があるじゃないか」

「場所をとるのが大変なのよ。暗いうちに陣取らないと」

苦労をたのしむような口調でお津和はいう。美人、というのではないが清潔で気持のいい娘だ。

朝市がひらかれるのは菊ヶ浜だという。浜に立つ朝市は、藩の貧乏人が張る店でいまはいっぱいだ。焼きそこないの萩焼、手製のチリメンジャコの料理、野菜、ミカンなど、郷土でとれた品物をならべて、いくらでもいいから金にしたい。長州藩は、三白と称する米（あるいは紙）・塩・蠟などの特産品はすべて専売品にしているから藩民は手が出せない。お国（藩のこと）が商売をしているのだ。お国も財政がひどく苦しい。何とか危機を切りぬけて、お国日本のために役立つ仕事ができる資金を生み出さなければならない。

「相模に行くんですってね？　いい上役さんに出会って、早くお侍さんになれるといいわね」

お津和は父の十蔵と同じことをいった。松本村に住む貧乏人の希《ねが》いはみんな同じだった。

「うん」

利助はうなずいた。

「からだに気をつけてね。殊に生水には気をつけるのよ」

利助は笑い出した。

「何よ？」

お津和が不審な顔をした。

「だって、お津和ちゃんのいうことは、おやじやおふくろのいうことと、そっくり同じだよ」

「だって心配なんですもの。他国でからだをこわされても、あたしが看《み》てあげられないでしょ？」

姉のような口調だが、利助はお津和のそういういい方が、実は利助への慕情に根ざしていることをよく知っている。お津和は、ずっと利助に熱くて深い気持を注いでいた。旅に立つということもあって、利助は、胸が急に波立つのを感じた。

「お津和ちゃん……」

思わずからからにかわいたのどの奥から、かすれた声を出すと、利助の気持がそのまま伝わったのだろう、

「利助さん」

とお津和も背から籠をおろして走り寄ってきた。はじめてお津和とふれ合ったが、娘のからだというものは、こんなにも柔らかく熱いものかと思いながら、もろにお津和の肉体をうけとめたとき、利助は路上に黒い影が三つ落ちたのを見た。

ならず者ではない。身なりはきちんとしている。利助なんかよりよほど高価な衣類を着て

いる。ひと目で松本川の向うに住む上士の息子たちだとわかった。利助はお津和からはなれ、向き直った。

「何だ」

三人の若侍は笑った。笑いながらからだがゆれている。若侍たちは酔っていた。それもひどく酔っていた。ぎらぎら光る眼でお津和を凝視しながら利助に、

「行け、おまえに用はない」

といった。ふりむくとお津和は眼に恐怖の色を浮べて自分のからだを抱きかかえるようにしている。その姿を見て、なぜか利助はいま起りはじめていることが、お津和にとってはじめての経験ではないと直感した。そう思うと、お津和と若侍たちの何だかわからない経験の共有にカッとなった。

「おれはこの娘を菊ヶ浜まで送って行く。どけ」

「いや、どかない。その娘から朝市への通行料をもらう」

若侍のひとりが落ちついた口調で応じた。

「通行料？」

「そうだ」

三人は笑った。

「しかしどうしても通行料が払えないのならおれたちにも慈悲がある。品物を渡さなくても、別の払いかたはある」

じっとお津和のからだを見つめている。その視線は三人ともすでに脳裡でお津和を裸にしていた。

（そうか……）

と利助は感づいた。藩の若者はここまで堕落している。酔ったいきおいで、通行料などといって貧しいお津和にからだで払わせているのだ。それもひとりではできないものだから徒党を組んでいる。

「ちくしょう！」

ひと声わめくと、利助はいきなり刀を抜いて眼の前のひとりに切りつけた。が、相手は巧みに身をかわした。そしてたたらを踏む利助の腰を、

「下郎！」

と罵《ののし》りながら蹴った。利助はぶざまにひっくりかえった。しかしすぐ起き上った。その利助に、

「仲間《ちゅうげん》ふぜいが何だ、おれたちは明倫館《めいりんかん》で剣を学んでいる。馬鹿め」

と、蹴った男は嘲笑のことばを投げた。

「くそっ、何が明倫館だ！」

と再び利助が攻撃のかまえになった時、若侍のひとりが路上の籠の中から萩焼をひとつとり出して月光にすかした。

「何だ、これは。こんな焼きそこないを朝市で売るつもりか、けしからん」

と、いきなり地に叩きつけた。あ、と低い悲鳴をあげたお津和は、籠をひっくりかえして中の萩焼を全部割ろうとする若侍の腕にとびついた。そして叫んだ。

「それだけはかんにんして！」

「それなら、おれたちのいうことをきくか？」

萩焼を割った侍は威丈高になった。お津和は黙した。利助には、その沈黙がお津和がひるんだように見えた。そして、そのひるみが、お津和は、いままでにも、何度かこういう目にあったのだ、と思わせた。それが、さっき、お津和と若侍たちとの間に流れた、あの微妙な空気だったのだ。

「お津和ちゃん！」

利助は泣くような声を出した。侍たちにとびかかろうとしたが、若侍のひとりに羽交い締めにされて身動きができない。お津和がいった。

「利助さん、行って。おくれるといけないわ。あたしのことは心配しないで」

「そんなことをいったって、お津和ちゃんは！」

「この人たちは毎晩出てくるの。でも、萩焼が売れなければ、うちは食べていけないのよ。利助さん、行って」

涙をポロポロ落しながら、お津和はもうからだの力をすっかり抜いていた。

「駄目だよ、お津和ちゃん、そんなことをいっちゃ」

わめく利助に、

「駄目だよ、お津和ちゃん、そんなことをいっちゃ」

と若侍のひとりは利助の口真似をして笑った。ほかのひとりが、

「こい」

とお津和を道脇の林の中にうながした。よろよろとそのほうへ歩きながらお津和はふりかえった。その眼の中に無限の悲しみがこめられていた。追おうとする利助を、残った若侍がなぐり倒した。ひっくりかえった利助は辛うじて起き上ったが、そのまま道の上に坐りこみ、突然、固めた拳で地面を叩きはじめた。自分の無力が情けなかった。叩きながら、利助は、ああ、とうめいた。

これは一体どういうことなのだ、どうしてこういうことが起るのだ、ちくしょう、ちくしょう、と利助は血まみれになった拳をいつまでも地面に叩きつけた。

「行けよ」

残った若侍がいった。その若侍を利助は憎悪にギラギラ燃える眼で上目づかいににらんだ。

「……殺してやるぞ、いつか必ず殺してやるぞ……」

「ほざくなよ、下郎」

「下郎だと？　その下郎がいつかきっときさまたちを滅ぼしてやる」

「たのしみにしているよ、その日を。怖い、怖い」

若侍は相手にしなかった。それほど利助を舐めきっていた。利助の耳に、

「ああっ」

というお津和の悲鳴がきこえた。その声音は、中天の月を地に叩き落すような哀しい響きをこめていた。利助は頭を抱えて道の上に転がった。

出会い

海がまぢかな川面には、ちりめんの絞りのような波が立っていた。その波に月の光が落ちて、波は金の舟になり川の上を走りまわっていた。利助《りすけ》の好きな松本川の光景である。利助はよく橋の上に佇んではこの光景を見た。それは萩でももっとも美しい光景のひとつであった。

が、今夜はその同じ光景が実に腹立たしい。川面を走る月光の舟はそのまま利助の胸の中の怒りの舟だった。右に左にせわしなく走りまわる光の舟は、憤懣やるかたない利助の気持そのままだった。利助はさっきからどなりどおしだった。

「馬鹿野郎！　明倫館《めいりんかん》の馬鹿野郎！　必ず殺してやるぞ」

峠の三人の若侍の名はわからない。ただ、明倫館で剣をまなんでいるといった。明倫館は長州藩の藩校だ。ただし上士のこどもでなければ入れない。伊藤利助のような身分の低い者はよほど才能がなければ入学資格がない。こんなところにも差別がある。馬鹿でもなまけ者でも上士は上士だ。だから峠の三人のようなぐうたら侍ができるのだ。

「明倫館のちくしょう、いつか思い知らせてやるからな」

もうかすれてすっかりだみ声になった利助が、なおもわめきつづけていると、まちのほうから高い下駄の音をさせて、ひとりの青年が橋を渡ってきた。そして利助から二米ばかりはなれたところで立ち止った。

「おい」

と呼びかけてきた。

「あまり大声で明倫館の悪口をわめくな。まちのほうまできこえるぞ。館には思慮のない馬鹿がたくさんいるからな、殺されてしまうぞ」

といった。

利助は、もうそういう馬鹿に三人会った、馬鹿はいま、峠でお津和を犯している、と胸の中で悪態をついた。青年はきいた。

「何かあったのか」

何かあったどころではない、このとんま野郎と思いながら、利助はくやしまぎれにいった。

「きさまも明倫館か」

「そうだ」

うなずく青年に、利助は、いきなり、この野郎と、つかみかかった。が、すぐ身をかわされた。もう一度とびかかると腕を後手にひねられた。

「痛い、はなせ」

「おれは明倫館員だが、明倫館がきらいだ。一体何があったのか、話してみろ」

腕をねじあげられたまま、利助は峠のできごとを八つ当りの語調で告げた。

「なに」

と青年はたちまち色をなした。

「なぜおまえはとめない」

「とめたが逆になぐられた。むこうのほうが強い」

「ふがいない奴だな」

「むこうは三人だ。くやしいが叩きのめされた」

「………」

ふうん、と青年が半ばあきれている様子がよくわかった。

「おい」

青年はようやく利助の腕から手をはなした。

「しかし奇妙な奴だな。どこの者だ」

「あの山の上の松本村に住む仲間《ちゅうげん》伊藤十蔵のせがれ利助だ」

「あの山の上の松本村……」

と青年は丘のほうを仰いで、

「吉田松陰《しょういん》先生の方角じゃないか。おれは吉田先生に学ぶ高杉晋作《たかすぎしんさく》だ」

といった。

「たかすぎ・しんさく……」

「そうだ。で、その娘はどうした」

「道脇の林の中に連れこまれています……」

利助のことばに高杉晋作は、キッとしていった。

「いっしょにこい。長州の恥だ」

「長州の恥？」

「そうだ。長州はすでに日本の長州だ、そんな愚物《ぐぶつ》はゆるさん」

ぐぶつの意味がよくわからなかったが、利助は高杉のいきおいにつられて、いっしょに駈け出した。高杉は時々、立ち止ってハアハアと苦しそうにあえいだ。そのあえぎかたも尋常ではない。

「大丈夫ですか」

と思わず心配そうにのぞきこむ利助に、

「大丈夫だ。おれはろうがい（肺患のこと）なんだ。あといくらも生きられん。だから生き急ぐ。他人《ひと》とちがう」

とまた走り出した。苦しいのなら下駄を脱げばいいのに、脱がない。どうも着ているものもそうだがこの男はお洒落らしい。しかし、利助は、

（これは、妙な人間に出会ったぞ）

という思いをかみしめながら、とっとと高杉といっしょに走って行った。

さっきの場所に着いたとき、しかしもう誰もいなかった。路上には若侍が割った秋焼の破片が落ちていたが、林の中には三人の若侍もお津和の姿もなかった。松本橋の上で利助がわめいている間に、四人とも去ったのだ。三人の若侍はまちへ戻るのなら当然松本橋を通るのに、別の道を行ったのだろうか。お津和はどうしたろう？

「おい、伊藤」

高杉晋作はいった。

「明日は証人になれ。明倫館になぐりこむ。長州の恥はこのままにはすまさん。また明倫館を叩くいい機会だ」

そういってハアハアと苦しいあえぎの中で、笑った。

よく見ると、高杉晋作はかなり顔の長い青年だ。背も高い。

(馬づらだな)

そう思いながら、利助は高杉晋作が、本気で三人の馬鹿者をやっつけようとしているのを知った。

が、利助は首をふった。

「駄目です、明日の朝早く、私は相模に行かなければなりません」

「相模？　沿岸警備か？」

「はい」

「それはごくろうだ。よし、わかった」

高杉は、バンと利助の肩を叩いた。

「この一件は、おれに任せろ。おれが必ず三人の馬鹿者と明倫館をとっちめてやる。一万四千坪の明倫館にゆさぶりをかけてやる」

といった。お津和のことより、そっちのほうに関心があるみたいだった。明倫館員だが、明倫館がきらいだといった。明倫館に対する積年の怨念を、たまたま遭遇したこの事件を利用して一挙に晴らすような気配さえあった。しかし利助は、動機はどうであれ、この高杉なら本気で三人の馬鹿侍を処断するだろうと思った。高杉にはそういう真実味があった。そしてその真実味は、高杉が上士だから持てるのだ、と思った。おれのような貧乏人で軽輩だったら、高杉もそこまで無鉄砲になれるだろうか、と思った。少なくとも、おれには明倫館になぐりこむ勇気はない。

お津和は痛ましいが、いまは、こういう時に相模へ旅立てることを、利助は心の一隅で運がよかったと思っていた。高杉といっしょにごたごたにまきこまれるのはごめんだった。そんなことを考えながら、しかし、どうしておれはすぐこういうふうに、何でも処世に結びつけるのか、高杉のように怒るべきことに純粋に怒れないのか、と自分に嫌悪を感じた。そして、こういう本能は、やはり貧しさが育てたのだと思った。富んだ人間は、人間の気持の持ちかたまで変えてしまうのだ、と貧しさが呪わしかった。富んだ人間は、物に恵まれるだけではないのだ、気持まで富むのだ、と高杉のさわやかさが羨ましかった。

そのさわやかな高杉は、さわやかに利助にいった。

「征《ゆ》け、伊藤利助。長州の防人《さきもり》としてでなく、日本の防人として」

にほんのさきもり、と声に出さずにつぶやきながら、利助は高杉と別れた。高杉は吉田松陰という学者をたずねるといった。吉田松陰は、利助がこれから行く相模の浦賀で、アメリカの軍艦にのって密出国しようとしたのが失敗し、生家に幽閉されているのだそうだ。渡り奉公をしている利助は、日々の小さな営みに追われて、吉田のことも、そういえば、そんな話をきいたことがあるな、という程度の認識だった。

利助は、翌朝、ほかの兵士といっしょに隊伍を組んで萩を出発した。


長州藩が相州警備を命ぜられたのは、嘉永六年十一月十四日からで、アメリカ東印度艦隊司令長官ペリーが、フィルモア大統領の親書をたずさえ、遣日使節として浦賀にきたのが、この年の六月だったから、その五か月後である。

それだけに幕府は同じ日本の沿岸警備の中でも、この相州警備を特に重視していた。その重要な相州警備に、関ヶ原では徳川家康に敵対した外様の長州藩を充てたのは、長州藩の軍制が行きとどき、将兵がしっかりしているからであった。

警備地域は、西は鎌倉の腰越、東は城ヶ島から浦賀におよぶ一帯で、鎌倉・三浦の六十九の村が含まれた。米の高にして、二万六百余石になる。幕府は、警備だけでなくこの地域の支配も長州藩に任せた。軍政・行政の双方をゆだねたのだ。兵士の駐屯費用の捻出もあったが、それだけ幕威が衰えていたといえる。

長州藩は、現地に総奉行をおき、その下に領地奉行や組頭をおいた。益田弾正、毛利隠岐、浦靭負《うらゆきえ》、毛利主計、毛利筑前などの、国老級の重臣がつぎつぎと総奉行をつとめた。本陣は宮田におかれていた。

利助は最初総奉行手元役田北太中の配下に編入されたが、まもなく、宮田作事吟味役の部下になった。相模に行ったのは安政三年九月のことだった。配置がえは、翌四年二月のことである。年が明けて利助は十七歳になった。

吟味役には、萩から新しく来原良蔵《くるはらりょうぞう》という男が赴任してきた。

「洋式かぶれの男だ」

来原を知っている連中が、赴任してくる新しい上司のことを、そう噂した。

「桂《かつら》（小五郎《こごろう》）さんの義弟だ」

という者もいた。が、利助は、その桂という人間を知らなかった。知らなかったが、渡り奉公のような、いわば、藩士個人の使用人から脱して、組織の一員になったいま、こんどは、その組織の中にも、ずいぶんと、

〝人の流れ〟

つまり〝人閥〟があることを知った。そして利助の同僚たちは、始終、そういう話をしていた。

「誰々は、誰の閥だ」

とか、

「誰々の背後には、誰がいる」

とか、そんなことばかりいっていた。そして、利助にも、

「おまえは、誰の子分だ？」

ときいた。利助は、

「誰の子分でもない」

と笑った。それは大したものだ、とほめられるかと思ったが、同僚たちは、

「何だ、一匹狼か」

と、鼻の先に侮りの色を浮べた。誰の子分でもないことは蔑視の対象になるらしい。が、利助は、

「一匹狼」

といわれたことが気にいった。いっぴきおおかみ、か、とひとりでつぶやいてニヤリとした。

ところが、意外なことが起った。利助は一匹狼でいられなくなった。それは新上司の来原良蔵が、着任早々、詰所にきて、

「伊藤利助はいるか？」

と、名ざしで利助をさがしたからである。なぜ来原が利助の名をあげたのかわからなかった。利助は来原なんか知らないし、来原のほうでも利助を知るわけがなかった。

「私です」

　そういって立つと、来原は、

「ああ、おまえか」

　とうなずき、

「あとで、おれの宿舎に来い」

　といった。来原が去ると、すぐ、何だ、どうした、と同僚が利助の周囲に群がった。

「おまえ、来原さんを知っていたのか？」

「だまっていたな、こいつ」

　と、半ば嫉妬と羨望をまじえながら、口々に詮索した。利助はあいまいに笑っていた。来原の宿舎に行ってみなければ、来原が自分に対してどう出てくるのかわからない。それを見きわめてから、こっちの態度をきめたい。それまでは、来原を知っているとも、知らないとも、はっきりいわないほうがいい。

　それが、人間のつながりだけを至上のものと考える、この連中に接する道だと思った。自分の得になるかも知れないことを、自分で否定することはない。数か月の組織生活で、すでに利助はそういう処世法を体得していた。

　宿舎に行くと、来原は、荷をほどいていた。書物ばかりだった。洋書もある。書物に埋まった形で、その中から顔をあげて、

「おう、きたな。楽にしろ」

といった。

「おまえ、年齢《とし》はいくつだ？」

「十七歳です」

「若いな。おれは二十九だ。おれのことをきいたことがあるか？」

「ありません。が、警備隊では、来原さんは洋式かぶれだといっています」

「洋式かぶれ？　ああ、そのとおりだ」

来原はコトコトと笑った。洋式かぶれといわれたことが嬉しそうだった。その笑いかたの底に、利助は、来原の育ちのよさを見た。それは高杉晋作に感じたのと同じだった。そして、育ちの悪い利助が、しゃっちょこ立ちしても得られない人間的資質だった。

（また、良家の坊ちゃまか）

利助はうんざりした。利助はきいた。

「なぜ、私のことをご存知なのですか？」

「高杉晋作からきいたんだ」

来原は無造作にいった。そして、

「高杉から伝言だ。松本村で乱暴した明倫館の三人の馬鹿は、破門して叩き出した。藩庁に謹慎の罰を食わせてもらった。村の娘には、何がしかの詫びの金を届けた。が、もちろん、金ですむことではないが、と、このへんをよくおまえに伝えてくれ、ということだった」

「よくわかりました」

利助はうなずいた。そして、やはり高杉だと思った。やることはきちんとやってくれたのだった。たしかに、お津和のうけた痛みは、金ですむことではなかったが、しかし、貧しいお津和の家にしてみれば、それがひとつの解決方法であることもたしかだった。

事件を中途半端にして、事実上逃げ出した利助の尻拭いを、高杉がしたのだ。利助はほっとした。

「さて、高杉の伝言は前置きだ。肝心なことをいう」

「はい?」

「おれは、ここでおまえを特訓するつもりだ」

「特訓?」

「ああ。特別に鍛える。従《つ》いてこい。すこしきびしいぞ」

「はい」

はい、と答えるよりしかたがなかった。来原が赴任前から利助をめざしたのは、高杉の助言だろう。あの顔の長い馬づらの青年は、松本川の橋上であった少年を忘れなかったのだ。

特訓の内容がどういうものかわからなかったが、利助は従おうと思っていた。同僚たちの噂では、来原は父十蔵がよくいう〝力のある人間〟のひとりのようだ。それに、来原は好感を持って利助に接近してきた。天がくれた好機である。その意味では、自分では感じなかったが、利助は高杉や来原にとって〝目に立つ人間〟だったのだ。結果としてそうなった。

いうならば、あの、相模への出立前夜、松本川の橋の上で高杉晋作と遭遇したのは、伊藤利助にとって、ひとつの出会いであった。そして、いままた、利助は来原良蔵に出会った。活用しない術《て》はない。利助は積極的に来原の特訓に耐えようと思った。

　自分でいったとおり、来原の特訓はきびしかった。毎朝、未明に、来原は提灯を持って、利助を起しにきた。兵舎にごろごろと寝ている若者の中から、利助だけをからだを突いて起した。

「おれの宿舎に来い」

　まだはっきりしない重い頭を、気力で支えながら、利助は従いて行く。外はまだ暗い。来原は提灯で道を照らしながら先を歩く。

「ころぶなよ」

「はい」

　宿舎に着くと、

「顔を洗って奥に来い。講義をはじめる」

　きびしい口調でいい捨て、来原はさっさと奥へ去る。その後ろ姿を見送りながら、利助は身ぶるいした。しかしすぐ裏の井戸端に行って汲《く》みあげた冷たい水で顔を洗った。眠気が一度に吹っとんだ。空を仰ぐとまだ真っ黒で満天の星である。夜が明けるのには間がある。それまで来原は利助に学問を教えてくれる。夜が明けはじめると浜を駈足《かけあし》する。朝飯にありつけるのはそのあとだ。そして飯がすむと、本来の職務である沿岸警備の任につきに、浜につくられた警備番所に詰めに行く。それがいまの利助の日課であった。

来原は、

「ほんとうはおまえに洋学を教えたい。が、その前に水戸学を教える。おれは必ずしも水戸学を至上のものとは思ってはいないが、しかし、いまはとにかく水戸学は流行の学問だ。この流行の学問を咀嚼《そしやく》しているうちに、おれがなぜ洋学に志しているか、わかってくれるだろう。迂遠《うえん》なようだが、そういう勉強をしよう。応用学を知るのには、まず基礎になる学問を徹底的にまなぶことだ」

といった。教材には、水戸の藤田東湖《ふじたとうこ》の常陸帯や回天詩史、正気の歌などの、そのころの志士たちのバイブルを使った。

来原良蔵は、のちに「航海遠略策」で日本の世論を湧かせる長州藩の開明派長井雅楽《ながいうた》の甥で、来原自身、長井の説に共鳴し、熱心な伝播《でんぱ》者になる。日本は公武合体して開国策をとれ、というのがその思想的立場だ。その来原が、まず攘夷論者のバイブルを徹底的に学べというのは、いまの日本の国力で、攘夷などできっこない、ということを、利助の頭に叩きこもうということであった。

それと、もうひとつ目的があった。利助の性格改造である。

来原は、講義に一区切りつけると、

「ちょっと休もう」

といって、急にいたずらっぽい笑みを浮べ、こんなことをいった。

「高杉にきいたが大分いじけているそうだな」

「…………」

「利助」

「はい」

「きさまの怒りはもっともだと思う。だが、その怒りを人に向けるな、世の中の什組みに向けろ。藩の仕組み、日本の仕組みに向けろ」

「…………」

来原のいっていることは唐突で、意味がよくわからなかった。が、考えているひまはなかった。来原はそんなひまを与えなかった。

来原はこういった。

「まず、無駄な時間をなくそう。からだを鍛え、頭を鍛えよう。そうすれば、小さな考えなど、吹っとんでしまう」

そのことばどおりの特訓がはじまった。すでに書いた日課である。きびしいことにかけては来原は決して人後に落ちなかったが、そのきびしさの底に深い愛情があった。弟に対するようなやさしさがあった。

来原は、利助を教えるのに、自分のペースにまきこんでいるようでいて、実は、伊藤利助という人間をよく見ぬき、利助の人間性に合わせて教えた。おれは、ただ基礎を徹底的に叩きこむ、それをどう活かすかは、自分の頭で考え、自分できめて行動しろ、というのが、来原の態度であった。利助は来原みたいな人間に会ったのははじめてだった。

来原は、おそらく利助の性格の中に、いまの窮境から脱したい、そのために力のある人間と知り合い、あわよくばその人間を利用してやろう、という考えがあることを見ぬいていたかも知れない。しかし、来原は、決して、

「利助、おまえのそういうところが悪い」

とか、

「そんな考えはやめろ」

などとはいわなかった。日本がいまどういう立場におかれているのか、どういう問題を抱えているのか、そういう状況下で日本人として何をしなければいけないのか、そのことだけを教えた。そんな全体状況の中で、早くいえば、

「この時代に、おれたちはどう生きるべきか」

ということを教えるのである。利助の生れ・育ちからくる属性はそういう大きな河の中に投げこんでしまって、底の石の群で濾過させてしまうのだ。押しつけるのではなく利助自身の自覚から発する自浄作用をうながすのである。それが来原良蔵の伊藤利助の人間改造法であった。

(この人の愛は深い)

来原のそばにいて利助はまもなくそう感じた。さらに、

(この人はおれを信じてくれている)

と思った。来原には、共に暮す人間はとことん信じぬくという人の好《よ》さがあった。微塵《みじん》も

疑わないのである。

（人間、信じられたら負けだ）

　利助はつくづくそう感じた。今日までの凝り固まった人間不信や怨念が少しずつ溶けた。怒りは、個人よりも世の中に向けなければ駄目だということを利助は考えはじめていた。

　来原良蔵は暗い部屋に騎馬提灯を点《とも》して講義をした。

「ローソクだと火がゆらいだり消えたりして気が散る」

　そういうちょっとしたことでもものの考え方が、開明派らしく合理的だった。やがてテキストとして使う書物は、山鹿素行《やまがそこう》の武教全書、孫子、呉子、司馬法、三略、六韜《りくとう》等のいわゆる中国七兵書などになった。

「吉田寅次郎（松陰のこと）さんの教えかたの真似さ。これをひと通りこなしたら、こんどこそおれの得意な西洋学を教えてやる」

　来原はそういって笑った。

　利助はここでも吉田松陰の名をきかされ、ふしぎに思った。高杉晋作からもきいていたからだ。

（みんな吉田さんの名を出す）

　一体、どんな人なのだろうかと思った。

　ほぼ二時間くらい勉学にいそしむと、外が少しずつ明るくなってくる。そうすると来原は、

「よし、やめよう」

とパッと書物を伏せる。そして、

「さあ、駈足だァ」

といきなり外にとび出す。

来原良蔵の駈足は面白い。砂浜を走りながらつぎつぎと着ているものを脱ぎ捨てていく。着物、袴、繻袢と脱いでいって、しまいには褌《ふんどし》ひとつになる。褌だけはさすがに取らない。それにかけごえがふるっていた。

「ちぇいよぅ、ちぇいよぅ」

とどなりながら走るのだ。

「こら、利助、きさまもやれ、ほれ、ちぇいよぅ、ちぇいよぅ」

ちぇいよぅ、ちぇいよぅとわめきながら脱ぎ捨てていく。それは奇行でも何でもなく、利助には、そうすることによって、いや、させることによって、来原良蔵は利助の凝り固まったいじけ根性をときほぐそうとしているのだと思えた。

ラッキョウの皮を一枚一枚剝《は》ぐように、来原は利助の心の皮を剝がせているのだ。その皮の底にある利助のいい特性を引き出そうとしているのである。人間として、まず裸になれ、裸の姿を太陽にみせて、こどものような本然に還れということなのだ。

そして――利助自身、いままで自分でも気がつかなかった、自分の中にひそんでいるのびのびとした開放性や、あまりものごとにこだわらない太っ腹の性格が少しずつ芽を出し、むしろそのほうが自分の本当の性格なのかも知れないと思いはじめていた。

ふたりが、

「ちぇいよぅ、ちぇいよぅ」

とわめき声をあげながら砂浜を走っている間に、水平線のかなたから、どんどん日輪が昇る。完全な朝になる。そうすると来原はクルリと向きを変え、いまきた方角へ戻りはじめる。脱ぎ捨てたものをつぎつぎと拾っていく。全部拾い終ったとき、ふたりは全身汗びっしょりだ。ふたりは砂浜へ尻を落し、ハアハアあえぎながらどんどん昇る朝日をながめつづける。これも勤務前の日課であった。

「利助よ」

ある朝、来原良蔵がいった。

「はい」

「あの海の果てを見ろ」

「はい」

「天と海がくっついて見えるだろう」

「はい」

「しかし、海はあそこで終るのではない。地球は丸いからあの先が見えぬのだ」

「………」

利助は来原が何をいい出すのかと思った。来原は指で水平線を示しながらつづける。

「だから、海の向うから舟がやってくれば、昔の人間は天から人が降りてきたと思ったかも知れぬ……」

「……？」

「利助よ、ニニギノミコトの天孫降臨なんてそんなものなのだ。南の島の住民が、丸木舟に乗ってやってきたかも知れぬのだ。ペリーがきてから、おれはつくづくそう思うことがある」

「？」

利助はあわてて周囲を見まわした。ニニギノミコトを南方の土人にしてしまう来原に、この人は何という恐ろしいことをいう人だろうか、と慄然とし、同時にその恐ろしいことを誰かにきかれたら大変だと思ったのだ。そんな利助を来原は高く笑った。

「気にするな。誰にきかれてもおれは平気だ。おれのいうことが本当の歴史なのだ。利助、もっと大きな気持を持て。おれたちは大事をおこなうのだ」

笑ってはいるが眼だけは笑わずに来原はそういった。利助はそのとおりだと思いながら、しかし、まだまだ俗世間に横行している習慣や、思惑の中からぬけ出せないでいる自分が恥ずかしかった。

浦賀の海では浅い浜でハマグリやアサリがとれた。

「夜の酒のつまみにしよう」

と、来原は潮干狩をすることがあった。潮の干満で、時には膝や腰までつかって足の指先で底の砂を掘ることもある。そんな時、あまり長くつかっているとからだが冷え、利助は尿意をもよおすことがあった。がまんにがまんを重ねるのだが、ついにがまんできずに海の中で漏らしてしまうこともあった。わからないようにしたつもりでも、水の上に泡が立つ。すると来原はみとがめた。

「利助、そのあぶくは何だ」

「何でもありません、ちょっと、その……」

「ちょっと何だ」

「はい、からだが冷えて、つい、いたしました」

「………」

　とたん、来原の表情はサッと変り、

「岸へ上れ！」

　とかみなりがとんでくる。岸へ上ると、

「そこへ正座しろ」

　と押し殺した声でいわれる。冷えたからだで砂の上に正座し、歯をガチガチ鳴らしていると来原の長い説教がはじまる。

「少しくらい冷えたからといって、海の中で小便を漏らすとは何ごとか！」

　と、どなりまくる。こういうときは仕様がない。ただ嵐の吹きすぎるのを待つばかりである。散々にどなられながらも利助は幸福であった。来原に愛されている、という自覚があったからだ。小さいときからこんなに親身に愛をこめて叱ってくれる人間に、いままでめぐりあったことがなかった。いや、あったのだが、来原の愛には、深い知の裏打ちがあった。これは、ほかの誰にもないものだった。

沿岸警備番所とはいっても、いま外国と戦争をしているわけではないから、仕事らしい仕事はない。せいぜい調練をやって、あとはじっと海を監視している。

昼になると、近所の村から村娘が数人で弁当をはこんでくる。来原良蔵が村にたのんでそうしたのだ。警備隊員は若い侍が多いからこの昼飯が楽しみだった。もちろん食うことも楽しみだったが、飯をはこんでくるのが村の娘たちなので、この品定めをしたり声を交したりするのがもっと楽しみなのである。故国の長州をはなれていわば異郷にいるわけだから、若侍たちは浦賀の娘たちにそれぞれの青春の血が熱く燃えるのである。もちろんそれぞれの好みもあって、おれは千代がいいとか、いや、おれはお糸が好きだとか、相手の娘がどう思っているかおかまいなしに、勝手なことをいいあっていた。

村の娘たちにとってもこの飯はこびは必ずしも不愉快な仕事ではないらしかった。その証拠に、はじめのうちは村ですでに飯や菜を詰めた弁当箱をはこんでくるだけだったが、このごろは飯と菜と汁を大きな容器に入れ、茶碗と汁椀と箸もそろえて持ってくる。汁は詰所で温め直したりする。そしてひとりひとりに盛りつけてくれる。要するにいまは運搬だけでなく給仕の仕事もする。前は弁当箱をはこんでくるとすぐ帰ってしまい、食い終ったころ箱を取りにくるだけだったが、いまはずっといる。娘たちも青年たちと長く接していたいのである。身分の差があるので積極的に娘たちは口をきかなかったが、クスリと口をおさえて笑ったり、仲間同士でチラと顔を見合わせたりするしぐさの中に、何ともいえない若さがこぼれた。来原良蔵はそういう光景をにこにことながめ、自分の創意が警備詰所の若者たちによろこばれていることに満足した。

そして、一方でそういう柔らかい管理をしながら、来原は、一方で若者たちに洋式調練をほどこした。が、これが問題を起した。若者たちは来原の考えに同調する者ばかりではなかった。こちこちの攘夷論者もいた。そういう連中は、

「来原さんは洋式かぶれだけでなく、おれたちを異国人にしようとしている」

とささやきあった。しまいには、

「来原さんは売国奴だ」

という者さえいた。そういう人間が来原の洋式調練のことを、ひそかに萩の藩庁に密告した。安政四年のある日、伊藤利助は来原良蔵に呼ばれてこういわれた。

「萩に戻って、吉田松陰さんの松下村塾に入塾しろ」

利助は眉を寄せた。

「急に、なぜですか?」

「おれにおとがめがきた」

「おとがめ?　来原先生が何をしたのですか?」

「浦賀の藩兵に洋式訓練をしたことだ。この許可をおれは藩からもらっていない」

「しかし、たとえ無許可でも、洋式訓練は正しいことです。そのために、長州藩の防備ぶり

が、よその藩にくらべて群を抜いているのです。誰かが密告したんですね。藩庁に抗議しましょう！」

「伊藤よ」

来原は苦笑した。

「おれの信条は、なぜ、こうなったか、を詮索しないことだ。いつでもそうなった事実から出発する。そのことは、おれと暮して、おまえもよくわかったはずだ。それに、おれがおまえに教えることはもうない。おれは基本だけを、教えた。それを、これからは応用しろ。吉田さんは、おまえにとってきっといい師になる」

「………」

利助は無言のまま、来原を見かえしていた。後輩を育てるために、自分の限界を知り、自分より、さらにすぐれた人物に利助をゆだねようとする、来原の態度にうたれたのだった。来原は純粋な人間だった。その純粋さが、よごれている利助の精神を浄化した。来原を見つめる利助の眼に、自然な涙が湧いてきた。

その利助を来原もじっと見つめた。見つめながら、うん、うんと何度もうなずいた。

そしてこんなことをいった。

「利助、おれはおまえの心の底にある出世欲を否定しない。いや、できない。それは、おれのほうがおまえより、生れた時からいい身分にあるからだ。だがな、利助、たとえ出世欲をのばすにせよ、どんな時も、決して現実から身を遠ざけるな。自分のいる場所で起っていることの上に身をおけ。逃げてはならない。おまえが事実から逃げなければ、その場で精いっぱい力闘すれば、だまっていても、出世欲は充たされる……」

すぐには理解できなかった。が、お津和の事件から逃げた利助は、

「事実から逃げるな」

ということばは胸にしみた。

「はい」

と、利助は神妙にうなずいた。そして萩に戻った。

時世は彦根藩主井伊《いい》直弼《なおすけ》の大老就任で、日本中が暗い嵐に見まわれようとしていた。

伊藤利助は十七歳である。長州にもすでに動乱の波が大きくかぶさっていた。

吉田松陰

「松下村塾」というと、すぐ吉田松陰《しょういん》の塾だと思われているが、前にも書いたように実際にはそうではない。松下村塾は、もともとは松陰の叔父玉木文之進がはじめた家塾で、天保十三年（一八四二）にすでにこの塾名がつけられている。嘉永二年（一八四九）までつづいたが一旦閉塾した。それを嘉永六年に、これも松陰の叔父である久保五郎左衛門が、自分がひらいた私塾に「松下村塾」の名をもらいうけた。松陰自身は小さいときから、これらの叔父に学んだが、松陰の塾はそういう流れからいうと三代目である。松下村塾の松下は松本村の名をとった。

伊藤利助《いとうりすけ》が松下村塾に入ったころ（つまり安政五年）は、塾は、罪を犯している吉田松陰の名義ではなく、久保の名になっていた。松下村塾が名実共に松陰のものになるのは安政五年七月のことであり、しかもその年の十二月には松陰は安政の大獄に遭遇して捕えられてしまうから、正確には吉田松陰の松下村塾というのは半年間しか存在しない。

そういう短い間に、木戸《きど》孝允《たかよし》、高杉晋作《しんさく》、山県有朋《やまがたありとも》、山田顕義、品川弥二郎、野村和作、久坂玄瑞《くさかげんずい》、吉田栄太郎（稔麿《としまろ》）、入江杉蔵、寺島忠三郎、杉山松助、前原一誠《まえばらいっせい》等の英才を育てた。人間の持つ可能性からいってもこれは稀有《けう》のことだ。しかも、門人たちの出入りは任意におこなわれ、前原一誠などはわずか十日間しか在塾していない。しかしその十日の間に、前原の〝生きかた〟は決定されたのであり、その信念に従って前原は維新で活躍し、のちに明治政府に反乱する。しかもその前原を討つのは、村塾の先輩木戸孝允である。いずれにしても、たとえ十日といえどもこれだけの影響を与えるのだから、吉田松陰という人間が常人でなかったことはたしかだ。村塾出身者が、のちに権力者となって半ば利用する意味で吉田松陰の名を顕彰する意図があったとしても、それは決して松陰自身の実力を減殺するものではない。

来原良蔵《くるはらりようぞう》の紹介状を持って、伊藤利助は萩に戻ってきた。それも自分の家のすぐ近くにである。二年前まで他人の家で下男生活を送っていたのが、こんどは学問を修めるための塾生として村に帰ってきたのだから変なものだ。正直にいって来原の叫ぶ海防論はそれほど深くは利助の身についてはいない。利助にとっての最大の関心事はやはり、

（どうやって食っていくか）

という伊藤一家の生活安定の模索であり、日本を守ることより前に自分を守ることのほうが先だった。たしかに高杉・来原たちは、その視野の広さと行動において、いままで利助が接してきた因循姑息《こそく》な長州藩士のイメージとはちがっていたが、だからといって利助がすぐ

さまそっちへのめりこめるほどのものではなかった。なぜなら、どう近づいてみてもどうしても越えることのできない川が両者の間にあるのだ。川とは〝身分〟であり、さらに〝生活〟であった。ひがみすぎるのかも知れないが利助からみれば高杉も来原も、

〝身分の高い人たち〟

であり、同時に、

〝食う心配のない人たち〟

であった。この基礎の部分がまったくちがっているのだから、いくらふたりが、

「長州藩の伊藤でなく、日本の伊藤になれ」

とけしかけても、利助には、

「はい、かしこまりました」

とすぐさまその気になるわけにはいかないのである。ふたりの憂国の情はわかる、日本がそういう危機にあるのもわかる、利助に期待してくれる気持もわかる、が——利助は思う。

(ふたりが一番わかっていないのは、海の外に対するよりも、国の内《なか》に対することだ)

国の内で、身分の差に苦しみ、毎日どうやって食っていくかにあえいでいる多くの人間をそのままにしておいて、国防もへったくれもあったものではない、そっちのほうが先ではないのか、と利助はどうもその辺がもやもやしてすっきりしないのだ。こんなことを口に出せばふたりとも、

「それが伊藤の悪いところだ、おまえは志が低い」

と叱りつけることだろう。しかし低い高いよりも伊藤利助にとっては、志以前の問題なのだ。日本は神州だの神国だのといってみたところで飢えはいやせない。人の上に立つ者、政治にたずさわる者の何よりの責務は、まずこの国で生きる人間すべてに、腹いっぱい食わせることではないのか、身分などという、人の上に人をつくったり、人の下に人をつくったりすることをやめることではないのか。海防だの何だのという議論はそれからのことだ、と利助は何とも割りきれない気持を持っていた。端的にいえば、できそこないの萩焼を売るために、嫁にいく前の若い肉体を通行料にとられるお津和のような哀れな娘を、それでは高杉さんも来原さんも一体どう考えているのか、ということであった。お津和たちを放っておいて、絵空ごとのような国防論議にはとてもおれは加わることはできない、というのが伊藤利助の率直な気持であった。

萩に戻ると、相模で一度は忘れかけたそういう思いが、一度によみがえった。松本村の貧乏人たちの情景がそうさせたのだ。忘れようとしても忘れさせない空気が、この村にびっしり立ちこめ、それはつよい臭いとなって土地の中にしみついていた。ただ、来原良蔵の教えの中で何よりも忘れられないのは、

「事実から逃げるな」

ということばだった。しかし利助にとって松本村の実態は、事実そのものだった。それなのに、

「そういう怒りを、世の中への怒りに変えろ」

という来原の教えは、利助には逆に事実から逃げるものに思えた。

正直にいって、

「来原さんのいっていることは、矛盾している」

と思った。が、来原のことばの真の意味を、利助は松下村塾に入ってはじめて知った。それを教えたのは、吉田松陰だった。

はじめて会った吉田松陰を、伊藤利助は、

（へんな先生だ）

と思った。利助はこのとき十八歳、松陰は二十九歳だった。先生のくせに松陰は自分のことを、

「ぼく」

といった。そして利助のことを、

「きみ」

と呼ぶ。さらに、

「ぼくときみは異体同心《いたいどうしん》の友です」

といった。ぼくときみでいきなりとまどった利助は、

「イタイドウシンのトモ？」

と思わずききかえした。意味がわからなかったからだ。すると松陰は何ともいえないやさしい笑顔を浮べて、

「そうです、異体同心の友、つまりからだは別であっても心は同じだという意味です。人間はよく一心同体などというがこれは嘘です。たとえば、男と女においてたしかに同体には誰でもなれます。しかし一心にはなかなかなれない。ぼくときみは、今日、会った瞬間からからだは別でも心はひとつです」

にこにこ笑いながらそういう。

自分のことをぼくと呼んだり弟子をきみと呼ぶのも、いまでいえばナウイ感じでいいだろう。しかし、徹頭徹尾、この先生は弟子に敬語を使っている。こんな先生がいるのかな、と利助は怪しんだ。というのは、〝師〟というものに対するイメージからおよそ松陰はかけはなれており、ぼくだの、きみだの、ですだのは、そういううまいことをいって弟子におべっかを使っているのではないか、と利助は思ったのである。何しろ生れも育ちも悪いから、利助は、

「人間とは、まず疑うものだ」

という固い哲学を持っている。信じたら必ず馬鹿をみるという信念はこどものときから植えつけられている。おいしいことばではなかなか釣られないぞ、という警戒心が初対面の人間に対しては特に働く。

それにしても――

（異体同心とはうまいことをいう人だ）

と利助は感心した。さらに、松陰の巧まない、それでいて微妙な人間への心理分析は利助

に、おや？　と感じさせるものを持っていた。それは直感的に、

〝身分の高い人間〟

や、

〝毎日、苦労もしないで食える人間〟

にない何かがあったからである。

（この人はちがうぞ）

と、高杉・来原とは別な感覚をおぼえたのだ。高杉は、本当は身分も高く、食う心配もないくせに、身分の低い、食えない層に近づいてきて、

「おれも仲間だぞ」

という風情を示す向きがあった。どんなに努力しても越えることのできない川が高杉との間にはあった。ひどいいい方だが、高杉の伊藤への接近には、やはり〝付焼刃《やきば》〟のようなところがあった。カラスの群に白鳥が舞いこんだようなものだ。ところが、吉田松陰はどことなくカラスの感じがしたのだ。

さらに――吉田松陰は、

「松下村塾には、塾則はありません。塾生ひとりひとりが塾則です。きみも信ずるままに行動して下さい」

といった。

塾則のない塾などというのがあるだろうか。一体どういうことになるのか。こどものとき

から、それこそ手足のあげさげまで、この世の規則に縛られて生きてきた利助にとっては、ちょっとどうしていいかわからないようなとまどいをおぼえることであった。

「武教全書を読んだことは？」

「浦賀で、一応来原さんに教わりました」

「けっこうです。それでは孟子《もうし》は？」

「まだです」

「いいでしょう、ぼくも未熟者です。いっしょに勉学しましょう」

松陰はそういった。そして、

「ぼくはこの世に役立つ実学を重んじます。ぼくたちが生きているいまの世の中から遊離した、つまり事実に根をおかない問題は論議しません。つまり、学問のための学問は松下村塾では教えません。がんばって下さい」

とつけ加えた。ああ、来原さんは、このことを知っていて、おれを松陰先生に預けたのだな、と利助は感じた。来原良蔵は、自分と同じような教育方法をとる松陰だからこそ紹介したのだ。

「寅さん（松陰のこと）は感情的でな、気が短いからすぐ怒るぞ。気をつけろよ」

浦賀を発《た》つとき、来原良蔵はそういったが、いま眼の前にいる吉田松陰はまったくちがった。感情家の片鱗もなかった。この世の悪いこと、他人の欠点の責任はすべて自分にあるとでもいいたげな、殉教者にも似た風情を湛《たた》えていた。

萩に戻ってきて、前は全然気がつかなかったいろいろな人物が、この萩にはいるのだということを改めて知った。そのことは同時に、

「長州には人がいる」

ということを利助に認識させた。ちがういいかたをすれば、

「長州藩は、よその藩とはちがうぞ」

ということを感じさせた。長州藩人としての意識のなかった伊藤利助に、はじめて、

(おれも長州人だ)

という誇りを植えつけたのである。

そして、そういう目でまわりの人間を見る、という態度を植えつけたのは、やはり、何といっても来原良蔵であった。来原は、

「私心を捨てて他人を見る」

ということを教えてくれた。やはり、来原さんは大したものだ、と、利助は改めて来原に懐かしさを感じた。

村塾は八畳一間しかないから講義をきく門人たちは、通いが主だった。しかし伊藤利助は、

「こまかい用事をいたしますから」

といって住みこみにしてもらった。生家が近くにあり、懐かしい父母もそこにいたが、朝から晩まで真っ黒になって働いている親のそばにいて、自分だけ学問をしているのは何からしろめたかった。それも藩校の明倫館《めいりんかん》に通うのならともかく、いろいろと問題を起し、後ろ

指をさされている吉田松陰の私塾ではなおさら気がひけた。塾はせまい。ちょっと人が多いと家の外に溢れる。松陰は身分を無視して教えたから、門人の階層も侍だけでなく、農民、商人等もおり、やくざまでいた。こういう雑多な人たちを松陰は分けへだてなく遇した。

入塾直後、利助は自分の身分を考え、家の中に上らずに、庭隅の土の上に立って講義をきいた。自給自足を旨とする松陰は、勉学の合間に農作にいそしんだから、庭一帯は野菜畑になっていた。そこに育つ野菜に気をつかいながら利助は松陰の講義をきいた。

その利助の姿をある日松陰がみとがめた。

「伊藤君、きみはなぜそんなところにいるのですか」

「……家の中がいっぱいですから。それに」

「それに？」

「私は仲間《ちゅうげん》です……」

と応ずると、松陰の顔はたちまち真っ赤になり、

「馬鹿です、きみは」

という怒声がとんできた。

「そういう考えはみずからをいやしめるものです、久坂君、高杉君、そこをあけなさい」

松陰は久坂玄瑞という門人と高杉晋作に空間を詰めさせ席をつくった。そして、

「ここへ来たまえ、伊藤君」

と招いた。利助はとまどいながらもそこへ行った。その利助を縁側の板の上に坐っていた

三人の若い男がギロッとにらんだ。

その日の講義が終って、利助が井戸端で洗いものをしていると、脇に三人の男が立った。吉田栄太郎の紹介で入塾した萩の城下町のやくざ、市之進、音三郎、溝三郎だ。顔をあげる利助に市之進が、

「ちょっと顔を貸してくれ」

とあごをふった。

「ぼくは、いま用があるから」

と利助がひるむとほかのふたりがぐっと利助の腕をつかんだ。そして、

「いいから来い」

とすごんだ。小柄な利助は脇から吊られるような格好で近くの雑木林に連れて行かれた。林の中に入ると、市之進がいきなりバシッと利助の頬をなぐりとばした。

「何をする」

「何をするじゃねえ」

市之進がわめいた。そして、

「昨日今日入塾しやがっててでけえつらをするな」

とどなった。

「……‥!?」

奇妙な表情をする利助に、

「この野郎、とぼけやがって」

と、こんどは音三郎がなぐりにかかった。が、利助はすでに浦賀で来原良蔵から柔術を学んでいた。音三郎の腕をつかむと一本背負いで地に叩きつけた。そして眼をむく市之進たちに、

「わけをいえ」

とどなった。市之進は、

「たとえ松陰先生がああおっしゃっても、新米は奥の席に坐るものじゃねえ。おまえより先輩のおれたちだってまだ縁側なのがわからねえのか？」

とわめいた。

そうか、と利助はわかった。この連中はまちのやくざだ。利助より身分は低い。しかし松陰はそれを超えた。やくざもへだてなく縁側に上げた。市之進たちは嬉しかったし誇りにも思った。それを今日、新入りの利助が破った。つらを貸せだの、新米がでけえつらをするな、などというのは、やくざのつまらないしきたりだが、市之進たちの怒りは、自分が同じ思いをしているだけに利助には痛いほどよくわかった。

「気がつかなかった、ぼくが悪かった。どうかきみたちの気がすむまでなぐって下さい」

利助はからだの力をぬいて土の上に正座した。三人は当惑した。それでも、しばらくはこの野郎とか、こんちくしょうとか口ぎたなく罵《ののし》っていたが、やがて三人でゴソゴソ相談し、

「わかればいいんだ」

と手をのばしてきて、

「立てよ」

とやさしいことばつきになった。利助の悪びれない態度に好感を持ったのだ。こういうところは日陰に生きる人間たちだけに、侍よりも率直だ。利助は立ち上ってにこりと笑い、三人のやくざと握手した。そして、

「きみたちとは気が合いそうだ」

と告げた。三人は、

「そうだ。きみとぼくたちは異体同心の友だよ」

と松陰のことばの真似をした。

心が溶けあったところで、利助は三人に、

「ところで、お津和という娘の消息を知らないか」

ときいた。利助が戻った時、お津和は松本村から消えていた。父母にきいても、さあ、わからないという答えだった。市之進と音三郎は首をふったが溝三郎が知っていた。

「萩焼の娘だろう」

と利助にたしかめ、

「その娘なら、いま馬関《ばかん》（下関）で女郎をしている」

といった。

「女郎……」

利助は絶句した。しかし予想をこえたできごとではなかった。お津和の家の実情なら当然そうなる。それにしても……。毎晩毎晩、みだらな男たちにからだをいじられ、疲れを訴えることもできずにあの行為を強いられているお津和の姿を想像すると、カッと頭に血がのぼりクラクラした。

塾生活になじみはじめると、気になる塾生がふたりいた。山県小助《こすけ》と赤根武人《あかねたけと》である。山県も赤根も利助と同じように身分が低い。赤根は医者の養子だというが山県は仲間だ。利助と同じ身分である。このふたりが何となく利助は気になりはじめた。

どういえばいいのか、とにかくふたりの存在と、特に自分を見る目が気になるのだ。ありていにいえば山県の目は、

（おまえはずるい）

といっているような気がしたし、赤根には、

（おまえは志が低い）

といわれているような気がしたのだ。ふたりが面と向かってそういうことを利助に告げたわけではない。しかし勘でわかる。自分に好意を持っているか悪意を持っているかは、たちどころに利助にはわかる。そして、利助自身思い当ることがなければいいのだが、それがある。それ、というのはどう抑えても利助の本心は、

（いまの境遇から離脱したい）

つまり出世したいということであり、そのためには意識しないで、

（偉い奴を利用してやろう）

という気持が働くことだ。早い話が吉田松陰に対してもある。松陰の推薦で藩庁に登用されるかも知れない、という期待が、いま、書物と対《む》きあっていても頭から去らない。この村にきた時は気がつかなかったが、高杉晋作や来原良蔵の話だと、吉田松陰という人は、藩庁の人々に、大変な影響力を持っている。力がある、というのは何も藩庁の役職者にかぎらない。藩庁の役職者が、吉田松陰という風変りな、若い学者に影響されている。これは、利助にとって新しい発見だった。そして、利助は、その吉田松陰の学塾にいる。その松陰を、入塾早々、すでに利用して偉くなろうという気組みを見ぬかれたとしたらひどく恥ずかしいことであった。

が、そうであるかどうかわからない。もっとちがうことかも知れない。そうだとすれば何なのだ、と利助はああでもない、こうでもないと、自分の言行や欠点を洗いざらい思い浮べてみて悩むのだ。現代のことばでいえば自意識過剰とでもいうのだろうか、いや、はっきりいえば伊藤利助は誰からも好意を持たれたかったのだ。ひとりでも自分に悪意を持つ人間がこの世にいることに耐えられないのである。いい気なものだがそこが利助の利助たるところで、

（おれは誰からも好かれている）

という〝好かれの構造〟の中でいい気分になって生きたいのが利助の特性であった。

常人だったらとても照れくさく、平然とそんな気持にはなれなかったろう。

山県と赤根は、吉田松陰に対してもそれぞれ独自な接し方をしていた。松陰はいつも、

「現実に役立たない学問は学問ではない」

と主張していた。そのために、「飛耳長目録」と名づけたメモ帳を脇において講義した。メモ帳には、いまの日本で起っているできごとのすべてが書きとめてあった。松陰は、メモに記した具体的現実を同時進行的に告げながら史記を語り、左伝を語った。佐藤信淵の経済要録や頼山陽の日本外史を語った。

特に話が忠臣・孝子・烈婦におよぶと、松陰は目に涙をいっぱいため、声をふるわせた。涙がポタポタ書物の上に落ちたこともある。反対に逆臣に話がおよぶと、松陰は怒りのために、まなじりを裂き、髪を逆立て、鋭い声で語りつづけた。門人たちはその凄まじさにびくっとした。かなり感情の起伏のはげしい性格だ。ほとんどの門人は、そういう感情の起伏を松陰と共にして感動していたが、山県と赤根はちがった。

塾内が松陰のからだから発した感動の気流の中に沈みこんでいると、きまって山県が、

「先生」

と手をあげた。

「何です」

「うかがいたいことがあります」

「どうぞ。何でもきいて下さい」

「今日、先生が特に楠木公のお話をされたご意図がよくわからないのです。私は頭が悪いものですから」

これをきくと塾内には一斉に、

(また、はじまった)

という空気が流れる。講義のあとで必ず何かきくのはきまって山県であり、しかも山県は、これもきまって、私は頭が悪いものですから、とつけ加えるのが常であった。誰も山県のことを頭が悪いとは思っていない。むしろ冷静で鋭い頭脳を持っていると思っている。その山県が、私は頭が悪いというと何だか嫌味にきこえるのだ。それに、塾生すべてが甘い感動に浸っているときに、

「先生」

と冷たい声を出すのは松陰の講義に対しても水をかけるような気がする。だから山県は塾生からよく思われない。度重なると、

「山県の奴、先生に対して失礼だ」

と怒り出す門人もいた。が、山県はひるまない。

「実学の実学たるゆえんをとくと教えて下さい」

とばかりしつこく質問をしつづける。根っこのところで、松陰がなぜそういう話をするのかを納得しないかぎり、ほかの門人のようにそうかんたんには松陰のつくり出す感動の海には溺れないぞ、という意固地なところがあった。はっきりいえば、

「講義は理論的であるべきで、涙や怒声ではない」

ということだ。あくまでも山県は理性的なのだ。理論と感情のミックスを、人格で調整している松陰にとってはもっとも苦手なタイプであった。楠木公論にしても松陰は、

「日本の天下は天皇のもの」

という考えに発して語るのだが、山県は、

「天下は天下のもの」

という一般化している考えを突きつける。折りあえるはずはなく、結局は見解の相違ということになるのだが、ここまでくると、本当は松陰はどなりたくてうずうずする。しかし師がどなったのでは負けだ。特に山県のようなタイプの人間にはせせら笑われる。

山県は決して松陰を馬鹿にしていたのではなく、日本官僚制の祖として明治の元勲になったあとも、

「私は松陰門下生だ」

といいつづけた。ただ、理性がつよすぎて容易に感情には支配されなかったのだ。

もうひとりの赤根武人は、これはまた別なことをきいた。やはり、

「先生」

と手をあげるが、その声は山県とはちがってはずんでいる。感動している。しかしかれは、

「お話に感激いたしました。それで、私たちは明日、何をすればいいでしょうか？」

ときくのが常だった。赤根はのちに高杉晋作に代って長州奇兵隊の総管（隊長）になるく

らいだから、決して凡人ではないのだが、行動者として行動を急ぐのだ。松陰の実学が具体化しないと気がすまないたちだ。

つまり、このふたりの門人は、実学を教える師に、

「実学の実学たるゆえんを示せ」

ということと、

「実学の具体策を示せ」

ということを求めていた。根拠と応用の双方を語れと迫るのである。

このふたりの態度と質問を見聞していて、伊藤利助はなぜふたりが自分にきびしい目を向けているのか、おぼろげながらわかる気がした。

ある夜、やくざの市之進たちが誘った。

「ぼくたちはこれから夜這いに行きます、きみも来ませんか」

「夜這い？」

「ええ。伊藤君も相当溜ったでしょう。毒ですよ、あまり溜めておくと」

「しかし……」

「それともきみは自分で出すのですか」

音三郎がにやにやしてのぞきこむ。利助は狼狽して、

「馬鹿なことをいうな」

と大声を出した。相手は山腹の村に住む後家だという。亭主はやくざでかなり前に喧嘩で

殺された。そういうことから市之進たちと知り合ったのだろう。

しかし、利助は辞退した。明日の朝は早いし、米もとがなければならない。薪も集めないと足りないだろう。ほんとうなら何でおればかりこんな仕事をするのか、と思うのだが、住みこみの条件に、と自分から申し出たのだからしかたがない。松陰は無邪気だから自発的意志を尊重する。

「煮炊きは私がいたします」

と利助がいえば、

「りっぱです、そうして下さい」

と応ずる。よしなさいなんてことはいわない。夜這いに行く三人を見送って塾の台所に行き、米をといで、さて薪は、と見ると二、三本しかない。裏山に枝を取りに行こうと歩き出すと、その裏山にふたつの黒い影があった。何かひそひそと話している。後ろ姿に見おぼえがある。山県小助と赤根武人だ。そっと近寄ると、いきなり、

「伊藤利助は追放すべきですよ」

というはげしい山県の声がきこえてきた。

「!?」

さすがにドキッとして利助はその場にくぎづけになった。山県の声はつづく。

「あの男の顔を見ているだけで、私は虫ずが走ってがまんならんのだ。人間の卑しい根性がそのまま顔に出ている」

ずいぶんひどいいいかたをしやがるな、と思ったが、利助はさらにきき耳を立てた。

「あの男は他人を利用して立身することしか考えていない。松下村塾の清潔な空気がコロリ（コレラ）におかされている気がする」

そういったのは赤根である。もともとふたりに好意を持たれてはいないと思ってはいたが、これほどひどいとは思わなかった。

（これは好意を持たれていないどころではなく、憎まれている……）

突然、そう気がついて利助は戦慄した。緊張が脚に伝わった。足もとで枯葉が音を立てた。

「誰だ？」

山県がふり向いた。行動的な赤根は立ち上った。刀の柄に手をかけている。伊藤利助はうごけなかった。ふたりはすぐ利助に気がついた。さすがに、

「伊藤……」

と絶句し、間《ま》の悪い顔をした。が、その間の悪さをごまかすため、山県が猛然と食ってかかってきた。

「立ちぎきしたな？　卑劣漢め」

といい、

「おまえはそういう人間なのだ」

と蔑《さげす》みの眼で利助を見た。

そして、

「人の話を立ちぎきするような奴に、気を遣うことはない。ききたいのなら、眼の前ではっきりいってやる！」

と威丈高になった。まるで、利助にきかれたことを逆手にとって、自分の都合の悪さの上に居直ろうとしているように思えた。利助は笑っていった。

「あなた方が何の話をしていたのか、私には別にききとれませんでしたよ。私は塾の薪を取りにきただけです」

「ごまかすな！　すぐそういうことをいう！」

山県がいきり立っていった。

「おれたちの話をきいたのなら、なぜ素直にきいたといわない？　なぜ、怒らない？」

「私が、怒らなければいけないような話をしていたのですか？」

「していたとも。おれたちはおまえの悪口をいっていたのだ！」

「どんな悪口です？」

山県は向き直っていった。

「きさまは立身のために吉田先生を利用しようとしている。いや、吉田先生だけではない、すでに高杉さんを利用し、来原さんを利用した。これからのちもおよそ力を持っている人間には臆面もなく近づき、利用しつづけるだろう。きさまはそういう男だ、その志は卑しく、この卑しさがそのまま顔に表われている」

堰を切ったように、ことばをほとばしらせる。山県のいいかたは心底利助を侮蔑しきっていて、その侮蔑をこれでもかこれでもか、と利助に押しつけてくる。態度で利助を屈伏させようとする強引さだ。ぐっとなるのを、しかし利助はがまんしていた。逆にうすら笑いを浮べた。山県はいきり立った。

「そのうすら笑いは何だ。きさまはおれのいったことで相当に勘《こた》えたはずだ。勘えているのに勘えていない顔をする。それがきさまの悪いところだ。いじけている。もっと素直になれ、勘えたなら勘えたらしく、もっと悄気《しょげ》た顔をしろ」

むちゃくちゃである。

さらにこんなことをいった。

「大体利助という名が悪い。何だ、利助とは。自分の利益ばかり追い求めるきさまの性格そのままではないか」

「…………」

利助は次第にあきれ出した。

(この男は偏執狂だな)

と感じた。自分が軽蔑し、きらいな男は罵って罵って、罵り殺さなければ気がすまないのだ。そして人をどなりまくることがこの男をええあんばい(いい気持)にさせるのだろう。しかしどなられるほうはたまったものではない。

伊藤利助は赤根武人の顔を見た。何もいわないが赤根も山県のことばに共感している。利助は向き直った。山県小助を正面から見すえた。うすら笑いも消した。

「山県君、ぼくは君のそういうもののいいかたがきらいだ。考えかたがきらいだ。君は君がきめてはいけないことまできめている。それは他人の人生に対する越権だ」

「なに」

おどろいて山県は眼をむいた。まさか利助が反撃に出てくるとは思わなかったのだ。利助はつづけた。

「その例をいおう。ひとつ、利助という名はぼくの親がつけた、君の世話にはなっていない。第一、利助という名をそこまで拡大解釈するのは君の深読みだ。また、ぼくの親に対する冒《ぼう》瀆《とく》でもある。謝罪を要求する。また、吉田先生は松下村塾の門人はすべて異体同心だといわれた。互いに呼びあうときはきみ・ぼくでいこうといわれた。先生も率先実行しておられる。ましてぼくも君も同じ仲間だ、身分に上下はない。だから君にきさまと呼ばれるいわれはない。取消しもしくは謝罪を要求する。さらに、あらゆる権力者をぼくが利用しているというが、一見、そのように見えることをぼくは否定しない。しかしなぜそうするのか、君はぼくの目的をきいていない。ぼくは君たちの攘夷国防論を否定はしない。しかしぼくはその前にしたいことがあるのだ……」

すでに怒りのかたまりになって、即座に反論しようと真っ赤になってすきを狙っている山県を冷ややかな目で見ながら、しかし利助はその機会を与えずにつづけた。

「ぼくはこの隣り村の貧しい農家で育った……」

自分の生いたちから語りはじめ、やがてお津和の話をした。峠での上士たちの乱暴ぶりを話した。結局、できそこないの萩焼をどう安く売ってみたところで食ってはいけず、お津和は馬関の女郎に身を売ったことを話した。

「こういう娘をそのままにしておいて、何が国防か、攘夷か。ぼくはまずお津和のような娘を救うことからはじめたい。それができる力を自分で持ちたいのだ！」

自分でもおかしな気分になるほど熱いことばがつぎつぎと出てきた。思っていることが的確にことばになった。きっといまはおれも真剣なのだ、と利助は思った。

同時に、そうか、来原さんは、このことをいっていたのだ、と気がついた。来原さんは、事実から逃げ出してきて、犬のように遠くで吠えるな、といったのだ。そう思うと、いまの自分の行動に自信が持てた。

（おれのうしろには来原さんがいる！）

と思った。少なくとも、いまのおれには私心はない、と感じた。

「こ、この……」

どこをどう反論していいかわからず、しかしあまりにも整然とした利助の反論に、山県小助は屈辱で猛り狂った。

「赤根君、いいのか、こいつにこんなことをいわれていいのか」

赤根にまで食ってかかった。しかしその赤根はいつのまにか腕をくみ、肩から力をぬいていた。目がなごんでいて、それはあきらかに利助の話にうたれ、共感の意を表わしていた。じっと利助を見つめる目の底にやさしさがにじみ出ていた。

「……ごぶれいをしました」

利助は赤根におじぎをしてきびすをかえした。

（村塾でおれははじめて敵をつくった）

歩きながら利助はそう思った。まるで木下藤吉郎のようだ、といわれるほど愛敬《あいきょう》をふりまき、人のいやがる仕事をし、愛されることはあってもきらわれることのなかった利助が、はじめて理屈をいい、敵をつくったのだ。が、山県は火の粉だ。不意にふりかかってくる火の粉は、払わなければこっちがやけどする。

風が戸を叩いている。戸といっても破れほうだいだから、隙間《すきま》からどんどん風が入ってくる。点《とも》したローソクの炎がゆらぎ、時に消えそうになる。誰もいない座敷に止座したまま、吉田松陰はじっと闇をにらんでいた。見台には好きな頼山陽の詩本がのせてあるが、さっきからひらいた個所は同じであり、繰られない。というのは、はじめから松陰は詩本を読んでいないからだ。いや、読もうと思って見台においたのだが、どういうわけか一字も目に入らない。頭が別なことを考えていて山陽の詩が入りこむ余地がない。

耳の底で門人たちの声が鳴っている。とりわけ山県小助と赤根武人の声がひびいてくる。

「先生が、今日このご講義をなさる根拠をお教え下さい」

という山県の声。

「ご講義はわかりました。それではこのご講義をもとに、明日、われわれにどう行動せよとおっしゃるのですか。具体策をお示し下さい」

という赤根の声。

学問には常に原理と応用のふたつがある。原理は永遠に変らぬ真理を理論にしたものであり、応用はその原理を現実に活用する理論だ。しかし学問であるかぎりいずれも実践そのものではない。たとえば川の浄め方を理論では教えても、川に行って実際に浄化工事をやるわけではない。

(だが、門人たちはその工事を求めている、川に行って実際に学んだことをたしかめたがっている)

それは、

「社会に役立たぬ学問は学問ではない」

といいつづけてきた松陰の責任である。実学の論を延長すれば当然そこに行き着く。夷狄《いてき》の船が日本周辺をうろついているのになんら手のうてぬ徳川幕府、うてぬどころではなくその夷狄と和親条約を結んでしまった幕府。そしてさらにその幕府の長、日本政府の責任者である征夷大将軍に、日本の良識が希望する英明の候補者一橋慶喜《ひとつばしよしのぶ》を退けて、ひよわな少年紀州慶福《よしとみ》(のちの家茂《いえもち》)を立てようとする井伊大老ほかの因循な幕閣者たち。

「この現状を先生はどうされようとしているのですか」

松陰は門人たちからそう訊かれているような気がした。

「日本のこの汚れを少しでも浄める行動を起さなくてもいいのですか」

門人たちはそうきいている。長州の一隅で本を読み、農作をしているだけでなく、もっと

実際に政治の渦の場に出て行って、先生がおっしゃることを実践すべきではないのですか

――門人たちはそういっている。

だが――長州の藩政府でさえ思うままにならないのに、江戸や京都の幕閣人をどうすることができるのだ。松陰は懊悩した。松陰もまた血気の人である。自身血気というだけでなく、人を指導する者として、常に言行一致でなければならぬという深い責務感が松陰を苛立たせるのだ。今夜、特にそのことを重く考え出したのは、ある光景に遭遇したからであった。意外な人間が意外なことをいっている場面に出くわしたからであった。それは衝撃といってよかった。

(……あの男が)

と、松陰は感動した。いままで、そこまでその男を見つめてこなかったことを恥じた。

(私はまだまだ人の師と呼ばれるに値しない)

まっすぐな松陰はそう反省し、同時にたまらない自己嫌悪におちいるのである。

「……先生」

廊下から声がした。

「先生、まだ起きていらっしゃったのですか」

「…………」

目をやって廊下の黒い影をたしかめると伊藤利助だった。松陰の頬はゆるみ、目はなごんだ。

「伊藤君か」

「はい」

「君こそまだ寝なかったのか」

「はあ、明日の支度に手間取りまして。仕事の要領が悪いものですから」

「そんなことはない。塾の雑用は全部君にさせてすまない」

「そんなことはありません。ほかに取柄のない私です。少しでもお役に立てば嬉しいのです。先生、お茶でも持ってきましょうか？」

利助は、松陰にいままで以上の懐かしさを感じてそういった。松陰は、首をふった。そして、

「伊藤君」

と、改まった表情で利助を見た。

「はい」

「なぜだろう」

「は？」

「なぜだろうね、君と話しているとぼくの心はとてもなごむのだよ、胸の中にあるぎすぎすした刺《とげ》がすべて取り去られる気がするのだ」

「それは……」

利助はほほえんだ。

「私が馬鹿だからですよ、むずかしいことがわかりませんから、きっとほっとなさるんでしょう」

「それはちがうよ」

松陰はぴしっといった。

「それはちがう、君には民衆への深い共感があるからだ、苦しんでいる人へのいたわりがあるからだよ」

「……？」

「君も知っているはずだ。ぼくの講義の都度、山県君と赤根君がぼくに訊くことを。二人は、常にぼくに、話よりも実践の方法を迫る。苛立ちをまじえて迫る。実学を標榜するぼくに、それを立証しろと迫る。が、ぼくにはそれが示せない、応えられないのだ。それが師というものだろうか？　恥ずかしくて、ぼくは夜も眠れないのだ。いや、仕事でとくに睡眠のとれない君に、こんなぜいたくなことをいってすまない、ゆるしてくれたまえ。しかし、きみの顔を見ると、いつもほっとするのだよ。今夜は特にそうだ」

松陰はそういって笑った。利助には何とこたえていいのかわからなかった。突然、松陰は眼を宙にあげていった。

「時間がない。やることはひとつだ……」

きらりと松陰の眼が光った。

「日本の毒を殺すしかない……特に井伊大老を」

利助は松陰のつぶやきの意味をさとって、身ぶるいした。

「先生、いけません。私のようなものにそんな恐ろしいお話をなさってはいけません」

「君だからいうのだ」

松陰は利助を見すえた。

しかし、利助が怖れたのはそういうことではない。松陰は魂が純粋でもともと人を疑わない。誰でもすぐ信じてしまう。いま利助に話した、

〝井伊大老暗殺計画〟

も、おそらくもっとたくさんの人間に話すにちがいない。松陰は、

「ここだけの話だが」

とか、

「きみだけに話しておくが」

というような調子で、実に大らかに重大ひみつを話す。きいたほうがこんどはそのひみつをひけらかしたくて、

「きみだけに話すが」

と、

「ここだけだぞ」

といういいかたで、自然、そのひみつはどんどん拡散していく。いい出したのは誰だ、ということになると、それは吉田松陰だということになる。

長州藩庁の役人は松陰に好意を持っている者ばかりはいない。いや、幕府に通じている者だっているかも知れない。

（もっと慎重にして下さい、そうでないと、幕府に狙われますよ）

利助は口に出さずに胸の中でいった。ことばにすれば松陰が怒るからだ。松陰はいった。

「井伊暗殺は越前の橋本左内君とやる。しかしいずれにしてももっと情報がほしい。江戸からは桂小五郎君がいろいろ教えてくれるが、京都の情報がほしい。久坂君を緊急に京都にやるつもりだが、久坂君ひとりでなくもっと手と足がほしいのだよ……」

そういって松陰はじっと利助を見た。まるで利助にその手と足になれ、とでもいうように。

「………」

答えようがなくて利助が目を伏せていると松陰は、

「それからね、伊藤君」

と急に表情をなごませた。

「名前を変えたまえ」

「え」

「利助という名を捨てるのだ。いや、別に深い事情があるわけじゃない。ぼく自身、ずっときみの名を考えてきたのだ。親御さんにはぼくから了解を求めておく。きみ、名前なんてものは符牒と同じですよ」

（………!?）

突然、利助の胸の中をある疑惑が走りすぎた。

(先生は、雑木林での、おれと、山県、赤根との話をきいたのではないか!?)

と思ったのだ。が、すぐうち消した。先生が立ちぎきなんかするはずがない。考えすぎだ。

そんなことを考えている利助に、松陰はいった。

「伊藤君、俊輔《しゅんすけ》と名のりなさい、俊英の俊」

「俊輔?」

「そう、きみは明日から伊藤俊輔です」

京都へ

伊藤俊輔《いとうしゅんすけ》が急に京都に行くことになったのは、師の吉田松陰《しょういん》の命令によってである。松陰は、

「大老井伊直弼《なおすけ》が、帝《みかど》を自領の彦根に移し、帝のいなくなった京都にいる志士群に、一網打尽の大弾圧を加えるという噂がある。嘘か本当か実際に京都に行ってたしかめてほしい」

といった。普段から、

「死んだ学問は学問ではない。学問は生きていなければならぬ。生きた学問とはいますぐ天下の役に立つことだ」

といいつづける松陰はそれだけにもっとも情報を大切にした。幕末人で吉田松陰ほど情報収集に貪婪《どんらん》だった人物はいないだろう。だから、井伊の動静も、萩という日本の西の果てにいても手にとるようにわかるのだ。

が、松陰は藩からみれば一介の浪人学者である。京都に行けといわれて、はい、かしこま

りました、とかんたんに出かけるわけにはいかない。藩政府の許可がいるし、旅費や滞在費もいる。松陰はそんな金は持っていないし、伊藤俊輔にもない。松陰は伊藤ひとりでなく、京都行きメンバーに杉山松助・伊藤伝之助・岡仙吉・総楽悦之助・山県小助《やまがたこすけ》の六人をえらんだ。そして藩家老の益田弾正に、

「そういうわけだからよろしくたのみます」

と通告した。ふつうの人間なら、

「そういうわけとはどういうわけだ。浪人学者のくせに家老を馬鹿にしやがって。とんでもない奴だ」

と怒るところだ。ところが益田は十七歳のときから吉田松陰に兵学を学んでいた。家格がいいので代々家老をつとめているが、松陰を尊敬していた。また同時に松陰の血の気の多いことも知っていた。あまり逆らうと頭へきてあばれ出す。

（このくらいのことならよかろう）

と六人の京都行きを承認した。長州藩としても新しい情報はいくらあってもよかったからだ。

吉田松陰にはほかにも周布政之助《すふまさのすけ》という藩実力者の理解者がいる。のちに高杉晋作《しんさく》の奇兵隊蜂起の責任をとって自殺してしまうが、この周布も益田と同じように松陰をかばった。その意味では一介の浪人学者といっても、吉田松陰は藩政府そのものへも相当な影響力を持つ幸福な立場にいたといえる。それも単に学問的にすぐれていたというだけでなく、松陰のた

ぐいまれな魂の清純さが接する人の心をうつからである。いい出したらきかない熱血学者であったが、松陰はそういう情熱をこどもの無垢な精神とうけとめられて、多くの人から愛されていたのだ。だからのちに、

「老中の間部《まなべ》詮勝《あきかつ》をやっつけるから、大砲を三門貸してくれ」

と堂々と藩政府に申しこむのである。天衣無縫としかいいようがない。

「おい、伊藤」

京都行きの同じ仲間だとわかって、山県小助が伊藤俊輔に近づいてきていった。塾の裏林で伊藤俊輔をあれほど面罵したのに、この男も妙な人間である。ふつうなら絶交状態に入るのに平然と口をきいてくる。同じ仲間《ちゅうげん》という身分なので気やすくできるのか、それとも反発しながらも魅《ひ》かれる何かが俊輔にあるからか。

「伊藤、おまえ、こんどの京都行きをどう利用するつもりだ」

俊輔を人生の水泳巧者としか見ない山県は目の端にチラリと軽侮の色を走らせながらそういうことをきく。とにかく毒の針を持っている男である。

「別に利用はしない。ぼくは京都で見ること、きくことをありのままに先生に報告するだけだ」

そう答える俊輔に山県はふんと軽く鼻を鳴らして、

「優等生の答えだ。ところでおまえ名前を変えたな？」

「ああ、利助《りすけ》という名は君にもけなされたからな。俊輔という名にしたよ。吉田先生がつけ

て下さったんだ」

「……俊輔か。とにかく生きることにかけてはおまえははしっこいからな。俊敏の俊だな。まさか俊英ではあるまい。伊藤、この際はっきりいっておくが、おれはな、生涯おれの目の黒いうちはおまえをじっと見つめていくぞ。自分の出世のために人を利用しようとしやがったら必ずあばいてやる。おれはそういう生きかたが大きらいだ。それを忘れるな。ところで」

と山県はまたところでといってこんどはにやりと笑った。

「おれも名を変えた。名前など人間の符牒みたいなものだ」

「吉田先生も同じことをいっておられた。きみは何ていうんだ」

「狂介《きょうすけ》だ」

「きょうすけ？」

「ああ、狂気の狂だ」

そういって、山県は、はははと高く笑い、去った。

「山県狂介……」

とつぶやいて、俊輔はたしかにあいつは狂っていると思った。何の邪念なく行動しているおれをとらえて、何でも彼でも他人を利用していると偏《かたよ》った目で見ている、あいつは偏執狂だと思った。しかし、生涯目の黒いうちはおまえを凝視しているぞ、といった山県のことばは頭の隅にひっかかった。正直にいっていやな気がした。何であいつはおれをそこまで目の

敵にするのかと気になった。出発直前、このことを近ごろ急速に仲のよくなった赤根武人《たけと》に話すと、赤根は、

「それは君を一番の競争相手と考えているからだよ。山県らしい屈折したいいかたなのだ」

と笑った。そして、

「人間が競争しあうのは決して悪いことではない。競争することによって本人の知らない能力が引き出される。その能力が世のため人のために使われればこんなすばらしいことはない。山県のいうこともそういうふうに前むきにとらえて気にしないことだ」

といった。

「………」

俊輔は赤根のことばで気が楽になった。同時に、

(この人は温かい人だ、人間へのはばのひろい、厚い愛情を持っている)

と感じた。その俊輔が後年高杉晋作と共にこの赤根武人を斬刑にする。赤根はそのときも万人への温かい愛情を持ちつづけていたが、高杉や伊藤俊輔にとってはその温かい愛情が逆に邪魔になる事件が起る。

伊藤俊輔はほかの五人の仲間と共に、京都に出発した。安政五年（一八五八）七月のことであった。伊藤俊輔十八歳である。

伏見から舟で夜の高瀬川を上《のぼ》り、四条大橋が斜め右手に見えるころになると、両岸を埋め

つくす灯のおびただしさに杉山松助が、

「まるで光の都だ……」

とつぶやいた。杉山は名を律義と名のるくらい真面目な男で、このとき二十一歳。のちに池田屋事変で新撰組に斬られる。学問の深い熱血漢であった。が、長州藩ではまったくの軽輩で身分は低かった。そういえば、俊輔・山県・杉山・岡・総楽・伊藤（伝）のすべてが身分の低い者ばかりだ。

「こんな大事な仕事に、ぼくたちのような軽輩ばかりでいいのだろうか」

京都への旅の途中、俊輔はふっとその疑問を口にしたことがある。とたん、みんなの表情がさっと硬くなり座がしらけた。山県だけがその俊輔の顔を哀れむように見た。そして大坂に着いた時、そっと近よってきて、

「おまえは馬鹿だ」

といった。

「何が馬鹿だ」

「そうじゃないか。身分のことは誰もが気にしてふれないようにしている。それを痂《かさぶた》をひっぱがしてぐさっとやる奴がいるか。無神経な野郎だ。おい、伊藤」

と山県は鋭い表情をした。

「藩がおれたちを出したのはな、万が一仕事に失敗して幕吏にひっ捕まったときも、軽輩なら藩にめいわくがかからないからだ。これが桂さんや高杉さんだと話がちがってくる。おれ

たちは蛆虫《うじ》さ……」

「そんな馬鹿な」

俊輔はたちまち抗議した。

「藩はそうかも知れない。しかし松陰先生はちがう。松陰先生はぼくたちの志を認めて下さったから京都へ出張させたのだ。きみは少しものごとを悪く考えすぎる」

おれへの偏見もそうだといいたかったが、それは抑えた。山県は笑った。

「それがおまえの人の好《よ》いところだ。松陰先生だってそんなことは百も承知だ」

「いや、先生は知らない、本気でぼくたちのことを心配して下さっている」

「それなら松陰先生は鈍感だ。おれたちのような身分の低い者が虫のように扱われている実態をあまりにも知らなすぎる。甘いよ」

「松陰先生を甘いとは何だ、先生の悪口をいうと承知しないぞ」

「怒る真似をするな、芝居はたくさんだ。一番松陰先生を利用しているおまえが何だ」

「きみはどうしてそういうことばかりいうんだ、おれは松陰先生を利用してなんかいないぞ」

「いるよ。それではきくが松陰先生が何の力もない貧乏学者だったらおまえは松下村塾に入ったか。松陰先生は桂、高杉、来原《くるはら》さんたちにかこまれ、藩の政事堂でさえ益田さんや周布さんたちの要人が先生のいうことをきく。吉田先生は実は大変な実力者だ。孤独な貧乏学者なんかでは決してない。その辺は俊敏なおまえが一番よく知っているはずだ。が、いまはそんなことはどうでもいい。京都では気をつけようぜ。藩の犠牲になるのはごめんだ。おれは長生きをして、やりたいことをやる……」

「………」

俊輔はまた議論が堂々めぐりになったのでそれ以上はやめた。しかし気がついたことだが、山県のいったことばにいつのまにか共鳴している自分の心の奥の変化を知った。それは一体何だろう。たしかに山県のいうように吉田松陰に対しても、どこかさめたものを心の一隅に持っている。全幅の傾倒はない。講義の途中で、忠臣・孝子に話がおよんで松陰は涙を流し、興奮し、身をふるわせるのだが、そこまでは俊輔はついていけない。表情では一生懸命目を輝かせたり歯をくいしばったりはするが、胸の中ではそこまで感動していない。

それは、

(おれがまだ未熟だからだ。先生の話がよくわかっていないからだ)

と反省してきたが、そうはいうものの松陰の至純な表現を、しらけた目で見ることがあったことは事実だ。身分が低く、小さいときから苦労して育った者のいじけ根性なのだといままでは自分を責めてはきたが——。

それにしても、たとえそうだとしても山県狂介のいうことに共鳴するのはしゃくだった。

(こいつは何でも悪く悪く世の中を見る奴だ、おれはちがう)

という自信もあった。

と同時に、山県のことばはうかつにそのまま信用するわけにはいかないという気もした。

赤根武人のいったことが耳の底に残っていたからだ。赤根は、山県が俊輔に異常な競争意識を持っているという。そうだとすればどこまで本当のことをいっているかわからない。吉田松陰に対しても本心は尊敬しているのかも知れない。何でも心とは反対のことをいうくせがあるのだ。

（油断はできない）

と俊輔は思った。うっかり山県のことばにのって同調でもしたらあとで馬鹿をみる。俊輔は警戒した（事実、山県狂介は誰よりも吉田松陰を尊敬していた。その尊敬は明治の元老といわれた後半生でも変らなかった）。

杉山松助は京の街の灯の海に、

「光の都だ」

と感嘆したが伊藤俊輔は別のことに感嘆していた。女である。高瀬川の両岸を歩く女の多さ、その美しさに驚嘆していた。それに四条、三条と舟が北へのぼるにつれて、川の両岸の家々からしきりに三味線の音が流れてきた。その音を背景に忙しそうに歩く女たちは、娘がいる、母がいる、老人がいる、素人《しろうと》がいる、商売女がいる。長州では化粧をしている女はごく一部だが、ここではほとんどの女が化粧をしている。何ともいえず美しい。岸にとび上って抱きつきたくなるほど美しい。俊輔はさっきからそういう女たちを見ているだけで夢精にちかい甘美な精神状態にあった。だからきょろきょろ、恥も外聞もなく、つぎからつぎへと女へ目移りし、血眼になっていた。俊輔は胸の中で、

（京は女の都だ……）

とつぶやいた。そして、

（より取り見取りだ）

と不謹慎なことを考えた。

舟から上陸した六人はすぐ河原町の長州藩邸に行った。藩の京都留守居役福原与三兵衛にあいさつするためだ。責務感に燃えて六人は気負って藩邸に行ったが、福原はあきらかにめいわくそうな顔をしていた。福原は吉田松陰に好感を持っていない。松陰にふりまわされる藩庁首脳にもじれったい思いを抱いている。その藩庁が送りこんでくる六人の若者は、京都という地雷原に、火を放り出すようなものだ。第一、こいつらは西も東もわからない。このまちは生き馬の目をぬく。ぼやぼやしていればいのちさえ失う。ハラハラしつづけなのだ。それでなくとも他藩との情報戦争に神経がすり減っているのに、若者の面倒どころではない。福原は胸の中でそうぼやいていた。

自分たちが歓迎されざる客であることは六人ともすぐさとった。福原は、

「木屋町の屋敷に部屋を用意してある。とにかくそこへ行け。明日からわしのゆるしがないかぎり勝手にまちを歩くな」

と渋い表情のままいった。

「ついてこい」

藩邸詰めの横柄な小者《こもの》に案内されて、六人は木屋町二条下るの長州屋敷に行った。ふつう

の町屋を買いとったらしい。そこの奥の台所に近い六畳間に放りこまれた。

「ふとんは押入れだ。飯は賄の女が用意する。勝手に歩きまわるなよ」

小者のくせに福原みたいな口をきいて帰って行った。初っ端《しょばな》から水をぶっかけられて六人はすっかり悄気《しょげ》返ってしまった。互いの顔も見ず六畳間でそれぞれ腕をくんだ。みんな若いから感じやすい。ちょっとしたことですぐ幸福になるかわり、ちょっとしたことですぐ不幸になる。躁と鬱の振幅が大波のようにゆれる。

「……腹が減った」

総楽がつぶやいた。飯は賄の女が用意するといったが、家の中は寂としていてそんな女のいる気配はない。

「自分たちで飯をたくか」

岡がそういった。杉山がとめた。

「よせ、下手に何かするとお留守居役にどなられるぞ」

さすがの杉山も福原の渋いことばがこたえたらしい。

「見るときくとは大ちがいだな」

伊藤伝之助はひっくりかえりながら悪態をつく。伊藤俊輔と山県狂介だけがだまっていた。俊輔はいまだに〝女の都〟の只中に突入した興奮からさめていなかったし、山県は本能的に京都が自分の可能性を引き出す絶好の場だということを感じていたからだ。ふたりとも別な理由で京都に興奮をおぼえていた。

俊輔はがまんできなくなった。からだの中でのたうちまわる何かが、じっとさせておかないのだ。

「いかん、忘れちょった」

俊輔は突然立ち上った。五人は俊輔を見た。

「どうした」

「松陰先生からお留守居役にみやげをたのまれていた。届けてくる」

そういうと俊輔は自分の包みの中から塩漬けにした魚の籠を出して、屋敷をとび出した。

嘘だった。松陰はそんなことはしない。みやげは実は久坂玄瑞《くさかげんずい》に渡してくれといわれてきたのだ。が、いまは非常のときである。このままだと六人は無為のまま軟禁状態になる。局面を打開しなければせっかく長州から出てきたのに何もならない。そのためにはたとえ久坂あてのみやげであっても転用したほうがいい。

「何だ」

もう一度戻ってきた俊輔に、福原はありありといやな顔をした。洒落た身なりに変っていてどこかへでかける直前だったらしい。国許からのみやげを忘れたのです、というと、

「何を持ってきた」

と急に頬がゆるんだ。若者はきらいだが、みやげは好きらしい。

「鯛の塩漬けです」

「鯛？　好物だ」

とひったくった。

「誰がよこした」

「私が持ってきました」

「感心な奴だ。おまえはたしか……」

「伊藤俊輔です」

「そうだ、伊藤俊輔だ。国許からもよく名をきいている」

福原も調子のいいことをいった。

「おねがいがあります」

「何だ？」

おねがいときいて福原は再び警戒する表情になった。

「書籍を売る店を教えていただけませんか」

「本屋を？」

呆れたように福原は俊輔を見た。

「何の本を買う」

「太閤記です」

「太閤記だと？」

福原は笑いだした。

「面白い奴だなあ、おまえは。ええと、何といったかな、たしか」

「伊藤俊輔です」

「そうだ、伊藤俊輔だ。伊藤、わしはおまえが気に入った。京にいる間、ほかの五人をよく見張れ。無事に国に帰るときには、おまえだけに特別の情報をやる。だから毎日おとなしく太閤記でも読んでいろ」

福原は本当に俊輔が気に入ったようである。吉田松陰の命令で京都に出てきた若者にしては、政治青年らしくない柔軟さにほっとしたのだ。それほどいま預かっている久坂玄瑞たちに手を焼いているということだろう。福原は、二条の本能寺近辺に書籍店は何軒もある、しかしいまは頼山陽の詩集がよく売れるので太閤記など売っているかどうかわからんぞ、と親切に本屋の所在を教えてくれた。俊輔はとぶようにまちに出た。京のまちは碁盤の目のように縦・横の道がよく整理されているので迷うということはない。それに辻の名はその縦・横の通りの名をふたつ並べてあるのでよけいおぼえやすい。たとえば四条通と河原町通が交叉すれば「四条河原町」とか、三条通に交叉すれば「河原町三条」というように。

本屋に行くというのももちろん嘘である。俊輔はただまちを歩きたかった。まちを歩いて京都の女を見たかった。女の都を泳ぎぬいて堪能したかった。俊輔はお上りさん丸出しになるのも平気でこれはと思う女にぶつかると、

「書物を売っている店はどこですか」

ときいた。娘でも人妻でもかまわなかった。きれいだと思う女には必ず声をかけた。ずうずうしいと思われることを心配するよりも、欲望のほうがそれを越えていた。

そして女たちは親切だった。みんな、

「その辻をお曲りやして、ひとつめの通りをお上りやして……」

とていねいに教えてくれた。

(これこそ人間のことばだ、女の使うことばだ)

と俊輔は感動した。そしてうっとりし、甘美な思いに何度も失神しそうになった。すると道を教えてくれる女はおどろいて、

「大丈夫どすか」

と、さっと手を添えてくれる。その手の柔らかさ、温かさがたまらない。そのたびに俊輔は、額を拭いながら、

「何しろ生れてはじめて都に出てきた田舎者ですから」

と心細そうな笑いを浮べる。そうなると女は、

「そうどすか……お気のどくどすなあ。うち、本屋はんまでごいっしょしまひょか」

といよいよ同情してくれる。それにはおよびませんとあわてて首をふるのだが、京の女は何て親切なのだろうと俊輔はいよいよ嬉しい。本屋はどこですか、の単一作戦で、俊輔は二十人余りの京の美しい女と口をきき、溢れるような幸福感を抱えて長州屋敷に戻ってきた。もちろん抜け目のないかれのことだからちゃんと太閤記も買ってきた。

部屋に戻ると誰もいなかった。真っ暗である。台所にとぼしい灯がついている。女がひとりいて縫いものをしていた。

「今日萩から着いた者です。伊藤といいます。みんなはどこへ行きましたか」

これが賄女だなと思ったが、俊輔はていねいにそう声をかけた。女は顔をあげた。二十五、六歳のちょっとくずれたところのある女だ。藩が安い賃銀で現地で雇った女だ。おそらく前は水商売か何かしていたのだろう。男にだまされたのかも知れない。そういうかげはあったが、なかなかきれいだ。

女は、

「久坂はんがみえましてな、歓迎会やいわはってみなはんを連れてかれはりました」

と応じた。

「で、どこへ」

「京極のニシンソバ屋はんどす」

「ニシンソバ？」

「京名物どす。伊藤はんが戻ったら連れてこいいわれました。ご案内させていただきます」

女は手際よく縫いものを片づけ、糸くずを指で拾ってまとめるとくるくると丸め、立ち上った。伊藤俊輔は再び外に出た。女は鴨川に沿って歩きはじめた。にぎやかだ。杉山松助が光の都だといったその光は、ひとつひとつが軒灯であり、窓から流れる灯火であった。そして店の多くが飲食店であった。灯火の群は夜の鴨川の水面を明るく光らせていた。鴨川もまた夜を知らなかった。

「先斗町《ぽんと》どす……」

女は歩いている道をそう説明した。

「ぽんとちょう？」

「へえ。ポルトガルのことばでポイント、つまり突き出た岬やいうことどす」

「きみ、何ていう名です」

「おしげいいます」

「おしげさん、きみは学があるなあ、いやあ感心したなあ、ポイントがぽんとちょうねえ」

大仰に感心する俊輔におしげは、

「そないなこと……」

と袖で口をおおった。ニシンソバ屋に着くと一隅の席から、さわやかな声がとんできた。

「俊輔くん、待っていたぞ、ここへ来い」

久坂玄瑞だった。ほかの五人も一斉にふりむいた。

「久坂さん……」

いきなり俊輔君と呼ばれてとまどいを感じながらも俊輔は久坂の示す席へ行った。そこは久坂の隣りだった。久坂はその席をばんばんと手で叩きながら、

「松下村塾でも俊輔君の席はぼくの隣りだった。坐りたまえ」

とはずんだ声でいう。久坂は顔もいいがいい声をしている。詩吟などはじめるとみんながききほれた。高い声が思いどおりに出る。俊輔には羨ましい存在だった。

「どこへ行ってきた」

「藩邸です」

「留守居役に松陰先生からのみやげを届けたって」

「はい」

「松陰先生も変ったな、昔はとてもそんなことに気のつくお人じゃなかった」

「…………」

いまだってとても気のつくお人じゃありません、松陰先生はあなたにといってよこしたのです、と俊輔は胸の中で応じたがもちろんことばにはしなかった。

「それにしては長かったな」

「はい、お留守居役からは許可なくまちを歩くことはならん、と重ねて長いご注意をうけていたものですから」

「あれが福原さんの悪いくせなんだよ、あれで若い奴をすっかりくさらせるんだ。若い奴は何といったって世の中を変え、その世の中を背負っていくんだから。まあ、留守居役の悪口をいってもはじまらん。みんな、改めて乾杯だ」

久坂は俊輔の杯に酒を注いでくれ、杯を高く宙にあげた。

(この人はだいぶ京都の生活を楽しんでいるな)

久坂の横顔をチラリと見ながら俊輔はそう思った。都の生活で長州の垢などすっかりとれてしまっている。洗練された都人《みやこびと》だ。

「もっと諸君を高級料亭に招いて大いに士気を鼓舞しなければいかんのだが、何しろ留守居役がけちでな、機密費もろくにくれんのだよ。かんべんしてくれ」

「いや、私共こそ久坂さんにこんなごめいわくをおかけして申し訳ないと思っています。そのせっかくの席で酒がまずくなるような話で恐縮ですが、お留守居役はわれわれにぜったいうごいてはならんとおっしゃるのです。いま伊藤君のいったとおりです。それではせっかく京都へきたわれわれは無駄骨になります。それこそ藩費の無駄遣いです。ひとつ久坂さんからお留守居役に話していただけませんか」

杉山松助が誠心をそのまま言葉に表わしてそういった。それは六人の気持でもあった。高い旅費を出して、ただごろごろしていたのではたしかに藩費の無駄遣いだ。その藩費ももとはといえば、貧しい農民たちが血のにじむような思いで納めた年貢（税）ではないか。真面目な杉山はそこまで考えていた。

しかし久坂は、

「駄目だ」

とにべもなく首をふった。

「福原さんは頑固だ。それにぼくのいうことは特にきかない」

「……………？」

「ぼくは本来江戸にいなければいけない人間なのだ。藩命は江戸留学だ。しかしいま政治の渦はすべて京でまわっている。ぼくは矢もたてもたまらなくて京にきた。ありていにいえば藩命違反だ。留守居役はぼくを萩に追いかえすのに必死だ。そのぼくがきみたちのことをたのんでもきくわけがない。杉山君、そして諸君」

久坂は熱っぽい目で六人を見わたした。

「留守居役のいうことをきいていたら何もできん。諸君は勇気をもって行動すべきだ。行動あるのみだよ」

そういってじっと六人を見た。六人の中で山県狂介の眼が特にキラリと光った。その光を久坂が感じとった。久坂も山県を凝視した。山県の眼の光はいつものような皮肉なそれではなかった。燃えていた。俊輔はおどろいた。

久坂はやがて大笑して、

「その壮途を祝うにはニシンソバは貧しい。しかしこの久坂の意とするところを汲《く》んでくれ、さ、大いに食うべし」

とまっさきにソバを食いはじめた。俊輔はソバの中に突っ立っているニシンに食らいついた。生ぐさかった。それを自分が生ぐさい思いをしたように、脇で久坂が顔をしかめ、そっといった。

「伊藤君、ニシンはだしだ。食っていかんということはないが、まあ、好き好きだ……」

だしまで食うのは田舎者だよ、というような意味にうけとれた。俊輔はあわててやめた。そして卑屈な笑い方をした。

帰途、久坂がそっと寄ってきていった。

「俊輔君、たのみがある」

「はい」

「藩命で急に江戸に戻らねばならないが、実は女がいる。これからことづてをたのまれてくれんか」

「はい、どこの女ですか」

「島原・桔梗屋《ききようや》のお辰という」

「芸者ですか」

「そうだ。たのめるか」

「何でも。久坂さんのためなら」

「うれしい男だ。あい・らぶ・きゅ（ゆ）うだ」

「何ですか、それは」

「ぼく、きみを愛するというメリケン語だ、じゃ、たのむ。島原の桔梗屋のお辰だよ」

そういうと久坂はそっと耳打ちした。俊輔は島原がどこかわからない。が、にこりと笑った。これでまたおおっぴらに京の美しい女に道がたずねられると思ったからだ。

花街の女

幾人かの娘に、

「お上りやして、お下りやして」

と教わったあと、俊輔《しゅんすけ》は四条大路を左に曲った。あたり一帯は真っ暗である。

(京都にもこんなさびしいところがあるのか……)

と次第に心細くなってきた。畠が多い。目をこらすとその畠の背後にずっと水田がひろがっている。西のほうにみえる低い山脈の下までつづいているようだ。

(長州と何も変らない)

光の都はごく一部なのだ。もちろん人影も絶えた。辻に出た。左の家に「前川」と書いた標札がかかっていた。大きな家である。その斜め右の家には「八木」と書いてあった。この家も大きい。

「まえかわさんに、やぎさんか……」

闇の道を辿りながら俊輔はそう声を出して標札の字を読んだ。寺も多い。左に新徳寺、右に壬生寺があった。

「みぶでら、か……」

壬生寺のまわりには酒店がたくさんあった。そこだけ、ぼうっと赤い光がかたまっていた。俊輔はようやく人心地がついた。実は、いま伊藤俊輔が歩いている場所は、もう数年たつと〝壬生の狼〟と異名をとった新撰組の一大拠点になる。

壬生寺の横をまっすぐ南下すると、夜空にまるで火事のような光を投げあげている一角が見えてきた。

(あれが島原だな)

と俊輔は思った。

周囲はまったくの水田で、その水田の中に出城のように突き出た廓《くるわ》が島原だった。どうしてこんな辺鄙《へんぴ》なところに遊廓があるのかよくわからない。島原という地名は、ここに引っ越してくるときの騒ぎが、まるで〝島原の乱〟のようだったので、そう名づけられたとも、あるいは濠や塀で厳重にかこまれた廓の姿が、島原城に似ているのでそう呼ばれているとか、いろいろなことを俊輔は道をきいた娘たちから教えられた。

「不夜城いいます」

とある娘はいったし、

「せやし、島原へ遊びに行かはるとき、男はんは〝城を攻める〟いわはります……」

とある娘はそういっておかしそうに着物の袂《たもと》で口をおさえた。もともとは朱雀野と呼ばれた無人の地である。板倉勝重という剛直の士が京都所司代をつとめていた時に、それまで市中の三筋町にあった遊廓をここに移転させたという。

その島原の廓内に入り、角屋《すみや》というまるで役所の建物のような店に入って、俊輔は店の男に、

「桔梗屋《ききようや》のお辰殿に会いたい」

といった。男は、

「お辰はん？」

と、俊輔の姿を頭のてっぺんから爪先まで見下して、たちまち蔑《さげす》みの色を浮べた。

「お辰はんに何の用や」

「会って直接話す。取次いで下さい」

「お辰はんはいまお座敷や」

と男はにべもない。

君のその格好では、おそらくそういう目にあう、そのときはこれを渡したまえ、と使いをたのむときに久坂玄瑞《げんずい》は紙包をくれた。金が入っている。受け取ったあと、俊輔はできれば店の男に渡さずに自分が着服してしまいたかったが、そうは問屋がおろさないようだ。

「きみ、ぼくは久坂さんの使いだ、これで煙草でも買いたまえ」

と、急に松下村塾ことばになって俊輔は預かってきた紙包を男に渡した。男の態度はころ

りと変った。

「久坂先生の？　へへ、早うそれをおっしゃっていただければ。お辰はん、すぐ呼んできますさかい、ちょっとお待ちを」

奥へとんでいった。

（こういうのを〝現金〟というのだな……）

俊輔は金の威力をまざまざと見た。金しか通用しない、価値の一元化された社会の存在を否応なく知らされた。

「久坂はんのお使いはんはどこどす」

すきとおった声がしたので、店脇の柳の下に立っていた俊輔はふりかえった。そして、あっと声をあげた。

この世に生きた弁天様がいたら、おそらくこのお辰のような姿になるのではないか。

（生き弁天だ……）

口をあけて俊輔はお辰を見つめていた。こんな美しい女をかつて見たことはなかった。色はお白粉のせいでなくすきとおったように白く、目の澄みかたがやや悲しそうな色を湛《たた》えて美しい。

「お使いはん、早う久坂はんのおことづてを……」

俊輔は久坂が藩命で急に京を発《た》つこと、あなたに会いにこられないこと、くれぐれもよろしくいっておられたこと等を無我夢中でしゃべった。しゃべっている間も鼓動が早鐘のように胸の壁をはげしく叩きどおしで弱った。

話し終ると、お辰は、

「うっ」

とうめいて泣き出した。そのまま、

「お使いはん、うち、辛い……辛い」

と泣きながら俊輔の肩にもたれかかった。ふつうなら胸を借りるところなのだろうが、俊輔の背が低いので肩になった。脂粉の香と首筋からくるお辰の若いからだの匂いに俊輔は陶然となった。

俊輔にもたれてさめざめと泣くお辰に、俊輔はいった。

「久坂さんは、自分が留守の間にもし何かあったら、この伊藤俊輔を久坂だと思って、何でも相談するように、と申されました」

久坂はひとこともそんなことはいっていない。しかしお辰は目をあげて、涙にぬれた瞳を輝かせながら、

「おおきに……うち、嬉しいわ」

とにっこり笑った。その妖しいばかりの笑顔の中に俊輔は身も心も吸いこまれそうだった。

(こういう美しい女のためだったら、おれはもう天下もいらない)

本気でそう思った。

店の男がもみ手をしながら近寄ってきた。

「お辰はん、お客はんが」

これをきくとお辰は突然別人のようにしゃんとした。そして、

「すぐ行きます」

と男に応じ、帯の間から財布を出すと小粒をひとつ俊輔に渡し、

「ごくろうはん。はい、坊や、お駄賃……」

とくるりと背を向けた。いま、もたれて泣いたのが嘘のようだった。俊輔は呆然とした。

(坊やだと?)

憤然とした。が、すぐ空の星の数ほど男をながめ、接してきたお辰にしてみれば、長州から出てきたばかりの十八歳の田舎者など、たしかに坊やに見えたことだろうと思った。

「久坂さんの留守中はおれにたよれ」

などという台詞を、それではあの女は一体どういう気持できいたのだろう、と俊輔は自分で恥ずかしくなった。おそらく、お辰は、

(このうすら馬鹿)

と腹の中であざ笑っていたにちがいない。

「ちくしょう……」

俊輔は柳の木を蹴った。お辰は奥へ去った。ふり向きもしない。本気で久坂に惚れているのか。

入口から店の男がいった。

「坊や、またお越しやす」

この野郎、と俊輔は一歩男に近づいた。

「何や、やるか」

男の表情が険しく変った。腰を落した身のかまえが鋭い。廓人というのはまったく不可解な変化をつぎつぎと見せる人種だ。俊輔は廓を出た。

藩屋敷に戻ると、久坂は若者たちに演説をしていた。

「ぼくは江戸へ戻ることになった。藩命が下されたのだ。藩はぼくを注意人物視している。そこできみたちにたのむ。どうか京に残って政情探索にいそしんでくれたまえ。たまたま今日国許の吉田松陰《しょういん》先生から手紙がきた。諸君にもよろしくとある。そして、京ではひろく人材に接するように、特に梁川星巌《やながわせいがん》・梅田雲浜《うんぴん》先生や薩摩の西郷吉之助、越前の橋本左内君にも会うようにと書いてある。また志士だけでなく、幕臣の中にも異材がいるので、川路聖謨《としあきら》や大久保忠寛などとも話をしたらどうだと書いてある。ぼくがこのまま京にいられたら、先生のご意図にほとんどそえるのだが、いまの諸君では無理かも知れない」

これをきくと脇にいた山県狂介《やまがたきょうすけ》が、

「何が無理だ」

と低くつぶやいた。現実主義の山県は、久坂のような衒気《げんき》があまり好きではない。ことばに酔うひまにさっさと実行するほうだ。

「何だ」

山県のつぶやきに気づいた久坂がこっちを見た。俊輔は山県の尻を突いた。山県は、別にと首をふった。久坂はちょっと鼻白んだが、演説をつづけ、

「いずれ、京へ高杉君や桂さんがくる、それまでとにかくたのむ」

といった。

夜の高瀬川を舟で下って、久坂玄瑞はその夜のうちに京を出た。藩の京都留守居役福原与三兵衛が、

「早く、早く」

とせき立てたからである。

舟着場まで青年たちは見送った。岸に植えられた柳の葉を避けながら、舟の上から、

「諸君、健闘を祈るぞ」

と手をふりながら去る久坂の姿は、そのまま舞台から降りてきた若武者だった。水もしたたるいい男というのは、決してことばだけではないことを伊藤俊輔は知った。久坂が舟にのるとき、俊輔はお辰の報告をした。久坂は、

「そうか」

と、うなずいた。共通するひみつを持ったふたりの姿に、ほかの青年たちは嫉妬をおぼえた。久坂玄瑞は長州青年群のアイドルなのだ。青年たちは、

「伊藤俊輔は久坂さんに特別に愛されている」

という印象を持った。

久坂の舟が遠ざかると青年群は、

「のみに行こう」

と連れ立って歩き出した。俊輔は、

「おれは屋敷に戻る……」

と告げた。誰もとめなかった。山県狂介だけが俊輔と並んだ。

「きみも屋敷に戻るのか」

ときく俊輔に山県は首をふった。

「梅田雲浜先生に会ってくる。おれは前々から尊敬していた」

「松陰先生のお手紙に書いてあった人だね」

「そうだ、一介の浪人でなぜ京都の志士たちからあれほど尊敬され、また朝廷に力があるのか、そのひみつを知りたい」

「うん」

俊輔は頭の中で、いま別れた久坂玄瑞のことを考えていた。師の松陰がもっとも愛している青年だ。純粋だし、詩人でもある。が、俊輔には、どうも〝いまいち〟という感じなのだ。

(さわやかすぎる。まるで清流の魚だ)

沼のドジョウかナマズの子みたいな俊輔にとって、久坂の言行はきれいごとすぎる。また、まぶしすぎる。それはそれで、多くの青年群を感動させているが、俊輔の知る世の中は、もっと泥くさく、どぎつい。誰でも久坂のように美しく生きたい。生きられれば、そうしたい。

（が、おれにはできない）

どこかちがう。どこがちがうのか。俊輔はそのことをずっと考えていた。

そして、いま、

「梅田雲浜先生に会いに行く」

という山県も、山県なりに、やはり、

（どこかちがう）

という、俊輔と同じ感じを持ったのではなかろうか。久坂は俊輔に好意をみせてくれた。ほかの仲間が嫉妬するほどの好意をである。それでいながら、

（どこかちがう）

という感じを持つのは、久坂に対して悪い。悪いとは思うが、やはりどこかちがうのだ。早くいえばピッタリこない。別な生息次元に棲む人間なのだ。山県の感じたことも、まったく同じであるにちがいない。

「おまえは藩屋敷に戻って何をする？　賄婦に夜這いか？」

山県はにやりと笑いながら俊輔にそういった。

「馬鹿な、あんなおばさんに何でおれが」

と俊輔は否定したが、その語調は狼狽していた。半分は山県のいったとおりそうしようかと考えていたからである。あの美しいお辰を脳裏に思い浮べながら、賄婦のおしげのからだの中に、そのたかまった青春のほとばしりを放出しようか、などと不逞なことを考えていた

のだ。ふたりは河原町の大路で別れた。

「うちのところへ夜這いに来やはったのとちがいますか」

無人の藩屋敷の中で、たったひとりだけ残って針仕事をしている賄婦のおしげを部屋にたずねると、おしげはそういってふり向いた。冗談をいっているのではなく、目は鋭く警戒の色を浮べている。

伊藤俊輔は早くも自分の意図を見ぬかれた気がして、

「いや……」

と首をふった。そして、

「お留守居役の福原様がやかましくて外も自由に歩けないんですよ。藩から旅費をもらって、しかも毎日ぶらぶらしていたのでは、長州で首を長くして、われわれの戻るのを待っておられる吉田松陰先生にも申し訳ありませんからね。おしげさんの知っている京都の話でも少しきかせてもらおうと思って」

とおしげのそばにきちんと正座した。そんな俊輔を見ておしげは微笑した。

「うちは、こんどみえた若いお人の中で伊藤はんが一番助平やと思うてたさかい、ここにこられるとどうも危のうて」

「ぼくはそんなに助平じゃありませんよ。たとえ女の人と同じふとんに入っても何もしない男だって有名なんですよ」

「ほんまどすか」

からかうようにおしげは俊輔を見た。

「本当です。食べませんか」

俊輔は買ってきた八ッ橋を出した。

「おおきに。ほな、お茶でも入れましょ」

おしげは汚い急須に湯を注いだ。

「出がらしどす」

と茶を注いだ茶碗を押してよこした。そして、

「ほな、よばれまひょ、おおきに」

と八ッ橋を食べた。その姿は、生きるのに疲れきった女が、わずかの間、ほっとしているやすらぎそのものだった。どこにでもある京都の大衆的なこの菓子をほんとうにうまそうに食べた。その姿を見ているうちに、俊輔の劣情は萎《な》えた。口先だけでなく、本気でこの賄婦の話をきこうと思った。

「桔梗屋のお辰はんには会えましたか」

とおしげがきいた。

「会えました。あんまりきれいなのでびっくりしました。まるで天女だ……しかし、なぜか気持がくるくる変る人だ。あれでほんとうに久坂さんが好きなのかね」

「ほんまやと思います……せやけど」

おしげは顔をあげて茶をすすり、口の中の八ッ橋が柔らかく溶けるくらいの時間をおいてからこんなことをいった。

「こないなことが京では起ってます……」

と、突然思いもよらぬことを話し出した。おしげが「こないなこと」といったことは、ざっとつぎのようなことだった。

○　京の花街の女は、いま、京にきている各藩の有望な青年を情人に持ちたがっている。

○　この傾向はいまに女同士の争いになるほど熾烈化するだろう。つまり祇園《ぎおん》・木屋町・先斗《ぽんと》町・島原などの花街の芸妓や太夫は、「うちの情夫は○○藩の○○はんや」ということを誇示しあうようになるだろう。

○　そしてこのことは京の女の側だけでなく、京に滞在している各藩の若侍たちの間にもそういう徴候が表われている。若侍たちもいずれ「おれの恋人は○○屋の○○という女だ」と威張りあう時が必ずくる。

「面白い話だな、それは」

俊輔はのり出した。京都での状況分析をこんな角度でした人間ははじめてである。しかもおしげのこの予見はひじょうに蓋然《がい》性があった。

「ちょっとお待ちやす、うちがいいたいのは」

おしげは早のみこみをしようとする俊輔を手をあげてとめた。

「ただ、京にみえる男はんと京の女子のことだけをいうてるのとちがいます……」

おしげがいうのは、
○　そういう状況になると、若侍たちが優秀であればあるほど、京の花街の女の位置がたかまるということと、
○　もっと大切なのは、日本の政《まつりごと》はいまたしかに京でまわっているけれど、これからはその京の中でも、御所や所司代の屋敷で政治がうごくのではなく、女のいる祇園や島原でうごくようになるだろう……。
ということなのだ。

「うーん」

俊輔はうなった。

「せやさかい……」

おしげはほほえんだ。

「お辰はんの久坂はんへの気持はほんまや思います」

「つまり、先物買いというわけだな」

「そないないいかたしたら、お辰はんに悪いやおへんか」

おしげは笑った。しかし笑う目の底に俊輔のことばに共感する光があった。それだけ華美な生活をしている女に対して意地の悪い感情を持っているのだ、ということを俊輔は見ぬいた。

（これは大変な情報だ、さっそく国許の松陰先生に知らせよう……）

と俊輔はよろこんだ。ちょうどぐあいのいいことにほかの奴は誰もいない。他人に見られずに急いで手紙を書こう。おれの大きな点数かせぎになる、と俊輔は胸をはずませた。吉田松陰は自分のメモの「飛耳長目録」にこのことを必ず書きとめるだろう。そして、あるいは、

「伊藤君、君は即刻祇園や島原で遊興したまえ」

といってくれるかもしれない。藩費で酒と女、お辰のような美女が脇にはべって公然と遊べるのだ。

俊輔は勝手な想像をした。

「おしげさん」

「へえ」

「ぼくはどうだろう、この伊藤俊輔は誰かいい女が先物買いをしてくれるかな」

「そうどすなあ……」

おしげは苦笑した。そしてこんなことをいった。

「伊藤はんはなかなかはしこいお人やけど、足りないものがふたつありますなあ」

「足りないものがふたつ？」

「へえ」

いまの伊藤俊輔に足りないものは「身分と金」だとおしげはいった。まあ、身分が高くなればお金のほうは従《つ》いてくるから、実際にはふたつといってもひとつかも知れない、といった。

俊輔にかぎらずこんど京にきた六人の青年は「小者《こもの》」であって「侍」ではない。そこが致命傷だという。小者ではいかに物好きなのがいたとしても京の女も相手にはしない。

「何というても、向うも商売やさかい……」

おしげはそういった。ききながら俊輔のバラ色の夢はたちまちしぼんだが、しかし、このおしげの世情分析と冷厳な現実主義はみごとだと思った。多少おっちょこちょいの気味のある俊輔は、いつも、おれに欠けているのはこの現実主義だと思っていたから、おしげにはものすごく教えられた。来原《くるはら》や吉田松陰が口を酸っぱくしていう「事実に即せ」ということを、同じ階層の女から、身近なことばで示された思いだった。

「伊藤はん」

「はい」

「ひとつだけいいことを教えまひょか」

「何です」

「こちらにお世話になってから感じたことやけど、長州いう藩はお殿さまの偉くない藩どすな？」

「なに」

またこの女はとてつもないことをいいだしたと俊輔は仰天した。

「どういうことだ」

「脇で見てますと、藩の大事なことをきめはるのは、みんな、藩の政事堂のお人のようどすなあ」

「……!?」

俊輔は声を失った。それこそ穴のあくほどおしげの顔を凝視した。

たしかに、長州藩の藩主はあまり権限を発揮しない。藩主は利口か馬鹿か、承知していてそうするのかどうかそこはわからないけれど、とにかく、藩政は藩の政事堂（長州藩は藩政府をこう呼んでいた）の人間たちが牛耳っている——というようにおしげは見ている。藩主は俊輔のような身分の者にとっては、まさに雲の上の人であり、考えたこともなかったが、改めておしげにいわれてみると、たしかにそうだ。長州藩の藩政は国老以下の政事堂員でおこなわれていた。おしげは、殿さまが偉くない、という特性を利用して、伊藤俊輔のような身分の低い人間でもどんどん政事堂にくいこめる可能性があるのではないか、といっているのだ。

それが、俊輔の、

「おれのような男を先物買いしてくれる京の女がいるだろうか」

という問いに対する答えなのである。

実際には、

「いまのままでは駄目。出直してこい」

という返事なのだが、その出直しかたについてヒントをくれたのだ。そしてそれはまったく可能性がないことではありませんよ、と告げていた。

「いやあ、おどろいた、ほんとにおどろいた。おしげさん、正直に白状します。ぼくはおしげさんに見ぬかれたとおり、ここへ夜這いにきた。しかし、おしげさんのいまの話をきいてほんとうに勉強になった。よこしまな思いはきれいさっぱり消えましたよ」

「…………」

俊輔の興奮したことばに、おしげはちらりとうすい笑みを見せながら八ッ橋をぽりっと嚙んだ。そして、

「ほんまどすか」

と俊輔を盗み見た。

「ほんとうかって、何が？」

「ほんまに、きれいさっぱり気持がきれいにならはりましたか」

「……？」

「伊藤はん」

「はい」

「ほなら、うちが伊藤はんに夜這いしまひょか」

「え」

「お金ものうて、身分も低うて……いまの伊藤はんではどこの女子も相手にしてはくれへんやろ……おいで……」

「…………」

不可思議な女というほかはない。伊藤俊輔は完全におしげにふりまわされた。それでも暗い小部屋でむしゃぶりつくようにおしげのからだに入ったとき、俊輔は京にきてはじめて気持のやすらぎをおぼえた。おしげのからだは人間の故郷のようなやさしさと柔らかさに満ちていた。

その熱い格闘の最中、おしげは、男の名を叫んだ。俊輔の名ではなかった。死んだ亭主の名かも知れない。しかし俊輔にはおしげのその叫びが夜鳥の鋭い啼き声のように思えた。どこか哀しく、そしてどこか不気味だった。そこにおしげという不可解な女の本性が溜っているような気がした。

おしげの部屋から戻って手紙を書きはじめると、まもなく山県狂介が戻ってきた。俊輔はあわてて手紙をかくした。じろりとにらんで、

「かくすな」

山県はいった。そして、

「梅田雲浜先生にお目にかかってきた。おれはおれの偏狭さを、いやというほど思い知らされたよ」

何を話し合ったのか、教えてはくれなかったが、そういって山県は、梅田雲浜との会見の余韻をいとおしむような表情をして腕をくんだ。

梅田雲浜は若狭小浜（福井県小浜市）の藩士で、早くから尊皇思想家として有名であり、

京都御所にも出入りして公卿とも深い交流があった。いまは特に一橋慶喜《よしのぶ》をつぎの将軍にするための活動をしていた。影響力が相当に強いので徳川幕府は、京都にいる尊皇家の梁川星巌・池内大学・頼三樹三郎《らいみきさぶろう》とともに、

「悪謀の四天王」

と呼んでいた。雲浜という号は、かれの生地小浜が、昔〝雲の浜〟と呼ばれていたことからとったのだ。

しかし、話しながら山県はちらりちらりと、俊輔の書きかけの手紙に疑惑の視線を投げた。閉口した俊輔は、

(別にかくすことでもない)

と、書きかけの手紙をみせ、おしげからきいたことを吉田松陰に知らせるのだ、と話した。

「日本の政治はやがて京都の花街でまわる」

という話には、山県は潔癖家らしく嫌悪の情をあらわにしたが、

「長州は殿さま抜きでものごとがきまる」

という話には、

「うむ？」

と持ち前の鋭い眼をさらに鋭く光らせた。おしげの分析は、いま梅田雲浜からきいてきた、

「もはや日本の志士は藩という縦社会でつながっているだけでは駄目だ、横につながって藩人から日本人に脱皮するのだ」

という説にそのまま結びついていくからだった。山県はめずらしく自分から口をひらき、そのことを話した。おしげの分析に触発されたのだ。俊輔はまたたきもせずにきいた。そして、人間の出会い、ということを改めて思った。が、

（その出会いにも相性がある）

と思った。吉田松陰はすぐれた人物のひとりだ。が、その松陰にさえ、全幅の感動をおぼえず、時に批判的な態度をとる山県が、梅田雲浜には完全にのめりこんだ。人によって影響される人物も変る。性が合わなければ、影響されない。俊輔が久坂玄瑞に、ほかの若者ほどの感動がないのは、おそらく性が合わないからだろう。山県は梅田に会って、感動しただけでなく、多くの情報を仕込んだといった。俊輔は気づいた。そうだ、情報は人からもたらされるのだと、改めて思った。

（おれも誰かに会おう）

と意を決した。俊輔は、さっきの久坂の話を思い起こした。師の松陰が会え、といってならべた在京の人物の名である。名を思い浮べながらこう思った。

（志士や学者はみんなが会いに行く。それならおれはひとひねりして、あまりみんなが会わない人物を狙ってやろう）

他人とひと味ちがう人間とは誰か？　志士と反対の立場にいる人物がいい。そうだ、と俊輔は胸の中で手を拍《う》った。

俊輔は、

（松陰先生が手紙で梅田雲浜とならべて書いている幕臣の川路聖謨という人に会おう）

と思った。

組織は人なり

幕臣の川路聖謨《としあきら》にきめたのは、吉田松陰《しよういん》が萩から若者たちによこした手紙に、

「京都では水戸の鵜飼吉左衛門《うがいきちざえもん》や梅田雲浜《うんぴん》に会うといい。梁川星巌《やながわせいがん》や春日潜庵《かすがせんあん》もためになる人物だ。あるいは書生のような顔をして京都町奉行をたずねてみるのもいい勉強になろう。町奉行くらいになると、なかなかの人物がいるものだ……」

と書いてあった。そして、

「町奉行はたしか川路聖謨という人物だ」

という文面があったからだ。

いくら京都留守居役の福原が頑固一徹で、萩からきた若者たちを軟禁状態においていても、故郷に戻って滞京中、

「ずっと䀹婦と寝ていました」

ではすまない。何かみやげを持って帰らなければならなかった。みやげというのは〝情

報〃である。特に、あれほど情報好きでメモ魔の吉田松陰にとっては、京都の情報ほどすばらしいみやげはなかった。

「京都町奉行に会いに行く」

と俊輔《しゅんすけ》がいうと、同行の若者たちはさすがに変な顔をした。

「幕府の役人に会うのか」

「そうだ、吉田先生のお手紙にもそうしろと書いてある」

「先生はどこまで本気でおっしゃっているのかわからん。あまり賛成できないな」

みんな、大体そういう意見だった。山県《やまがた》がひとり、にやりと笑っていた。

長州藩は関ヶ原の合戦で徳川家康に敵対したため、合戦後、領地を長門・周防《すおう》の二か国に減らされてしまった。だから徳川幕府にははじめから憎悪の念を持っている。その幕府の官僚に会うというのは、何か純粋性が汚されるような気がしたのだ。

が——伊藤俊輔にすればそこに狙いがある。目立つためにはふつうの人間がやることとをやっていたのでは駄目だ。突飛なことをやらなければ特色が出ない。おそらく俊輔のそういう意図を、山県狂介《きょうすけ》だけは見ぬいたのだ。だから、

(また、やってやがるな)

と、皮肉な表情で俊輔をながめた。

伊藤俊輔は京都町奉行所に行った。京都の町奉行所は東と西のふたつあった。伊藤俊輔がたずねたころ（安政五年・一八五八）、西町奉行はくびになっていたので東町奉行ひとりで京

都市政を司っていた。東町奉行は岡部豊常という人である。そして東町奉行所は京都の西、二条城の西南の角にあった。神泉苑《しぜいえん》の隣りである。藩屋敷を出て、本能寺の横をぬけ、とにかく西へ向かう御池通（御池というのは神泉苑のことだ）を歩いて行けば、そのまま奉行所の前に出る。

東町奉行所に着くと、俊輔は臆せずに門を入り、受付に行った。受付では若い同心が応接した。時節を反映してか、同心の眼は血走っている。顔だけひねてサルのような面相をし、しかし眼に何ともいえない愛敬《あいきよう》を湛《たた》えている少年だか青年だかわからない俊輔を見て、同心はとまどった。

「何の用だ」

「お奉行にお目にかかりたい」

「おまえは」

「長州藩伊藤俊輔」

本当は長州藩士といいたかったのだが、俊輔はまだ足軽で侍ではない。だから士とはいえない。しかし同心には長州藩士ときこえるように、士の字を口の中でつぶやいた。

「長州？　お奉行に何の用だ」

「時世について、とくと討論したい」

「……………？」

同心は唖然とした。

「何がしたい、と？」

「時世について、京都町奉行と腹を割った話がしたいのだ」

「この馬鹿野郎！」

同心は突然怒り出した。

「京都町奉行を何だと思っている！」

と真っ赤になって怒りの声をあげた。

「恐れ多くも次期将軍さまの世継ぎ問題と日本の開港問題で、江戸からご老中の堀田さまが入京され、奉行所はそのお世話で上を下への大さわぎだ。きさまのような田舎侍と話しているひまなどあるか！　京都にいてそのくらいのことがわからんのか、帰れ！」

と、もう口をきわめての悪口雑言であった。俊輔は呆気にとられた。そして、

（この人は相当にきずついている……）

と思った。おそらく下っ端役人として上から始終どなられどおしなのだろう。だから俊輔にこれほど当るのだ。文句をいおうと思ったが、どういうわけか、顔のほうは逆にゆるんでしまった。同心は自分が馬鹿にされたと思ったのか、

「何がおかしい？」

と目をつりあげた。

「いや、別におかしくありません。しかし、お役目、まことに大変ですな」

と、俊輔はしみじみとねぎらった。こういう精神状態で毎日を生きていくのはさぞかし大

変だろうと、ほんとうにそう思ったのである。同心はいくらか表情をなごませた。伊藤俊輔はいった。

「今日はこれで失礼いたします。またうかがいます。お奉行によろしくお伝え下さい。お奉行はたしか川路さまと申されましたな」

「お奉行は岡部さまだ。川路さまというのは江戸からこられた堀田ご老中さまのお供だ。おまえは何も知らないな？」

と同心は再び軽蔑の表情を浮べた。

世の中で、馬鹿をよろこばせるのはその馬鹿以上に馬鹿をよそおうことだ、という知恵を俊輔は身につけていた。

そこで、

「へえ、川路さまはお奉行ではないのですか」

と二の矢を放つと同心はさぐるような目つきになった。

「おまえはあの裏切者に会いにきたのか？」

「裏切者？」

「そうだ、みんな、そういっている。川路さまは幕府の裏切者だとな」

「何をしたのですか」

「つぎの将軍さまに一橋慶喜《よしのぶ》卿を立てている……」

「はあ」

「しかし、いずれご処分になる。あんな人に会うなどと、おまえも気をつけろ」

「注意します。で、その川路さまの宿所は」

「大徳寺内の孤蓬庵《こほうあん》だ」

吐き捨てるように同心はいった。川路がきらいらしい。そうなると、俊輔はいよいよ川路という男に興味を持った。尊敬されている人間よりも、きらわれている人間や憎まれている人間のほうが、会ってさぞ面白かろうと思ったからである。

「大徳寺というのはどこですか」

「紫野だ」

「そのむらさきのというのはどう行けばいいんですか」

「自分でさがせ。おれは京都の案内人ではない」

「そんなことはないですよ。町奉行所は町の住民のためのものです。まして何もわからない他国人には、十分親切にすべきです」

「きさま、ひっくくるぞ！」

本気で怒り出した同心をしり目に、俊輔は東町奉行所をとび出した。

大徳寺という寺の名を俊輔がおぼえていたのは、その寺の昔の住職である一休という僧をおぼえていたからだ。一休が小坊主だったころの頓智話をよく母親からきいた。それにしても、その一休がいた大徳寺は何と馬鹿でかい寺だろう。京都はおよそ町中寺だらけの都だが、その中でも大徳寺はずば抜けて大きい。

孤蓬庵はその大徳寺の裏のほうにあった。二条城横の千本通をずっと北上してきたのでかなり疲れた。

庵の小坊主に面会を申し込むと、

「お約束ですか」

ときかれた。

「はい」

とすまして答えると小坊主は、

「ちょっとお待ち下さい」

と奥へひっこんだ。やがて出てきて、

「どうぞ」

と案内に立った。じっと俊輔の目の奥を見た。その目で、俊輔は、

（嘘がばれた……）

と思った。川路と約束などしていない。

通された部屋は庭に面した六畳ほどの茶室である。六十歳くらいの色の黒い小柄な侍が書きものをしていた。

小坊主が、

「ご案内いたしました」

と告げると、侍は、

「ごくろう」

といい、

「きみ、何者だ」

と背を向けたまま俊輔にきいた。背中に鋭い眼があるようで、嘘をつくことをゆるさないきびしさを感じた。

「長州藩の足軽伊藤俊輔と申します」

「いくつだ」

「十八歳であります」

「誰が私に会えといった？」

「師の吉田松陰先生であります」

「ああ、吉田先生がね……」

松陰の名をきいて川路が親近感を持ったさまが、背中の肉のゆるみでわかった。

「きみはこの孤蓬庵には前にきたことがあるかね」

「ありません。京都そのものがはじめてであります」

「そうか。では、まず障子を見たまえ」

「はい」

「下のほうは紙を貼ってない、素通しだ」

「はい」

「その障子をあけて庭を見たまえ。縁のすぐ下に那智黒《なちぐろ》の石の池がある」

「はい、水が入っておりませんね」

「よく気がついた。夜になって月がでると、月光はその石の池に注ぐ、石は月光をはねかえす、はねかえされた月光はその紙を貼っていない障子の隙間《すきま》からこの部屋に入り、天井にぶつかる。天井にぶつかった光は散って部屋の諸所でゆれる。その光は海の波にみえる……つまり、この部屋は海の中を行く舟になる……」

「なるほど」

川路の巧みな語り口もあったが、俊輔にはその光景が容易に想像できた。萩の松本川の風景や、その松本川が注ぎこむ日本海の風景にそのまま重ねることができるからだ。萩の海もしずかな月の夜は美しい。日本海というとすぐ世間では荒波を考えるが、萩の海は浮世絵のように美しい日が多いのだ。

「考えたものですね」

「うむ、考えた人は小堀遠江守という大名だ。知っているかね」

「知りません」

初対面だったが、この川路の前では何でも正直に話せ、知っていることは知っている、知らないことは知らないとはっきりいえる気がした。初対面なのに、俊輔をそういうふうにくつろがせる何かをこの人物は持っていた。

「書き終ったよ」

筆をおいて川路は向きなおった。黒い瞳の大きい老人だった。が、全身からぴりぴり鋭い知恵が発散してくるような聡明さがみなぎっていた。

「私が川路聖謨だ。いま、遺書を書いていた」

川路はそういって大笑した。

「遺書を？」

びっくりしてききかえすと、川路は笑いながら、

「まもなく日本は大変なことになる。将軍のあとつぎのことと日本の港をひらく問題で、おそらく弾圧の嵐が吹きまくる。井伊さまが大老になったからな。井伊さまは剛毅のお方だ。反対者は根こそぎやられる。きみの師の吉田さんも危ないぞ。もし、まにあうのなら萩に戻って十分自重してほしい、と伝えてくれ」

「吉田先生が……」

どう危ないんです、ときくと、川路はくだいたことばで、じっくり京都の情勢を話してくれた。
○　欧米の列強が中国との貿易の中継地として日本の港をひらかせたがっていること。
○　いまの日本はその列強をうちはらえという攘夷論と、いや、港をひらいてどんどん外国の文化をとりいれろ、という開国論に分かれているが、かっこのよさと、勇ましさで、攘夷論のほうがいきおいのいいこと。
○　幕府の威力はもう昔ほどなく、いまは何でも天皇に相談しなければならず、そのため、

まわりにいる公卿たちがいきおいを増していること。
○　ぐあいの悪いことに、前将軍が暗愚で白痴同様なので、後継者はよほどしっかりした人でなければ国難はのりきれないこと。
○　川路としては、人望もあり英明の評判の高い一橋慶喜を推しているが、これは薩摩藩主島津斉彬をはじめ、多くの有力大名も推しているため、大老の井伊直弼《なおすけ》は反対し、別の人物を立てていること。
○　が、大勢は井伊の思うようにうごいており、慶喜派はつぎつぎと弾圧されていること。
○　川路にも昨日「至急江戸に戻れ」という命令がきたので、江戸に戻ればあるいは切腹かも知れないと思い、遺書をしたためていたこと。

そんなことを川路は淡々と語った。

吉田松陰がどうして川路の名を知ったのかわからない。師の佐久間象山からきいたのかも知れない。

伊藤俊輔はいま目の前にいる川路の略歴をまったく知らなかったが、川路聖謨は幕府の中では異色の俊英として名高かった。

豊後《ぶんご》国（大分県）の日田代官所の小役人のせがれに生れた川路は、青雲の志を抱き、十七歳のときには幕府の登用試験に合格し、勘定所の筆算試験にも合格していた。その後、〝仙石騒動〟という有名なお家騒動に公正な裁きをみせ、佐渡奉行、奈良奉行、大坂奉行などを歴任して民政にはくわしかった。勘定奉行もつとめている。特に外国の事情にはくわしく、

ロシアからの使節プチャーチンとは互角に渡りあって、ロシアの要求をぜんぶ蹴った。その蹴りかたもロシア側の表現によれば、

「巧みなユーモアでいつのまにかだまされてしまった」

というから、外交技術には相当長《た》けていたのだろう。

しかし、いずれにしてもその経歴と出世のスピードの早さは異例で、ふつうだったらとても俊輔が会えるような人物ではない。川路は幕府が倒れ、江戸が開城した日にピストルで自殺した。切腹をしないでピストルで自分を射つところなど、やはり異色の人であった。

川路はいった。

「はじめて佐渡奉行になったとき、私は飯のお菜《かず》は梅干二個ときめていた。島民がみんなそういう食事しか食べられないのだ……」

「十五、六歳のころから出世欲が盛んでとにかく上ばかりみていた。しかし、やがてその出世も自分のためじゃ駄目だ、誰かさんのために役に立たなければ駄目だと思うようになった……自分のための出世は〝私〟、誰かさんのための出世は〝公〟だ。伊藤君。ぼくは若い人が出世欲や向上心を持つことは決してまちがいではないと思っている。しかしそれは誰かさんのため、つまり〝公《おおやけ》〟の立場での出世でなければならないよ」

何というわかりやすいことばで話す人だろう、と俊輔は感心した。同時に、

（この人は、初対面ですでにおれという人間を見ぬいたのか？）

とも思った。俊輔が胸の中でたぎらせている出世欲は、あきらかにまだ〝私〟だった。来《く》る

原《はら》や松陰からいわれて、理屈ではわかっているが、しかし、それが〃公〃にまで止揚されているとは、自分でも思っていない。いろいろな奉行を歴任して、多くの人間と接した川路は、ひと目でその人間の性格を見ぬく鋭い洞察力を身につけている、と感じた。川路は庶民を〃生きた教材〃として人間学を学んできたのだ。

特に、

「誰かさんのために出世しろ」

などといういいかたは俊輔には嬉しかった。ただわけもなく、青い雲の中をがむしゃらにうごきまわっていた今日までの日々が、俊輔にはくやまれた。

(おれには目標がない)

と、はっきりとさとった。

(この川路さんは十七歳のときに、すでに幕府の学問吟味《ぎんみ》に合格している)

学問吟味とは、現代でいえば国家公務員の上級職試験や司法試験に相当し、昔の「高文」みたいなものだろう。大変な俊才なのだ。

その人に臆面もなく、

「時世について討論したい」

などとのこのこやってきて、ふつうなら恥ずかしくてしっぽをまいて帰るところだ。が、伊藤俊輔はそんな男ではなかった。人間学のほうは俊輔もかなり学んでいたし、それも底辺での学習が多かったので、俊輔はしたたかだった。平然と川路の話をきいていた。

が――その俊輔も、川路が最後にいったことばには仰天した。川路はこういった。

「伊藤君、徳川幕府はもうくずれかかっているよ。いまのままだと、もう長いいのちではない」

「えっ」

俊輔は絶句した。川路の目が光った。

「私は冗談をいっているのではないよ。私はすでに四十年近く幕府につとめた。役人としては長い。しかもかなり真剣につとめてきた。組織というものがどういうものか知りつくしている、伊藤君」

「はい」

「組織をうごかすのはしょせん人だ、人を大事にしない幕府の命運はもう先がみえている。何とかしなければ駄目だ。そうしないと、日本がえらいことになる」

「……………!?」

俊輔はことばを失った。衝撃で、それまで平然と川路の話をきいていた（ふりをしていた）偽装が剝《は》げた。

俊輔は、渡り奉公人から藩の足軽になって、自分が身をゆだねる組織の存在を知った。長州藩という組織だ。それは巨大であり、同時に不滅だった。大船だった。俊輔が出世しようと思っているのは、その組織にのってである。が、川路は、自分がのっている大船が沈みかかっているという。こんなことは考えたこともない。個人という小さな存在が、組織という巨大な存在に、対等の位置で対《む》きあうなどという発想は、俊輔の頭の中にはまったくなかった。そんな大それたことは思いもしなかった。

巨大な組織であり、不滅であるということは、徳川幕府についても同じだった。幕府は藩の統御者だ。長州藩がつぶれることはあっても、幕府がつぶれることはない、俊輔はそう思ってきた。

それを、いま川路は、

「徳川幕府は、くずれかかっていて、長いいのちではない」

という。それも、一介の外様藩の足軽に。

京都町奉行の役人は、

「川路さまは危険人物だ」

と告げたが、川路の危険度は、役人が認識しているよりも、はるかに高い。幕府という大組織の一員でありながら、その大組織を、冷厳に突き放して見つめる川路聖謨に、俊輔は完全に圧倒された。俊輔の頭は混乱し、狼狽した。同時に、

(こんな大きな秘密情報はないぞ!)

と、自分が掘りあてた鉱脈の価値の大きさに、身ぶるいした。

東町奉行所の若い同心が、

「川路さまは裏切者だ」

といったが、川路は裏切者どころではなく、もう叛逆者だ。

伊藤俊輔は波立つ胸の鼓動をおさえたまま、じっとこの奇態な幕府役人を凝視した。

「…………」

若者たちに帰国命令が下った。伝える留守居役の福原は嬉しそうだった。このころ、京都では、井伊大老の反体制派弾圧がはじまっていた。梅田雲浜がまっさきに捕えられた。梁川星巌は、捕えられる寸前に急死した。コレラだった。京都には弾圧旋風が吹きまくった。まごまごしていると、何が起るかわからない。血気にはやる若者の行動が、一藩を危うくしないとはかぎらない。福原は、何よりもそれを怖れた。だから、帰国命令を伝えることによって、厄介ばらいができると思ったのだ。

若者たちは帰国した。国情騒然とする中でも、四季の営みだけは確実で、日本には秋が訪れた。萩にも秋がきていた。松下村塾の庭にある柿の木も、夕陽に光る赤い実を鈴なりにつけていた。

「よく戻った」

吉田松陰は心からの歓迎の声を放った。井伊の弾圧開始の報は萩にも入っている。もっとくわしいことを知りたい。こういう時に、双璧とたのむ桂小五郎も久坂玄瑞《げんずい》も江戸にいて、いままで何となく孤独な日々を送ってきたのだろう、松陰の表情には嘘でない、心から若者たちを待ちかねた色があった。

杉山松助、岡仙吉、伊藤伝之助、総楽悦之助、山県狂介、伊藤俊輔の六人は、ひさしぶりに松下村塾の古い畳の上に並んで坐った。情報好きの松陰が深い関心を示したのは、やはり山県の梅田雲浜への接触と、伊藤俊輔の川路聖謨との接触であった。

山県は、

「先生のおっしゃるとおり、梅田先生は卓抜の人です。とにかく攘夷を実行するにしても何にしても、すべて天朝の意を重んずべきであり、これからの日本は天朝を主にいただかなければならないとの説には感奮のいたりであります」

と熱烈に語った。そして、

「身分をこえ、日本の土の上に生れたものはすべて天朝の臣であるということばには、胸がふるえました……」

と語った。

脇できいている俊輔は、

(狂介の奴、吉田先生より梅田さんのほうを尊敬しているな)

と感じた。普段冷静な山県が、これほどの熱弁をふるうというのは、よほど雲浜にいかれてしまったからだ。弟子がほかの人間に感奮してしまって、師として嫉妬しないのかな、と俊輔は次元の低い心配をしたが吉田松陰は逆だった。

「そうか、そうか」

と嬉しそうに相好をくずした。そして、

「狂介君がそこまで雲浜さんに敬愛の念を抱いてくれて、ぼくはほんとうに嬉しい……」

と涙ぐむのである。この人は、神か仏だ、と俊輔は改めて松陰の純粋性にうたれる。俊輔の番になって、俊輔は川路からきいた京都政情の分析を報告した。松陰は眼を次第に赤くしてきいた。

俊輔は最後に、川路が、

「幕府は、もう長くない」

といったことを告げた。一座は騒然となった。杉山松助が、

「俊輔、京都できみはそのことをぼくたちに話さなかったではないか」

となじった。俊輔はうなずいた。

「ことが重大です。賄婦にでもきかれては、と思いまして」

嘘だ。こんな機密を仲間には話したくなかったのだ。松陰にははじめから話したかったのである。

「待ちなさい」

松陰は気色ばんだ杉山を制した。そして、

「ああ、川路君、よくぼくの心情を知る……」

と眼を閉じて感嘆した。そして、

「狂介君の天朝尊重心と、俊輔君の倒幕心とは底でつながる。すなわち、ぼくたちは王臣をめざし、幕府を倒さねばならぬ」

と、たちまち尊皇倒幕の思想を創造した。そして、

「組織は人なりという川路君の言《げん》やよし。ぼくもまったくそのとおりだと思う。従って人を倒せば即組織も倒れよう。幕府要人を倒せば幕府も倒れる。きみたちが京にいる間、ぼくは深くそのことに思いをいたした。そしてこういう思いをかためた……こういう思いとは、いまより四年後に辛酉《しんゆう》の年がくる、この年は輝ける神武成業の年である。ぼくは四年後に日本に大変革が起り、政府も一変すると思う。いや、新しい政府ができる、つくらねばならぬ、その政府とは」

松陰は夢中でつづけた。

「天朝に、日本の大名のすべてが参加することだ。つまり、天朝と武家が七百年の確執を捨てて一体化することだ。これが根本だ」

松陰の思想は、天朝を〝公〟とし、武家を〝武〟としてその和合をはかる、のちに〝公武一和〟とか〝公武合体〟とかいわれる思想である。別にめずらしいものではない。

が――めずらしいのはつぎの策であった。

「公武一和をとげるためには、その妨げとなるものを倒し、味方とするものを助けなければならない。そこで、ぼく、深く策とするところがある。すなわち、

ひとつ、井伊大老を暗殺する。

ひとつ、上洛する間部《まなべ》老中（詮勝《あきかつ》）を伏見で要撃する。

ひとつ、京都六角牢を破り、捕われの身の梅田雲浜先生を救出する。

ひとつ……」

途中から耳がカーンと鳴りはじめ、俊輔は吉田松陰の声がきこえなくなった。松陰の口だけがうごき、その異様な眼がいよいよ血走り出すのが見える。

松陰はつづけた。

「一の井伊暗殺はすでに越前の橋本左内君と密議し、同藩の三岡八郎（由利公正）君、薩摩の有馬新七君、土佐の橋詰明平君、そして当長州からは山県半蔵君が参加している。その数七十名、決して失敗はしない。決行日は十月一日ときめている。三の京都牢獄の破壊は、当塾の赤根武人《たけと》君に命じてある」

俊輔はおどろいて赤根を見た。同席して京都から戻った六人の若者の報告をきいていた赤根は、にっこり笑いかえしてうなずいた。松陰の命令を率先実行するつもりだ、というたのもしい態度が見えた。

山県が、

「先生、その任は私が！」

といったが、松陰は山県を見かえしただけで、応えなかった。自分の話をつづけた。

「問題は二の間部襲撃だ。とりあえず当塾の入江杉蔵君に命じてあるが、優秀人ではあるが入江君は若いし、手助けがいる……」

ここで松陰はことばを切り、

「いや、長い旅で疲れている諸君に、性急な話しかたをした。もう少し、くわしく話そう」

といった。

暗殺の思想

伊藤俊輔《いとうしゅんすけ》たちが京都に行っている間に、師の吉田松陰《しょういん》はかなり様子が変ってしまっていた。桂・高杉・久坂たちを江戸に出し、また伊藤・山県《やまがた》らの青年を京都に派遣して、早くいえば松下村塾のめぼしい弟子たちがほとんど出はらう状態になったのだから、結局、ひとりでものを考える境遇に追いこまれた。

こういう状況の中でものを考えると、その思考の中身はどうしても〝思いつめた〟ものにならざるを得ない。それも極端になる。

京都では、前述したように、まず、九月七日夜、洛東一乗寺の葉山馬頭観音堂の堂守りに変身していた松陰の盟友梅田雲浜《うんぴん》が幕吏に逮捕された。大老井伊直弼《なおすけ》の腹心長野主膳がかげで指揮をとった。翌八日には頼山陽《らいさんよう》の子三樹三郎が捕まった。同時に幕吏の一隊は梁川星巌《やながわせいがん》・紅蘭《こうらん》夫妻の隠れ家を急襲したが、星巌はその数日前にコレラで急死していた。生前の星巌が情熱の詩人だったので、京都っ子は、

〽　星巌の死（詩）に上手
　とはやした。
　井伊の態度はあきらかであった。

○　朝廷とくんで、次期将軍に一橋慶喜《よしのぶ》を推そうと企てた者
○　浪人や学者の分際で、徳川幕府の政治に批判や非難を加えている者

　等を根こそぎ弾圧しようというつもりなのだ。

　こういう情報はひんぴんと長州にも入ってくる。熱情家の吉田松陰は髪をかきむしらんばかりに痛憤した。

「井伊はまさにこの世の赤鬼である」

　と井伊大老を罵《ののし》った。その井伊のブラックリストには、すでに吉田松陰の名がのっていることを、松陰はまだ知らない。

　松陰は伊藤たちに語った。

「井伊はまだまだ弾圧をつづけるにちがいない。勅諚降下に奔走した水戸の鵜飼父子やそれに協力した多くの公卿侍も捕えられるだろう。ぼくはそれを座視するに耐えられない。わが畏友、越前の橋本左内君は水戸・薩摩の同志と語らい、すでに赤鬼井伊直弼を襲殺する計画を練っているときく。ぼくはひそかに決意した。橋本君たちに呼応して、近く京都に来る老

中間部詮勝《まなべあきかつ》を襲殺することを。よって、この際、改めてぼくの秘策への協力をのぞむ……」

こう前置きして、

「赤根武人《たけと》君、きみはかねて命じたとおり急遽東上し、尊皇の里大和の同志諸君と手をたずさえ、京都六角牢を破壊したまえ。救出するのは尊皇の同志諸君だが、特に盟友梅田雲浜君はぜがひでも助け出してほしい。そしてこの萩に同行するのだ」

「わかりました」

普段、しずかな赤根武人も眼を輝かせてうなずく。

「間部要撃は、入江杉蔵君に托したが事は重大である。そこで、ぼくがみずから陣頭に起《た》つ。藩老周布政之助《すふまさのすけ》君に、大砲三門ほかの武器供与を申入れてある。また、江戸にいる桂・高杉・久坂の三君にも、この計画に急ぎ参加するよう、急使をさし向けて督促中だ。諸君、必ずこの計画は成るぞ。橋本君たちが井伊を倒し、ぼくが間部を倒せば、徳川幕閣もしばらくは空店だ。その虚を狙って一挙に天皇をいただき、尊皇攘夷の親兵を起す！」

と松陰はたかぶる気持をはげしいことばにこめて噴出した。

そして松陰はそこでことばを切って、六人を見た。それは、つぎの段階へ話を移す前に、自分の気持のたかぶりを鎮《しず》めようとする努力をしているように見えた。やがて松陰は、こういった。

「諸君、およそこの世に生きる者は、生きる資格のある者とそうでない者がある。そうでない者は抹殺せねばならぬ」

このことばをきいたとたん、俊輔の頭の中で、パチンと豆の殻がはじけるように何かが割れた。

（ああ！）

俊輔は声に出さずにうめいた。陶酔に近い感動がからだの中を疾《はし》りぬけた。

感動というよりは快感だった。

（何というすばらしいことばだろう！）

「この世に生きる者は、生きる資格のある者とそうでない者がある。そうでない者は抹殺せねばならぬ」

そうだ、そうなのだ！　おれが今日まで求めていたのはこの考えだ！　能力もないくせに、ただ生れがそうだからという理由だけで、おれたちを踏みつけにして生きている上士たち。かつてお津和を犯した明倫館《めいりんかん》の三人の馬鹿。あいつらは、はじめから生きる資格がないのだ！　そして、同じような奴は、長州藩の中にゴマンといる、この日本の各地にもいる。それを根こそぎ抹殺したら、どれだけせいせいすることだろう。そうだ、そのとおりだ！　と俊輔は松陰に共鳴した。俊輔は松陰の話をきいて貧乏ぶるいしながら、胸の中で、

（井伊を殺せ！　間部を殺せ！）

と叫んでいた。

そして、

（おれも誰か要人を殺したい！）

と思った。

突然湧いた殺意に、俊輔自身おどろいたが、しかし、それは、きっと、いままでのおれの生れ、育ちで経験してきた屈辱を、天がそういう形で報復することを認めたのだと思った。松陰の声は天の声だった。

が、このころ井伊のブラックリストのトップにあったのは、実は松陰ではなくて橋本左内の名である。井伊は左内が一橋慶喜を将軍に擁立しただけでなく、井伊そのものを排斥しようと企てていることを長野主膳の報告で、正確に知っていた。だから、

(余人はどうあれ、この橋本左内という男だけは必ず殺さなければなるまい)

と、左内を捕える前から井伊は左内を死刑にしようときめていた。

反対に、松陰はリストの後尾にあった。吉田松陰については、実は松陰自身が力んでいるほど井伊の眼中にはなかった。松陰がブラックリストにのったのは、梅田雲浜との関係からである。特に、京都で雲浜と謀議したかどうかが問題で、松陰はもともと京都にいないのだから、

「そんな謀議は知らない」

といえば、

「ああ、そうか」

と、かんたんに疑いは晴れる。井伊もそのつもりでいた。

つまり、井伊の〝安政の大獄〟にとって、吉田松陰は大物でも何でもなく、逆にすぐ釈放

予定の小物だったのだ。それが江戸の小塚原で首を斬られてしまうのは、松陰がこの、

「間部を殺すつもりでいた」

という計画を自分からしゃべってしまったからだ。こんな計画は幕府も知らなかった。そこでびっくりした井伊は、

「助けてやろうと思ったのに、とんでもない奴だ。死刑にしろ」

といって殺してしまうのだ。

しかし、

「井伊大老や間部老中を殺す」

という吉田松陰の〝暗殺の思想〟は、むしろ弟子の俊輔に大きな影響を与えた。それは、暗殺者になれば世間が注目する、という、いわば目立つ人間への志向だけではなかった。俊輔の根源にかかわりを持つことであった。といっても、それは何も、ただやみくもに人を殺すことに快感をおぼえる、つまり〝殺人鬼〟のような異常資質を伊藤俊輔が持っているというのではなかった。俊輔は生れた日から〝人の下につくられた人間〟として、貧しさと差別の中に生きてきた。貧乏で身分が低いためにつぎつぎと屈辱を味わった。そのたびに俊輔は、自分を苦しめる人間を憎んだ。自分と同じような立場にいる人間を苦しめる者を憎んだ。

浦賀で来原良蔵《くるはらりようぞう》は、

「その怒りを、日本のための怒りに変えろ」

といった。

理屈はたしかにそのとおりなのだが、俊輔の心にはやはり割りきれないものが残った。そういうとき、相手への憎しみが昂じると、

(殺してやりたい！)

と思うことさえあった。怒りは殺意にまでたかまるのだ。

たとえばお津和を犯した三人の上士がそうだった。身分が高いというだけで、貧しい焼きもの売りのお津和を犯した。お津和はそれが原因で、いまは馬関《ばかん》(現在の下関のこと)で女郎をしているという。

(一時の快楽のために、欲望をとげるために、人間の一生をそんなふうに狂わせてしまっていいのか。たとえ上士でもそんな権利があるのか)

というのが俊輔の素朴な疑問であった。そしてその疑問が爆発して、

(そんな奴は殺してしまえ)

という気持に変っていくのである。だから、いままでに俊輔は、実際に手を下さなくてもすでに何人もの人間を心の中で殺していた。

師の吉田松陰の話に目が輝き、胸が熱くなるのは、そういう俊輔の殺意を、俊輔自身は、

〝私心・私怨〟

として表に出すことを戒めてきたが、吉田松陰はそうでなく、暗殺を、

〝公心・公憤〟

として、政治の方法に化したことに対してであった。つまり〝人を殺したい〟という気持

を、理由によっては〝公《おおやけ》に承認する〟ということであった。若い俊輔は、たとえ心情的にはそうであっても、やはり生きている人間の生命《いのち》をうばう、その前提として個人が人間を裁くということの恐ろしさをまだ理解していなかった。

吉田松陰の教えのその部分だけをストンと胸に納めてしまったため、伊藤俊輔はこの日から〝暗殺者〟に変質する。そして、長州の名もない軽輩伊藤俊輔が突如として、

〝長州に伊藤俊輔あり〟

と、その名を知られるようになるのは、このときから四年後の文久二年（一八六二）十二月に、高名な幕府の御用学者塙次郎《はなわじろう》（有名な盲人学者塙保己一《ほきいち》の子）を暗殺することによってである。さらに同じ月に、高杉晋作《しんさく》たちと江戸高輪のイギリス公使館に斬りこんで、放火・殺人をおこなうことによってである。つまり、無名の新人伊藤俊輔が、一挙に志士として名を知られるようになるのは、〝殺人〟と〝放火〟しか手段がなかったのだ。が——、それは四年後のことだ。

弟子たちに語ったとおり、松陰は間部を殺すために、藩の実力者周布政之助に、大砲三門ほかの武器借用を申しこみ、あわせて江戸にいる桂小五郎・高杉晋作・久坂玄瑞《げんずい》の二人の高弟に、

「きみたちにも参加してもらいたいから、至急萩に戻ってくるように」

という早飛脚《はやびきやく》（速達）を出して、その返事が一日も早くこないかと首を長くして待っていた。しかし三人はどうしたのかなかなか帰国してこなかったし、また返事の手紙もこなかっ

た。

その間にも幕府の弾圧はつづき、
九月十八日　水戸の鵜飼吉左衛門・幸吉の父子。小林良典・兼田伊織。

十月二十二日　薩摩の日下部伊三次。

そして、
十月二十三日　越前の橋本左内。

十一月某日　三国大学。

というように反井伊派の志士は根こそぎ捕縛されていた。中でも薩摩の西郷吉之助は、幕吏に捕まるのを避けて、京都の勤皇僧月照といっしょに故郷の海錦江湾にとびこんでしまった。そばにやはり志士の平野国臣がいたが、あっという間のできごとで、とめるひまもなかった。しかも弾圧の一切の指揮を、松陰が殺そうとしている老中間部詮勝がとっていた。だから、こういう情報が入ってくるたびに、松陰は、

「ああ……」

と苦しげにうめいた。

「弾圧されているのは、すべて水戸・越前・薩摩の盟友たちだ。わが長州からはひとりの逮捕者も出ない、恥ずかしい」

と、ころげまわるような身もだえをした。

松陰にしてみれば、幕府から目をつけられないのは、それだけ自分たちの運動が生ぬるく、

気が入っていないと反省するのであろう。潔癖な松陰は、犠牲者が出てはじめて長州が一人前の運動藩といえると思っているのだ。

だから、

「それにしても、江戸の三人は何をしているのだ」

という怒りの声は日を逐《お》ってはげしくなっていった。

ところがその年の十二月五日、突如、藩政府は吉田松陰を逮捕した。

「何の罪か」

と抗議する松陰に、藩役人は、

「幕府老中を襲おうなどと若者を煽動して、とんでもない奴だ。牢に入って少し頭を冷やせ」

と憎々しげにいった。〝無事・大過なく〟生涯を送りたい小役人群にしてみれば、老中を殺そうなどという吉田松陰はまさに狂人であり、藩や自分たちに災難をもたらす厄病神であった。

門人たちは、

「先生に何をするか！」

と一斉に松陰の前に人垣をつくって刀の柄に手をかけた。それを、

「諸君、まあ、待ちたまえ」

ととめて、松陰は、

「ぼくの逮捕は、周布さんも知っているのか」

と、藩の重役である親友の名を出した。役人は勝ち誇ってうなずいた。

「その周布殿の命令でおまえを捕えにきた」

「なに……」

と、とたんに松陰は顔色を変えた。

「周布君もすでに堕落したか、それほど幕府が恐ろしいか」

「幕府が恐ろしいのではない。おまえが何をするかわからないから心配なのだ」

松陰の偉大さを知らない役人は、この貧乏学者が、と〝おまえ〟呼ばわりだ。

「先生！」

と悲憤する弟子たちに、

「手を出してはならぬ……」

ときびしい声を放って、吉田松陰は役人に引かれていった。丘の麓へ下って行くその姿をいつまでも見送りながら、伊藤俊輔たちは、

「先生！」

と泣いていた。あの冷静な山県狂介《きようすけ》も泣いた。

そしてそれから六日後、ようやく江戸の三人から返事がきた。いや、正確には三人のほかに江戸にいる藩の若侍のすべてが連署していた。

返事の中身は、

「いまは、幕府の力がつよくて、とうてい先生のおっしゃる老中要撃などできる状態ではありません。時機をまちましょう」

というものであった。

牢獄の中で、この手紙を見た吉田松陰は激怒した。

普段から激しやすい松陰であったが、このときはまさに手がつけられなかった。松下村塾の弟子でこのころ萩に残っていたのは、それでも十五、六人いたが全部萩の城下にある野山《のやま》獄の中に集合を命ぜられた。牢の前に正座した弟子たちに向かって、牢内の松陰が格子越しに、江戸からの手紙をふりまわして叫ぶのである。

「時機を待てとは何か、時機を待てとは！　いたずらに時を待っても好機はこない。今日の弾圧はぼくのほうから仕掛けたから起った。忠義は鬼のいない間に茶を入れてのもうなどというのんきなものではない。こっちが攻撃すれば向うも反撃する、世の中はそういう戦いの中からこそ変っていくのだ。江戸にいる諸君は功業をなすつもりだ、それにひきかえぼくは忠義をなすつもりだ！　諸君はどうか！」

とどなりまくった。まるで眼前にいる弟子たちがこの手紙を書いたような調子だ。伊藤俊輔たちは恐ろしくて身をちぢめていた。

要するに吉田松陰は自分が目をかけた高弟たちがおとなの分別で、間部襲撃をとめたのが気にくわない。武器を貸せとたのんだ藩重役の周布は、武器を貸すどころか、松陰自体を〝危険人物〟だとして牢に放りこんでしまう。

「まったく、どいつもこいつも腰抜けだ！」

ということになる。しかし、それでも松陰が萩の牢獄にいるときはよかった。たとえ牢獄の格子越しにでも松陰の教えをうけることができた。

年があけて安政六年（一八五九）五月二十四日、徳川幕府はついに、

「松陰吉田寅次郎を取り調べたいので、江戸に護送せよ」

と長州藩政府に命じてきた。藩政府はさすがに、

「どうしよう」

と鳩首したが、このころはまだ保守派が多くて、後年のように幕府に楯突き、たとえ戦争になっても、

「割拠（独立）しよう」

などといういきおいはない。

「幕府の命令に従おう。なあに、吉田が間部老中を襲おうと考えていたことなど、長州藩の一部しか知らないのだから、かれがだまっていれば罰されることもあるまい。あるいはゆるされるかも知れない……」

藩重役たちはそう楽観した。そして事実、幕府が吉田松陰に対してそのていどの疑いしか持っていなかったことは前に書いた。

「江戸から呼出しがきたぞ」

ということをきくと、吉田松陰は逆にはりきった。

「井伊大老の政治と、特にこんどの志士弾圧がいかにまちがいであるかを、徹底的に論じてやる。呼出しは絶好の機会だ」

と興奮している。

(そんなことをいったら、殺されてしまうぞ)

と藩政府人は心配したが、松陰に逆らうと、また憤激のことばがその藩政府人にとんできて、面倒でしかたがないので、みんな、だまっている。

中には、反対に、

(こんな厄介者は早く幕府の手で処断してもらったほうがいい。そのほうが長州藩はしずかになるし、安泰だ)

と思う者もいた。

五月二十五日、松陰は江戸に向かって出発した。被疑者だからもう半分罪人を送るような警護ぶりだ。俊輔たちは城下のはずれまで見送った。雨が降っていた。傘もささなかったので当る雨はしきりに頬を流れた。しかし、頰を流れるのは、雨なのか、涙なのかわからなかった。一行は城外の〝涙松〟と呼ばれる太い松の木の下まできた。別れの場所である。松陰は松を見て歌を詠んだ。

かえらじと　思い定めし旅なれば
ひとしおぬるる　涙松かな

そして去った。涙松はいま萩市大屋で石標だけがのこっている。

七月ごろから松陰に対する調べがはじまった、ということを、江戸から戻ってきた桂小五郎がいった。このころ、伊藤俊輔は浦賀時代に世話になった来原良蔵に連れられて長崎に行っていた。来原の年来の主張である、

「日本の海防は洋式に」

ということを、長崎で実際に学ぶためだ。長崎は、文明がつくった入口の港であった。また日本で唯一のヨーロッパ文明の入口だった。二百六十年の長い鎖国政策をとりながら、幕府はオランダと朝鮮・中国とだけは交際をつづけていた。だから長崎は日本でありながらオランダ風、中国風に染まっていた。ヨーロッパ文明の何であるかを、俊輔は長崎で垣間見た。

そして長崎から戻ると、桂小五郎が待っていた。桂は端正な顔つきをした美丈夫だった。口をきくのは、はじめてだったが、俊輔は桂のことはよく知っていた。桂はすでに全国の志士に名を知られたスターだった。

「桂小五郎だ。おまえのことは、まえまえから、高杉や来原からきいている。松陰先生からもきいた。松陰先生は、おまえには、学者より周旋家（外交政治家）の素質があるという。力を借りたい。おれと江戸に来い」

「江戸へ？」

俊輔はびっくりした。脇で来原はにこにこ笑っている。すでに桂の話の中身を知っている

ようだ。

「そうだ、おれはこんど江戸藩邸内有備館の館長を命ぜられたのだ」

と桂はいった。

有備館というのは江戸における藩校だ。桂はその校長を命ぜられたのだ。まだ二十七歳なのにたいしたものだ。有備館では武術や学問を教える。長州藩では江戸にいても、他藩の江戸詰め藩士のように青年たちに、遊里に足入れさせず、よく学び、よく学ぶことを求めていた。決して遊ばせない。

伊藤俊輔の心はおどった。当時の若者の心の中には誰でも江戸という都への憧れがある。俊輔も例外ではない。

（このおれが江戸に行ける！）

はずむ心で、

「どうしましょう？」

という面持で来原を見た。来原は、

「行け」

といった。

俊輔は、

「よろしくおねがいいたします」

と桂におじぎした。うなずく桂は、

「ただし……おまえの身分はおれの下僕になるが、いいか？」

と、ちょっといいづらそうにいった。俊輔が身分の低さで、散々苦労してきていることを、来原たちからよくきいているのだろう。俊輔は一瞬、

（また、下僕か）

と、いやな気分になったが、そんな色はおくびにも出さず、

「何でもけっこうです、ご厄介になります」

とにっこりした。桂に俊輔のことを推薦してくれていた来原は、安心してほほえんだ。

出発前夜、松下村塾の門人たちは、村塾でありあわせのものを集め、俊輔の送別会をしてくれた。一様に、

「吉田先生をたのむぞ」

といった。師思いの色がすべての門人の面上に表われていた。

山県狂介も今夜は皮肉をいわなかった。

「おれの分も、先生につくしてくれ」

と俊輔の手をにぎった。誠心が溢れている。

（ああ、こいつもほんとうに松陰先生思いなのだな）

と、俊輔は感動した。が、たったひとりだけ顔を見せない人間がいた。吉田栄太郎だ。栄太郎は、今夜だけでなく、ずいぶん前から松下村塾に来なくなった。母親が異常な心配をしたためである。

「松陰先生とつきあうと、出世ができないだけでなく、藩庁からおとがめがある」

ということを本気で信じていた。

そのため、栄太郎に、何度も、

「松下村塾なんかに行くんじゃない」

といった。が、栄太郎はふりきって通いつづけた。そうすると母親は、こんどは塾へきて松陰を泣きながらかきくどいた。

「先生、おねがいだ、うちの栄太郎を、ここに来させないでくれ！」

松陰は当惑した。

そして、栄太郎はぱったり塾へ来なくなった。松陰は心を痛めた。特に、京都で井伊の弾圧がはじまると、栄太郎にも重要な任務を担ってもらいたかった。が、栄太郎はまったく寄りつかなかった。

「母親のねがいを、無碍《むげ》には退けられないのだろう」

松陰はそういった。さびしそうだった。

野山獄に入る直前、松陰は栄太郎の家に行った。

栄太郎は家にいた。松陰を見ると、たちまち懐かしさを顔に漲らせたが、それは一瞬だった。すぐ顔をそむけ、硬ばった姿勢でだまっていた。裏から入ってきた母親が、

「あ」

と恐怖の声をあげ、

「先生、おねがいだ！　もう栄太郎にかまわないでくれ！」

と、泣きながら松陰にむしゃぶりついてきた。何てしつこい先生だ、と、拳で松陰の胸を叩いた。松陰はさびしく笑い、

「お母さん、心配しないで下さい。私は牢に入るのです。栄太郎君にさようならをいいにきただけですよ。もう、二度と会えないと思うので」

松陰のことばに、栄太郎のほうがびっくりした。が、松陰と目が合うと、突然、足もとにあった算盤をにぎった。

そして、それをはげしくふりながら、

「先生、私は、いま、こいつをたよりに生きています！　書物は全部捨てました！」

といった。眼が光り、松陰をにらんでいた。その眼の中に、松陰は栄太郎の無限の思いを見た。このことを、江戸へ護送される前に松陰は涙を浮べながら、俊輔に話した。そして、

「心の柔らかい君ならわかってくれるだろう？」

といった。俊輔は暗然としてきいていた。

俊輔は送別会の後、栄太郎の家に寄った。栄太郎は、闇の中に立って待っていた。

「俊輔君」

と、低い声で呼んで寄ってきた。そして、何もいわずに俊輔の手をにぎった。

「もし、吉田先生にお会いできたら、伝えてくれ。吉田栄太郎は、必ず、先生のお志をつぎます、と」

「栄太郎君！」

　思わず俊輔は声をはずませた。が、

「栄太郎！」

　という母親の呼ぶ声がした。栄太郎は、

「たのむ」

　と、もう一度いって家のほうに走り去った。俊輔はいいようのない思いで、その後ろ姿を見送った（吉田栄太郎は松陰の刑死後、稔麿《としまろ》と名をかえ、過激な倒幕志士になる。そして、池田屋事変で闘死する）。

　主従という形をとった桂小五郎・伊藤俊輔のふたりは江戸に出発した。二人が桜田門にある江戸藩邸に入ったのは安政六年十月中旬のことであった。ちょうどそのころ、幕府の松陰に対する取調べが終っていた。

　そして——十月二十七日。幕府から長州藩江戸藩邸に通知がきた。

「吉田寅次郎を処刑した。罪人なので遺体を渡すわけにはいかないが、埋葬に立会うように」

　という通知である。

「吉田先生を処刑!?」

　藩邸は騒然となった。

「そんな馬鹿な！」

江戸に着いたばかりの桂と俊輔は信じられない表情で顔を見合わせた。

身はたとい　武蔵の野辺に朽ちぬとも
　とどめおかまし　大和魂

「これが辞世だ……」

と、幕府の役人は、吉田松陰が処刑直前に粗末な紙に書いた歌をくれた。

「身はたとい　むさしののべに　くちぬとも　とどめおかまし　やまとだましい……やまとだましい」

と俊輔は口の中でくりかえした。桂は、

「それで、先生のご最期は……」

ときいた。役人は、

「実にみごとだった。われわれや、首を切る役人にもきちんとごくろうです、とあいさつをして……あんなりっぱな人は見たことはない、みんな、そう語っている」

と感動の面持を見せた。

「そうですか……」

と、桂もうなずいた。せめてものなぐさめであった。役人はつづけた。

「牢にいたときも、最後の最後までよく勉強していたな……そしてわれわれにも語りかけて議論をするのだ。まるで赤ん坊のように無垢な心の人だった……」

きいているうちに俊輔はたまらなくなった。クックと、嗚咽《おえつ》した。涙がボロボロ出てきてとまらない。

（先生！）

と思わず胸の中で声をあげた。

萩を発《た》つ日の前夜、松本村の暗闇の中で待っていた吉田栄太郎の姿が脳裡に浮んだ。

（栄太郎よ！）

俊輔は心の中で叫んだ。

（もう、おまえは二度と先生に会えないぞ。おまえが算盤をにぎりしめた日が、先生とは永の別れの日になったのだ！）

師の吉田松陰は、いま、目の前に首と胴とが別になってよこたわっている。

「遺体は藩地に持ちかえってはならない。小塚原に埋めるように」

と役人は指示した。小塚原というのは現在の東京都荒川区南千住町で、南千住駅前にある。徳川時代の罪人墓地だ。

なぜ罪人の遺体を渡さないかといえば、やはり昔の人には、

〝遺体信仰〟

があるので、萩に戻せば、憤激して松陰と同じように、幕府に楯突く人間が出ると思ってのことだろう。そんなことをしなくても、松陰自身が辞世として詠んだ、

「……とどめおかまし　やまと魂」

という、その〝やまと魂〟を、松下村塾で学んだ者は、もうみんな身につけてしまっている。

桂小五郎は着ていた襦袢を脱いだ。今朝取り替えたばかりなので汚れてはいない。それを首のない松陰のからだに着せた。藩邸からいっしょにきた藩医の飯田正伯は、黒羽二重の着物を脱いでその上にかぶせた。俊輔は身分上、粗末な着物しか着ていないので、帯をとった。とった帯で、桂と飯田がかぶせた衣類の上から松陰の遺体をくるんだ。それをかめの中に入れた。首は一番上にのせた。

「師は、生前、越前の橋本左内殿をひじょうに尊敬しておりました。隣りに埋めてもいいでしょうか」

桂は役人にきいた。役人は、

「けっこうです」

といった。

さっきから、この弟子たちの師の遺体に対するていねいな扱いを見ていて、感動していたのだ。桂と伊藤俊輔は、すでに処刑された（松陰より二十日前の十月七日）橋本左内の墓の脇に松陰を埋めた。

土をかぶせながら、

「俊輔よ」

と、突然桂がいった。

「はい」

「この吉田先生の遺体をいつか……」

桂はそこでのどをつまらせた。

「いつか……」

桂は涙声でつづけた。

「はい」

「必ず萩に持って帰ろうな……」

そこまでいうと、桂はにぎっていた鍬を放り出してくるりとうしろを向いた。そして、ウッ、ウッと肩をふるわせた。幕府役人としずかなやりとりをしてきた桂も、師の遺体を埋め終ったとたんに、もうがまんできなくなったのだ。

「はい……必ず、必ず、持って帰りましょう」

答える俊輔も何度も腕で目をこすった。涙と泥で、俊輔の顔は真っ黒になった。

（この悲しみは忘れないぞ、決して忘れないぞ！）

伊藤俊輔はそう叫んでいた。

そして、心の中で、

（殺してやる！　松陰先生をこんな目に会わした奴を必ず殺してやる！）

と叫んだ。湧き起ったはげしい殺意の中で、俊輔はくるくると身を揉んでいた。

「吉田寅次郎殿は正直すぎた……」

帰途、小塚原墓地の中を歩きながら幕府の役人はそういった。

「取調べは、梅田雲浜との関係だけだった。それに対し、吉田殿は、梅田とは藩物産品の交易の相談をしたと答え、さきに梅田からもそういう供述をとっていたので、吉田殿のいうことは嘘ではないと、疑いは晴れた。だから本当なら、それで藩地へ戻れたのだ。ところが……」

「…………？」

「ある日、吉田殿は突如、とてつもないことをしゃべり出した。それも、誰もきかないのにだ」

「何を話したのです」

もう見当はついていたが、桂小五郎はとぼけてきいた。

「ご老中の間部様を暗殺するつもりだったというのだ。みんな、びっくりしてなあ。そんな馬鹿なことをいい出さなければ当然助かったのに。本人がいうものをそのままにはできないので、大老の井伊様にご報告した。井伊様は即座におっしゃった、斬れ、と」

（やはりそうだったのか……）

と俊輔は暗澹たる気持になった。みんなが心配したように、先生は自分から話してしまったのだ。正直な先生は一旦計画したことは、たとえ実行できなかったとしても、しらばくれて罪を軽くしてもらおうなどというごまかしはできなかったのだ。

それともうひとつ、よその藩の志士たちに対して、長州藩が何もしていないというのが恥ずかしかったのだろう。

おそらく、

「長州にも、こういう人間がいるぞ」

ということを天下に告げたかったのだ。

さらに――

「蜂起には、まだ早いです」

と自分をとめた弟子たちに、一身を犠牲にして、

〝正しい忠義のありかた〟

を示したのだ。

伊藤俊輔はそんなことをつぎつぎと考えた。そして、いかに理解を示し、感動の色を見せても、しょせん、きさまたち幕府が先生を殺したんだ、という表情で役人をずっとにらみつけていた。だから自分のように憎しみの色を出さない桂小五郎に、大きな不満を持っていた。

伊藤俊輔が桂小五郎とともに、涙と泥で吉田松陰の遺体を埋めた年の翌年の、すなわち安政七年（一八六〇）三月三日、江戸は大雪の底にあった。

そしてその日。生前の松陰が、

「非道の赤鬼」

と痛罵《つうば》した大老井伊直弼が、江戸城桜田門前で殺された。襲ったのは水戸・薩摩の浪士連合であった。俊輔は呆然とした。そして、おれが井伊を殺したかった！　と思った。日本は

〝暗殺の季節〟に突入した。

久坂玄瑞が江戸にきた。

「高杉晋作が、あばれ出して手がつけられない」

という。

師の吉田松陰が江戸の牢に入獄中、たまたま江戸にいた高杉は、それこそ文字どおり、寝食を忘れて師のためにつくした。差入れの本、食物、あるいは松陰が意見をききたいという人物に、代って会って話をきき、それを松陰に伝えたり、あるいは、松陰と対で人間の生死について議論したり、とにかく、つくせるだけつくした。

ふたりの美しい師弟愛は、当時、牢役所でも、

「あの師にして、この弟子あり」

と評判だった。

それが十月（安政六年・去年）になって、突然、高杉に帰国命令が出た。

「なぜ、急に呼び戻すのだ」

と、高杉は大いに不満だったが、藩命にはそむけない。十月十七日に高杉は江戸を発った。そして、十一月十六日に萩に着いた。

が――高杉が萩への旅の途中、十月二十七日に松陰は処刑されてしまった。萩へ戻ってこの報をきいた高杉は、悲憤の余り、狂乱の一歩手前の状態になった。純粋な感情家である高

杉は、それだけに誰よりも師思いだったのである。以来、荒れ狂いつづけだという。

「気持はわかる。しかし、何を荒れているのだ」

桂の問いに久坂は、

「われわれの師である松陰先生の首を幕府にとらせたのは、そもそも藩政府の重臣どもが先生を江戸に送ったからだというのだ。こいつらは、防長二州（周防《すおう》国と長門国の略）の恥を、日本全体にさらした、いずれ、松陰先生の仇を討ちに幕府に斬りこむが、その前に、先生を江戸に送った重臣どもを斬る！　といきまいているのだ」

「……あの男らしいな」

桂は、うなずいた。

「しかし、いまの江戸の状況は、とてもそんな暴挙はできぬ。井伊に代った老中の安藤信正（磐城《いわき》国〈福島県〉平の藩主）は手ごわいぞ。安藤は、いま、とてつもないことを考えている」

「そうだ、おれもそのことが心配になって江戸へ出てきた」

と久坂はうなずいた。そして、

「安藤が京都朝廷と江戸幕府に手をつながせるために、孝明帝の妹和宮を、将軍家茂《いえもち》に降嫁させようと策しているのは、本当か？」

ときいた。

「本当だ。この策は、もともとは井伊の考えだった。安藤は、それをひきついだ。まもなく安藤は数万両の賄賂と、軍勢をひきいて京都にのぼる。金と武力で反対派の公卿をおどし、場合によっては、天皇も廃帝にするという噂がある」

「天皇を廃する？」

「ああ。日本の歴史にそういう過去があったかどうか、幕府御用の国学者塙次郎に調べさせているそうだ」

「国学者にそんなことまでさせているのか!?　けしからん」

久坂は怒りで眼を燃えさせた。脇できいていた伊藤俊輔は、身ぶるいした。

皇妹降嫁、廃帝——幕府の考えることは恐ろしいと思った。いや、考えることが恐ろしいのではなく、そういう恐ろしいことを実行しようという老中が、まだ現実に幕府にいる、ということが恐ろしかった。

「やはり事実か……」

久坂は、肩を落した。日本で進行しつつある恐ろしい事柄が、事実だといわれて気持が重くなったのである。

「故松陰先生が、老中は片っ端から殺さなければ駄目だ、といわれた気持が、ようやくわかる気がするな」

「ああ、あのとき、おれたちは先生をとめて、きみたちは功業をなすつもり、ぼくは忠をなすつもり、と叱られたが……」

桂は、そうつぶやくと、

「久坂」

と目をあげた。

「水戸の連中が井伊の首をとったとき、おれは、たとえにいう〝破〟は成功し、あとは〝成〟だと思っていた。つまり井伊を殺して起る混乱に乗じ、わが藩公がのり出して大幅な幕政改革を実現させる、すなわち〝成〟の時機到来だと思った。が、現実はそんなに甘くはなかった。安藤は強敵だ。長州のような外様大名のいうことなどきく耳は持っていない。逆に逆に出てくる。そこで、おれはいま〝成〟をあきらめている。もうしばらく〝破〟をつづけなければならない。いま、日本の藩の中で〝破〟を実行できるのは水戸だけだ。そこで、おれは最近、水戸の藤田小四郎君と接触している」

「藤田小四郎？　東湖先生のご子息か」

「そうだ。藤田君は無事大過なくの藩内主流派に逆らい、こんど〝天狗党〟を結成した。水戸斉昭公は、天狗とは、天下に志ある若者たちのことだと励まされたそうだ。ぼくは、この天狗党と結び、さらに〝長州・水戸〟の密約を結びたい。目的はあくまでも、安藤の公武一体策の妨害だ。それが松陰先生のご遺志に添う道だと思っている……」

「桂君」

久坂は熱血漢らしい純粋な目を輝かせた。

「さすがにきみだよ。ああ、江戸にきてよかった。大いに力を得た。ひさしぶりに胸の中の雲をひき裂くような話をきいたよ。高杉もいまの君の話をきいたら、大いによろこぶだろう。

桂君、ぼくは当分江戸にいる。ぜひ、きみの長水同盟の実現を手伝わせてくれたまえ」

そういってかたく桂の手をにぎった。

二人を見ながら、俊輔も興奮した。そして、なぜか、ふたりの話に出てきた塙次郎という名が耳に残った。

いま、安藤老中の命で、

〝廃帝の故事〟

を調べているという学者の名だった。

その夜、久坂玄瑞は俊輔に、

「おい、のみに行こう」

と誘った。俊輔は、桂の顔を見た。俊輔の身分は桂の従僕だから、桂の許可なしにこういう話にはのれない。が、桂はすぐ、久坂に、

「それはいい、ぜひたのむ」

といった。そして、

「おれは使いが荒いから、こいつもぜんぜん息抜きができない。おれからもたのむよ。金が足りなければ何とでもする」

「だいぶ、羽振りがいいらしいな。それでは、多少軍資金をもらっていくか」

久坂は桂から金を受け取ると、

「俊輔、行こう」

と立ち上った。

日本橋まで歩いて、手ごろな店に入った。酒がくると、酌をしながら、俊輔は久坂にきいた。

「島原のお辰さんは、お変りありませんか？」

「ないよ。あの時は世話になった」

一瞬、久坂は遠い京都のお辰を偲ぶような表情になり、眼を和ませたが、すぐふり払い、

「俊輔、実はおまえの意見をききたいことがあってな」

といった。

「何でしょう？」

「晋作のことだ」

「高杉さんのこと？」

「ああ、あのままではちょっと心配だ。江戸でわれわれが長水同盟の工作をはじめれば、長州から出られないあいつは、ますます暴れ牛になる。そこでだ」

久坂は俊輔をまっすぐに見た。

「そういっちゃ何だが、おまえは若いわりには苦労をしたせいか、世故《せこ》に長《た》けている。晋作をなだめるのに、何かいい方法はないか？　放っておけば、あいつは明日にでも江戸に出てきて、江戸城に斬りこむぞ」

「そうですね……」

俊輔は思案した。

「嫁さんをあてがったらどうでしょう」

「嫁さんを？　なるほどな。そいつは気がつかなかった。しかし、それでおさまらなかったら？」

「しばらくの間異国に行っててもらうというのはどうでしょう。高杉さんを日本においとかなきゃいいんです」

「……！？」

久坂は、盃をおいて俊輔の顔を見た。やがて、

「松陰先生は、おまえに周旋家の素質がある、とおっしゃったが、さすがに先生はよく見ておられた。おまえは、俊輔ではなくずる輔だよ」

と笑った。

「そうでしょうか……」

俊輔は苦笑した。そして、胸の中で、

（松陰先生はちがいます。そんな小さな見かたをしていたのではありませんよ。もっと、ぼくを大きく見ていてくれました）

といった。

しかし、久坂は俊輔の案を採用した。

桂小五郎と俊輔

師吉田松陰《しょういん》の死に発奮し、慎重家の桂小五郎が工作をはじめた長水同盟は、しかし、なめらかにすすまなかった。すすまないというより、逆になった。逆行させたのは、来原良蔵《くるはらりょうぞう》と長井雅楽《うた》であった。このふたりによって桂はとんでもない窮境に追いこまれることになった。

萩の来原良蔵から伊藤俊輔《いとうしゅんすけ》に手紙がきた。

「叔父の長井雅楽が近く江戸に行きます。藩命によって、藩論を幕府に説くためです。しかし、この藩論はおそらく桂君や久坂君の考えている方向とはちがうと思います。その辺がぼくとしてはひじょうに苦しいのですが、ぼくは長井叔父のとなえる〝航海遠略策〟を正しいと思っています。この策こそ、いまの日本を救う本当の忠義だと思います。桂、久坂君とは激論になるでしょうが、どうか君特有の周旋力で、長井叔父との間をとり持って下さい」

と書いてあった。

来原は、かつて相州浦賀で俊輔に兄のような指導をしてくれた男だ。長州藩の中では開明派といってよく、長州をはじめ幕府も、日本国防の武備を率先洋式にせよ、と主張している人物だ。浦賀の浜からのぞむ太平洋の海を示して、

「俊輔よ、おまえの小さな怒りを大きな怒りに変えろ」

と教えてくれた。あのときの来原の熱弁はまだ俊輔の頭の匣《はこ》の中にある。それと、毎朝、未明からねぼけまなこの俊輔を叩き起し、暗い砂浜を、着ているものをつぎつぎと脱ぎ捨てながら、

「ちぇいよぅ、ちぇいよぅ」

と、妙な気合をかけて駈足《かけあし》をさせた。あの駈足もよくおぼえている。それは、来原の助走は、単に体力づくりの助走でなく、俊輔の人生コースにおける助走だったからだ。

身分差別の不合理に対する怒りで身を焼く俊輔に、来原はその怒りを、

〝世の中を変える怒り〟

にしろとさとした。

その来原が、いま、

「航海遠略こそ日本を救う真の忠義だ」

という。航海遠略というのは、いま日本の国論になっている攘夷など、実際にはできもしない空理空論だ、それならいっそ思いきって、日本のほうから率先して港をひらき、異国の文明をとりいれ、大いに海軍を興して、いずれかの日に外国に攻めこんだらどうだ、という

案である。

　一見、

（なるほどな）

　と、思わせる理屈だ。が、よく考えてみると、窮地に立った日本が、困難な問題の解決を先にのばし、当面は幕府が勅許を得ないで外国と結んでしまった開港条約を朝廷も承認せよ、という案だ。攘夷派からみれば、姑息《こそく》でずるい案である。

（こんな案を、来原さんはどうして真の忠義だというのだろう）

　亡き吉田松陰がきいたら烈火のごとく怒ったことだろう。

「この案は、天皇に幕府の案を強制するものである。不忠のかぎりだ！」

　と、どなりつけるにちがいない。おそらく、来原はこの案に盛られた日本に洋式海軍を設けることや、すすんで外国に出かけて行くことに魅力を感じたのだろう。

　来原は海が好きだし、いつも海の彼方に憧憬のまなざしを向けていた。

（来原さんは、自分が外国に行きたいのだ）

　俊輔はそう思った。

　伊藤俊輔は、この手紙を桂小五郎に見せようか、どうしようかと迷った。というのは、最近の桂にはスター意識があって、何でも自分が主役になっていないと気がすまない。それは、たしかにいまの桂は長州藩だけでなく、江戸にいる各藩青年群のスターだ。剣術は江戸三大道場のひとつ、斎藤弥九郎の練兵館で塾頭だし、学問も深い。江戸藩邸では藩校有備館の校長をしている。水戸、薩摩の要人とも交流がある。

「長州藩に桂あり」

という声は、お世辞でなく江戸にひびきわたっている。

が——それだけに接しかたはむずかしい。特に伊藤俊輔のような桂の〝従者〟という身分の者は、極力出すぎないようにしなければならない。お山の大将は自分のそばまで登ってくる後輩をもっともきらう。やがては憎む。

それに来原良蔵は桂にも手紙を書いたかどうかわからない。もし書いていなくても、これを桂に見せれば、必ず、

「こんな大事なことを、来原はなぜおれに先にいってこないのだ」

と不快な顔をするだろう。

が、それは考えすぎだった。来原は桂にも手紙を書いていた。

「長井叔父の説で、藩論をまとめてほしい」

といっていた。

「冗談じゃない！　おれにまるきり逆のことをやれというようなものだ！」

桂は怒った。久坂はもちろん、

「来原らしくないな。黙殺しろ。断乎、長水同盟によって安藤の工作阻止だ」

といきまいた。

が、長井のほうが上手《うわて》だった。入府した長井は、桂のいる桜田の藩邸でなく、麻布の藩邸

に入った。桜田のほうは若い過激派の巣だが、麻布のほうは保守派の巣である。その保守派の巣へ、長井は、重役として桂を呼びつけた。

「よし、長井殿に逆にこっちへきてもらおう。そして徹底的に論破してやる！」

桂は気負って出かけて行った。

「がんばれよ」

久坂が声援した。俊輔も同じように熱い視線で見送った。

実をいえば俊輔は心の一隅で、自分の出場《でば》がないままに事態が一挙に進展してしまったことをよろこんでいた。来原はあっさりいうが、いかに周旋力にすぐれているとはいえ、長井のような重役と、桂との間を、一介の従僕がとり持てるはずがない。

俊輔は、事態が自分を黙殺して通り過ぎてくれたことでほっとした。力のある人間に見出されるために、目立つ人間になることは必要だが、しかし、下手に目立って、しかも失敗でもすれば、それは単なる〝出しゃばり者〟になる。元も子もなくなる。その意味で、来原がいってきた周旋は、もし、ほんとうにその場に立たされたら、そうなる可能性が大きかった。

しかし、自身はそうして危機からすり抜けられたものの、桂はどうしたろう？　長井をみごとに説得できただろうか。こっちへ連れてくることに成功するだろうか？

俊輔は、じっと久坂と二人で待っていた。

かなり夜遅くなって桂小五郎が帰ってきた。おそろしくいやな顔をしている。待っていた久坂玄瑞《げんずい》がおどろいて、

「どうした？」

と顔をあげた。桂はどっかと坐ってふきげんな声でいった。

「やられた。完全に長井殿にやられた。長井殿はこっちには来ない、麻布に滞在する。しかも、今日、すでに老中の安藤対馬守と対談ずみだ……あんな狡い奴は見たことがない」

「なに、すでに安藤と会った？」

「ああ。安藤は長井殿の航海遠略策に、それこそとびつくように賛意を示したそうだ。これで皇妹降嫁も一挙に拍車がかかる、と。さらに、安藤は図にのって、長州藩に朝廷と幕府の間の周旋をたのむといったそうだ。長井殿は明日にでも急使を立て、藩公にご出馬をねがい、京都で落ちあうつもりだ」

「一挙にそこまですすんでしまったのか」

「そうだ。それに、おれがもっと不愉快なのは麻布の奴らだ。昨日までは攘夷、攘夷とおれたち以上の過激論をとなえていたくせに、一旦、長井殿が幕府と交渉して成功すると、こんどはけろっと、猫も杓子も航海遠略論だ。桜田の若者たちは、できもしないことを夢見ている、とまるでおれたちを馬鹿扱いだ。あいつらの嘲笑がまだ耳に残っている。屈辱に耐えられん！」

私憤と公憤をごっちゃにして、桂小五郎は息巻いた。誇り高い桂は、麻布の藩邸で、長井雅楽とその取巻き連中にかなり嫌味をいわれ、侮辱されたのだろう。顔色が青くなっていた。その青い顔を、桂はぐいとあげた。眼が坐っている。

「久坂、向うがその気ならこっちもその気になる。おれは、やる」

「……？」

「こうなったら、水戸、薩摩の同志と一緒に安藤を斬る」

「……！」

「いっそ、長井も斬りたい！　しかし、来原からそれだけはやめてくれ、と手紙がきている」

そういって、

「こんなことなら、高杉晋作《しんさく》をとめずに、奴に萩で長井たちを斬らせておくのだった……」

といった。

「師の吉田松陰先生を、幕府に売った藩重役を、おれはひとり残らず叩っ斬る！」

と、暴れ牛のように荒れまわっていた高杉晋作は、伊藤俊輔がいつか久坂に話した案のとおり、急遽嫁をもらわされ、さらに上海に外遊させられていた。この案は、久坂から桂に話し、桂も同意していた。激昂しているいまの桂の心情からすれば、こんなことになるのなら、高杉を上海へやらずに、思いのままに藩重役を殺させればよかったと後悔しているのだ。

が、そんなことはできるはずもなく、すれば大変なことになる。さすがに久坂は、

「公憤と私憤は分けよう、気持はわかるが……」

となだめた。そして、

「安藤襲撃は賛成だ。ついでに国学者の塙《はなわ》次郎も殺そう」

といった。桂はうなずいた。

「塙は相変らず帝《みかど》を廃するために、廃帝の故事を調べているらしい……が、誰がやるか、だ」

「私がやります」

俊輔は衝動的にいった。桂も久坂もびっくりして、俊輔を見た。

「きみが？」

「はい」

「どうした？　一体」

「塙は私が殺します。ずっと考えていたのです」

俊輔の頭の中では、いわば暗殺の思想のようなものが発酵していた。それは死んだ松陰のいった、

「この世には、生きる資格のある者とそうでない者がいる。そうでない者は抹殺すべきだ」

という、人間選別の論理に根ざしていた。が、もっと大きな理由は、俊輔は井伊が殺され、いままた桂や久坂のような、いわば時代の指導者までが、真剣に暗殺を考えるのは、やはり、時代がそうさせているのだと思った。時代がそうさせている、というのは、

〝時代が暗殺を求めている〟

のである。それはこの桜田藩邸という限られた場所だけでなく、おそらく日本全体で求められている。そういう黒く暗い波が押し寄せている。

俊輔には昔から時代の先取りをする鋭い勘のようなものがあって、その勘が、

（これからは暗殺の時代がくる）

と告げていた。

恐ろしい時代がくるという予測なのだが、同時に俊輔は、

（その時代の波にのることが、即目立つ人間になることだ）

とも考えていた。俊輔は、その恐ろしい時代をすら利用しようとしていた。暗殺の時代に名をあげるのには、暗殺者になる以外ない。俊輔ははっきりその人殺しの位置に身をおこうと心をきめていた。

〝乱世になる〟

と、かれのとらえた予感は告げていた。再び戦国時代がくるのだ。名もない、身分の低い人間が、

〝一国一城〟

をめざせる時代がくる。

しかし、いまは戦国とはちがう。大名同士の武力衝突はない。また大名の首をとることも無意味だ。つまり、俊輔は、暗殺を時代の求めるもの《ニーズ》としてとらえ、自分がその期待に応えようと志したのだ。そうなれば、暗殺という殺人行為が私的動機でなく公的なものになる。しかも名はあがる。暗殺の対象を、いまの世の中に大きな発言力、影響力を持っている人間にすれば、より名はあがる。有名人を倒すことによって無名人が有名になる。俊輔はそこま

で計算していた。その計算が決意になった。それは、

（いまがその機会だ）

とささやく、心の声があったからである。魔の声であった。だから、一見、桂や久坂の方針の枠の中にいるとみせかけながら、俊輔の考えていることは実は自己中心的だった。

「よし」

桂は大きくうなずいた。

「俊輔、塙をやれ。おれたちは安藤をやる」

「俊輔君、偉いぞ」

久坂玄瑞も俊輔の肩に手をおいてほほえんだ。

翌日から伊藤俊輔は、麹町三番町にある塙次郎の邸をうかがい出した。その年は暮れ、文久二年（一八六二）の正月がきた。

雨の日も、風の日も、伊藤俊輔は麹町界隈をうろついて国学者の塙次郎を狙った。前にも書いたが、塙は老中安藤信正の指示で、

「日本で天皇を廃止した故事」

を調査していた。安藤は、いまのような国難の時期には、朝廷（公）と幕府（武）が一致して、つまり公武合体で事に当らなければ駄目だと主張し、去年、皇妹和宮を現将軍家茂《いえもち》の妻に降嫁させた張本人である。その安藤が、こんどは和宮の兄である孝明天皇を廃そうと企てている、という噂は、京都や江戸を中心に全国にひろがり、国内尊皇攘夷派を怒らせてい

た。

「幕府の思いどおりにならないからといって、天皇を廃せよとは不忠のいたり」

と、安藤に対する非難は日を逐《お》ってはげしくなった。

「安藤と塙を斬れ」

という声は文久元年（一八六二）の暮には頂点に達していた。

「塙は私が殺します」

と大見栄をきった手前、俊輔は塙暗殺に全精力を集中していたが、塙は警戒厳重でなかなか姿をみせない。まごまごしているうちに、別の大事件が起ってしまった。人事件というのは、桂小五郎が密約を結んでいた水戸の浪士たちが、いつまでたっても煮えきらない桂たち長州藩を見かぎって、単独で安藤信正を襲ってしまったのである。文久二年一月十五日のことであった。

この前日、襲撃の指導者平山兵介は、

「明日、決行します。くわしいことは使いをさし向けますので、その者からおきき下さい」

という手紙を桂に届けた。桂は緊張したが、結局、襲撃には加わらなかった。

井伊大老が襲われてから、幕府要人は江戸城への登城・下城はもちろん、外出のときの警戒を怠らなかった。駕籠《かご》の周囲には名高い剣客を何人もそろえ、剣客たちは、どこから襲ってこられても、いつでもすぐ刀が抜けるようにしていた。一月十五日もそうであった。斬りこんだのは平山以下六人である。かろうじて安藤にかすり傷を負わせたが、警護陣は井伊のときとちがって果敢に応戦し、襲撃者全員を斬り殺してしまった。

この事件に、江戸の庶民は、

「首はある　などと供は　自慢をし」

と、首をとられた井伊との違いを落首で皮肉ったが、

「あんどん（安藤）を　消してしまえば　夜明けなり」

という痛烈なものも出てきた。安藤信正は、からだにうけた傷はたしかにかすり傷だったが、しかし政治的なきずは致命傷だった。たとえかすり傷でも、天下の公道で、しかも白昼、幕府のトップが浪士に襲われるということは、もう幕府の権威も何もなく、

「徳川幕府も、もう斜陽だ」

と、国民に思わせた。安藤はこの事件が原因で、まもなく失脚する。そして、伊藤俊輔にとっての大事件とは、この襲撃によって起ったもうひとつの事件のことである。

「安藤老中が襲われた」

という情報で、江戸中が騒然となっている一月十五日、桜田の長州藩邸に一人の水戸藩士がたずねてきた。

「桂さんにお目にかかりたい」

という。伊藤俊輔が応接に出た。

「どちらさまでしょうか」

ときくと、

「内田万之助と申します」

うちだ・まんのすけ、と口の中でつぶやきながら俊輔は、桂に取次いだ。桂は、

「内田万之助という男は知らない……」

と首をかしげた。

「水戸なまりがあります。変名ですかな」

俊輔は、

「たしかめてみます」

と、もう一度戻った。そして、

「内田様とおっしゃるのは、ご本名ですか？」

ときいた。侍は、

「いや、私は、実は水戸藩の川辺次左衛門と申す者です」

と本名を名のった。

「川辺殿？」

ききかえして、川辺次左衛門なら桂がいつも口にしている名だと気がついた。内田などと偽名を使うからややこしくなるのだ。

「さようです。あなたは」

「伊藤俊輔と申します」

「藩士であられるか」

「いえ、桂さんの従僕です」

「従僕？」

川辺の顔にかすかな動揺の色が走った。俊輔はきっとなった。

（従僕で何が悪い、馬鹿にする気か）

と、持ち前の反抗心が頭をもたげたのだ。しかし川辺は別に侮蔑の色は見せなかった。

俊輔は桂にこのことを告げた。

「何だ、川辺殿か」

桂は立ち上った。

「来客のため、失礼した。桂小五郎です。お待たせして申し訳ありません」

桂はそうあいさつした。川辺は頭をさげていった。

「内田万之助とは仮の名、水戸藩士川辺次左衛門です。実は平山兵介君らと盟約し、本日の安藤閣老襲撃に加わるはずでしたが、不覚にも時刻におくれ、まにあわなかった次第です。この上は、同盟の士である桂さんに安藤の斬奸状をお渡しして天下に公表していただきたく、火急におたずねした次第です」

「……わかりました」

桂はうなずいた。そしてしずかにきいた。

「そして、貴殿は？」

「とるべき道はひとつ、覚悟をきめております」

川辺はまっすぐに桂を見てそう応じた。目と目でしばらく見つめあった。桂は、急に立ち上り、渡された斬奸状を持って、

「上役に川辺殿のお話をしてきます。しばらくお待ち下さい」

と告げて去った。去り際に、じっと川辺に意味ありげな視線を向けた。

桂が去ると、川辺は俊輔に、

「いや、愉快です。ほっとしました。ほっとしたら空腹を感じました。湯漬りなど一杯所望できますか」

といった。俊輔は、

「何でもないことです。すぐ用意します」

と台所へ立った。

そして——俊輔が飯だけでなく、酒と肴まで用意して戻ってくると、川辺は血の海の中にいた。みごとに切腹していた。思わず膳をとり落しそうになるおどろきをおさえて、俊輔は呆然とした。脇に桂がそっと立った。

「……これでいい」

「……桂さんは、川辺さんが腹を切ることを知っていたのですね」

「それが、盟約者へのせめてもの武士の情けだ……」

参加しなかったおれのつぐないだ、とでもいいたいのだろう。

が、川辺の切腹はそのままではすまなかった。安藤老中襲撃犯人の追及はきびしく、幕府は桂小五郎と伊藤俊輔を名ざしで町奉行所への出頭を命じた。さすがに桂は渋面になった。ここで川辺とのことが表沙汰になれば、事が大きくひろがる。そして長井一派の思うつぼにはまり、桂は政治生命を失う。萩に追いかえされ、閉居させられる。尊攘派のスターの座からも一挙に転落するのだ。俊輔には桂の懊悩がわかった。

悶々としている桂を見ていて、伊藤俊輔はふたつのことを考えた。ひとつは、

(桂さんは長州藩のチャンピオンだ。いま、失脚させるわけにはいかない。藩のためにも、おれのためにも、これから、もっともっと活躍してもらわなければならない)

ということであり、もうひとつは、

(この際、桂さんに恩を売ろう)

という考えであった。

つまり、この事件の責任をひとりでひっかぶってしまおう、と心をきめたのだ。桂にくらべれば身分は低いし、有名人でもない。知らぬ存ぜぬでおし通せば、あるいはかんべんしてくれるかも知れない。俊輔はそう思って桂にそのことを告げた。桂は心の底から安堵の色を浮べ、

「すまぬ……恩に着る」

と俊輔の手をにぎった。

俊輔は奉行所に出頭し、

「私が応接いたしました。あの人は内田万之助と名のりました。私が取次ぎに奥へ入って戻りますと、あの人は切腹しておりました。一体、何をしに藩邸にきたのか、皆目、見当もつきません」

と、役人をまっすぐに見ながらのべ立てた。役人はきびしい目をしていた。

「切腹したのは水戸藩の川辺次左衛門だ。川辺と名のらなかったか」

「名のりません。内田万之助とだけです」

「そのとき、桂小五郎殿は藩邸におられたのか」

「おりません。麻布の本邸へ出かけていました」

「川辺に会ったのちに麻布へ出かけたのではないのか」

「ちがいます。桂さんは内田には会っておりません」

役人はしきりに川辺といったが、俊輔はぜったいに川辺とはいわなかった。あくまでも内田で通した。こういうことになると、こどものときから苦労が身についているから、俊輔は自分の精神操作は自在だった。自己暗示がきくのである。一旦、

(川辺なんて男は、おれは知らないぞ)

と思いこめば、本気でそう思いつづけることができた。特技だ。

「桂殿は、川辺に会ってわざと席をはずし、切腹の場をつくってやったという情報があるぞ」

「あり得ません。内田は、私が取次ぎに入ったすきに腹を切ったのです。あっという間でし

た。私には内田という侍が何のために腹を切ったのか、いまだにわからないのです」

役人は皮肉な笑いを浮べた。

「おぬしはなかなかしたたか者だな。桂さんはいい従僕を持っている」

「そうでしょうか。私は正直にありのままをお答えしているだけです」

「ふん、正直にな」

箸にも棒にもかからない奴だ、と役人は俊輔にさじを投げたかっこうだった。俊輔はここぞとことばを加えた。

「ご承知のとおり、長州藩はいま長井雅楽殿の主唱により、安藤閣老さまとごいっしょに航海遠略の策を、朝廷に説こうとしております。その安藤さまを襲う計画に、桂さんが加わるはずはありません」

「……………？」

この論は奉行所役人にとどめをさしたようであった。役人はただあきれて俊輔の顔を見つめるばかりだった。かろうじて、

「桂殿はともかく、おぬしはどうなのだ？　水戸浪士の仲間ではなかったのか」

と皮肉るのが精いっぱいだった。俊輔は笑った。

「私などとても。そんな大物じゃありません」

「そんなことはない」

役人は半分真面目になった。

「おまえは大した大物さ。とにかく、おれたち奉行所を、こんなにかるがると手玉にとるなどという芸当は、とてもできるものではない」

心からのいまいましさをこめて、役人はそういった。そして最後に、

「それでは、この事件は、すべておぬしが何も知らぬ間に起ったことだというのだな」

と念を押した。

「はい、そうです。何も知りませんでした」

俊輔はきっぱりと答えた。俊輔は放免された。数日後、幕府から老中久世大和守からの指《さし》図《ず》だという「申渡書」が伊藤俊輔に下った。現代の文章に直すと、つぎのようになる。

申渡書

桂小五郎従僕　伊藤俊輔

おまえは、主人の留守中にたずねてきた書生風の男が内田万之助と名のる者で、実は江戸城近くで幕府の重きお役人（安藤のこと）に、狼藉《ろうぜき》を働いた徒党であったが、そのことを知らないで、藩邸内学問所に通し、そのままにしておいたすきに、内田は自殺した。不注意なので叱るぞ。

見てもわかるように、申渡書には俊輔の主張がほとんど通っている。通っているというよりも、俊輔のいい分をそのまま文章にして、形式的に俊輔を〝叱って〟、事件に決着をつけ

た気配さえある。幕府もそうしたほうがいいと判断したからだろう。幕府がそうしたのは、やはり俊輔が最後にいった、

「長州藩はいま、幕府のために航海遠略策を朝廷に説こうとしている」

ということばが決め手になったのだ。たしかにいま長州と事をかまえたり、怒らせたりしてはまずいという政治判断が働いたのだ。それだけ幕府の威信が低下しているということだ。二百六十年前、関ヶ原で徳川家と戦い、敗れてひどい罰をくらった外様大名の長州に、そんなことまでたのむとは。

伊藤俊輔の機転と犠牲的精神で、桂小五郎への幕府の追及はやみ危機を脱したが、藩内ではそうはいかなかった。この事件を理由に、長井雅楽一味に、みごとに取りこまれてしまった。

桂小五郎が水戸藩と密約を結んで、いままでにも何度も反幕過激行動に出ようとしたことは公然の事実だ。長井たちからみれば危険な青年である。

「あの跳ね上り者が」

「藩を窮地におとしいれる無思慮者」

という非難は江戸藩邸に充満している。こういう層はもともと吉田松陰がきらいだったから、その門人たちにも深い疑惑の念を持っている。

川辺切腹事件は、伊藤俊輔のひっかぶりで落着するかにみえたが、江戸の長州藩首脳とその一派はそうはさせなかった。

「この際、徹底的に桂を封じこめろ」

「スター気取りの奴の鼻柱を叩き折れ」

「桂が長州藩の代表者などと他藩に思わせるな」

「松下村塾の門人の息の根をとめろ」

などという、同藩人でありながら、しかも相手が青年たちなのに、藩のオールド・パワーは〝跳ね上り派叩きつぶし〟に一挙に力を盛りあげた。日ごろの、奴らは生意気だ、お灸をすえてやれ、といううっぷんが一度に火を噴いたのだ。だからその方法は悪意に満ちており、陰湿だった。

そういう状況を見ながら、いきまくオールド・パワーを、

「まあまあ」

と押さえ、

「私に考えがある、まかせてくれ」

と微笑したのが長井雅楽である。長井は事件後、江戸城に行って傷の癒った安藤老中と会った。安藤は、

「至急、京都に行ってほしい」

と航海遠略策の朝廷工作をたのんだあと、

「井伊殿と私とひきつづいての水戸の暴挙は、どうもこまる。長州から水戸に誰か人をやって、よくいいきかせてもらえまいか」

といった。長井は微笑した。

「そのお役にちょうどいい人間がおります」

「誰かね」

「当藩の有備館長桂小五郎です」

「桂？　あの男は過激派ではないのかね。こんど私を襲った一味の仲間だということをきいたが……」

「いや、そんなことはありません。穏健な青年です」

「そうかな……」

安藤はまだ疑わしそうだ。しかし長井は強引に安藤から、桂の水戸派遣の密命を取りつけた。それは、
○　ひとつは、そういう形で跳ね上り派のリーダー桂小五郎のきばを抜き、骨ぬきにしてしまう。
○　もうひとつは、これで桂に対する幕府からの追及をうち切らせ、長井が桂に恩を売る。
ということである。つまり、伊藤俊輔がやったことと同じだ。あくまでも桂の持っている能力を利用しようという策であった。また、そういう弱さが桂自身にあることは事実だった。安藤襲撃の時もそうだったが、いざ実行となると、かれはどういうわけか現場にいないことが多い。決断力がにぶい。一面からみれば、こういう時代を生きぬくための〝柔軟さ〟がそうさせるので、一概に桂を責めるわけにはいかない。美しく生きることだけを目標にするな

らば、それはたちまち生命《いのち》との取引きになる。この時代、〝美〟を貫くということは、死ぬことを意味する。時代は美しい人間を長くは生かしておかない。吉田松陰がそうだった。松陰はむしろ死に急ぎの感があったが、〝死〟を、筋を貫くことの手段にしていた。同時に、真の忠への殉死者を出すことによって、日本国内での長州藩の発言権を確立しようとした。そのために、まず自身をまっさきに死の祭壇に捧げた。

しかし、伊藤俊輔はそうは考えない。

(そんなふうにみんなが美しく生きて、美しく死んでしまったら、一体、新しい世の中は誰がつくるのだろう)

という素朴な疑問を持つ。

〝世直し〟とは、古い悪い世の中を壊すことだけではない。新しい社会の建設も大切なのだ。いや、むしろそのほうがむずかしい。優秀な人材はそのときまで生きのこらなければならない。たとえば水戸藩だ。尊皇攘夷の理念を少しも汚さずに守り、それを妨げるものは大老であれ、老中であれ、果敢にこれを斃《たお》している。が、同時にその襲撃のために若い人材が十人、二十人と死んでいく。

(世直しのときがきたころ、それでは水戸に人材がのこるのか？　姑息なくずばかりになってしまうのではないか……)

俊輔はそういうことを考える。自分が日夜塙次郎を殺そうと狙っているくせに、矛盾するのだが、平気でそう考える。もっとも俊輔は塙を殺すことで自分も死ぬなどとは思ってもいない。塙の暗殺は無名の新人伊藤俊輔が一夜にして有名な志士になるための手段であって、俊輔にすれば、そのあとも末長く生きぬいて偉くなることを前提にしている。死ぬくらいなら暗殺などやらない。

俊輔のこの危惧はのちの水戸藩については的中する。明治維新は文字どおり水戸の主唱していた〝王政〟を実現するが、水戸からは新政府要人はまったく出ていない。生きのこったのが決してくずばかりではなかったのだろうが、薩長のような閥をつくるような人物はひとりも政府に参加していない。維新直前までにあまりにも多くの人材が死んでしまって、藩としては、時勢に追いつく体力を失ってしまった。息ぎれがしたのだ。

藩上層部の巧妙な取りこみ方にはまった桂小五郎は、

「やられた……やられた」

と、髪をかきむしって懊悩した。

「それ以外、おまえを救う道はないぞ」

と、長井に鋭いくぎをさされたとき、桂は自分が長井一派のはりめぐらした蜘蛛の巣にひっかかったのを感じた。

師の吉田松陰をすら平気で幕府にさし出す藩のことだ。いうことをきかなければ、せっかく伊藤俊輔がひとりでひっかぶった水戸過激派との関係を、もう一度白紙に戻し、実は桂が犯人だといって幕府に引きわたすくらいのことは平気でやりかねない。

「年寄りは汚い……」

と桂はうめいた。しかし麻布の本邸でそういう企みをしたのは何も老人ばかりではなく、けっこう若い奴もいる。こういうことは年齢には関係ない。若くても考えが古く、年寄りじみている人間がいれば、年をとっていても考えは若い人間もいる。

「……時勢が悪いんです。桂さんのせいじゃありません。しかし、こんなことは長くつづきませんよ」

俊輔はそういって桂を慰めた。それは俊輔自身のねがいであった。こういう状況を、それまで手を出さずにじっと見つめていた久坂玄瑞は、

「俊輔、おれはこのままにはすまさんよ」

と、ぽつんといった。その目つきが怖いほど鋭かった。俊輔は、

（このひとは、何かやるな）

とすぐ感じた。

長井雅楽一派は京都に旅立った。久坂が同時に旅立った。桂と俊輔は川辺事件の後遺症で、江戸に半ば軟禁状態のままおかれた。桂は、長井の京都工作の結果によっては、長州藩士でありながら、水戸藩に幕府の使者として説得におもむかなければならなかった。それは、いままで桂がいってきたこととはまったくちがった行為になる。いや、それだけでなく、桂は、

〝裏切者〟

あるいは、

〝転向者〟

のレッテルを、大きく額に貼られる。そういう日が刻一刻と近づいてきた。

桂小五郎に、

「至急、京都に行け」

という藩命が下った。

「いよいよ、水戸への説得の使者の申渡しだな。おれがうるさいから申渡しを藩公じきじきにやらせるつもりだろう。姑息な長井どもめ」

半ばやけになっている桂は、頬をひきつらせて歪んだ笑いを浮べた。

塙暗殺を一時中止して、俊輔も桂の供をして京都に向かった。

政略家

伊藤俊輔《いとうしゅんすけ》が桂小五郎に従って京都に入ったのは、文久二年（一八六二）の五月末のことである。

京都の様相は一変していた。前に俊輔が滞在したころの雰囲気はかけらもなかった。各藩から上京した侍たちがおびただしく、京都はそういう流入人口でふくれあがっていた。しかも、その侍たちの表情は、一様に眼が血走り、ちょっと声をかけても、すぐ、刺《とげ》のある反応が返ってきそうな鋭い緊張感に溢れていた。

（一体、どうなっちまったんだ……）

俊輔は首をかしげた。

都市ほど集まった人間によって、その性格を左右されるところはない。京都が持っていたやさしさ、柔らかさはすべて底のほうに身をひそめてしまい、いまは、他人への猜疑心、警戒心、競争心などが人々の面上に溢れ、京都そのものを〝謀略都市〟、〝情報都市〟、〝政治都

市〃に変えていた。俊輔は、

（日本の政治の中心は、もう江戸ではない）

ということをはっきり感じた。


武家政権、天下の棟梁、征夷大将軍と称する徳川家が、その本拠としてかまえている江戸城や、その江戸城のある江戸のまちなど、いまは見向きもされない。それは、この激動の時代に、各藩が生きのびていくためのこんごの時勢の展望は、もう江戸では得られないからだ。政治の渦は江戸ではまわっていない。だから、徳川幕府の所在地である江戸では、必要な政治情報は何も得られないのだ。


なぜそうなったのか？　政治の中心が江戸から京都に移ったのか？　一体、いまの京都を回転させている核は何なのか。

（御所だ、天皇だ）

と、俊輔はさとった。


俊輔が感じたことは正しく、その御所の近くに各藩はあらそって藩邸を求めていた。それぞれが京都支店の設置に狂奔していた。まちの手ごろな住宅がつぎつぎと買いあげられていた。そのために、京都市内の地価や家の値がどんどん上がっていた。同時に、京都に入りこんだこのおびただしい〃藩用族〃たちは、食物をはじめ生活物資もどんどん買いこんだから、物価もたちまち高騰し、結局、古くから住んでいる京都庶民が物価高に苦しめられた。突然の京都ちん入族は、平安な京都庶民の生活を、めちゃめちゃに狂わせてしまったのである。

しかし、このちん入族たちは、

「物価高は、幕府の開国のせいである。急いで国を閉じれば生活は元に戻る」

だから夷狄《いてき》は、ぜひとも攘《う》ちはらわなければならぬ、と、しきりに、

〝攘夷論〟

を強調した。こういう攘夷論の主張者には、浪人も多かった。これもかつてないことだった。北から南から、東から西から、京都には浪人も多く集まった。かれらは自分たちを、

「志士」

と呼んでいた。

そして、藩に籍のある〝藩用族〟も、〝志士〟である浪人も、情報を求めたり、議論をするのに、一様に酒のある場所に集まった。交際費の使える藩用族は高級料亭や待合を、金のない浪人は安飲み屋を、それぞれ拠点にした。だから、酒亭の群がる鴨川のほとり、特に三条、四条のまちは、文字どおり不夜城と化していた。鴨川に映る紅灯のゆらめきと、その紅灯が空に投げあげる薄明の光は、どこか妖しい走馬灯を見ているような気をおこさせた。

伊藤俊輔は、この前京都にいたとき、俊輔の夜這いを快くうけとめてくれた藩屋敷の賄婦が、

「これからの政《まつりごと》は、京の花街でうごく」

といっていたのを思い出した。学問はなくても、時勢のうごきを見ぬく鋭い日を、あの女はたしかに持っていた、と改めて感じた。

京都には、久坂玄瑞《げんずい》をはじめ、入江九一《きゅういち》、寺島忠三郎、楢崎弥八郎、佐世八十郎（のちの前原一誠）、福原音之進、品川弥二郎、久保清太郎、中谷正亮そして山県狂介《やまがたきょうすけ》たち吉田松陰《しょういん》門下を中心にした若者たちが、勢ぞろいしていた。一様に興奮状況にあった。それは、長井雅楽《うた》の〝航海遠略策〟に対応する大きな〝台風の目〟が出現していたからである。それは、江戸で桂や伊藤俊輔がまったく予想もしなかったことであった。

「長井の遠略策など、もうかびが生えてしまった。いまの京都は尊皇倒幕の義軍を起そうという声でいっぱいだ」

京都藩屋敷に入った桂に旅の疲れもいやさせずに、久坂たちはいった。

「桂さんよ、長州も起そう。薩摩も同調する。土佐の吉村寅太郎さん、肥後の真木和泉先生、筑前の平野国臣さん、筑後の小河弥右衛門さん、越後の本間精一郎さんたちも、みんな参加するぞ」

久坂の熱弁はきく者を魅了する。声がいいし、詩人だからことばも豊富だ。時代をうごかし、人をうごかす力がそのからだからほとばしってくる。

「そこへいくと、長井の遠略策を藩論にしてしまったために、長州藩は幕府のお先棒をかついでいる、とおれたちは甚だ評判が悪い。名誉を挽回し、時勢の主導権をにぎるためには、藩みずからが長井を厳罰に処し、尊皇攘夷の実《じつ》を身をもって実行することだ。薩摩の島津久光公も、いま、勅使と共に江戸に行って幕府を糾問中ではないか。桂さん、起《た》とう」

起とう、起とう、と久坂たちは口々にいった。

京都に出現した〝台風の目〟とは、いま久坂が口にした薩摩の島津久光のことである。久光は、何を考えたのか、突然、千人の軍勢をひきいて京都に上《のぼ》ってきた。久光は、西郷吉之助が敬愛してやまなかった前藩主島津斉彬の弟だが、斉彬が死んだのちも事情があって藩主の座にはつかず、息子の忠義を藩主にした。だから、公的には何の資格も持っていない。薩摩藩主の父、というのがその肩書だ。

が——日本の南端から突如として上京してきたこの台風に、日本中の尊攘志士が久光自身が考えてもいなかった期待をした。それは、久光が鹿児島を出るころから、

「久光公は、尊皇倒幕の義軍をあげに京に行く」

という噂が流れはじめたからだ。

幕府優勢の、しかも長州藩の航海遠略策で朝廷を取りこもうとしている状況の中で、押されに押されている尊攘志士群は、過大の期待をそういう噂で実現してしまったのだった。長井の遠略策で、日本中の尊攘派に肩身のせまい思いをしていた長州藩の久坂たち激派は、たちまち、この噂を信じ、行動を開始した。いや、単に噂を信じたのではなく、根拠があった。それは薩摩藩士の有馬新七、橋口伝蔵、大山弥助（のちの巌）、篠原国幹、西郷信吾（従道）等の激派が、

「久光公をいただいて、義軍を起そう」

と、みずから画策していたからだ。有馬たちは伏見寺田屋に先行して、謀議を練っていた。大山以下は、ひき続き上洛する手はずになっていた。

が——台風の目島津久光は志士たちの予想とはまったくちがう行動に出た。

「わしが倒幕の義軍？　何を世迷いごとをいうかっ」

と、日本中に流れている噂を否定し、さらに、

「わしは浪士など大きらいだ。乞食同然の奴らが、いやしくも天下の政に口出しするとは何ごとか。わが薩摩藩士で、そういう浪士と交際する者は厳罰に処すぞ」

と、反動的な怒声をあげ、さらに浪士に対する差別感を露骨に表わした。あまりにも予想からかけはなれた久光のことばに、志士たちは啞然としたが、有馬たちは、

「あれは建て前で、本音はちがう」

と志士たちに釈明して歩いた。有馬たち自身がそう思いたかったのだ。何とかして久光を説き伏せなければならない、と有馬たちが狂奔しているとき、島津久光は突如としてその本音を行動にうつした。伏見寺田屋に、

〝上意討ち〟

の刺客をさし向けたのである。

「浪士とつきあってはならぬといったのに、いまだに浪士と義軍を起す謀議をつづけている。けしからぬ。口でいってもわからぬから討手をさし向ける」

というのが、その口上であった。討手の指揮者は奈良原喜左衛門（のちの繁）である。有馬たちは殺された。薩摩藩士が薩摩藩士を殺すという〝寺田屋の惨劇〟は、こうして起った。久光への勘ちがいによる期待から生じた悲劇であった。有馬たちを斬った奈良原は、この年

の夏、江戸から戻る久光の行列の前を横切ったイギリス人を斬り殺す。尊攘派の有馬たちを斬ったかれが、こんどは自分で攘夷を実行してしまい、大きな国際問題をひきおこす。皮肉である。

だが、それにもかかわらず尊攘派は、まだ久光に期待をかけ、いぜん〝台風の目〟として注目していた。というのは、久光がかなり政略家なので、情勢いかんによっては、突然ひっくりかえる可能性があったからだ。久光は、自分が〝時世の主役〟になれるのなら、平気でひっくりかえった。

そういう事情を、江戸にいた桂小五郎も伊藤俊輔もよく知っていた。だからいま、

「すぐ、討幕の義軍を起そう」

という久坂たちのことばには、のれないのだった。桂は腕を組んだ。

「どうした、桂さん」

せきたてるように久坂がきく。久坂はもう火の玉のようになっている。久坂だけではない、そのまわりにいる寺島も入江も福原も、品川も楢崎も、そしてあの冷静な山県でさえ火の玉になっていた。そういう同藩人の熱気のすさまじさを、伊藤俊輔はひさしぶりに身にうけとめた。そして同時に、

(こういう熱気の中に身をおくほうが、おれは生きている感じがする)

と、心から感じた。

「諸君の熱情はよくわかる。が……」

桂小五郎は腕をくんだまま、しずかにいった。

「が、何だ」

間髪をいれずに久坂の声がとんでくる。桂は、

「久坂、君らしくもない。挑発するようなもののいいかたはやめろ。ゆっくり話させてくれ。せきたてられると、思うこともいえんのだ……」

と久坂を見かえした。久坂は苦笑したが、

「まるで、藩の重役みたいだな」

とつぶやいた。それに触発されて、すぐ、

「長井に似てきた」

「桂さんは、長井にまるめられて、水戸の尊攘派を説得するそうですね？」

入江、品川、寺島たち若手の声がとんできた。

(なるほど、情報はぜんぶ入っているな)

と俊輔は感じた。江戸でのできごとで、桂はすでに不透明な人間だと思われているのだ。京都に先にきた長井一派がそういう宣伝をしているのだろう。

「………」

じろりと若者たちを見わたしながら、桂は告げた。

「事を起すには、正確な情報がいる。おれは義軍を起すことに反対ではない」

「それなら、すぐに」

「しかし、そのすぐという考えに賛成できない」

「なぜです」

「ひとつには、討幕の軍を起して、もし勝ったときに、幕府なきあとの日本の政をどうするのか、誰が、どういう形でとるのか……」

「きまっている、天皇だ！」

久坂がどなるようにいった。そうだ、という同調する声がまわりから出た。桂はききかえした。

「天皇に政治がおこなえるのか？　七百年も武家に政権をゆだねていた天皇に、すぐ政務がとれるのか？」

「公卿がいる」

「それこそお笑い草だ。ちまちました礼儀作法と、古い日本の文化を後生大事に守ることだけに生きてきた堂上人に、すぐ政治がおこなえるのか？」

「おれたちがいる。日本中の同志がいる！」

「おれたち？　同志？　では、きく。きみたちが幕府に代って、ただちにこの国の人民に責任が持てるのか？　一体、どういう構想を持っているのだ？　きかせてくれ」

「…………」

桂はしずかだが、執拗だった。桂も真剣だった。

「情熱だけでは事は成らぬ……」

桂はつけ加えた。たちまち反撃の声が起ったが、桂はとりあわず、こういうことをいった。

「島津久光殿に対する見かたも、きみたちとおれとはちがう」

「どうちがうのだ？」

苛立った声が入江の口からとび出た。

「かれは、きみたちの考えるような人間ではない。かれがいま考えているのは、一橋慶喜《よしのぶ》公や松平春嶽殿を幕政の中心に据え、自分も参画することだ。幕府を倒そうなどとは微塵《みじん》も思っていない。寺田屋で有馬君たちを斬らせたことで、これはあきらかだ。諸君は、久光公に幻影を抱いているのだ」

「たとえ幻影でも、活用のしかたによってはそれをまことの姿にできます」

突然、隅から声があがった。山県狂介だった。じっと桂を見すえていた。

「山県君、どういうことだ」

桂がききかえした。

「世間が誤解していようと、本人にその気がなかろうと、まわりの者が寄ってたかって、久光公は義軍を起すのだと叫びつづければ、噂は事実となり、幻もほんものになります。要は気迫です。その気迫は勘ちがいにせよ、いま、この京都にみなぎっています。この気迫で、久光公も変るかも知れません。あの方はそういう人です」

「………」

山県は、さっき桂がいった、

ているのだ。

「情熱だけで、事は成らない」

ということばに反発しているのだった。同時に、情熱こそ時勢を変える唯一の力だと信じ

思った。一座の者は、うまくいえなかった自分たちの気持を、みごとに山県が代弁してくれた、と

思った。一斉に共感の声をあげた。声の圧力で桂をかこみ、桂を凝視した。それをはねのけ

るように桂は腕をくんだまま、いった。

「幕府を倒すにしても名目と手順がいるのだ」

「名目と手順？」

「そうだ。まず、征夷大将軍徳川家茂《いえもち》を京都に呼びつけること。そして天皇に攘夷実行の約

定をさせること。つまり、将軍に攘夷実行を約束させ、その約束を守らなければ倒すという

ことを、天下に告げる必要がある。それからだ、すべては」

「将軍を上洛させるというのか!?」

さすがに久坂はおどろいた。座にいた者もおどろいた。

「そうだ。おい、久坂、きみたちはどう思っているか知らんが、義軍を起すにはそれだけの

理由を天下の人民に示さなければならぬ。やみくもに軍を起せば、そんなものはただの反乱

としか世間の目には映らん。徳川が、いかに討つに値するものであるかを、人民に伝えずに

は事を起せんのだ。無言だが、人民は怖いぞ」

（それは、たしかにそのとおりだ）

と俊輔は思った。

話をきいていて、俊輔は俊輔なりにいろいろなことを感じた。ひとことでいえば、

(みんな成長している)

ということだった。特に山県狂介の成長ぶりにはおどろいた。たとえ幻影でも勘ちがいでも、世間がそう思っているのなら、その勘ちがいを利用すべきだ、という山県の戦略は耳を傾けていい考えだった。

(この男は、政治もそうだが、もし戦争でも起ったら軍略のほうですばらしい力を発揮するのではないか)

と思った。

それにしても桂もすばらしい。江戸藩邸で毎日いっしょに暮しながら、ほとんど気づかなかった政略家としての素質がどんどん出てきている。久坂が、今日の桂を、

「まるで藩の重役のようだ」

と皮肉ったが、ある面で当っていた。

しかし、その皮肉は、単に桂の外見的な態度やその印象だけでいわれたのではなく、もっと質的なものだった。江戸藩邸の有備館館長という青年群の指導者として、あるいは万延元年の桜田門、ことし一月の坂下門とつづいた老中襲撃事件で経験した国政とのかかわりで、藩士というものがどうなるか、という切実な体験が、桂小五郎を政治の世界で大きく成長させていたのだ。

その事件の処理に当って、桂のうごきを見ていた俊輔は、時に桂を、

（ずるい男だ）

と思わないわけではなかった。

責任を回避したり、修羅場を避けたり、嫌なことはみんな他人におしつけて、自分は手を汚すことを極力嫌がるいんちき人間として桂を見たこともあった。しかし今日の桂はちがった。桂は自分の政治理念を持っていた。

「討幕には賛成する」

しかし、

「討幕後の政体構想を持っているのか」

「人民の支持はとりつけているのか」

「島津久光は、世間で期待する人物とはまったくちがう」

という指摘は当っていた。

みんな〝破壊〟への情熱とパワーは持っている。だが、破壊後の〝建設〟の構想は誰も持っていない。それがなければ、討幕の義軍も一過性の反乱で終ってしまう、という桂のことばは真理だった。その真理に、久坂たちもいいかえせないのだ。

「有備館館長になって、桂さんはまるで若年寄りだ。おい、伊藤君、何とかいわんか」

久坂が辟易《へきえき》したように俊輔にほこ先を向けてきた。俊輔は弱った。が、

（こういうときは、道化者が必要なのだ）

と思った。

よし、おどけてやれ、と自分が笑い者になるのを買って出ようと心をきめた。

「されば」

と役者のような気取ったいいかたをした。

「されば、何だ？」

「うん？」

「目下、日本の政局は、実はこの京都、それも花街でまわっているとの、もっぱらの評判であります。となれば」

「その日本政局をまわす花街を、熟覧のうえ、本日の議論を再開されてはいかがと……」

はやくいえば、理屈をいいあうのはもう打止めにして、のみに行こうという提案である。

「俊輔らしい。しかし、名案だ」

と久坂はすぐ手をうった。みんなも賛成した。

一同は、すでに京都にくわしい久坂の案内で、祇園《ぎおん》に行った。

祇園という妙なことばは、もともとは仏教のほうのことばで、インドの仏堂の前に発達した祇園精舎から出ている。京都の場合は、八坂神社の門前町のことなのだが、清浄な信者の園というよりは、むしろ、粋人、酔客の桃源郷になっている。

しかし、祇園のある茶店に上るとすぐ、留守番をしていた寺島忠三郎が、

「大変だぞ！　のんでいる場合じゃない！」

と走りこんできた。

藩邸で事件が起ったのだった。急遽上洛してきた藩主が、京都にいた重臣群を集めて、

「一度藩論とした〝航海遠略策〟を退け、その主唱者であった長井雅楽に、国許で謹慎を命ずる」

と宣告したことであった。久坂たちが息巻いていたことを、藩主は血を流さずに果断に処理したのである。これは、藩の方針の大転換であり、長州は再び故吉田松陰のとなえていた〝尊皇攘夷〟の道に戻ることはあきらかであった。斬るまでもなく、長井雅楽は国許で謹慎させられ、やがて罰せられる。長井はすでに、旅の支度にかかったという。こんどの一連のうごきは、だれが仕組んだのかわからない。しかし、機敏な措置であった。

そして——それだけ日本の情勢は変ってきていた。特に、政局はもう江戸ではまわらず京でまわっている。その京の空気は圧倒的に尊皇攘夷だ。江戸の幕府の開国に味方するような遠略策などとなえていたら、まごまごしていると国賊にされてしまう。それにもともと長州藩は尊皇攘夷藩なのだ。藩祖は徳川家康と関ヶ原で戦っている。だからこそ長門・周防《すおう》の二国におしこめられてしまったのだ。徳川幕府には遺恨はありこそすれ、恩などかけらもない。

第一、遠略策は長州藩にしては柄にない主張で、しかも付焼刃《やきば》だ。メッキは早くはがして地金に戻ったほうがいい。そうしないと、猫も杓子ものりはじめた、

〝尊皇攘夷丸〟

という船にのりおくれてしまう。その焦燥感が、藩主にこんどの決断をさせたのだろう。

寺島の報告をきいて、俊輔と山県はおどりあがった。その俊輔に、寺島は、

「来原《くるはら》さんが、至急桂さんときみに会いたがっている」

と告げた。

「来原さんが？」

「ああ、ひどく深刻な顔をしていたぞ」

「……？」

いやな予感が俊輔の背筋を走った。来原良蔵《りようぞう》は、浦賀時代の俊輔の上司だったが、さらに桂小五郎の義弟でもあった。桂の妹を妻にしている。が、一方、長井雅楽の甥でもあった。そして最近は特に、長井のとなえる航海遠略策に共鳴し、

「この策こそ、おれの考えている長州藩国防軍の近代化をはかるものだ」

と、その正しさを俊輔たち青年群に吹聴していた。

ところが今夜急に、その遠略策が退けられ、張本人の長井は国許へ帰国・謹慎を命ぜられたというのだから、一途な来原が深刻になるのは当然だ。だが、俊輔には、

「ひどく深刻な顔をしていた……」

という寺島のいいかたが気になった。

「先に戻る……」

俊輔は山県にそう告げると、急いで祇園の茶屋を出た。道に出ると走りだした。胸さわぎがはじまった。それは走る俊輔の胸の中ではげしい音を立てはじめた。

いやな予感と胸さわぎがしたとき、伊藤俊輔が考えたのは来原良蔵の自殺であった。来原はまっすぐな男である。藩論が百八十度転換した以上、前の藩論の支持者としておめおめ生きている男ではない。

俊輔は走った。心の中で、

（来原さん、死なないで下さい！）

と叫んでいた。

河原町の藩邸に走り戻った俊輔は、からだから溢れんばかりになっている不安と焦燥をおさえて、行き交う侍たちに、

「来原さんはどこです」

ときいた。しかし、みんな、

「さっきまで、自室にいたが……」

という返事をくりかえすだけで、身にしみて答えてくれる者はいなかった。

藩論の変化は、藩士にとっては頭のきりかえだけではすまない。それはもっと生ぐさい勢力の変化であった。権力の交替、派閥の入替えなのだ。今日まで長井雅楽をかこみ、その尻についてわが世の春を謳歌していた小人共にとって、こんどの事件は総員失脚を意味した。明日からは全員冷や飯を食わされるのであり、〝窓際族〟に追いやられる。

そうなると、自分のことで頭がいっぱいでひとのことどころではない。まして来原良蔵は、長井の近親者でしかも遠略策の急先鋒だった。失脚第一人者である。うっかりかかわりを持

ってとばっちりをうけたら馬鹿馬鹿しい。こういうときの小人の心の変化ははっきりしている。ヒラメのようにクルリと変る。そして平然としている。

（なるほどなあ。みんな人間だ）

藩論の変化を、これから長州藩が日本の政局の中でどうすすんでいくのかという問題としてとらえずに、

「おれは一体どうなるのだろう。首か、入牢か」

と、自分のことしか考えないつまらない右往左往組の間をくぐりぬけながら、伊藤俊輔は、勢力交替時の人間の生きかたのありようをまざまざと見てきた。

が、とがめる気は微塵もなかった。

（そうなったとき、おれだってどう生きるかわからない）

と思ったからである。

来原良蔵の部屋に行くと、中は暗く、来原はいなかった。藩邸の、俗物の了簡が露骨になった慌ただしさの中にいることが、潔癖な来原には耐えられなかったのだろう。

机の上に一通の手紙がおいてあった。窓からさしこむ月光にすかしてみると、

「伊藤俊輔君」

と書いてあった。俊輔あてのものだ。

（遺書か！）

ぎょっとしながら俊輔は手紙をひらいた。

「俊輔、……」

書きだしから手紙は俊輔を呼び捨てにしていた。それほど来原は俊輔に親愛感を持っていたのである。先を読まないうちから、俊輔はグッときた。

「藩論が変った。遠略策を支持してきたおれは、遠略策こそ本当の忠義だと思ってきたが、結果としてえらい不忠不義になってしまった。このことは、第一におれ自身が誤り、また俊輔ほか若い連中に誤ったことを教えてきたことになる。この罪は重い。のがれることはできない。だからこの場ですぐ割腹するつもりでいた。が、その前にやることがあることに気がついた。それは、おれの手で攘夷を実行し、自分のまちがいをただすことだ。俊輔、おれはこれから横浜に行く。そして外人居留地に火を放ち、たとえひとりでも異人を殺して攘夷の実をあげ、新しい長州藩のさきがけとなりたい。そのうえでいさぎよく腹を切る。俊輔よ、おれの気持をわかってくれ。桂さんたちに、よろしく伝えてくれ。さらばだ」

俊輔には来原の気持が手にとるようにわかった。手紙にはそう書いてあるが、

（来原さんは、決して遠略策がまちがっていないと思っている、自分は正しいと信じている）

と俊輔は思った。一見責任をとるような文面だが、そうではない。来原は血の叫びで抗議しているのだ。

「攘夷こそまちがっている！」

と。だから、横浜の異人館へ斬りこみに行くのは、その抗議を身をもって実践するためだ

ろう。攘夷の結果がどうなるか、そのとなえ手が自分たちの目で、とっくりと見とどけろ、ということなのだ。

（どうしよう）

俊輔は当惑した。

桂たちが帰ってきた。桂は、

「来原はどうした」

と、険しい表情で俊輔にきいた。俊輔はだまって手紙をさし出した。またたきもせず、目を走らせた桂は、読み終ると、

「あの大馬鹿野郎！」

と足ぶみし、天井をにらんだ。

その桂にすぐ藩主から呼出しがあり、桂小五郎はこの日、

「右筆・政務座副役」

を命ぜられた。事実上の藩副首相である。あきれるほどの大抜擢だ。藩首相は、革新派の周布政之助《すふまさのすけ》がかえり咲いた。桂はこのとき、三十歳であった。伊藤俊輔の主人は異例の出世をした。が、俊輔の身分はいぜんとして桂の若党・下僕であった。

その後も桂小五郎の出世は、とどまるところを知らなかった。それは、長州藩が、〝尊皇攘夷の藩〟として、急速度で京都に名をなすのと併行していた。京都朝廷は、このころ尊皇攘夷の志厚い諸国の志士のために、学習院を開放した。それまで公卿の子弟の学校だったも

のを、志士の討論場にしたのだ。もちろん、ここでのいい意見はそのまま天皇に取りつがれる。桂は、この学習院での御用掛を命ぜられた。朝廷人に加わったと同時に、日本志士群の代表者になったともいえるだろう。桂小五郎は、いまや長州藩の持つ最大のスターであった。

その桂が、

「三本木の幾松という芸者と、かなり熱い仲になっている」

という噂が流れはじめた。俊輔は、

「へえ」

と思った。そういえば、桂はこのごろよく鴨川べりの茶屋に出かける。

「国事周旋である」

といって出て行く。

藩の事実上の京都代表であり、また朝廷の学習院御用掛を兼ねているのだから、会おうと思ったら相手はかぎりなくいる。日本中の有志を相手にしているのだ。

しかし、

「お供をしましょうか」

と俊輔がいっても、

「いや、いい。おまえも忙しかろう」

と、桂は首をふる。そして、そそくさと行ってしまう。

(だいぶ、幾松とよろしくやっているな)

と俊輔は苦笑した。

大した女だ、その芸者は。かなり目が高いな、さすがにいい相手を見つけるよ。桂さんなら大成長株だ、どこまで出世するかわからないものな——その桂の若党・下僕というわが身をひきくらべ、伊藤俊輔はそんなことを考えた。

慌ただしい中にも、長州藩京都藩邸は文久二年（一八六二）の八月を迎えていた。京都の夏は暑い。冬の寒さがきびしいので、その分だけ、夏を暑くしているようなものだ。

一か月前、幕府は越前藩主松平慶永を政治総裁に命じ、京都に出向させた。慶永は開明派で、こちこちの幕政運営にいつも批判的だったから、大名の意見をよくきいた。特にいままでのように、親藩だ、譜代だ、外様だのという分けかたはしなかった。むしろ外様の長州や薩摩の意見をよくきいた。慶永が考えているのは、徳川幕府を親藩・譜代という徳川家の忠臣大名だけで編成するのではなく、優秀な大名なら外様大名もいっしょに参加させて、一種の連合共和政府をつくろうとしていた。こういうことを考えたのは、慶永のブレーン横井小楠《しょうなん》である。小楠はその考えのヒントを、かつてアメリカに渡った勝海舟から得ていた。

俊輔もけっこう忙しかった。桂の命令で、あちこちとびまわるからだ。夜に入っていたが、風がない。藩邸は鴨川にごく近いのだが、川風もない。

「暑いなあ」

つぶやく俊輔は、どうしても桂と幾松のふたりの姿態を目に浮べてしまう。

一ぺんくらい、おこぼれで抱かしてくれないかな、ああ、いい女を一度でいいから抱きた

いなあ、などと、俊輔があらぬことを考えていると、

「おい」

にわかにうしろから肩を突きとばされた。

「誰だ！」

かっとしてふり向くと、そこにひとりの長身の青年が立っていた。乗られている馬よりも、乗っている人間の顔のほうが長いといわれるほどの、その顔の長い男が立っていた。

高杉晋作《しんさく》であった。

「高杉さん……」

懐かしそうな顔をした俊輔は、すぐ表情をこわばらせた。高杉が険悪な顔をしたままで、少しも懐かしそうな顔を見せないからだ。

「俊輔……」

高杉はこわい顔のままいった。

「はい」

「よくも、おれをだましたな」

「え」

「おれをだまして嫁をもらわせ、上海まで追っぱらったな」

「いえ、あ、あれは久坂さんが！」

「ひとのせいにするな。おまえの企みだ。おい、俊輔、上海みやげをやるよ」

そういうと高杉晋作は、ふところからピストルを出して、ぴたりと俊輔のおでこに狙いをつけた。

来原良蔵の死

俊輔《しゅんすけ》は藩邸の隅に追いつめられた。

「助けて下さい！」

と、ドタドタ逃げまわり、邸の中でも、

「高杉さん、乱暴はいけないぞ」

ととめに入る者もいたが、高杉晋作《しんさく》はきかない。

「邪魔すると、きさまらも射つぞ」

と、ピストルの先を向けるので泡をくってとびのいてしまう。いくつもの部屋を突きぬけ、廊下を逃げまわっているうちに、俊輔はついに建物の隅に背をおしつけるところまで追いつめられた。窓の外は高瀬川から水を引いた舟入りだが、窓が高いので逃げられない。小便をちびりそうな表情になって、俊輔はへたへたと廊下の突きどまりに坐りこんだ。高杉はきびしい目をしたままゆっくりと迫る。

「俊輔、これは上海で買った新式のペストルだ。一発で猛牛も仕止められる。射ち殺してやる」

「ああ……」

高杉の怒りが冗談でないことを知って、俊輔は真っ青になっていた。が、いいだしたらぜったいにきかない高杉の気質はよく知っている。

(殺される)

俊輔は観念した。書置を残し、邸をとび出して行った来原良蔵《くるはらりょうぞう》のことが心配だったがどうにもならない。おれのほうが先に殺されてしまうのだ。

俊輔は目を閉じた。高杉が、冷たい銃口をぴたりと俊輔の額にあてた。その感触が俊輔の骨を凍らせた。

「いいのこすことは？」

「来原さんが心配です。もうひとつは、江戸の国学者塙《はなわ》次郎を殺せなかったことが残念です……」

「なかなかいいことをいう。が、観念しろ」

高杉は引き金を引いた。俊輔はからだ中の力が頭の先から抜けていくのを感じた。が、――何も起らなかった。ペストルはカチッと鳴っただけだ。

「ははは」

と、突然高杉が高笑いした。そしてペストルの先で俊輔のおでこを突いた。

「さすがのずる小僧伊藤俊輔もだまされたな」

え？　とおどろいて目をひらくと、高杉はさもおかしくてたまらないという笑顔で、ピストルを宙でブラブラもてあそんでいた。

「カラだ」

「は」

「弾丸は入ってないよ」

「高杉さん！」

思わず怒りの声を放つと、俊輔はやにわに高杉にむしゃぶりついた。

組みつかれたまま、高杉はまるで弟でもあやすように、

「よしよし」

と、俊輔の肩をつかんで押されるままになっていた。俊輔はそんな高杉に急に懐かしいものを感じた。大男の高杉のあの体臭がよみがえってきた。その体臭は俊輔への愛情にみなぎっていた。そう感ずると、俊輔の目から涙がぼろぼろころがり落ちた。殺される恐怖が去ったよりも、しばらくはなれていた高杉が、いぜんとして自分を弟のように思っていてくれたことが嬉しかったのだ。そして、今日まで意地と負け惜しみで、小さなからだを突っぱらせて生きてきたが、やはり心の奥底ではおれも淋しがり屋なのであり、ほんとうにほしかったのは、高杉晋作がいまみせてくれているような愛情なのだ、ということを俊輔はさとった。

そしてそれは、主人の桂小五郎にはないものであった。

だから、

「ちくしょう、ちくしょう」

とわめきながら、遮二無二、高杉にむしゃぶりついているのは、怒りではなく甘えであった。高杉もその甘えをゆるした。はは、ははと笑いながら俊輔にされるがままになっていた。

やがて——、

「おい、桂や久坂たちと少し話をしよう。おまえに上海へ行かされたおかげで、おれはすばらしい勉強をしたぞ。攘夷なんてまちがいだ。国を閉じていたら、日本は清《しん》国と同じ目にあう。列強に国土をめちゃくちゃにされる……」

「ええッ」

と俊輔が思わず驚声をあげた。どういうことだ。いままで長州藩の中で、誰よりも、

「夷狄《いてき》うつべし」

と強硬な攘夷論をとなえていたのは、高杉晋作本人ではなかったのか。それが、たった二か月の上海見聞でころりとその攘夷論を捨ててしまったのか。

ところが、俊輔がもっとおどろいたのは、その直後にはじまった藩邸内の青年会議での高杉の発言であった。

高杉はいった。

「そこで、江戸高輪のエゲレス公館を襲い、これを焼く。同時に俊輔はかねての決定どおり国学者の塙次郎を殺せ」

「……!?」

それまで高杉の上海報告をきいていた一座の者、すなわち桂小五郎・久坂玄瑞《げんずい》・山県狂介《やまがたきようすけ》・志道聞多《しじもんた》（のちの井上馨《かおる》）・品川弥二郎・赤根武人《たけと》たちはもう一度びっくりした。俊輔が一番びっくりした。

「高杉よ」

眉を寄せて桂小五郎が疑問を口にした。

「どうもおまえのいっていることは首尾一貫しないな」

「どこが一貫しない？」

「だってそうではないか。きみは上海で列強にいいように犯された中国の惨状を見て、もはや攘夷の時代ではない、と考えて日本に戻ってきたのだろう？」

「そうだ」

「そうだなどとすましていてはこまる。攘夷を捨てたきみが、なぜエゲレス公使館を焼いたり、塙次郎を殺したりするのだ。それこそまさしく攘夷ではないか」

ことばにこそ出さなかったが、そこにいる青年たちは桂と同じことを考えていた。伊藤俊輔も同じだった。桂のことばをだまってきいていた高杉は、ニヤリと笑った。

「そのとおり、おれがやろうとしていることはまさしく攘夷だよ」

「そこが首尾一貫しないというのだ」

高杉は桂のほうに向き直った。

「では、きくがな、おれが首尾一貫させれば長井雅楽《うた》と同じになる。その長井をきみたちはどうした？　久坂など、まだ長井の帰国途次を狙って斬るつもりだろう？　顔にちゃんと書いてある。もうひとつ」

抗議しかける久坂を目で制して高杉はつづける。

「目下、長州藩の藩論は、列国との開港条約を破棄し攘夷を実行することに決している。航海遠略策から百八十度の転換だ。それをまたすぐ開国策に変えるわけにはいかない。それでなくても、京都でのわが藩の活躍を知らない藩は、長州は幕府のお先棒をかついでいるのではないか、と疑いの目で見ている。特に先日薩摩藩が生麦《なまむぎ》でエゲレス人を斬ってからは、日本中あげて攘夷、攘夷と熱病にかかっている。そんなときにうっかり攘夷は駄目だなどといえるか。おれがエゲレス公使館を焼き、塙を殺すのは、当面、長州藩の発言力をつよくしたいからだ。その辺は、桂よ、きみが一番よく知っているはずだ」

切々と熱をこめたことばで語って、高杉は桂を見つめた。桂を見つめてはいたが、高杉はそこにいるみんなを見つめていた。自分の話をみんなが理解したかどうかをたしかめていた。

この中では俊輔の頭脳が一番鋭く思考が柔軟だ。身分が低くろくな財産もないから失うものがない。人間は失うものがないと自由な発想をする。

（なるほどな……）

攘夷なんかできっこない。しかし、いまそれは口に出せない。だから本心はとりあえず胸の中に納めておく。そして誰よりも強硬な攘夷論を現実に実行して主導権をにぎり、そうしてのち日本全体を本心の開国の方向に持っていく。しかし、その主導権をにぎるためには、あえてエゲレス公使館を焼き、塙次郎も殺す——それが高杉晋作の作戦であった。

が、それはよくわかるけれど大変な賭だ。桂が腕をくんでつぶやいた。

「……狂っている」

「そうだ、狂っている。まさに狂挙だ」

高杉もうなずいた。そして、

「いまは下を見ずに崖からとびおりる時だ。崖の高さをはかって、脚を折るか、けがをするかなどと心配していたら何もできん。もう長州一藩の時代ではない、日本をどうするか、日本中で考えなければならん」

高杉はそういった。

「つけ加えておこう。おれが江戸で事を起すのは、江戸がすでに死んだ都だからだ。京都は生きている。いかに何でもこの京都で暴れたのでは事は面倒だからな」

高杉はそういって笑った。桂は当惑きわまる表情をしていた。藩重役に出世した桂は、高杉の突然の狂挙にどう対応すればいいのか、すぐには判断できないのだった。その点、

「崖の高さをはかって、脚を折るかなどと心配していたら何もできないぞ」

という高杉の果断さは爽快だった。俊輔は、

（やっぱり高杉さんのほうがいいな）

と正直に感じた。

「ぼくはすぐ江戸に行く。きみのいう狂挙を実行する」

突然久坂玄瑞がいった。詩人で純粋な熱い魂を持っている久坂は、これも持ち前の勘の鋭さで高杉の理論を理解してしまっていた。その正しさを感じとっていた。たちまち、ぼくも行く、おれも行く、と座にいた若者は全員久坂に同調した。

「よし、では江戸へ出発だ」

高杉は大きくうなずいた。そして、

「俊輔、おまえもこい」

と俊輔を見た。俊輔は、

「はい」

と、これも大きくうなずいた。ちらり、と桂が露骨に不快な色を眼に走らせたのを、俊輔は黙殺した。青年たちは京を発《た》った。こうなるとはずみがついているので誰にもとめられなかった。

が——江戸に着いたかれらを、ひとつの〝不幸〟が待っていた。特に伊藤俊輔にとって、生涯にいく度も遭遇することのない不幸であった。恩人の来原良蔵が自殺していた。

京都をとび出した来原は、江戸に着くと江戸藩邸で、

「これから横浜の外人居留地に斬りこむ。誰かいっしょに行かないか」

としきりに誘った。来原のことだから、こそこそやらないで堂々とやる。たちまち藩邸は

大さわぎになった。重役たちは、

「馬鹿はよせ」

ととめるし、青年たちもさすがに、

「思いとどまって下さい」

と哀願する。しかし来原はきかない。ひとりでも斬りこむと息巻く。叔父の長井雅楽の航海遠略策に賛成していた来原にしてみれば、それ以外、最後に生きる道はないかのように思いつめている。ついに世子《せいし》（藩主の嫡男、次期藩主）が説得に出てきた。八月二十八日のことである。諄々《じゅんじゅん》と説く世子のことばに、来原は肩をふるわせ、慟哭した。そして翌朝未明、ひとりで切腹した。孤独な死であった。

「……従来忠義と考えたことがすべて不忠になりました。人を誤った罪を思い、ここに割腹いたします。死後の余罪は、なおのこと恐れいります……」

と書いた遺書があった。別に伊藤俊輔あての手紙があり、

「俊輔君、おれの遺志をついでくれ。浦賀湾の砂浜は楽しかった」

と書いてあった。その手紙をわたされて一読した俊輔は、いきなり、おう、とうめいて嗚《お》咽《えつ》した。自分などのおよびもつかない来原の魂の清冽さが、改めて胸をうった。

「こら俊輔、自分の小さな怒りだけで生きるな。その怒りを長州藩の怒りにしろ。日本の怒りにしろ」

とひろい海のかなたを指さしながら教えてくれた来原のことばが、耳の底ではっきりよみ

がえった。ちぇいよぅ、ちぇいよぅ、と妙なかけごえをかけながら、一枚一枚着物を脱いでいく朝の砂浜の駈足《かけあし》が、昨日のことのように思い出された。褌《ふんどし》ひとつの来原の姿が何と懐かしいことか。

（あの人は純粋だった。おれのように根性が汚れてはいない）

人を利用して出世しようなどという気持はこれっぽっちもない人だった——そう思うと俊輔はよけい身もだえし、嗚咽をつづけるのだった。

「いい男だった……さぞかし無念だったろうな」

小さな骨箱を前にしながら、高杉は目をうるませた。高杉もまた純粋人だった。それに高杉がいま胸の底に抱いている構想は、国をひらいて国力を増し、列強と互角にわたりあえる日本にしようという意味では来原とまったく同じだったからである。しかもその前提としてエゲレス公使館に焼打ちをかけようということも。

久坂玄瑞も山県狂介も寺島忠三郎も赤根武人もみんな泣いていた。

「俊輔よ」

高杉がいった。涙声だった。

「はい」

「来原さんの遺志を、必ずつげよ」

「はい」

（必ずつぎます）

と胸の中で答えた。

正直にいって、俊輔は、何でも攘夷、攘夷といういまの日本の風潮にはついていけなかった。日本はこの世界で孤立して生きているのではない、この海のかなたにはいくつもの国がある、その国にもたくさんの人間が生きているのだ、といった来原良蔵のことばが頭の隅にのこっていた。ということは、俊輔はどうしようもない身分制のしがらみの中にあって、自分の資質はこの日本よりも、列国を相手にしたほうが何かのびるような予感を持っていたからだ。

現在のことばでいえば、〝国際人〟的資質が十分にあり、国内政治というたこつぼの中にこもるのでなく、国際社会とのかかわりの中で日本の政治を考えたい、というような意欲が、まだ自分では気がついていなくても、すでに俊輔にはあったということである。

「おれたちの狂挙は、文字どおり来原さんの遺志をつぐことになる。改めて実行を確約しよう」

高杉のことばに、青年たちは一様に、おう、と声をあげた。盟約を確認すると高杉は急に、

「俊輔、おまえは来原さんの遺骨を萩に届けろ」

といった。

「え」

びっくりする俊輔に、

「この仕事は、おまえが一番ふさわしい」

と高杉はやさしい目をした。

「来原さんはおまえが好きだったからな」

俊輔は高杉の愛情に、涙がこぼれそうになった。

「しかし、エゲレス公使館の焼打ちや、塙次郎の襲撃は？」

と俊輔が心配すると、高杉は笑った。

「藩邸の空気はおまえもよく知っているだろう。来原さんの自殺で姑息《こそく》な藩の奴らは動ていしている。おれたちも必ず何か暴挙をしに江戸へ出てきたと思っている。だから息を詰めておれたちを見つめているよ。しばらくはうかつにはうごけん。まあ、おまえが萩から戻ってくるまでは何もできないよ。酒でものんで、ゆっくり機会を待つ。心配しないで行ってこい」

「はい」

俊輔はうなずいた。

高杉のいうとおりだった。江戸邸にいる藩人はすべて腫物《はれもの》にさわるような目で高杉たちを見つめていた。見つめているというよりも監視していた。

（こいつら、必ず何かやる）

まして、上海帰りのあばれ牛、高杉晋作が指導者ではとてつもないことを策しているのにちがいない。すでに保守派の強硬論者は、

「すぐ萩に追いかえそう」

とか、

「謹慎させてしまおう」

とかひそひそと論議している。とにかく吉田松陰《しょういん》門下はすべてトラブル・メーカーなのだ。高杉はその中でも最大の問題児だ。

「つぎからつぎへと問題を起しては、おれたちを苦しめる」

ことなかれ主義の藩人は、そういう目で高杉たちを見ている。自分たちの平和な生活をいつもかき乱す者として、深い憎しみと恨みの念さえ持っている。

「吉田松陰という男は、まったく問題児ばかり育てやがって！」

と始終ぶつぶついっている。

そういう藩邸内の空気は、ぴりぴりと俊輔にも伝わる。さすがの俊輔もこっち側にいて、

「私だけはちがいます」

などと調子のいいことを保守派にいいに行くわけにもいかない。高杉の交渉の結果俊輔が来原の遺骨を萩に届けにいく許可が下りた日、高杉は、

「俊輔、萩に発つ前に、もうひとつ大事な仕事がある」

と告げた。

「何でしょう？　先に塙を斬るのですか」

「いや」

首をふった高杉は、

「実は、京都を発つとき、桂にたのまれたことがあるのだ」

「？」

「松陰先生の遺体を改葬する」

「え」

「江戸藩邸の重役に毎日交渉してきたのだが、奴ら自身が反対なものだからなかなか幕府にかけあわない。けつをひっぱたいて折衝させ、今日、ようやく幕府の許可が下りた。それでも藩の重役どもはぐずぐずいうから、わかった、すべての責任はこの高杉晋作がとる、とどなりつけてやったのだ。そこで、俊輔、松陰先生の遺体を掘りかえし、荏原郡《えばらごおり》の若林村（現東京都世田谷区若林町）にある長州藩別邸のお庭に埋める。おまえもいっしょにきて手伝え」

そういって高杉は支度にかかった。

「高杉さん、松陰先生にはぼくのほかにも門人がたくさんいます。そんな名誉な仕事にぼくなど、出すぎては……」

「おまえが手伝うのは桂小五郎の命令だ。松陰先生が処刑されたとき、おまえは桂とふたりで先生を埋めたろう。だから桂はこの仕事には必ずおまえを連れて行ってくれといった……」

「桂さんが？」

江戸へついて行くという俊輔に京都でちらりと不快な目を見せた桂の表情を思い起しなが

ら、俊輔は意外だという声を出した。高杉は微笑した。

「桂はおまえが考えている以上に、おまえのことを考えているよ」

「は？……」

「幸福な奴だよ、おまえは。しかし、なぜそれほどみんながみんな、おまえを好きになるのかふしぎだな……」

そういって、高杉にはめずらしい真剣な表情で俊輔を凝視した。

千住小塚原の刑場隅で、変り果てた吉田松陰の遺体を掘り起したとき、高杉晋作も伊藤俊輔もはらはらと涙をこぼして泣いた。あれから三年経《た》つ。あのとき、普段、冷静な桂でさえ、

「俊輔、いつか、先生の骨を萩に持って帰ろうな」

と嗚咽した。

萩にではないが、いま、長州藩ゆかりの若林村に埋葬するのだ。天皇の名によって、国家犯罪人の罪名も消えた。こんな刑場の一隅では、先生もおちおち気の休まることはなかっただろう。俊輔は、

身はたとい　武蔵の野辺に朽ちぬとも
　とどめおかまし　やまと魂

と詠んだ松陰の遺詠を思い出していた。遺体の発掘と運搬には外国通の山尾庸三《やまおようぞう》（のちの

工務卿、法制局長官）や赤根武人が加わっていた。

松陰の骨をかめに納めると、藩の小者《こもの》にかつがせて、高杉たち一行は上野広小路に出てきた。忍《しの》ぶ川に三枚橋がかかっている。その名のとおり、橋を三つに分け、真中は将軍しか渡れない、いわゆるお留《とめ》橋だ。脇に番所があり、監視の役人もいる。この橋を見ると、むらむらと高杉の胸にある気持が湧いた。

「俊輔、お留橋を渡ろう」

「え？　しかし」

「かまわん、渡れ」

高杉はいいだしたらきかない。かなりの不安があったが、俊輔は小者を指揮して橋の中央を渡りはじめた。

当然、ばらばらと番所から役人がとび出してきた。

「馬鹿者！　この橋を何と心得る？」

「………」

さすがの俊輔も返事をしかねて高杉をふりかえる。高杉はゆうゆうと前へ出てきた。

「長州藩士高杉晋作だ。なぜ、とめる」

「なぜとめるだと？　きさま、この橋がおそれ多くも上様ご専用のお留橋だということを知らぬのか。第一、そのかめは何か」

「われらが師、故吉田松陰先生のご遺骨である」

「吉田松陰だと？　あの天下の大罪人のか？」

「だまれっ」

高杉は突然一喝した。

「すでに勅命によって罪をゆるされた吉田先生を、天下の大罪人とは何かっ、無礼であろう！」

高杉の大喝に役人はびっくりしたが、しかし負けてはいない。

「この橋は将軍様以外通すわけにはいかぬ。戻れ！」

「戻らぬ！　すると何か？　おまえたちは幕府の掟を楯に、天皇の命令にそむくというのか？　勅命に反するのかっ」

きいているうちに、俊輔はハハァと高杉の意図がよくわかってきた。高杉は橋を材料に幕府役人に、

「勅命と幕命のどっちを大事にするのか」

というテストをしているのだ。同時に、師を殺した幕府に心の底からの怒りを叩きつけているのだ。

（これも、崖の高さをはからずにとびおりる高杉さんの実験なのだ）

俊輔はそう思った。

高杉は理屈ばかりいって、いざとなると何だかんだ言い訳をいいながら後方に退いてしまう卑劣な学者とはちがう。むしろ、真っ先に、まっしぐらに前へとび出していく行動者だ。

率先躬行して範を示す。エゲレス公使館を焼き、塙次郎を殺すためにも、高杉はいまから捨身になって行動する。それは、

「どんな小さなことにも、男は常にいのちがけでぶつかるべきだ」

という高杉の思想がはっきりと表われていた。

そして、いま将軍専用のお留橋を渡れるか、渡れないか、つまり幕府役人が〝幕命〟と〝勅命〟のどっちを大切にするか、その結果によって、高杉はいま胸の中に温めている構想と戦略を、さらに高め、深めようとしているのだということを、伊藤俊輔ははっきり知った。そう思うと、いま目の前にいる高杉晋作という男が、何か自分にはおよびもつかないとてつもない人間に思えてきた。

「………」

橋の上に仁王のように突っ立ってにらみつける高杉に、幕府役人は黙した。完全に威圧された。その機をつかんで、

「俊輔、渡れ」

高杉がいった。

「はい」

俊輔は小者を指揮して急いで橋を渡った。尻に汗をかくような思いだった。故吉田松陰の遺骨を納めたかめは、こうして堂々とお留橋を渡ってしまった。前代未聞のことだった。

「どんなおとがめがあるかわからんぞ!」

幕府役人はくやしさのあまり、そういう悪態をついた。高杉はふりかえってにっこり笑った。

「さっきもいったとおりだ。長州藩士高杉晋作、逃げもかくれもせん。桜田藩邸で待つ」

まるで歌舞伎役者のような態度だった。

「大丈夫でしょうか」

次第に暗くなる道を辿りながら、俊輔は高杉にきいた。青山をぬけ、鎌倉街道を若林に向かっている。この辺は、目黒とか駒場とか、馬に関係のある地名が多いように、牧場地帯だ。将軍もよく狩りにくる。鷹番《たかばん》などという地名も、その狩りのための鷹匠が住んでいるためだ。

広い草原地帯だった。夏の日は長いとはいえ、すでに風には秋の気配も漂っている。その草原の果てに赤い日輪も落ちた。心細くなる時間帯であった。

「何が大丈夫かだ？」

「お留橋のことです」

「ああ、あのことか」

高杉はこともなげに笑った。

「心配するな。幕府は藩邸にはこないよ」

「は」

「あの橋の番をする木っ端役人でさえ、すでに勅命の威力を知っていた。もう幕府のすみずみまで天皇の威力は行き渡っているのだ。それは、おそらく来年早々、将軍が京都に行かなければならない状況を、奴らは誰でも知らされているのだ。もう幕府の威信はそこまで落ちている……俊輔」

「はい」

「いま、おれが何を考えているかわかるか？」

「いえ」

「おれは幕府を倒そうと思っている」

「ええっ」

　夕暮とはいえ、高杉晋作は天下の公道で恐るべきことを口にした。俊輔はびっくりして、ほかの連中と顔を見あわせた。赤根や山尾もさすがに目をみはった。しかし高杉は、ふたりのおどろきには目もくれず歩きながら淡々とつづけた。

「奴らのいう天下の大罪人松陰先生の遺骨の行列さえ、もうとめることもできない幕府なんぞのいうことをきくことはない。おれは必ず幕府を倒す。それも長州藩の手でな。そして、まったく新しい政府を日本につくるのだ……」

　お留橋ひとつ渡る争いの底にも、この人はそんな遠大な構想を抱いていたのか、と、俊輔はいよいよ高杉の巨大さに目をみはるのだった。しかし同時に、高杉がそんな考えを持つようになったのは、やはり俊輔にだまされて上海に出かけて行ったからだと思った。上海で、高杉はそれほど多くのことを学んで戻ってきたのだ。

「俊輔、庸三、武人」

「はい」

「楽しいな」

「はい」

「うん、まったく楽しい。これからやることを考えると、心の底から楽しい。若者の時代だな、まさしく」

「はい」

「三人ともがんばれ」

「がんばります！」

闇の漂いはじめた草原の中の道は、そのまま日本の未来に通じていた。亡師吉田松陰の遺骨を容れたかめを守りながら、その日本の未来を担う長州藩の青年たちは、胸をふくらませて道を歩いて行った。

伊藤俊輔はこの直後、来原良蔵の骨を抱いて、萩に旅立った。

暗殺者誕生

（おれの頭の中には、川があるのかも知れない……それも浅い川だ）

伊藤俊輔《いとうしゅんすけ》はそう思った。いまの自身の心理状態についてそういうことを感じたのだ。

頭の中に川があるということは、いろいろな悩み、苦しみが湧いても、死ぬほどその苦悩と格闘する前に、苦悩のほうがどこかに消えてしまうのである。それを川にたとえるのは、苦悩が下流に流れ去るというのではなく、消えてしまうからだ。流れているうちに濾《こ》されて溶けてしまうからである。

ちょうど川底にある石の群が、水にまじった汚物を濾して、溶かしたり、うすめたりしながら、結局、水だけを澄んだきれいなものにする営為に似ていた。現代ならこのことを川の〝自浄作用〟というだろう。

俊輔の頭の中にもこの〝自浄〟装置があった。なぜそう感じたか、といえば、本当なら恩人の来原良蔵《くるはらりょうぞう》の遺骨を抱いて萩に戻ってきたのだから、もっと愁嘆の底にひそんでいなければならないのに、一向にそういう気にならない。ならないどころではなく、俊輔は一刻も早く江戸に帰りたいと思っていた。江戸に帰って、高杉晋作《しんさく》たちの暴挙に参加したい。

（高杉さんは、おれが戻るまで決して実行しないと約束した。しかし高杉さんはその気でも、まわりの情勢がどう変るかわからない。実行を早めなければならないような事態だって起る。そうなったら、おれのことなんか待ってはいられない）

自分抜きで決行されるエゲレス公使館襲撃のことを思い浮べると、俊輔は正直にいって居ても立ってもいられなかった。だから萩滞在に一向に身が入らないのだ。来原家の人々をはじめ、旧知の人たちとのあいさつもうわの空だ。

あれだけ来原良蔵には世話になったのに、

（おれは、生れつき薄情なのだろうか）

と、俊輔はそういう自分を反省する。

が、いくら反省しても焦る気持はおさまらない。生家での逗留《とうりゅう》もそこそこに、伊藤俊輔はついに、

「江戸で大事なお役目がありますので」

と、萩をとび出した。来原家の家人は、

「そんなにお忙しいところを、本当に申し訳ありませんでした」

と恐縮した。

「いえ、とんでもない」

と応じながら、俊輔は少しうしろめたさを感じた。しかし、萩をとび出すと、俊輔は正直にいってほっとした。心が急にひろがるのを感じた。阿武《あぶ》川のほとりの峠の上からふりかえると、川の洲にできた萩のまちが淡い冬の陽光の下できらきらと光って見えた。武家屋敷の瓦が陽光を反射しているのだ。

距離をおけば何でも美しく、そしてまた懐かしく見える。いま、萩のまちがそうだった。いまのいままで、あのまちは川底の石の群と同じだった。おれの気持のゆれと焦りを、濾しに濾していたのだ。その振動でおれの胸もさわいだ。

(が、いまはちがう)

俊輔ははっきり感じた。苦悩が濾され、清冽な走る水となって、おれは再び江戸に向かう。この萩を、あるいはさらに日本列島を震撼《しんかん》させる壮挙に参加するために。

今日までの苦悩はすべて濾され、残ったかすは滓《おり》となってあの萩のまちに沈んだ。おれの心にはもうごみもちりもない。あるのは、火をつければたちまち炎をふきたてる油のようなものだけだ。

(さらば、萩よ)

武者修行にでも出るような気持になって、俊輔は萩のまちにそうあいさつした。そして峠の道を一散に小郡《おごおり》へ向かった。とぶように走りはじめた。少しも疲れなかった。それだけ若かった。だから、心の悩みもたちまち忘れられたのだ。

この年(文久二年・一八六二)の十二月十二日夜、高杉晋作を指揮者とする十二人の長州藩人は、品川御殿山に新築中のエゲレス公使館を襲撃した。襲撃したといっても、公使館はまだ工事中で公使館員は誰もいない。夜になれば大工その他の建設従事者も帰ってしまう。わずかな人数の番人がいるだけだ。留守同然といっていい。

俊輔が萩へ発《た》つ前には、エゲレス人が充満している横浜の居留地か、あるいは臨時公使館（東禅寺）を襲おう、ということだった。それがいつのまにか無人の新公使館襲撃に変っていた。さらに、襲撃そのものも、誰がやったかわからないようにするという。俊輔にはわからなかった。

「なぜですか」

江戸に戻ってすぐ、この決定を伝えられると、俊輔は藩邸内の青年会館である有備館に集まった高杉たちにきいた。高杉晋作・久坂玄瑞《げんずい》・有吉熊次郎・大和弥八郎・長嶺内蔵太・堀真五郎・山尾庸三《ようぞう》・白井小助・福原乙之進・志道聞多《しじもんた》・赤根武人《たけと》の十一人である。山県狂介《やまがたきようすけ》はいなかった。俊輔と入れちがいに萩に戻ったという。俊輔の問いに誰も答えない。いつもなら、にやにやしながら敏感にそのあたりの消息を、列席者の顔色の中から読みとるくらいの狡さを持っている俊輔だが、この時はそれができなかった。そんな余裕はなかった。

俊輔は、このことだけを楽しみに、不義理に不義理をかさねる思いで江戸へ戻ってきたので、この決定には大いに不満だったし、納得もいかなかった。

「それでは、まるでこそどろが火つけをするようなものじゃないですか。ええところはちべえ、ごうがにえる〈いい加減、腹が立つ〉」

みんながだまっているので、俊輔は思わず長州なまりをまぜてそんなことをいった。とたん、

「何だと、この野郎」

高杉晋作が恐ろしい目つきをして向き直った。

「こそどろとは何だ？」

左手に大刀をにぎっている。高杉は大変な剣士で気が短いから怒ると本当に人を斬る。俊輔はさすがに青くなった。が、一旦口からとび出してしまったことばはひき戻せない。俊輔は、上ずる声でいった。

「ぼくが萩に発つ前は、たしか横浜の居留地か東禅寺を襲ってエゲレス人をひとりでも多く殺すということでした。公使館を焼くということではありません。また、長州藩の発言力をつよめるためには、襲撃者が長州藩人だということをはっきり天下に示そうということでした。それがふたつとも、へんなことになって……誰もいない工事中の公使館にこそこそ火をつけて……そんな馬鹿な」

もう、どうなってもいいという気で俊輔はつづけた。後半から涙声になった。高杉晋作も俊輔にとっては恩人である。いままで楯突いたことなど一度もない。しかし今日はだまっていられなかった。どう考えたっておかしい。

第一、上海の実情を見て、

「攘夷なんかとてもできない。列強の武力は恐るべきものがある」

といいながら一方で、

「しかし、日本をやがてそういう開国策にもっていくためには、攘夷派の中で長州藩が早急に発言権を確保する必要がある。そのためには、おれたちが過激な攘夷論者だということを行動で証明することが肝要だ」

とまったく逆なことをいいだしたのは高杉晋作本人ではないか。

それを、無人の公使館に、身分をかくして忍びこんで火をつけるなどという案にしてしまっては、一理あった高杉の前の案を完全に骨抜きにしてしまうことになる。それでは一体、何のためにそんなことをするのか。俊輔の涙声に一瞬気勢をそがれながらも、高杉はまたどなりかえした。

「こそことは何だ、そんな馬鹿なこととは何だ！　いってみろ、この野郎」

「まあ、待て」

久坂玄瑞が割って入った。そして俊輔を澄んだ目で見つめながら、

「ぼくが説明しよう」

と、さわやかな声で話しはじめた。

「実をいうと、一か月前の十一月十三日、ぼくたちは横浜の居留地を襲うつもりで、旅宿下田屋に集結した……」

「やはり、ぼく抜きで決行しようとしたんですね」

俊輔はたちまち抗議した。

「いや、すまぬ。事態が切迫したのだ。決して伊藤君のことを忘れたわけではない」

　素直に頭をさげた久坂は先をつづけた。

「その席へ、何と世子《せいし》定広公が突然おみえになったのだ。いや、世子だけではない。三条実美公、姉小路公知公ら公卿の使者も続々とやってきて、暴挙はやめろという。両卿はいま、勅使として幕府を攘夷実行に追いこめる確信を持ったところなので、もし長州藩がそんなことをすれば何もかもぶち壊しになる、とこういうのだ……」

　俊輔は久坂の説明でおおよその事情を了解しつつも、ただ筋の通らないところを指摘した。

「それなら、これからの火つけもできないはずではありませんか」

「それはだな……」

　久坂玄瑞がちょっとつまると、

「相変らず悪知恵の働く野郎だ……」

　と高杉晋作が引き取った。

　俊輔は高杉の顔を見た。高杉はもう怒ってはいなかった。苦笑している。俊輔の疑問にはやはりきちんと答えておく責任があることを感じたのだろう。

　そういう高杉を見ると、久坂は黙した。もともとは俊輔と高杉の間に発生した険悪な空気を見て中に割って入ったのだから、ふたりの間がなごやかになれば久坂の役割はすんだことになる。

「俊輔」

高杉はいった。

「おまえ、松陰《しょういん》先生のご遺骨をはこんだ時のことをおぼえているな？」

「おぼえています」

突然にまた何をいい出すのだ、といぶかりながら俊輔は応じた。

高杉の話はこうだ。
○　吉田松陰の遺骨をはこぶ途中、上野不忍池のお留《とめ》橋で幕府役人と喧嘩した。
○　喧嘩は、幕府の掟で将軍以外渡れない橋を高杉たちが強引に渡ろうとしたことから起った。
○　高杉が橋を渡ろうとした論拠は、松陰が勅命によって罪をゆるされたからである。勅命と幕府の掟とどっちを優先させるのか、と高杉は迫ったのだ。
○　役人がまごまごしているうちに高杉たちは橋を渡ってしまった。
「あの時、おれは幕府というものはもう末端まで駄目になっていると感じた。三条・姉小路両卿の話も同じだ。両卿も日本がどこまで本気で攘夷ができると思っているのか疑問だ。しかし、それにもかかわらず攘夷、攘夷というのには理由がある」

「………」

「幕府をこまらせるためだ。いまの困難を解決するために、幕府がいかに無力・無能であるかを天下に示すための無理難題を吹っかけているのだ。おれたちの公使館焼打ちもこの戦略線上にある。幕府はいま薩摩藩が起した生麦《なまむぎ》事件や、水戸浪士が起したヒュースケン殺しのことで頭がいっぱいだ。しかしもっとこまらせなければならぬ。だからおれたちは新公使館を焼く。だが、長州藩の名は名のらぬ。幕府をこまらせることが目的だからだ」

「………」

なるほど、そういう理屈もあるのか、と俊輔は了解した。

「わかりました。いずれは幕府を倒すということですね？」

「なに」

高杉は目をみはった。そしていきなりハッハッハと大笑した。座にいたすべての者がその笑いに和した。高杉は笑いながら俊輔にいった。

「俊輔、だからおまえは悪知恵が働くというんだ。いや、この場合は勘が鋭いというべきか。そのとおりだ！　おれたちはいずれ幕府を倒す！　いずれな」

この瞬間、俊輔は高杉晋作の目の中に、狂気にも似た炎が鋭く噴き立つのを見た。高杉晋作の目は燃えていた。長州藩の青年十二人は、この夜、すでにはっきり〝倒幕〟の理念を抱いていた。いや、

「徳川幕府は倒せる」

という確信を実感として持ったのである。

御殿山のエゲレス公使館の焼打ちは、ほとんど無抵抗でおこなわれた。番人はひとりしかいなかったのを高杉が刀の峰打ちで気絶させた。はじめは火薬を使おうといって硝石や硫黄でつくった焼玉を用意したが、さわぎをひろげることもあるまい、と音をたてずに火をつけ

た。やることが段々小さくしぼんでいった。公使館はすぐ燃え上り、紅い炎が夜空に噴き立った。ぱちぱちと音を立てて燃える洋館を見ながら、

「何だか、馬鹿馬鹿しい」

と久坂玄瑞がつぶやいた。

「そのとおりだ、むなしいよ」

高杉晋作もうなずいた。高杉はさらに、

「こんなことは狂挙だ。狂った心でなければできぬ。醒《さ》めた心では、むなしさだけが残る……」

と、めずらしくしずかな口調でいった。今夜の行動に参加しながら、伊藤俊輔は、しかしこの両雄とは別なことを考えていた。

(こんなこそどろの火つけでは、日本をさわがせることにはならない。火をつけたおれたちは有名にはならない。従って、おれも一向に有名にならない。一躍、志士として有名になるためには、どうしてもあのことを実行しなければ駄目だ)

エゲレス公使館を焼いてから十日後の十二月二十一日の夜、伊藤俊輔は麴町三番町にいた。空っ風が吹きまくっていた。このあたりは大きな邸が多く、それぞれが長い塀でかこまれているので、吹く風は鋭く巻きこんでくる。だからよけい冷たい。

遠くで犬が吠えている。闇がびっしり立ちこめていて暗い。寒い。手が冷たい。いざとい

う時に手がかじかんで役に立たなかったら何もならない。俊輔ははげしく手をこすった。

ビュッ、とまた冷たい風がまともに吹きつけた。向うの角でちらりと黒い人影がうごいた。それもひとつではない。

(役人か)

俊輔は緊張した。

高名な盲目の学者塙保己一《はなわほきいち》のことは、こどものころ、母からきいたことがある。

「たとえ目が見えなくても、本人の努力次第では、偉い学者になれる」

という努力型出世人の典型的な人物としてだ。次郎はその保己一の四男で、これも高名な国学者だ。

向うの角の人影がまたうごいた。数もふえた。あきらかにこっちを凝視している。やはり役人か。加勢を呼んでいるのだろうか。

(今夜も駄目か……)

俊輔の胸にくやしさが湧く。まごまごすると年が変ってしまう。思わず、

「くそっ」

とつぶやいた時、すぐ近くの角から突然提灯の灯が見えた。定紋がついている。目をこらすと、あきらかに塙家の紋だ。案内がひとり、警護の侍が二人、そして侍の真中に駕籠《かご》が一丁あった。

カアン、という耳鳴りがした。

（塙次郎だ！）

まちがいのない予感が俊輔のからだを走った。向うからくると思っていたのに、身の危険を察して意表を突いた方角から帰ってきたのだ。

脚がふるえだした。手もかたい。

（馬鹿、しっかりしろ）

俊輔は自分を叱りつけた。突然、

「大事なことの前には、ひとおつ、ふたあつ、と十までかぞえたまえ」

と、何の時か忘れたが、そんなことをいった吉田松陰の教えを思い出した。人に怒りを感じた時のことかも知れない。松陰はとにかく気が短かったから、やたら人に怒ってあとで後悔しないためにも、怒る前に自制装置としてそういうことをやっていたのだろう。

が、いまの俊輔はちがう。小便をちびりそうになる自分の興奮を鎮《しず》めるためだ。俊輔はかぞえはじめた。

（ひとおつ）

塙の駕籠は近づく。

（ふたあつ）

塙の駕籠がそこまでくる。

（みっつ）

塙の駕籠は目の前だ。

（よおっつ！）

えいッ、と俊輔はとび出した。気づかないうちに抜刀していた。いきなり先頭の提灯を切った。

「うわあ」

と提灯を持った男は悲鳴をあげた。闇の中でにぶく光る俊輔の刀を見ただけで、尻もちをついたまま、逃げだした。駕籠をかついでいた男たちも、どすんと駕籠を地に落して逃げてしまう。俊輔のほうであきれるくらいである。

さすがに、警護の侍は前へとび出てきた。

「何者だ！」

威丈高に叫ぶ。

「尊皇攘夷の志を持つものだ、国家の大逆人塙次郎と見うけた。天の命によって誅殺する。きさまら、天命に刃《は》向かうかっ」

と、考えたわけでもないのにそんな台詞がとび出した。天命に刃向かうかっ、と大刀をパッとかまえた俊輔のいきおいに圧《お》されて、ふたりの侍は思わず顔を見あわせ、そのままちょっと立ちつくしたが、すぐ無言のまま闇の中に消えてしまった。

「………!?」

あまりのことに俊輔は呆然とした。一体、どうなっているんだ、と護衛者の非情さに逆に腹が立った。

駕籠の中から五十歳くらいの男が出てきた。学者風の頭巾をかぶっている。じっとこっちを見た。

「どこのお人だ」

さすがだ。落ちついている。

「長、長州の者だ……」

とっさに嘘もつけず俊輔は本当のことをいった。

「そうか。いくつだ」

「二十二歳になる」

「二十二か……若いな。私の息子の年齢だ。名は？」

「伊、伊藤という……」

こいつは何という人間なのか。まるで魔力にかかったように告げてはならないことをつぎつぎとしゃべらされる。これが年齢の差というやつか。あるいは格のちがいか。

「天誅！」

俊輔はわめいて刀を塙にたたきつけた。肩先がざっくり割れた。血がほとばしり出る。思わずよろめいて、しかし塙はいった。

「伊藤君、教えてくれ、こ、こんなことで、世の中が、世の中が、よくなるのかね、な、教えてくれ……」

虚空を手でかきまわしながらそうきく塙に、

「死ね！」

と、俊輔は叫んで刀をズブッとのどに突きさした。塙はどおっとひっくりかえった。ピク、ピクといくどか最後の呼吸をして、息絶えた。返り血を浴びたまま、血刀をさげて伊藤俊輔は呆然と立っていた。

バラバラと人影が走り寄ってきた。

(役人か)

と、緊張したがそうではなかった。影は四つ。いずれも浪人姿だった。

「おみごとです！」

「壮挙です、快事です！」

おどるような手つきをしながら、口々にそういう。

「われわれもこの男を狙っていたのですが、あなたに功をうばわれました。おさしつかえなければ、藩名とお名前をおきかせ下さい。われわれは水戸の浪士です」

「塙には、たしか、長州の伊藤さんとか告げておられましたが……」

「そうだ……」

われながらゾッとするような暗い重い声で俊輔は応じた。

「長州藩の伊藤俊輔だ……」

そういい捨てると、刀の血を拭いた懐紙をパッと宙に投げ捨てて歩き出した。浪人たちは伊藤のあとにつづいた。

俊輔の胸の中には、いま黒い渦が巻き立っていた。

（おれは人を殺した。おれは人殺しになった！）

こんな思いが突然湧くとは思いもよらなかった。みごと塙を殺して、もっと晴れがましい思いになれると思っていたのに、どうしたことなのだろう。いま、おれの胸にあるのは罪を犯した者のそれだ。

「ああ……」

歩きながら俊輔はうめいた。

「こんなことをして、世の中がよくなるのかね、伊藤君、教えてくれ……」

といった、塙次郎のあの断末魔の顔とことばが目の前にちらつく。この顔とことばは生涯おれにまといつくのではないのか。

いつものおれ特有の頭の中の川が、どうしたのかいまはまったく働かない。白浄してくれない。足はいつのまにか九段坂をおり、日本橋のほうに向かっている。桜田の長州藩邸には向かっていない。とてもすぐには藩邸に戻る気になれなかった。

俊輔はふりかえって浪人たちにいった。

「たのむ、ひとりにしてくれ」

浪人たちは、立ちどまり、やがてうなずいた。暗殺者伊藤俊輔の名は、たちまち、かれらが最初の伝播《でんぱ》者になって諸国に伝わるだろう。京都にも伝わる。

俊輔は、あてどもなく、夜の底にある江戸のまちを歩きはじめた。頭の中がクラクラして、支えているのが容易ではない。こんな時にこそ、一刻も早く、頭の中を自浄してほしいのに、いま、頭の中の川はまったく流れをとめていた。俊輔の胸に湧いた黒い渦を、じっと澱ませている。手に負えないから、自分で始末しろと投げ出しているように思えた。

いま俊輔の中に突然湧いた黒い渦、それは正直にいって、塙を殺したことから生れた罪の意識ではない。長い間、殺さなければならぬと思ってきた塙だ。塙を斬った時、

「やった！」

という爽快感が刀の先から伝わってきた。それは、生きる資格のない人間を、ひとりこの世から抹消したという爽快感だった。だが、そのすぐ後に、

（しかしこの殺人はおれ自身の売名のためではないのか？）

という自己嫌悪の念がつよく突きあげてきた。これは予想もしないことだった。

その念が、思いもしなかった罪の意識を押し出してきた。

（馬鹿々々しい！　一体、何だ）

うしろめたさからくるその罪の意識をおしのけようと俊輔はあがいた。

（おれに処理できないおれ自身の苦しみはない！）

自分にそういいきかせて、黒い渦をしきりに逐《お》った。が、執拗にからみついた渦は頭からはなれない。俊輔がいままでに培った計算や技法をいかに駆使しても、渦ははなれない。が、俊輔は思った。

（この渦に勝つか負けるか、それがおれの岐路だ）

もし負ければ、伊藤俊輔はそれで終りだ。

（それなら勝て！　今夜の暗殺は正しかったと、自信を持て！　すぐ立ち直れ！）

自分にそういいきかせながら、俊輔は、いつまでも、江戸の夜の底を這いまわっていた。

変った男

幕府の御用学者塙《はなわ》次郎を暗殺したことで、長州藩伊藤俊輔《いとうしゅんすけ》の名は、一躍、尊攘志士の間で有名になった。

「長州には凄いかくし玉がいる」

「しかもいとうというのは、足軽だそうだ」

志士たちの間にはさやさやと、そういう噂が流れた。それは草をわたる風のように、日本中に流れていった。もちろん京都にも。

この時期、時代の流れで、長州藩は一日も早く長井雅楽《うた》のとなえていた〝航海遠略策〟を払拭し、尊皇攘夷一途の藩だということを日本中に示す必要があった。長州藩が幕府の延命によろめくあいまいな藩だという世間の印象を変えるために、塙の暗殺は先の御殿山のエゲレス公使館放火事件と軌を一にするものだ。そういう戦略を立てたのは、高杉晋作《しんさく》である。

火つけと人殺しが社会的声価を高めるというのもおかしな話だが、世の中の価値基準がそういうふうに設定されているのだから、何とも仕様がない。公使館焼打ちと塙暗殺はたしかに長州藩の名をたかめた。藩が組織としての名をたかめると同時に、いとうしゅんすけは新進志士としての名をたかめた。

「戦略どおりだ。俊輔の塙暗殺は、長州藩の名を不動のものにした」

高杉はそういった。松陰《しょういん》門下生もほめた。俊輔を見る目がちがってきた。

山県《やまがた》でさえ、

「おい、やったな」

と笑顔で肩を叩いた。

が、その中で、たった一人、ごく冷ややかに俊輔を見つめている男がいた。赤根武人《たけと》である。松下村塾以来の仲であったが、赤根は生れが瀬戸内海の柱《はしら》島で、実父はその島の医者だということであった。それが、萩政府の家老職にある阿月《あづき》（現山口県柳井市）の領主浦靭《うらゆき》負《え》の臣赤根忠右衛門の養子になり、赤根姓を名のっている。武人が赤根の家に入ることをすすめたのは、柳井と岩国との間にある遠崎の妙円寺の僧月性《げっしょう》だ。

月性は熱血の尊皇海防僧で吉田松陰とも仲がよく、有名な、

男児志を立てて郷関を出ず
学もし成りなくんば復還らず
埋骨なんぞ期せん墳墓の地

人間いたるところに青山あり

という詩をつくった（現存する妙円寺にはその詩碑が建っている）。

正直にいって、赤根が何を考えているのか、俊輔にはよくわからない。俊輔も父親は周防《すおう》の国の熊毛《くまげ》で、赤根の生地とは隣郡だが、俊輔はほとんど萩で育っているので〝萩人〟意識がつよく、阿月などというと何だか同じ長州藩でも別な国の土地のような気がする。

その赤根武人が寄ってきてしずかに俊輔にきいた。

「伊藤くん、きみはなぜ塙次郎を殺したのだ」

「なぜって……」

長州藩の名をあげるためだ、などともっともらしいことをいっても、赤根には通用しないことを、俊輔は知っていた。赤根は俊輔の本心を知りたがっている。それに、俊輔は赤根に好感を持っている。嘘はつきたくない。が、まさか有名になりたかったのだ、ともいえない。

そこで、笑いながら、

「そうだな、侍になりたいからかな」

と、多少茶化していった。赤根は俊輔を凝視した。俊輔のことばがどこまで本当なのか、底の底まで見ぬこうとする目だった。

やがて赤根はうなずき、ひときわ冷たい目の色になって、

「やっぱりそうか」

と、ひどく落胆した口調でいった。哀しそうだった。その落胆のしかたが尋常ではないので、俊輔は気になった。

「やっぱりそうか、とはどういう意味だ」

そうきくと、

「ぼくは、これからは侍なんてどうでもいいんじゃないかと思っている」

「侍なんてどうでもいい？」

ききかえしながら、俊輔は、胸がふるえ出した。

（ついにやってきた！）

と思った。やってきた、というのは、塙を殺した夜に、頭の中で持て余して、一晩中、江戸のまちをうろつきまわったあの黒い渦との対決の時がきた、ということであった。

しかし、その対決をこの赤根を通じてやることになろうとは思いもしなかった。俊輔は、頭の中の黒い渦を抱えて、江戸のまちをうろつきまわっていた夜、あまりにも執拗な渦に辟易《へきえき》した。

が、あの時感じたのは、黒い渦の向う側にいる新しい自分の姿だった。

（この渦を突き抜ければ、おれは新しい人間になれる！）

という、とてつもない予感がした。そしてそうならなければ、おれは駄目になってしまうと思った。では、そうなるためには、どうすればいいのか？

（このうしろめたさをふりはらうことだ。罪の意識を払拭することだ。売名のためにやった暗殺の上に居直ることだ！）

俊輔はそう決意した。そうすることによってのみ、おれはさらに成長する。おそらく、明日から天下に名をなすであろう暗殺者志士伊藤俊輔として生きていける。

「事実から逃げるなよ」

あの時、突然来原良蔵《くるはらりようぞう》の声がよみがえった。

「逃げません。新しい伊藤俊輔は、暗殺者から出発します」

闇に向かって、俊輔はそう答えた。それがあの夜の解決だった。だから、あのとき、かためた決意に逆らうものは、それが自分であれ、他人であれ、それは新しい俊輔には敵であった。幸い、今日までそういう敵は出現しなかった。いま、はじめて出現した。それも、同じ松下村塾門下であり、比較的俊輔に好意を示した赤根武人であった。

が、誰であろうと、敵は敵だ。粉砕しなければならない。俊輔の顔から笑いが消え、対応は緊張したものになった。

赤根が問題にしているのは、俊輔が塙を斬った目的ではない。動機だ。売名はいい、が、その売名が、侍になりたいという志の浅さに失望したのだ。しかし、いまの俊輔は、志が浅かろうと深かろうと、とにかく、

〝侍になりたい〟

というところに指標を統一している。そうしなければ、どうにもならない。何もできない。いつまでも桂小五郎の従僕では、しかたがないのだ。それこそ、名を知られた後に実現した

い無数の青雲の志が、ぜんぶ駄目になってしまう。赤根の批判に従うわけにはいかない。それは、新しい俊輔を根元から否定することになる。しかし赤根はうなずいた。

「侍ががんばらなくって、農工商の三民はどうするんだ、侍に責任があるはずじゃないか」

気負いこんでいう俊輔に、赤根は、

「そうかな……」

とうすく笑った。そして、

「きみのいう農工商の三民が、やがて、もう侍なんて要《い》らないっていうんじゃないかな」

（この男は！）

俊輔は直感した。

（この世から身分をなくそうとしている）

伊藤俊輔は一方でこれまで自分が何度も苦しめられてきた身分制というものを憎みながらも心の底では侍になることをねがっていた。桂小五郎や高杉晋作のような身分になって、堂々と藩の政治に口を出し、日本の国事に奔走し、疲れた時は藩の費用を使って、花街に出入りして妓たちにちやほやされたいと思っていた。そういういいかたをすればにべもないが、正直にいって立身出世をねがっていたのである。

塙次郎を殺したのも、一介の無名の新人伊藤俊輔の名を突如として天下にとどろかせ、いつまでも桂小五郎の従僕などという低い身分におく藩政府の目のなさに対し、一夜にして猛省をうながす魂胆があったのだ。藩が猛省をするということは、伊藤俊輔の能力に着目することであり、着目するということはすなわち俊輔を侍の身分にするということである。

「きみだって、本心は侍になりたいと思っているんじゃないのか？」

俊輔は、皮肉な口調でいった。しかし赤根は、

「いや、ぼくは思っていない……」

と首をふり、じっと俊輔を見た。その目の底には深く鋭いなにものかが垣間見えた。赤根はいった。

「ぼくたちがつくろうとしている新しい世の中には、身分などというものはない。いや、あってはいけないのだ。亡くなった吉田松陰先生もおそらく胸の底ではそういうことを考えておられたと思う。ぼくは先生の思想に忠実でありたい……。実は、きみもそう考えていると思っていたのだが……」

そこでことばを切る赤根に、俊輔は、

（いたのだが、何だ？　ぼくに落胆したというのか）

と、口に出さずにくってかかるような目つきをした。赤根はしかし相変らず深い目で俊輔を見つめつづけた。

後年、俊輔は結果としてこの赤根武人を死地に追いこむが、その遠因はこの日にある。

日本のほとんどの侍が、自分のことをそれがしとか拙者《せっしゃ》、相手のことは貴殿とかお主《ぬし》とかいっているときに、長州藩人だけは、自分のことを僕《ぼく》、相手のことを君と呼んで、〝とんで

る藩人〃ぶりを示していた。吉田松陰の教育のたまものである。

この奇妙な用語法を、品川御殿山のエゲレス公使館で、高杉晋作に刀の峰打ちをくわされて気絶した番人がおぼえていた。気絶する前に侵入者たちが交しあったきみとぼくということばをはっきり耳にのこしていたのである。しかも、自分を峰打ちにした男が馬のように顔の長い男であったこともおぼえていた。

「ぼくときみ？　そんなことばづかいをする奴はどこの藩だ？」

幕府はあっちこっちききまわって結局それは長州藩だということになった。さらに、

「馬よりも長い顔をしている男は誰だ？」

という追及がつづき、

「高杉晋作という奴がいる。藩でも持て余している乱暴者らしい」

ということになった。

以来、役人が始終藩邸の前をうろうろして張り込んでいる。思うように外出もできなくなってきた。若い連中にこういう日々は苦痛だ。ある日、高杉が断を下した。

「みんな、京都へ行け。江戸にはおれと伊藤と赤根の三人がのこる」

ほかの連中は顔を見合わせたが、久坂玄瑞《げんずい》が、

「そのほうがいいかも知れないな、よし、京都に行こう。これ以上、江戸にいても何もできぬ」

とうなずいた。倉皇と久坂たちが旅立っていくと、入れかわりに京都から桂小五郎がやっ

てきた。

「久坂たちは？」

「昨日、京に向かった」

「京に？　すれちがいか、残念だ」

「きみは、急にまたどうして江戸に出てきた」

そうきく高杉に、桂は熱のこもった目をあげた。

「春の将軍上洛の手はずをぜんぶきめた。朝廷に工作をして、天皇を賀茂社や石清水八幡宮に行幸させ、将軍にその供をさせる。そして社前で攘夷を祈願させ、攘夷実行を天下に約束させるのだ」

「ほう、それはよくやった。学習院御用掛桂小五郎の面目躍如としているな」

高杉はほめた。桂はにやりと笑った。が、その笑いの意味をすぐには語らなかった。そして、

「しかし、ぼくたちの工作を邪魔して、よけいなことを将軍に吹きこんでいる奴が江戸にいる。ぼくはそいつと議論し、場合によってはそいつを斬るつもりでやってきた」

「へえ、慎重居士の桂が馬鹿に勇ましくなったな。誰だ、その将軍によけいなことを吹きこんでいる奴というのは」

「横井小楠《しょうなん》だ。肥後人のくせに越前侯に取りいり、政事総裁職の越前侯を人形のように操っている。こいつと談判するのにきみや久坂の力を借りたかったのだ」

「そうか、話はわかった。しかしさっき話したように久坂たちはすでに京に発《た》った。それにおれは駄目だよ」

「なぜ」

「どうやらエゲレス公使館に火をつけたことがばれたらしい。顔の長いのが目立ってな」

高杉はあごをなでながら笑った。そして、急に思いついたように、

「そうだ、この俊輔を連れて行け」

といった。

「俊輔を？」

高杉はうなずく。

俊輔は何と応じていいかわからず、じっとうつむいていた。桂は高杉のいうことをすぐ理解した。

「なるほど、うってつけの人間が足もとにいたのだな。よし、横井との談判には俊輔を連れて行こう。俊輔、いざとなったら、きみが横井を斬れ。さらに名があがるぞ」

桂はさっそく俊輔を第二の暗殺者として利用する腹だった。

横井小楠は変った男だった。たずねてきた桂小五郎と伊藤俊輔を、自分から玄関まで出てきて迎えた。初対面なのにまったく警戒心がない。片手に煙草盆、もう一方の手に一升徳利をぶらさげている。

「どっちをやるかね？」

といって両方持ちあげてみせた。越前藩邸は常盤橋《ときわ》脇にある。徳川家にもっとも近い三家（尾張・紀伊・水戸）三卿《けい》（田安・清水・一橋）につぐ家なので、邸も江戸城の廓《かく》の中にあった。藩主慶永は三卿のうちの田安家に生れ、越前松平家の養子に入ったが、慶永の長兄は尾張藩主、次兄は一橋家の当主、弟が田安家当主、前将軍家慶はいとこにあたる名門である。

慶永は春嶽と号して学問を大事にし、また越前藩の藩政を改革するのに、越前藩人だと手加減をして駄目だ、他藩人がいいといって遠い九州の熊本から横井を招いたのである。横井はその論が突飛なのと、酒癖が悪いので熊本藩ではみんなにきらわれ、ろくな仕事をさせられなかったが、さすがに春嶽は偉かった。横井を賓師《ひんし》という称号で自分の顧問にし、地位を藩の家老の上席においた。横井は藩政改革だけでなく、幕府政事総裁としての春嶽につぎつぎと日本の国政についての意見をのべた。

政事総裁というのも新しくできた幕府の職で、早くいえば将軍の補佐宰相である。正式の後見職には一橋慶喜《よしのぶ》がついているが、慶喜は現将軍家茂《いえもち》と、十四代の将軍職をあらそった仲である。家茂は暗殺された大老井伊直弼《なおすけ》が強引に将軍にした青年であったが、まだ十七歳にしかならない。まわりのものが補佐しなければ国政はとれない。

横井は開明的な男で、まず、長年大名を苦しめてきた参覲《きん》交代の制度を廃止させ、人質にとっていた江戸在住の全大名の妻子をぜんぶ故郷に帰らせた。また熱心な海防論者でもあった。しかし決して攘夷論者ではなかった。逆に日本でも有数な開国論者だった。こんどの将軍家茂の上洛でも、横井はいろいろ知恵をつけて春嶽をうごかし、家茂が天皇にどう奉答するか、その台本まで書いていると噂されていた。せっかく家茂を京都まで呼びつけて、攘夷期限を約束させようと準備したのに、横井の考えひとつでそれが一挙にくずれてしまう危険性があった。桂小五郎がのりこんできたのは、単に長州藩の代表としてではなく、京都に結集している日本の全攘夷派の代表としてであった。全攘夷派の中には水戸のような過激藩はもちろん京都朝廷の公卿群と、かれらが擁する天皇も入っていた。おびただしい脱藩者や浪士も入っていた。長州藩はいまその過激派の核になっている。そして、その長州藩の中心人物が三十一歳の桂小五郎なのである。

越前藩邸の廊下をずんずん先に立って歩く横井小楠はこのころ五十四、五歳だったろう。勝海舟が後年、

「おれは、日本で心から恐ろしいと思った人間がふたりいる。ひとりは西郷で、ひとりは横井だ」

と語ったのは有名だ。横井は殺されるかも知れないのに、平然と目の前を歩いて行く。さすがの伊藤俊輔も足がふるえた。

会談のために用意された部屋の前に、ひとりの侍がいた。横井小楠につづいて中に入ろうとする桂に、

「刀をお預かりいたします」

といった。桂はきっと侍を見かえしたが、侍も桂をにらみつける。火の玉のような熱気が

そのからだに滾《たぎ》っているのがよくわかった。桂はしかたなく大刀を侍にわたし、そのかわり意味のこもった目で俊輔を見た。

（いいな？）

という念押しがその目の底にあった。俊輔は目でうなずいた。

「あなたは？」

侍が俊輔にきいた。中に入るのか、入らないのかときいたのだ。

「ここにひかえます」

俊輔は答えた。すると横井が中から大声でいった。

「青年よ、中に入っていっしょに議論していいよ」

「いや、ここにおります。私は従僕ですから」

俊輔はそういった。

「じゅうぼく？　ハハハ、また古めかしいことをいう奴だな」

横井は笑った。そして、

「もっとも話はそこでもきこえる。気がついたことがあったら、そこから口をはさめ」

といった。俊輔は侍とにらみあったまま、うなずいた。侍はいった。

「私は内藤泰吉です。横井先生の門人です。ここにひかえます」

「僕は伊藤俊輔です。桂さんの従僕です」

「刀を、預からせて下さい」

「いや、わたせません」

俊輔の答えをきくと、内藤は気色ばんだ。

「他人の邸にきて、刀を脇においたままというのは無礼です。わたして下さい」

「わたせません」

俊輔も頑固だった。しかし内藤も執拗だった。わたせ、わたさないの押問答がしばらくつづいた。

「うるさい！」

中から横井のだみ声がとんできた。がぶがぶ酒をのんだのかもう酔っぱらっている。

「内藤！」

「はい」

「その若僧はおれを斬る気だ、顔にちゃんと書いてある」

「私もそう思います。ですから刀を預かるといっているのです」

「そいつがわたすものか。心配するな、いざとなったらおれは窓から逃げる」

「しかし、先生」

「うるさい、もうそのわたせ、わたさないはやめろ。雑音が入るとこっちの議論の邪魔になる！」

そうどなって、横井は、

「さあ、桂さん、何でもいいなさい」

と桂をうながした。桂は、

「京都からきたばかりです。このたびの将軍家上洛に対する京都の情勢を率直にお話いたします。そのうえで、横井先生の忌憚《きたん》のないご意見を頂戴したいと思います」

「よくわかりました。どうぞお話し下さい。うかがったうえで、私も率直にお話をします」

しかしそう応ずる横井はどんどん酔っぱらっており、

(大丈夫かな)

と俊輔は危ぶんだ。その心を見ぬいたように内藤がいった。

「先生は、お酒に酔っていたほうがいいご意見が出るのです」

そういって笑った。俊輔も笑った。護衛同士、やっと心がかよいあったようである。互いに互いの主人をいのちがけで守ろうという姿勢が何となく通じたのだ。こいつは悪い男じゃない、内藤というその青年を俊輔はそう思った。

桂小五郎は滔々《とうとう》と熱弁をふるった。しかしはじめから話の視座ははっきりしていた。

「京都でわれわれ攘夷派は、これだけの準備をして将軍を待っている。よけいな知恵をつけて邪魔をしたらゆるさないぞ」

ということにつきていた。横井はずっと無言できいていた。桂の気負った熱弁を、深いカナツボまなこを時折あげながらききつづけた。その間、グビリ、グビリと酒をのんだ。

桂の話が終った。

「こんどは私の番だな」

そういって横井は坐り直した。あれだけのんだのに、にわかにシャンとした姿勢になった。

「桂さん、私の考えをいう。ふたつある。ひとつは、将軍はメリケンその他と結んだ条約は一方的に破棄する、そして攘夷を実行する」

「何ですって？　まさか！」

桂はびっくりした。横井はあくまでも将軍に、

「日本開国・条約死守」

をいわせるつもりだと思っていたから、こんなことは信じられない。

（この野郎、殺されるのを恐れて、いい加減なことをいいだしたな）

と思ったのである。それは俊輔も同じだった。いや、門人の内藤のほうがびっくりしていた。しかし、三人をおどろかせたのは横井のつぎのことばであった。

「ただし、将軍はいまの幕府の力ではとても攘夷はできませんといって、政権を朝廷に返上する。将軍は一大名にみずからなり下る」

「え!?　で、どうするのです？」

あまりにも飛躍した横井小楠の話に、すっかりのまれてしまった桂は、かなり圧《お》されぎみでそうきいた。

「そうなれば、土台無理なことを要求する朝廷の責任さ。こんどは天皇が日本中に号令して全大名に呼びかけ、有能な人士を集めて連合大会議をひらくのさ。そして、日本はどうすればいいのか、そこで討論するのだ。公論を共和でやるのさ」

こうろんだのきょうわだの、耳新しいことばを横井はつぎつぎと使った。桂と俊輔は完全に圧倒された。

横井の発言は重大であった。一見、朝廷をトラとしてその威を借りる長州藩をはじめとする日本尊攘派に対して、幕府は屈したような印象を与えるが内実は決してそうではない。

(これはけつをまくった居直りだ！)

俊輔は、はっきりそう感じた。

そして、その瞬間、俊輔は、

(この策は、前に一度誰かにきいたことがある！)

と思った。誰だったろう？

記憶の匣《はこ》の中をかきまわして、俊輔はすぐ思い出した。

(川路さんだ！)

幕臣の川路聖謨《としあきら》だ。京都の孤蓬庵《こほうあん》で、幕府はもう駄目だといいながら、あの時、川路は、

「いざとなったら、将軍は大政を返上すればいいのだ」

といった。同じことを、いま、眼前の横井小楠がいっている。ふたりは知り合いなのだろうか？

攘夷、攘夷と、口先ばかり勇ましいことをいって、できもしないことを、やれ、やれとおしつける。それなら、もうできないことははっきりできませんと降参して、恥も外聞もなく政権は朝廷にお返ししますから、公卿だか志士だか、そしてそういう連中を煽《あお》りに煽ってい

る長州藩だかが、勝手に攘夷でも何でもやればいいじゃないか。

「しかし、その能力が朝廷と志士たちにあるのかね」

政府はいかん、けしからん、ぶっ倒せというが、ぶっ倒すのは易《やす》かろう。しかし、一体倒したあとの政体構想、政策構想を持っているのかね、じっくりお手並拝見といこうじゃないか、という意味もこめられていた。

これは、かつて桂自身が藩内の過激派に問うたことであった。過激派が、すぐにでも討幕の義軍を起そうと迫った時、桂は、

「幕府を倒したあとの構想は？　具体的に、どういう形と政策で、人民に責任を持とうというのだ？　それを示してくれ。示せないのなら、倒幕は早すぎる」

そういった。いま、あの時と同じことを、こんどは桂が横井からいわれていた。

もちろん横井の頭の中には、かつてアメリカに渡った勝海舟がみたアメリカの共和政治のイメージがあり、自分の考えを生かすためにもそういう政体をのぞんでいたのは事実だが、桂や俊輔にとっては、そこへ行き着く前に、横井のいう、

〝政権返上〟

は、返上でなく〝放り出し〟だと思えた。攘夷派に対する痛烈なまきかえしである。政治のプロが、

「お素人《しろうと》さん、どうぞやってごらんなさい」

と幕府をあけ渡すようなものである。

(この男は、何という恐ろしいことを考え出すのか)

桂は戦慄した。横井小楠はいった。

「桂さん、あんた、本当にいまの日本が攘夷なんかできると思っているのか?」

「…………」

さすがに桂は答えられなかった。高杉晋作も含め、長州藩の誰一人、本気で攘夷ができるなどと信じている人間はいなかった。

できもしないことを承知のうえで、

「攘夷、攘夷」

と叫んでいる長州藩とは一体何なのか、藩の地軸をゆさぶるような根源的な問いを、横井小楠は逆に問うていた。その意味では、横井のほうが国難に対する態度は、はるかに良心的であり純粋であった。桂たちのほうが術策的、政略的なのだ。やっつけてやる、場合によっては斬ってやるといきおいこんできた桂と俊輔であったが、横井に反対にやりこめられた。

俊輔は、胸の中で何気なく、

(言論は刀に勝つ——)

とつぶやいた。つぶやいてはっとした。

(言論は刀に勝つ!?)

と、慌てて自問した。カッと頭が熱くなった。胸の中ではげしく車がまわりはじめた。突

然、

（そうか！）

と気がついた。

（横井は、おれの壙殺しを知っている！）

と直感した。

（知っていて、おれを戒めているのだ！）

と思えてきた。そうだとすれば、横井小楠という人物は、とんでもない古狸《だぬき》だ。俊輔が、部屋の中の横井を探るように見つめなおしたとたん横井は、

「じゅうぼくさんも内藤も入れ。いっしょに酒をのもう」

と、外のふたりを呼んだ。俊輔には、それが俊輔の気持を知って横井が先手をうったように思えた。

（この人は、他人の心を、自分の心のようにみぬく！）

と、改めて横井という人間が恐ろしくなってきた。横井は入ってきた俊輔を見ると、

「ほう、さすがに私を斬ろうという気がなくなったな。殺意が消えている」

と笑った。ベロベロに酔っぱらっている。

横井は酔眼で俊輔を見た。

「おまえは、なかなか目先がききそうだな。桂さん、そうでしょう」

「さあ」

桂は苦笑した。

「いや、きっとそうだ。人の心を読むのも得意だ。誰かいたな。そっくりな男が。うん、誰だっけな、そうだ、秀吉だ、こいつは豊臣秀吉だ。しかしいまは従僕だそうだから、さしあたりは織田信長の草履とりというところだな。が、おそらくこいつは主人の草履を胸の中で温めるくらいのことは平然とやるだろうな、そういう奴だ、こいつは」

そうペラペラとしゃべる横井は、

「こら、おれのいうことは当っているだろう、恐れいったか？　恐れいれ。恐れいりましたと正直にいえ！」

と宙でしきりに手をふった。

(相当に酒癖が悪いな)

俊輔は半分はそう思い、しかし半分は、

(酔ったふりをしておれを攻撃している)

と思った。その証拠に視線が合った時の横井の目は、底に鋭い光が漲《みなぎ》っていて、いわゆる酔眼では決してないからだ。俊輔のそういう気持を見越して、横井はすぐくってかかってきた。

「こら、伊藤、腹の中で、相当に酒癖が悪いなと思っているのだろう？　ちゃんとわかるぞ、顔に書いてある。馬鹿野郎め、何だっておれにはわかるんだ。人間はな、酒をのんだときが一番正直になる。また、いい考えが湧く。攘夷だ、攘夷だと日本中馬鹿のひとつおぼえみたいなことをいいやがって、何だ！　みんな、酒をのませればいいんだ、酔っぱらって話したほうが本音が出る！　こら！　澄ましてないでのめ！　酔っぱらって本音をいえ！　攘夷なんてとうていできませんといってみろ！」

いよいよひどくなってきた。俊輔は桂を見た。それを横井がみとがめる。

「こら、そろそろ帰りましょうなんて合図をするな！　何だ、ひとに幕府の最高ひみつをしゃべらせておいて、さっさと帰ることなどゆるさん。おい、じゅうぼく！　おまえの名は何といったかな」

「伊藤俊輔です」

「いとうしゅんすけです、何だ、偉そうに。肩を突っぱらかしやがって。しかし、どこかできいた名だな……」

横井は焦点の定まらないふたつの目を宙にあげた。そして突然、

「わかった！」

と大声を出した。急に俊輔を見つめ、

「おまえか？　塙次郎を殺したのは？」

といった。俊輔は、いよいよきたと思った。

横井は何をいい出すのか。

「はい」

「そうか、それでいよいよわかった。桂さん、あんた、いざという時には、この青年に私を

斬らせる気だったね？」

「いや、それは……」

桂は辟易した。横井を斬る気はとっくに消えている。それどころでなく、桂の頭の中は、いま横井が口にした、

〝将軍の政権返上〟

という奇策のことで、かきまわされ放題かきまわされていた。興奮している。俊輔はしかし別なことを考えていた。さっき感じたことは正しいと思った。

(横井先生は、はじめから何もかも承知でしゃべっている。酔ってなんかいない。酔ったふりをしているだけだ)

と思った。酔ったふりをして、刀よりも言論の優位性を告げているのだった。そういう俊輔の気持をみぬいたのか、横井はきいた。

「伊藤、きさま、何になりたい？」

「侍です」

「さむらい？　侍だと？　ええッ、おまえは馬鹿か？　そんなつもりで塙を殺したのか？」

「何が馬鹿なんですか？」

俊輔はムッとしてききかえした。赤根武人とのやりとりがよみがえってきた。この横井も侍を馬鹿にしている。自分だって侍じゃないか、侍だからこそ、今をときめく越前藩邸で大きなことをいって、昼間から酒をのんでいられるのではないか。

しかし横井はどなりかえしてきた。

「伊藤俊輔は何をもって侍を志すのか」

「民を治め、日本を正しい国にしたいためです」

「その言《げん》やよし、意気まさに買うべし。しからば、その民の上に立つ侍とは」

「もちろん、士農工商の士です」

「それだからおまえは馬鹿なんだ。士農工商の士というのは武士のことではない、日本の侍ではない！」

「ええっ」

またもや突飛なことをいいだす横井に、俊輔はこんどこそ啞然とした。桂も杯を由でとめて妙な顔になる。横井はわめいた。

「無学ものめ。士農工商の区分は隣国の説だ。しかも今から二千三百年も前にとなえられている。しかしそれをいった孟子《もうし》は、士が武士だなどとは一度もいっていない。農工商いずれの身分でも士になれる！」

「日本でも、百姓町人に苗字帯刀をゆるすことがあります」

「おれがいうのはそんな小さなことではない。孟子のいう士とは、農工商に責任を持ち、かれら三民を富ませる政治能力のある者をいう。日本の武士は年貢（税金）どろぼうである！何もしないでただ三民に食わせてもらっている。日本の士農工商の士は、断じて武士ではない！」

幕府の政権返上よりも大変なことをいいだしている。
さすがに桂も顔色を変えた。

長州藩士伊藤春輔

横井小楠《しょうなん》に会ってから、伊藤俊輔《いとうしゅんすけ》はすっかり考えこむようになった。主人の桂小五郎が心配して、

「どうしたのだ？」

と、何度もきくが、そのたびに、

「どうもしません」

と微笑して首をふる。その微笑がどこか心ここにあらずで、遠くを見ているような面持《おももち》だ。

桂には心あたりがあった。それは、横井小楠がいった、

「士農工商の士は、もともと侍ではない、日本で勝手にそうきめてきただけだ。農工商は二百数十年、そういう侍たちにだまされてきたのだ。士というのは、大いに勉学をして、農工商のために、いい政治をおこなう者のことをいう。だから、もちろん、農工商の身分の者でも、勉学さえすれば士になれる」

ということばにつよい衝撃をうけてしまったのである。

考えてみれば、俊輔は長州の熊毛《くまげ》郡の農民の子として生れ、幼いときから、

〝侍になりたい〟

ということだけを希望に生きてきた男である。長州藩では、というよりいまの日本では、何が何でも侍にならなければ政治にも参加できず、その後の出世は一切おぼつかないというのが常識であった。俊輔が今日まで桂のためにいぬのように働き、上司・同僚にも腹にないお世辞をいい、しまいには、塙《はなわ》次郎という学者殺しまでやったのも、すべて、この、

〝武士になりたい〟

という悲願からである。

それを、横井小楠は嘲笑した。嘲笑しただけではない。馬鹿だといった。

「いまどきの若い者が、まだ侍になりたいなどという馬鹿な考えにしがみついていて、どうするのか」

と叱った。

いわれたときは、さすがに俊輔もムッとした。しかし藩邸に戻ってせまい自室でひとりじっくり考えていると、

(なるほど、そうだな)

と、横井小楠のいったことがもっともだと思われてくる。

武士が一番偉いなどということは、武士が勝手にきめたことであって、その考えを農工商

におしつけてきたのだ。大体、身分というのは人間社会のひとつの考えかただ。みんながそう考えるからそうなる。ということは、みんながそう考えなければそうならない。

考えつづけているうちに、俊輔は今日までの自分が何か大きな勘ちがいをして生きてきたような気がした。

もちろん、横井小楠がそう宣言し、俊輔がそう考えたからといって、明日からすぐ侍階級がなくなるわけではない。そんなことをすれば第一、侍そのものが必死になって抵抗する。

が、そうはいうものの、

（侍なんて、侍が勝手につくりだした存在だ）

と思い、

（だから、ちっとも偉くも何ともないんだ）

と思うことは、これからの俊輔の生きかたに大きな展望を持たせることとけ事実だった。

武士は偉い、とにかく武士にならなければ、と思いつめて生きるのと、いや、武士なんかちっとも偉くない、偉いのは農工商のためにいい政治をする人間だ、と思って生きるのとでは、根っこのところで大いにちがう。心から武士を敬って生活するのと、うわべだけ礼をつくして生活するのとでは、エネルギーの費やしかたにずいぶんと差ができるのである。

頭の鋭い桂小五郎は、敏感に伊藤俊輔の心理的変化をみぬいた。そして、

（俊輔のそういう考えは危険だ……）

と思った。

横井小楠のところへは、横井の開国思想がけしからんということで、場合によっては横井を斬ろう、その斬り手に俊輔を使おうと思って連れて行ったのだが、その俊輔は相手の横井を斬るどころか、とんでもない影響をうけてしまったのである。

桂自身、医者の家に生れたがいまは桂家に入ってれっきとした侍だ。

「士農工商の士は侍ではない」

などという危険思想を先に立って吹聴する気はさらさらない。さらさらないだけでなく、桂自身は、

「武士が万民を導かなければ駄目だ」

というサムライ・エリート意識を持っていた。

俊輔の変化に、桂もまた腕をくんで考えこんだ。俊輔は才能のある便利な男である。文字どおり桂の手足になっている。いまはなすのは惜しい。どうすればいいか。俊輔の心理変化にぴたりと適合するうまいひきとめ策はないか。考えあぐねる桂の脳裏で、

「……………！」

急にひらめくものがあった。

そうだ、そうすべきなのだ。なぜ、いままでこの考えに気がつかなかったのだろう。

もちろん、頭の中にひらめいたものは、悪魔のささやきに似たような方法である。察しのいい俊輔はすぐに気がつくにちがいない。しかし、それ以外方法はない。

「よし」

桂は大きくうなずくと、さっそくその考えの実行にかかった。

「周布《すふ》さん、たのみごとがあります」

と上司の藩邸責任者周布政之助《まさのすけ》のところに行った。

文久三年（一八六三）の三月、伊藤俊輔はまたもや桂小五郎の供をして京都に入った。入ってすぐの十六日、藩重役に呼び出された。何ごとか、と思ってさすがに緊張して行くと、重役は俊輔に対して辞令を読みあげた。

「俊輔、そのほう、かねて吉田寅次郎について学問をおさめ、尊皇攘夷の志厚く、また普段の心がけもよろしきにより、このたび、格別のおぼしめしによって、士分に取りたてる」

きいて、俊輔は、思わず、

「えっ」

と声をあげた。

俊輔は混乱した。どう答えてよいかわからなかった。

「よいなっ、ありがたくおうけせよ」

「…………」

俊輔はじっとだまったままだった。

そのとき、桂が部屋に入ってきた。桂は、鋭い一瞥《いちべつ》で室内の情況を察知した。

「私におまかせ下さい」

というと重役から辞令だけを受け取って重役を室外に出し、唐紙《からかみ》をぴしっと閉めた。

「桂さん！　重役はなぜ、急にぼくを侍にするんですか！」

俊輔は必死の表情でいった。

「おまえの身のためだ」

「ぼくは侍なんかになりたくありません。もうそんなことはどうでもいいんです。農工商のために、正しい政治ができる人間になれれば、侍なんてどうでもいいんです」

「横井小楠みたいなことをいうな！」

「なぜ、いけないんです」

「小楠は学者だ、おまえは実行者だ」

「でも、横井先生の考えは正しいと思います！」

「正しいことも、この世ではすぐ実現できん！」

「だから、誰かがやらなければ」

「それは、おまえではない！」

どなりまくっている桂の様子を見ていて、俊輔は、突然、はっと気がついた。

「桂さんですね？　ぼくを侍に推薦したのは」

「そうだ、おれだ」

「やりかたが卑怯ですよ、これはだましうちです」

「そのとおりだ、だましうちだ……」

そううなずくと、桂ははじめてふうっと大きく呼吸し、次第にいつものしずかな表情になった。

「俊輔」

「何です」

「おまえのいうとおり、おれは策を弄しておまえを士分にした。いまはそれが一番いいと判断したからだ。おまえが横井小楠の影響をうけて胸の中で育てはじめた考えは、まだ先のことだ。おれたちは、さしあたりは、京都にいる将軍家茂《いえもち》に、いつ攘夷を実行するのか、そのことを帝《みかど》に約束させなければならん。当面の仕事におれは全力をそそぐ。その仕事を手伝ってもらうためには、もうおまえもおれの従僕でなく、一人前の武士のほうが都合がいいのだ。おまえを武士にしたのは、だからおれひとりの考えでなく、長州藩の意志だ」

いつもの桂独特の〝手順〟論だ。目的の段階式実現論である。桂は声もいい。そのいい声で理路整然と熱っぽく語られると、俊輔は次第にその気になってしまう。

(だまされているな)

と思いながら、うっとりした気分でだまされてしまうのだ。桂にはそういうカリスマ性があるのか、あるいは俊輔がはしっこいようでいて、どこか人の好《よ》いところがあるのか。俊輔は圧《お》されぎみながら、最後の抵抗を試みた。

「でも、だますのはよくないです、ぼくはこれほど桂さんを信頼しているのに……！」

「ははは」

と桂は笑った。そして、

「そこがおまえは甘いというんだ。いかに信じあっていても、大義のためには策を弄し、だますこともある。それを承知で生きなければ大仕事はできん、もっと非情になれ」

「………！」

俊輔は目をみはった。

(信頼する者同士でもだますことがある、それを承知して生きなければ大義など実現しない)

という桂の哲学は、このとき、俊輔の胸にきざみこまれた。

(そうか、そういう考えかたもあるのか？　大義のためなら信じあっている人間でもだましていいのか)

そういう場合は、だましたことに対する罪の意識から解放されるのだ、それだとずいぶん気が楽になる、と思った。

伊藤俊輔は士分になる辞令を受け取り、〝春輔《しゅんすけ》〟と名を変えた。俊は俊英の俊で、鋭くなれと故吉田松陰《しょういん》から助言されてつけた名だったが、これからは、〝春〟のように少し包容力を持った人間になろうと思ったのである。同時に、春は気まぐれだ。気が変って、人をだますこともある。が、その時も、だました理由が大義のためならゆるされる。おれがいうのではない。桂さんがそういうのだ。

〝春〟とは、そういう新しい生きかたの意味を含めていた。

伊藤俊輔改め春輔が侍に取りたてられたときくと、山県狂介《やまがたきょうすけ》は、

「よかったな」

と、自分のことのようによろこんだ。しかし、赤根武人《たけと》は、

「やっぱりな……」

と、半ば嘲笑していった。

(何がやっぱりだ？)

という表情をすると、赤根はプイと行ってしまった。

小者《こもの》の春輔が武士になったことは、たしかにひとつの事件ではあったが、そんなことはそのころの京都の政情にくらべれば小さなさざ波のひとつにすぎなかった。京都ではそのとき、怒濤のような時代の波が大きくうねっていたのである。

現将軍家茂は、大老井伊直弼《なおすけ》が、師の吉田松陰をはじめ越前の橋本左内ほか多くの士を死刑にし、また徳川家の縁者である水戸の徳川斉昭や松平春嶽《しゅんがく》たち大名と、これに同調する幕府人を罰してまで、つまり自分に反対する者すべてを罰してまで強引に実現した将軍であったが、この将軍はまだ二十歳にもならず、またからだも弱かった。この弱点に、京都にいた志士群はつけこんだ。志士群は御所の公卿をうごかし、天皇をうごかして、家茂を、

「攘夷はいつ実行するのか」

と責めたてた。そのありさまがあまりにもひどいので、叡慮、つまり天皇の考えは下《しも》より出ている、と家茂の供をしてきた幕府人は憤激した。下より出ているの下とは、全国から集

まっている志士たちのことであった。浪人が多かった。そしてこの日本浪人群の先頭に立っているのが長州藩であった。

長井雅楽《うた》の航海遠略策でもたつき、そのあいまい性を糾弾されていた長州藩は、過激論につぐ過激論の展開で、いつのまにか過激派浪士たちの大きな支柱になっていた。御所内公卿の信頼も絶大であった。

高杉晋作《しんさく》だけは、

「こういう状態は、長州藩にとって決して好ましいことではない。こんなことは長つづきしないし、諸藩の反撃にあって長州藩はいつか必ず孤立する……」

と、不気味な予告をしていた。肺を病む高杉は、時代を鋭く先取りする鋭敏な嗅覚を持っていた。時勢は事実高杉の予告どおりになり、やがて長州藩は日本の孤児になる。

が、このころは夢中で、高杉のこんなことばを身にしみてきく長州藩士などいなかった。桂も春輔もそうだった。桂は尊攘派志士群の大スターであり偶像だった。大スターの付人《つけびと》のような春輔でさえ、桂の人気にあやかって、つい自分まで得意になるような錯覚をおこしたくらいである。

長州藩主導による志士連合は、ついに時の帝孝明天皇が、

〝攘夷祈願〟

のため、賀茂大社と石清水八幡宮に参拝することをきめた。そして在京中の将軍家茂をはじめ諸大名・幕臣のすべてがその供をすることを命じた。こんなことは徳川幕府はじまって

以来のことである。幕臣の中には、

「もうがまんできない。朝廷と一戦すべきだ」

という強硬論をとなえる者もいたが、家茂はそれをなだめて、

「帝に従おう」

といった。家茂の妻は、孝明帝の妹和宮親子《ちかこ》だったからである。

文久三年三月十一日、将軍家茂は天皇に供奉《ぐぶ》して賀茂社に参拝した。実質的な日本の政権担当者として、これほどの屈辱はなかったであろう。社域はもちろん、沿道は大変な見物人だった。伊藤春輔は高杉晋作と連れ立って境内の一角から見物していた。

青年というよりまだ少年のおもかげをのこした将軍家茂が、蒼白な顔をして天皇のあとから通りすぎたとき、高杉晋作が突然大声で叫んだ。

「いよう、征夷大将軍！」

春輔はびっくりした。いや、おどろいたのは春輔だけではない。まわりもおどろいたし、当の家茂もびっくりした。みんな、一斉にこっちを見た。家茂の頰をさっと怒りの色が走った。

普段、高杉は、

「こんな過激なことをつづけていると、長州藩はやがて孤立する」

といっているくせに、こういうときになると率先して馬鹿をする、へんな男だ、と春輔は脇にいてそう思った。

警護の役人がとんできた。

「いま、声をかけたのは誰だ！」

と、威丈高に群衆をにらみまわした。

「おれだ」

高杉は悪びれずに応ずる。にやにや笑っている。

「きさま！　無礼であろう！　いっしょにこい」

役人はつめ寄った。

「何が無礼だ、おれは感激したのだ。さすがに将軍は偉い、帝の供をして攘夷祈願をするなど、本当に偉い。そう思うと思わず感激のことばがほとばしったのだ、どこが悪い？」

馬鹿にしきった表情で、高杉はそんなことをいう。何が感激だ、こいつは将軍をなめきっている。あまりにもみえみえの高杉の態度に役人はカッとした。

「きさま、どこの者だ！　浪士か!?」

と怒声を放つ。

「いや」

高杉はゆっくり首をふる。その間のとりかたが絶妙で役人はよけいいらいらする。

「名のれッ」

「長州藩士、高杉晋作」

「ちょうしゅうはん、たかすぎ……」

しんさくということばはのどにのみこんだ。高杉もまた京都中に鳴りひびいている人間である。

役人は真っ青になった。尻をひいてじわじわと後退した。そしてそのまま大あわてで去った。

見送って高杉は大笑した。春輔はほっとした。同時に自分も、

「長州藩士、伊藤春輔」

と気取って名のり、幕府役人を恐れいらせてみたいな、と空想した。

「長州藩士、伊藤春輔」

だからさまになるので、

「長州藩従僕」

では役人もおどろくまい。

家茂の姿が社殿のほうに遠ざかっていくと、しかし、春輔たちのそばにいた三人連れの浪人が、高杉と春輔にきこえるようにこんなことをつぶやきはじめた。

「こういう奴らには、とてもがまんできん」

高杉の顔にさっと朱《あか》いものが走り、きっと三人の浪人をにらんだ。浪人たちは平然と高杉を見かえし、鋭い目を春輔にも据えた。真中の浪人は口の大きい堂々たる男だったが、もうひとりは役者のようないい男で一見柔和な表情をしており、さらにもうひとりは浅黒い顔をしていた。そしてこの男が一番若い。

役者のような男がにやりと笑いながら、真中の男に、改めてこういうことをいった。

「ききしにまさる尊攘派ののさばりようだ」

「くいつめた浪士を煽《あお》って、将軍をひやかすなんぞは、ほんとうにたちの悪い冗談だ」

「こんどうさん」

「うむ?」

「一旦は江戸に帰ろうかと思ったが、おれはこのまま京都にのこる。のこって、志士とかいう野郎のほんもの・にせものを嗅ぎわける……そして、にせものは叩っ切る」

叩っ切る、といったときに、役者のような浪人の目に蛇のような憎悪心がちろりと燃えた。

「ひじかたよ」

真中の男が大きくうなずく。

「おれも同意だ。ひとつ京都の大掃除をしよう。こんな奴らに煽られて、帝もどうかしているよ。京都は本当の王城の地に戻さなきゃならん。おきた」

真中の男は背の高い若い男にきいた。

「おまえはどうする」

若い男は笑った。

「たとえ火の中、水の中でも、私はいつでもこんどう先生についていきますよ」

ふしぎな結束感が三人にあった。

こういう話を三人は高杉にじっと視線を据えたまました。春輔はハラハラした。高杉がさっきから頭にきて、拳をくやしそうにギュッとにぎりしめていたからである。

が、剣に心得のある高杉は、三人が三人とも無類の使い手であることをみぬいていた。特に背の高い男は、その中でもずばぬけてつよいことを、からだのかまえから発散させていた。三人はあきらかに高杉を挑発している。しかしその挑発にのれば殺される。そのくらいのことは高杉にもわかった。くやしいが三人にはかなわない。

うす笑いを浮べて三人の浪人は傲然と去った。こんどう・ひじかた・おきたの三人の名はつよく春輔の耳に残った。そしてこの三人の名が京都中に鳴りひびくのは、それからまもなくのことであった。この三人のつくった私設警察隊に、長州藩士は文字どおり、ドブネズミのように追いまわされるからである。

萩の父十蔵から春輔に手紙がきた。

「格別のおはからいで士分に取りたてられたことを心からよろこんでいる。ついては、この機会に嫁をもらってはどうだろう。相手は入江杉蔵さんの妹すみさんを考えている。さしでがましいようだが、内々すみさんの気持をたしかめたところ、すみさんは承知だ……」

と、縁談をすすめる手紙であった。入江杉蔵は、松下村塾で同門だった。足軽の子で身分は低かったが、その純粋性を松陰はもっとも愛していた。

高杉晋作や久坂玄瑞《げんずい》でさえ、

「それは無謀にすぎます。いまはとうていそんなことができる状況ではありません」

といって反対した松陰の老中間部《まなべ》要撃策を、入江は弟の和作（のちの野村靖、内務大臣・

枢密顧問官）とともに、それこそ無謀にもたったふたりで実行しようとした男である。その師思いは、周囲の者を掛値なく感動させた。

その入江の妹のすみなら春輔も知っている。が、せっかくの縁談なのにどうも春輔の心ははずまない。まだ人並な家庭生活に入るのには、やりたいことがある。それに年齢もまだ二十三歳だ。

（もう三、四年は思いきってあばれたい……）

その気持が捨てきれない。実は京都にきて、春輔の心にはあるとてつもないのぞみが湧いたのだ。それは、

（エゲレスに行きたい）

というのぞみである。

京都はたしかにいまの日本の政治の中心で、日本の政局は江戸でなくここでまわっている。しかし、そのまわりかたに何か不足するものがあることを春輔は感じてしかたがない。集まった志士群といっしょになって、長州藩も幕府や将軍いじめに狂奔しているが、そのあと、どうしようというのか。

攘夷、攘夷というが、高杉晋作でさえ上海に行って清《しん》国の実情を目で見て、アヘン戦争をしかけたエゲレスの実力を知っている。そして、

「エゲレス相手に、とても攘夷なんかできるものか」

とうそぶいている。その、とうてい適《かな》いっこないエゲレスに対しても高杉たちは、

「いつ、攘夷を実行するのか」

と京都にいる将軍家茂に迫っているのだから、実際はインチキだ。まさに幕府いじめでしかない。

そのエゲレスを、春輔は自分の目で見てみたかった。事実を見ないで、ただ攘夷だ、攘夷だとわめきまわるいわゆる志士たちの論議に、春輔がある種のむなしさを感ずるのは、そのためだ。

（実態を知らないで、わあわあわめくのは、茶碗の底の嵐だ、井戸の中のカエルたちのさわぎだ）

そう思っている。いまにして思えば、寛政の昔、

「江戸隅田川の水は、エゲレス・ロンドンのテムズ川につながっている」

と喝破《かつぱ》した林子平は偉い。たしかにそうなのだ。水を辿って行けばエゲレスに着く。だからこそ、エゲレスも水を伝わって日本にやってきた。メリケン（アメリカ）もやってきた、オロシャもフランスもやってきたのだ。

（ああ、エゲレスに行きたい）

という思いはいよいよつのった。自分の目でたしかめてみれば、同じ攘夷論でも、議論のしかたがずいぶんとちがってくるだろうと思った。

伊藤春輔は思い余ってこのことを桂小五郎に話した。しかし桂はたちまち渋い顔をして、

「駄目だ」

と首をふった。

「なぜ、駄目なのです」

「いまは、将軍の奴が何とかして京都から逃げ出そうとしている。それをくいとめて、ぜがひでも将軍に攘夷期限を約束させることが急務だ。そのためにはおまえが必要だ。エゲレスなどへ行かれてたまるか」

「………」

春輔は桂をじっと見つめた。そして思いきって腹の中にあったことをことばにした。

「桂さん」

「何だ」

「ぼくは、まるで桂さんの手足みたいですよ。ぼくの意志はまったく無視されて、桂さんにいわれたとおりのことを、やっているだけです」

「そのとおりさ、春輔」

怒るかと思った桂は意外にもにこりと微笑した。そして、

「おまえはまさにおれの手足だ、いや、手足というより考えることも含めておれのからだの一部さ」

桂は微笑を消して向き直った。真剣な顔をしている。

「こういう動乱の時代には、ひとりの人間がいかに大きなことを考えたとしても、ひとりでは実行できることに限りがある。そういう際は、〝何がしたいか〟ということを多くの人間

に分担してもらう必要がある。おまえの場合がまさにそうだ。しかし、いまおれがしたいと思っていることは、一桂《いちかつら》の意志ではない。長州藩の意志でもない、日本の意志なのだ。だからおまえは桂の手足でなく、日本の手足なのだ。いま、エゲレスに行かせるわけにはいかない……」

いい終って桂も春輔を凝視した。春輔は圧倒された。またしても、説き伏せられたのだ。論破すると、桂は急に笑った。そして、こういった。

「おい春輔、いまはおれの手足になっていたほうが、おまえも出世するよ。そうではないのか？　え？　春輔」

春輔の心の奥を見透しているようないいかただった。春輔は、さすがだ、と桂の洞察力に感心したが、エゲレス行きの志望はそんなかんたんなものではなかった。桂のいうとおりならなおのことエゲレスに行かなければ駄目だと思った。おれが本当に日本の手足ならば——。

そこで春輔は高杉晋作に相談した。高杉は即座に、

「よし、春輔、行け」

と肩を叩いた。そうしてこういった。

「すでに仲間が何人かいるぞ」

エゲレスへ

「え？　長州からエゲレスへ密航する藩士がいる!?　一体誰ですか？」

伊藤春輔《いとうしゅんすけ》は思わず大声になって高杉晋作《しんさく》にきいた。すでにエゲレスに渡りたいという長州藩士が、自分のほかにいるときいて、びっくりしたのだ。高杉は、

「志道聞多《しじもんた》・山尾庸三《ようぞう》・野村弥吉の三人だ。志道は信州松代の佐久間象山先生の感化をうけて、急にエゲレス行きを思い立ったそうだ」

ああ、と春輔は心の中でうめいた。おれが桂さんにふりまわされているうちに、みんな、どんどん自分で考え、その考えを実行していく。山尾庸三は攘夷派のこちこちだと思っていたら、いつのまにか裏でそういう開明的なたくらみをすすめている。

（人間は、表面だけではわからない）

とつくづく思った。同時に油断も隙《すき》もあったものじゃない、と思った。

春輔は、昔からひとつのことに夢中になるとほかのことをすべて忘れるという性癖がある。

特に自分のやりたいことをほかの人間がやり出したと知ると、じっとしていられなくなる。いまがそうだった。すでに志道聞多以下三人もの藩士がエゲレスに行きたがっているときくと、もう居ても立ってもいられない。

「で、三人は、いつ？」

「わからん、いま藩庁に出願中だ」

「では、ぼくもすぐ出願します」

突然立ち上る春輔を、

「こら、落ちつけ」

と高杉は叱りつけた。

「春輔、そんなことより桂をどう説得するかのほうが先決ではないのか？」

「高杉さんが説得して下さい」

「気安くいうな、しかし、どういいくるめるか、むずかしいぞ。あいつは、いま、本当におまえをたよりにしているからな」

「そういうことは高杉さんのお得意でしょう」

「うるさい。おい、春輔、こうしよう。塙《はなわ》次郎殺しの疑いで、おまえに幕府役人の探索の手がのびている。幕府をごまかすために、いっそ伊藤春輔を日本国外に逃がそう、と」

「いい考えですね、さすがです。高杉さんがそういえば、桂さんだってたちまち承知しますよ」

「そう思うのなら自分でやってみろ、おまえの問題だぞ」

「へへへ」

春輔は笑った。

しかし、

「こいつめ」

高杉は、指の先をまるめて春輔の額をはじいた。可愛い弟に対するような表情だった。

世の中には、同じことをいっても、受け手に、

「あの野郎のいうことじゃ、おれは承知できない」

というのと、

「まあ、あの男のいうことじゃ仕様がないか」

というのとふたとおりある。言い手によってゆるしたりゆるさなかったりするのだ。その点、伊藤春輔は誰にでもゆるされた。小面《こづら》にくいと思っても、へへへと笑っている顔には愛《あい》敬《きょう》があって心から憎めない。高杉もそうだった。

「やれやれ。それでは桂を説得してくるか」

高杉は立ち上った。

「おねがいします」

春輔は頭を下げた。さすがに真剣だった。まもなく、春輔は桂小五郎に呼ばれた。桂は腕をくんでいた。むずかしい顔をしている。こういう時の桂は、長州藩の重役として、また日

本の志士群のリーダーとして、すっかり貫禄《かんろく》がついていた。

「お呼びですか」

と正座する春輔をじろりと見た。

「志道聞多・山尾庸三・野村弥吉の三人に、今日、エゲレス留学の許可が出た」

「…………」

「ついては、おまえに急遽江戸表に出張し、横浜で藩御用の武器買入れを命ずる」

「え？　あの……」

「いいな？」

桂はきびしい表情のまま、春輔の発言を封じた。そして、

「榎本屋さん」

と隣りの部屋に呼びかけた。

「へい」

と返事があって、ひとりの商人が入ってきた。桂の前にぴたっと手を突く。

「榎本屋の手代《てだい》貞次郎でございます。主人が折悪しく臥《ふせ》っておりますので、代りに私がまかり出ました。おゆるしをねがいます」

「ごくろうです。おねがいのむきは下役からさっきお話したとおりです。この男が三人のほかに内密にエゲレスに渡る伊藤春輔です。面倒をみてやって下さい」

「へい」

貞次郎は好意的な目で春輔を見上げた。春輔は桂のことばにびっくりした。

(三人のほかに、内密でエゲレスに渡る?)

それじゃあ、と思わず喜色を浮べて見ると、桂はにこりともしないで春輔をにらみつけていた。そして、

「この大事な時に。高杉の奴もだまされおって……」

とつぶやいた。春輔は、

「はっ」

とおじぎをした。

「かしこまりました、さっそく江戸へ発《た》ちます」

と畳におでこをすりつけた。嬉しさがこみあげてきた。高杉の交渉で桂はしぶしぶ承知したのだ。

(密航だろうと何だろうと、かまわない。とにかくエゲレスに行けるんだ!)

と思うと、とびあがるほど嬉しかった。

伊藤春輔が訪れたころの横浜は、ようやく外国人居留地が整備されはじめたものの、日本政府(徳川幕府)からみれば小さな名もない漁村にすぎなかった。アメリカはじめ、強引に開港を要求する列強の圧力に屈して、泣き泣き処女が男にからだをひらくように、痛いのをがまんして無理に船を入れさせたのが、相模国の寒漁村ヨコハマ村だった。江戸からも浦賀からも遠い辺鄙《へんぴ》な土地である。

幕府のもくろみでは、

（こんな不便な土地では、外国もすぐ愛想をつかして、もう日本なんかに用はないと、さっさとひきあげるだろう）

と踏んだのである。

ところが、列強は、この垢ぬけしない漁村娘が世界でも類まれな名器だということをみぬいた。だから、寄ってたかって船を突っ込み、まわりのあちこちも熟練した技巧で攻めたてているうちに、逆にヨコハマムスメのほうが感じはじめてしまったのである。つまり、快感をおぼえはじめたのだ。さかな臭かったこの田舎娘は、またたく間に変貌した。この娘には、もともと日本の着物より、外国の衣裳が似合う素質があったようだ。横浜村は、心も肉体も変質した。日本本土にありながら、どんどん国際化した。

伊藤春輔が訪ねたのは、こういう時期にある横浜であった。桂小五郎は、

「まず任務を果たせ。そのうえで志道たち三人の江戸入りを待って、ロンドン行きの準備をせよ。留学ねがいは渡航直前に出せ、おれの責任で何とかする」

一度きまってしまえば桂もぐずぐずいわなかった。青年重役らしくてきぱきと春輔のために骨を折った。そこが桂のいいところだった。

春輔は江戸藩邸に着くと、藩邸責任者波多野藤兵衛に任務を報告し、すぐ横浜に行った。志道たちが江戸に着く前に武器購入をすませておきたかったのである。外人たちは、港に面した谷にそれぞれ店や事務所を持ち、背後の丘の上に住居を建てていた。春輔は商人の店を

片っ端からあたりはじめた。が、どの商人も首をふった。

「テッポウ、ウレマセン」

というのである。

「なぜですか」

ときくと、

「ナマムギジケンデ、ワガクニトニッポン、センソウニナルデショウ」

と答えた。

薩摩藩主の父島津久光が、京都から勅使を連れて江戸に行き、幕府に将軍上洛や幕政改革を強要して再び京都に戻る途中、神奈川の生麦《なまむぎ》でイギリス人が何人かその行列を馬で横切ろうとした。怒った供頭《ともがしら》の奈良原喜左衛門は、ひとりのイギリス人を斬り殺し、ひとりを傷つけた。イギリス政府はこの暴挙に激怒し、

「犯人を引き渡し、償金十万ポンドと遺族扶助料を払え」

と要求した。

しかし、幕府に攘夷を実行させようとしていた薩摩藩は、

「知ったことか。幕府で対応しろ」

と、この要求を無視した。幕府には薩摩藩をこらしめる力はもうない。賠償金の肩代りをした。馬鹿な話である。そして、

「せめて遺族の扶助料だけでも払え」

といったが薩摩藩は、

「大名の行列を横切る者を殺していい、というのは日本の国法である。外国人だからといって容赦はしない」

と相手にしない。こういう薩摩藩の態度に、イギリスはいよいよ硬化した。

「こらしめのために、鹿児島を攻撃しよう」

という意見がここのところ日を逐《お》ってつよくなっている。イギリスが鹿児島を攻撃したら、徳川幕府はどうするのか。

「それは、もともと薩摩藩の問題だ」

といって、日本の一部が攻撃されるのをだまって見ているのか、それとも。

「薩摩藩への攻撃は日本への攻撃だ」

とうけとめて幕府も全面戦争に起《た》ち上るのか。月並なことばを使えば、まさに風雲は急であった。武器は売れないと、イギリス商人や、ほかの国の商人がいうのは当然であった。

それでも春輔は根気づよく何軒も歩いた。とにかく桂に命ぜられたことをしとげなければ、エゲレスにも行けない、と思ったからだ。が、どこへ行ってもことわられているうちに、春輔は突然、

(武器を売らないだけじゃない、エゲレスにも行けないのではないか!?)

と思った。その思いは、すぐ頭の中で黒雲のようにひろがった。

そうだ、これから戦争するかも知れない国の人間を、にこにこ留学させる国があるだろう

か、エゲレスはそんなに人は好《よ》くあるまい、これは大変だ！　と思った。そしてふっと桂の顔が浮んだ。そういうことを、桂はちゃんと見通していたのではないか、と思ったのである。

（これは、桂さんにしてやられたか……）

と、改めて自分の疎《うと》さに気がついた。交渉はぜんぶ失敗した。

春輔が武器の購入で手間取っているうちに、志道・山尾・野村の三人が江戸に着いた。おどろいたことに、山尾庸三は英語がペラペラだった。

（この男はいつ、英語を勉強したのだろう）

と春輔は目をみはった。

そこで、渡航手続の交渉には主として山尾があたった。イギリス領事ジェームス・ガワーに何度も会って、直接英語で話した。自国語を達者に操るこの青年に、ガワーはひとかたならぬ好意を示し、

「近く横浜から出航するジャージン・マジソン商会のチェルスウィック号に、きみたちが乗れるように話しておこう」

といってくれた。そのときの日英関係からいえば破格の好意だ。山尾はとびあがってよろこんだ。

しかし、商会に行くと、商会の責任者は、

「たしかに船には乗せてあげるが、運賃はひとり千両だ」

といった。山尾はびっくりした。三人のほかに留学者は春輔とさらに遠藤謹助が加わって

五人になっている。五千両の金がいる。藩がくれた金は六百両で、それ以上はびた一文出せないと藩の会計方は強硬だ。それでなくても、

「こんな時期になぜ？」

と、留学生たちを白い目で見ている。

「六百両にまけてほしい」

と、山尾はねばりにねばって商会に交渉したが、商会員は、

「ハハハ、ジョウダンウマイネ」

と笑って相手にしない。しまいには、

「ヤマオサン、シツコイデス。コノハナシナカッタコトニシマショウ」

と怒りだした。山尾は平身低頭し、ついに自分の刀を誠意のしるしに預けて戻ってきた。あとから加わった遠藤を交えて、五人の青年は額を寄せて協議したが、ないものはない。どうやっても五千両などという大金は調達できない。

「エゲレス行きはあきらめざるを得ないか」

と、ついにみんな悲痛な声を出した。

こういう状況になってから、ずっとだまっていた伊藤春輔は、思いつめた表情でいった。

「金は……ある」

「なに。どこにあるのだ」

四人はびっくりする。

「ここにある。それもおれが持っている」

「なんだと？　いくらあるのだ」

「一万両」

「一万両!?」

四人は顔を見合わせた。

「伊藤、きみは一体、そんな大金をどうして？」

「もちろん、ぼくの金ではないさ。武器を買えと桂さんから預かった金だ……」

「何だ」

志道聞多はがっかりした声を出した。

「それでは、藩の金ではないか」

「そうだ」

「駄目だ、公金の使いこみになる」

「それを承知で、ぼくはジャージン・マジソン商会に払いこもうと思っている」

「そんなことをしたら、エゲレス行きの取消しはおろか、みんな、切腹だ」

「きみたちにめいわくはかけないよ。一切の責任はぼくが負う」

「そんなことをいったって」

「いや、ぼくは本気だよ」

かたい決意が顔面にみなぎっている。四人は顔を見合わせた。

「春輔、きみは本気なのか」

「本気だ。そのかわり、ぼくは日本にのこる」

「そんなことはできん。一切の責任をきみに負わせて、ぼくたちだけがのことエゲレスに渡るわけにはいかないよ」

「いや、渡るんだ。そうしなければぼくの案も役に立たん。たのむ、ここはひとつぼくのいうとおりにしてくれ、長州のために、日本のために、きみたちはエゲレスに渡ってくれ」

普段は、他人を利用することしか頭にない男だ、と春輔のことを思っていた志道たちも、このときの春輔の態度にはうたれた。

四人は黙した。春輔の気迫にのまれたのである。春輔はいった。

「そうはいうものの、このことをまったく藩の人間にだまっているわけにもいかない。誰か、よくものわかる人が江戸藩邸にいないだろうか？」

「………」

四人は考えた。山尾庸三が、

「ひとりいる」

といった。

「誰だ」

「兵学教授の村田蔵六先生だ」

「むらたぞうろく？　きかない名だが」

「うん、長州人だが、早く大坂に出て緒方洪庵《おがたこうあん》先生の適塾《てきじゆく》で学び、その後は宇和島におられた。医を専門にしているから藩ではあまり知っている者はいない。しかし、外国の軍制にくわしいので、桂さんがたのんで宇和島から長州に戻ってもらった。とりあえず、江戸の藩邸で西洋軍学を教えておられる。この人なら、あるいは話が通ずるかも知れない」

「村田さんに会おう」

春輔は即決した。

村田蔵六の部屋に行くと、村田は洋書を読んでいた。指で字を追っている。

「誰だい」

本に目をおいたままきく。

「伊藤春輔と申します」

「その伊藤君が何の用かな」

「藩の武器購入費一万両の流用の許可をいただきにまいりました」

「………………」

洋文字を追っていた右手の指のうごきがとまった。目をあげて宙をにらんでいたが、やがてこっちをふり向いた。おでこが異様に大きい顔だ。四十歳くらいだろう。

(このでかい頭の中には、さぞかし脳味噌がいっぱい詰っているんだろうな)

春輔はそんなことを思った。

「きみか？　桂さんに武器購入をたのまれた青年というのは」

「はい」

村田はしげしげと春輔を見た。その視線が鋭いので春輔は目のやり場にこまった。しかし、

(この人は、長州人ばなれしているな)

と思った。桂、高杉、久坂などのよく知っている長州人タイプとはだいぶちがっている。

春輔はいった。

「武器購入は思うようにいきません。エゲレスは売りしぶるのです」

「それはそうだろう。戦争になるかも知れんからな」

村田は大きくうなずいた。そして、改めて、

「なぜ一万両もの公金を流用しようというのだね？」

「四人の若い藩士をエゲレスへ行かせるためです」

「なに」

村田はじっと春輔を見つめた。そして、

「もう少しくわしく話してみなさい」

そういった。春輔は話した。そして、四人がエゲレスに行けるのなら、自分がのこって罰をうけるといった。

「本当かね？」

村田はきいた。

「本当です」

「………」

村田はじっと春輔を凝視した。眼の底に鋭く光るものがあり、どんな嘘でも、引き出す力を持っていた。春輔は見つめかえした。村田はやがてほほえんで、組んでいた腕を解いた。

「本当らしいな。よし、わかった、私にまかせなさい。エゲレスには君も行くんだ」

「えっ」

「のこれば君は切腹だ。つまらん」

頭でっかちの村田は大きくうなずいた。

村田は医者の子に生れ、大坂の緒方洪庵の適塾で西洋学を学んだ。それだけでなく、長崎に行ってシーボルトからも親しく教えをうけている。西洋事情にはあかるい。それだけに、金のことで春輔たちの志が折れるのを惜しいと思った。それに、このころの村田の存在は、桂小五郎や高杉晋作らがわずかに認めているだけで、藩全体としてはひじょうに危険視されていた。

というのは、村田は熱心な藩軍再編成論者であり、しかも新しい藩軍は、

「百姓・町人を核にしてつくる」

と公言していたからだ。藩士からたちまち、

「武士をどうする気だ？」

と、怒りと疑問が殺到した。村田は笑っていた。本当をいうと村田はすでに武士をみかぎっていた。

（いまの日本で、武士ほど無用の長物はない。こんなものは廃止しなければ駄目だ）と思っている。のちにこの思想のために村田蔵六は暗殺される。明治新政下での国軍の創設にこの考えを適用し、数十万人の武士を失業させてしまったからだ。

が、伊藤春輔が公金流用の許可をもらいに行ったころは、村田の発言があまりにも危険なので、その身を心配した桂が、

「先生、しばらく江戸の藩邸でじっとしていて下さい。それと、まちがっても武士はいらないなどとはいわんで下さい」

と拝み倒して、萩から遠ざけてしまった。村田はそういう自分の状況を考え、このとき、

（せめて、こういう無謀な若者の役に立ってやろう）

と心をきめたのだ。そして、村田がそう決意したのは、春輔の話に胸をうたれたからである。

武器を買え、とわたされた一万両の公金を着服して、しかしその金で酒をのむわけではなく、日本のためにエゲレスに留学しようなどという大それたことを、いまの長州で、いや日本で誰が考えるだろうか。この小柄な農民あがりの伊藤春輔という青年が話した、気宇壮大な計画は、毎日くさくさしている村田自身の心の雲を、一挙に吹きとばしてくれた。心の雲を引き裂いて、ぱっと輝く太陽を見せてくれたのである。

しかし、私にまかせろ、ということは、いざというときは自分が責任をとるということだ。

（この頭でっかちの先生は、そのときは腹を切る気だな）

春輔のほうも敏感に察知した。

そして、そこまで村田蔵六にめいわくをかけていいのかどうか迷った。同時に、

(ここが桂さんとちがうところだな)

と感じた。

慎重な桂はものごとをはこぶときに、決して真正面から自分に責任がかぶさってくることを好まない。丹念な手続を何段も用意する。だから何かをきめるときにも、必ず逃げ道を用意しておく。

こんどもそうだ。

「エゲレスへ行きたい」

という春輔のねがいも正面からは許可しない。

「横浜へ鉄砲を買いに行け」

という。横浜に武器を買いに行くふりをして、どさくさにまぎれてエゲレスへ行ってしまえ、ということだ。暗黙の許可だ。しかし、発覚して問題になったときは、桂はおそらく、

「おれはそんなことは知らん。伊藤には武器を買いに行かせただけだ」

といい抜くだろう。責任は春輔がぜんぶかぶることになる。金にしてもそうだ。おそらく一万両は暗に、

「この金を渡航費と滞在費にしろ」

ということだろう。しかしそんなことはおくびにも出さない。これもばれたときは、

「おれは知らん、伊藤はとんでもない奴だ」

　ということになるだろう。桂はチャンスはつくってやる、そのかわりあとは自分でやれ、責任も自分でとれ、という主義なのだ。

（胸のそばまでひきつけておいてもぜったいに抱いてはくれない、都合が悪くなればむしろ突きとばす、そういう人だ。それが、いつか、いみじくもいった、信じている人間も、大義のためならだますこともある、ということばだ）

　伊藤春輔は桂の人間性をそう見ている。自分の逃げ場を他人のためには決して捨てない人だと思っている。それが、春輔が桂に感ずる冷たさだった。心と心とが溶けあえない距離だった。

（おれたちは、エゲレスに行けるかも知れないぞ）

　初対面の村田蔵六が決死の覚悟で、春輔の公金横領の罪をひっかぶってくれることに感動しながら、春輔はその村田の顔をいつまでも見つめていた。

　村田蔵六は現実的な人間だ。若い伊藤春輔の情熱に圧倒されて、

（よし、こいつらのためにおれのいのちも投げ出そう）

　とはたしかに思ったが、それはいざという場合のことだ。死なずにすむのならそのほうがいい。それには事態を〃いざ〃にしないことだ。

　春輔を退室させると、村田はすぐ行動を起した。江戸藩邸重役の周布《すふ》政之助《まさのすけ》にわけを話し、

自分の考えをのべた。自分の考えというのは、伊藤春輔が横領しようとした一万両の金を担保に、貿易商人に伊藤たちの費用を立替えさせるということだった。これなら、藩金は商人が了承しているかぎり藩の手もとにある。馬鹿をみるのは商人だが、それも資金ぐりがつかなくなれば、

「担保を下さい」

といつでもいえる。そのときは金をわたす。

それが〝いざ〟である。

(腹はそのときに切ればいい)

村田はそう思った。

この計画はうまくはこんだ。長州藩出入りの商人が、横浜支店の番頭に指示して村田のいうようにはからった。番頭は、快諾した。番頭はすでに桂からそのようにいわれているといった。それが、春輔が会った榎本屋手代貞次郎だった。周布は村田と顔を見合わせた。

「きめのこまかい男だ」

周布は苦笑した。

「こまかすぎます」

村田はそういった。こっちは真顔だった。村田は男はもっと太っ腹で、特に上に立つ者はそういちいち何から何まで自分で手を出すことはないと思っていた。指示をしたらあとはまかすことだ、まかされれば人間は誰でもよろこんでうごく、というのが村田の人間観だった。

それが、かれの、

「戦闘は武士の専売ではない、農民、町人だって訓練すればりっぱな兵士になる、いや、武士よりつよいかもしれない」

という藩民皆兵（のちの国民皆兵）思想につながる。

いずれにしても、春輔の情熱とはったりは村田蔵六という妙な男をうごかし、それがエゲレス留学実現のきっかけをつくった。貞次郎は自分の店の金をエゲレス領事ジェームス・ガワーにわたした。ガワーはジャージン・マジソン商会に青年たちの渡航を扱わせた。商会は、近く上海へ向かうチェルスウィック号に春輔たちを乗せることをきめた。上海にはロンドンに向かう船が幾艘かあったからだ。

横浜出航は、文久三年（一八六三）五月十二日ときまった。

その夜、春輔は萩郊外に住む父に手紙を書いた。やはり、荒海をこえて遠い異国に行くからには、それなりの覚悟があったからである。万一のことも考えなければならなかった。

伊藤春輔が父に手紙を書いたのは文久三年五月十日のことである。この手紙も現存している。が、ここでいいたいことはその手紙のことではない。手紙を書いた日付のことである。

五月十日というのは、京都に入った将軍家茂《いえもち》が、すでに、

「攘夷は、五月十日を期しておこないます」

と天皇に約束してしまっていた日なのである。つまり攘夷実行期限であった。

が、そんなことが本当に実行できるとは誰も思っていなかった。外国と戦争して勝てるな

どとは、少し目はしのきいた者なら考えもしなかった。ところが攘夷期限のこの日、長州藩は馬関《ばかん》（下関）海峡を航行中の外国船に、本当に大砲をぶっぱなしてしまったのである。しかも砲撃の指揮をとったのは久坂玄瑞《げんずい》であった。

五月十日、長崎から上海へ向かうアメリカの商船ペムブローグ号は、ちょうど風と波がつよくなり、潮のぐあいもよくないので、対岸の豊前《ぶぜん》国（大分県）の田野浦沖に避難した。これを長州藩が発見した。

「ようし、攘夷を実行してやれ」

と、久坂玄瑞は藩の軍艦庚申《こうしん》丸に乗りこみ、同じ軍艦癸亥《きがい》丸といっしょにペムブローグ号の攻撃に移った。

無謀だ。無謀だが、久坂にすれば京都の尊攘派のいきおいを知っているから、長州藩の主導権をさらにつよくするために、この挙に出たのだ。幕府をさらに追いこもうとしたのである。

近づいた二隻の長州艦は、いきなりペムブローグ号を砲撃した。大した被害はなかったが、びっくりしたアメリカ船は泡をくって錨《いかり》をあげた。そのまま豊後《ぶんご》水道を突っ走る。

「追え！」

敵が逃げだしたのでいきおいづいた久坂は叫んだ。が、アメリカ船のほうがはるかにスピードが速かった。みるみる船は遠ざかった。ちくしょうとくちびるをかんだが、とにかく外国船が逃げたのだ。

「勝った。勝った！」

と長州人はおどりあがってよろこんだ。

こののち、二十三日にフランス艦が、二十六日にはオランダ艦がそれぞれ砲撃される。これはかなりの被害をうけた。この砲撃事件が重大な国際問題を起し、長州はアメリカ・イギリス・フランス・オランダの四国の連合艦隊の報復攻撃をうけ、政治的にも日本国内でまったく孤立してしまう。長州の苦難はこの日からはじまる。

日本の徳川幕府と藩の関係を、たとえばアメリカの連邦政府と州の関係におきかえるのは正確ではないが、政府同士で開国条約を結んだのに、それに不満な州が相手国を攻撃したようなものである。それなのに政府（幕府）がまごまごして州をこらしめることもできないから、相手国の艦隊が直接州をこらしめたという形になったのだ。世界史にもあまり例はないだろう。現代の常識で考えれば、こんなことが本藩で起っているのに、そこの藩士がのこのこと外国へ出かけられるはずがない。しかも相手は本藩が喧嘩している国である。どうしてこんなことが起るのか。

情報の伝達のおくれが原因だ。馬か人の足による飛脚《ひきゃく》という制度しかなかった。いまなら東京—京都間が新幹線で三時間だが、当時は歩いて十五日かかる。駆けても七日かかる。馬でも三、四日かかるだろう。だから五月十二日には出航だ、とよろこんでいる春輔たちは、まったくこの砲撃事件を知らなかった。それは春輔たちをはこぶイギリス側も同じだ。春輔たちがこの砲撃事件を知るのは、何とロンドンに着いて、かなりの期間、留学生活を送ってからである。春輔はびっくりし、井上（志道）聞多とふたりだけ急いで日本に帰ってくる。が、それは翌元治元年（一八六四）の六月のことで一年余りもあとのことだ。

激　流

日本をはなれるとき、伊藤春輔《いとうしゅんすけ》は一首の歌を詠んだ。

ますらおの　恥をしのびて行く旅は
　すめらみくにの　ためとこそ知れ

文久三年五月十二日に、横浜を出帆したチェルスウィック号は五日後に上海に着いた。上海はすでに列国に屈した国際港として繁昌をきわめている。東洋の老いたる獅子清国《しん》が、中華思想（清は世界でもっともすぐれた国で、他国は野蛮国だという考え）のもとに大切にしてきた少女のような上海も、いまは商売女のようにあらゆる国を迎え、犯されて荒《すさ》みきっていた。

商船、軍艦をはじめ大小とりまぜて出入りする船、碇泊中の船、その船に乗り降りする各国人、岸にびっしりと建った西洋館、さわがしい街の喧騒など、甲板の上から一望しただけで上海のにぎやかさは、春輔たちに手にとるようにわかった。春輔たちは目をみはった。

「とても長崎の比ではない」

「こんな港が世の中にあったのか」

くちぐちにそういう声をあげたが、おどろいているばかりが能ではなかった。上陸してすぐ、春輔たちは、おびただしい清国人が外国人の荷物はこびやあらゆる苦役、洋館の召使、料理人などの仕事にやとわれているのを知った。おごりたかぶる欧米人が、清国人をむちでなぐりつける光景にも何度も遭遇した。清国人にとって、上海は自分の国でありながら自分の国ではなかった。しかも、その土地で他国人にむち打たれるのである。

「これが、高杉さんのいった清国の実態だな……」

痛憤に似た気持で春輔は目をギラギラさせて、哀れな清国人たちを見た。

上海でトラブルが起った。春輔たちは上陸するとすぐジャージン・マジソン商会の上海支店に行って、支配人のケスウイックに会った。そしてガワーからの紹介状を渡して、

「ロンドンへ行く船に乗せてほしい」

とたのんだ。

ここまでは山尾や野村のブロークンな英語で通じたが、にっこりうなずいたケスウイックが、そのあとペラペラしゃべりだしたことばがぜんぜんわからない。かつてあれほど春輔を感嘆させた山尾の英語も、箱館で学んだことのある野村の英語もケスウイックには通じない。

春輔は改めて、

（横浜のイギリス人たちは、逆に日本人の下手くそな英語をわかろうとつとめていたのだ）

とさとった。

「ケスウイックさんは何ていっているんだ」

春輔は苛立って野村にきいた。野村は悲しそうに首をふる。

「……わからない」

「でも、単語のひとつやふたつわかるだろう？」

「うん、それがわかればいいんだが」

野村はつらそうだ。

明治になって春輔は、新政府高官として岩倉具視《いわくらともみ》を団長とする遣欧使節団に加わり、その時は団の中でのただひとりの英語巧者として、サンフランシスコで有名な〝日の丸演説〟を英語でぶちあげるが、このころはまったくしゃべれない。

そのうち野村が、

「どうも、船に乗る目的は何だ、ときいているようだ」

「船に乗る目的？　ロンドンへ行くためじゃないか」

井上が応じた。

「いや、船の中では何が勉強したいのかときいている」

「海軍の研究だ」

佐久間象山についてオランダの軍事学や大砲の撃ちかたを学んだことのある井上は、即座にそういった。

「そういってやれよ」

「そういってやれといったって、海軍の研究というのは、英語で何というんだ」

「英語で？」

「ああ」

「そんなことをおれが知るか。何とかことばをさがせ」

「単語をおぼえていない」

「だらしのない奴だな」

と舌打ちする井上は、いまいましそうにケスウイックをにらみつける。

「この野郎、ペラペラしゃべりやがって、まったくくやしいな。だいたい、日本と交易するつもりなら、こいつらのほうがもっと日本語を勉強しなければいけないんだ」

そんな悪態をついたが、ケスウイックのほうは日本語がわからないから、にこにこしている。

「待てよ」

井上は急に部屋の天井を見あげて腕をくんだ。

「海軍、海軍、思い出したぞ！　海軍はたしかネイビイだ、野村よ、海軍はネイビイだ」

「そうだ。ネイビイだ」

野村も応ずる。

「しかし研究は何というんだ」

「名詞に動詞の意味を持たせるときには、よくケイションということばを下につけるようだな」

「それじゃ、そのケイションをくっつけよう、ネイビイケイションでどうだ？」

「いいだろう」

「それじゃあ、ケスウイックにいってくれ、ネイビイケイションが目的だ、と」

野村はそう伝えた。とたん、ケスウイックは、

「オオ、ネイビイケイション！」

と手をはげしく組みあわせて感嘆した。そして、

「アイ・シー、アイ・シー」

と何度も首をたてにふったあげく、野村から順に、渡航青年ひとりひとりの肩を叩いてははげましの態度をとった。一同は、

「ようやく通じたぞ」

と大いによろこんだ。ところが、これが勘ちがいだった。ネイビイケイションは、海軍研究の意味ではなかった。

五人はケスウイックの指示で、二組に分けられ、春輔は井上とふたりでペガサス号という三百トンの船に、あとの三人はホワイト・アッダー号という五百トンの船に乗せられた。と

もに帆船である。ペガサス号は翌日すぐ出帆、ホワイト・アッダー号は十日ばかり遅れて出帆することになった。

　さすがに心細くなり、たがいに、

「気をつけてな」

「ロンドンで会おう」

　とつよく手をにぎりあった。このとき、五人はすでにチョンマゲを切り、洋服姿に変っていた。

　が、それぞれの船に乗りこむと、船長は五人にいきなり水夫服を投げだし、これを着ろと命令した。

「何をいう、われわれは客だ」

　と突っぱねたが船長はせせら笑い、

「ネイビイケイション！」

　とどなりかえしてきた。

　段々わかったことだが、ネイビイケイションは、〝海軍の研究〟ではなく〝航海の勉強〟ということだった。だから二隻の船の船長は、五人を客でなくただの水夫として、徹底的にしごくつもりだった。もちろん、ほかの乗組員もそのつもりである。船員たちは、この日本青年たちをしごくことに、舌なめずりして意地の悪い笑みを浮べていた。

　井上の誤訳がそうさせたのである。

「井上！　きみって奴は」

と、春輔は井上をうらんだ。しかし、その春輔は尻を思いきり蹴とばされ、水夫に、

「ジャニー！」

とバケツを突きつけられた。甲板を洗えという指示だ。ジャニーは日本人に対する蔑称だ。井上とたったふたりで、春輔はたちまち心細くなった。いや、心細いなどという生やさしいものではない。まごまごすれば殺されてしまう。海の中に放りこまれても、日本人のひとりやふたり、事故死ですまされてしまうだろう。

「えらいことになった……」

ふたりは真っ青な顔を見合わせた。ほかの三人も同じめにあっているのにちがいない。


春輔は、よく故郷の父に手紙を書いた。いまものこるかれの手紙の文面は実にやさしい。貧しくても、家族の愛にめぐまれていた人間の文章である。

上海を発《た》つ日（文久三年五月二十日）にも、父親に手紙を出している。

「暑い夏ですが、みなさま、お元気でお暮しでしょうか。おばあさま、お母さまも暑気あたりのようなことはありませんか。ご相談もしないで突然の外国行き、ご愁心とともに世間からもいろいろとあしざまにいわれ、いろいろご苦労をおかけしていることを思うと、本当に申し訳なく、涙が出てまいります。しかし、日本は非常の時にあたっておりますので、私も非常の功を立てて君恩に報いたく、この挙に出た次第です。三年後には必ず帰国いたします。

三年くらいはあっというまにすぎます。どうか、おばあさま、お母さまにもそれまで平生心で、私の帰りを待って下さるようお伝えねがいます。私も病気になどぜったいかかりませんから、どうかご心配なさらぬよう。まず、便にまかせてこの手紙をお届けいたします」

拙訳すればこんな意味になるだろうか。イギリスでは〝蘭頓〟（ロンドン）にいると書いている。

他人には容易に本心を見せないが、家族には甘えにも似た気持をさらけだしている。殊に、父親あてであるけれど、本心はどうも母親に甘えているような気がする。その点では、苦労をかさねながらも、伊藤春輔は特に母の愛にめぐまれた幸福なこどもだった。

この手紙の中で、

「自分はぜったいに病気にはかからない」

と大見得を切っているが、海の上ではそうはいかなかった。

甲板掃除、帆のあげおろし、エンジンの掃除、釜焚きなど、およそすべての重労働をやらされた。まごまごしていればたちまち水夫の罵倒とゲンコツがとんできた。それも傾でなく顎へくる。そのたびに春輔は仰向けにひっくりかえった。くやしくてなぐりかえしたいが、とてもかなわない。泣きたくなるが、泣けば、また、

「オオ、ジャニー」

とからかわれるのでぐっとこらえる。

そして——春輔はついに胃腸をやられてしまった。胃腸をやられると、まず下痢をする。

下痢をすれば厠《かわや》に行きたくなる。

「トイレはどこだ？　トイレはどこだ？」

片言《かたこと》の英語で水夫にきくが、水夫はにやにや笑っているだけで教えてくれない。

走る船の上で、春輔は、

「トイレ！　トイレ！」

と、目を血走らせてさがしまわった。ようやくひとりの老水夫が教えてくれた。

「トイレはない」

という。

「ない？」

春輔は絶望的な表情になる。老水夫は、

「そのかわり、おれたちはこうして糞をたれる」

と、その〝こうして〟という方法を手真似と身振りで教えてくれた。それは舷側にまたがって、海にそのまま落下させる方法であった。

「そうすると、魚がよろこんで食うよ」

そういって老水夫は、はははとひとりで笑ったが、春輔は笑わなかった。ことばがわからないせいもあるが、それどころではない。こうなると、もう恥ずかしいなどといってはいられなかった。春輔は舷側にまたがった。しかし船がゆれて落ちついてまたがっていられない。もし甲板の上にでもたれたら、どれだけなぐられるかわからない。

意地の悪い水夫たちは、パイプをくわえながら春輔がどうするかながめている。

「井上君！」

春輔はわめいた。井上が走り寄ってきた。

「おれのからだを綱でしばってくれ」

「何をするんだ」

「舷側から糞をたれる」

「トイレは？」

「そんなものはこの船にはない。あっても船長用で使わせてくれない」

「わかった！」

井上は綱をとって春輔のからだに巻きつけ、その端を柱にしばって自分も摑んだ。

「これで大丈夫だ！　早くたれろ！」

情けなかった。しかもみんなが見ている。泣きたいような思いをこらえながら、春輔はたれた。いのちがけの脱糞であった。

こんな日が数日つづいた。そして印度洋を過ぎ、マダガスカルから喜望峰を過ぎるころになると、ようやく海上はしずかになった。春輔は元気をとりもどし、こんどは労働のひまをみつけては船員相手に英語の勉強をはじめた。堀辰之助という人が書いた『英和対訳辞書』を持ってきていたので、船員の英語をきいては、懸命に辞書をひいた。しまいには、船員たちも春輔の熱心さに負けて、いっしょに辞書をのぞき、

「これだ」

とか、

「それじゃない」

とか協力するようになった。

春輔と井上は、ことばが通じないということが、いかにたがいの理解を妨げ、さらに誤解を生むかということを如実に知った。同時に、日本の志士群が声高に叫びあっている、

〝攘夷〟

など、まったくの虚構でしかないことを改めて認識した。

日本がいくらがんばっても、世界の情勢がそんなことをゆるさない。そういう地球的な波が一斉に立っているように思えたのである。そういう認識を深める中で、春輔は井上聞多《もんた》と急速に接近した。春輔はいった。

「井上君、どんなことがあっても、きみとは最後まで親友でいたい。この辛い航海で、きみの友情に心から感謝している。親友なんてそう数はいらない、ひとりでいいんだ。ぼくにとってそれはきみだ。きみだけが親友だ」

人間不信論者の伊藤春輔にしてはめずらしく、しみじみとした口調であった。よほどこの航海がこたえたのだ。

井上は純情な男である。それにもともと春輔が好きだ。春輔のことばに涙を浮べて感動した。

「ぼくにとっても、生涯の友は、伊藤君、きみだけだよ」

と、嬉しそうに春輔の手をにぎりかえした。

この船上の誓いは、死ぬまでつづく。それは主として、井上馨《かおる》の失策を伊藤博文《ひろぶみ》が尻拭いするという形でつづくが、ふたりの友情は終生かたかった。

春輔たちを乗せたペガサス号は、英国向けの中国茶を大量に積んでいた。途中の港に一切立ち寄らなかった。港に入れば、その国が入港税をとるからである。税を払いつづけていけば、茶はひどく高いものになる。それでは売れない。そのために航海は強行軍であり、ひたすらロンドンに急いだ。そのしわ寄せはぜんぶ船員にきた。トイレの苦痛もそうだったが、食べるものもひどかった。ビスケットと塩漬けの肉と、質の悪い赤砂糖だけで船員たちは生きぬいた。もちろん、春輔たちも同じものを食った。飲み水は、時折降る雨を樽に溜めて確保した。

三百トンといえば、いまなら近海漁船だってそのくらいはある。そんなちっぽけな船でロンドンに渡るのだ。上海を出てから四か月と十日後、つまり九月二十三日の午前八時に、ペガサス号はようやくロンドンのドックに入った。午後二時になってジャージン・マジソン商会本社から、ひとりの男がふたりを迎えにきた。春輔と井上はロンドンの土を踏んだ。

男は馬車でふたりをアメリカン・スクエアに連れて行った。カラカラと石畳に鳴る車輪の音がふたりの胸をはずませた。春輔は井上にいった。

「井上よ、これがロンドンの音だな」

井上も、うん、そうだ、これがロンドンの音だ、と大きくうなずいた。

ホテルに着いて春輔と井上はびっくりした。山尾、野村、遠藤の三人が先に着いていたからだ。ようよう、と声をあげて懐かしそうに抱きついてくる三人に、

「きみたちの船は、ぼくたちより十日も遅れて出帆したのではなかったのか？」

それなのにロンドンに先に着くとはどういうわけだ、といぶかった。

「それは船体の差だよ、きみたちのはボロ船だったのだ」

野村がそう応じた。

「トイレはあったかね」

少しいまいましくなって春輔が何気なくきくと、

「トイレ？　あったよ。なぜ？　きみたちの船にはトイレがないのか」

ききかえしてくる野村に、

「いや、あったさ、とてもりっぱなのがね」

と春輔はあわてて負け惜しみをいった。やはり運・不運というのがある。乗った船が悪かったのだ。まさか綱でからだをしばって、その端を井上に持ってもらいながら、舷側から死に物狂いで糞をたれたとはいえない。春輔は井上と顔を見合わせた。

(藩金を一万両近く横領して渡したのに、客らしい扱いはまったくしてくれなかった。一体あの金はどこへいったのだ)

という疑問も湧いてきた。

しかし、ジャージン・マジソン商会は、若い日本人の金をごまかすようなことはしなかった。五人の処遇には、社長のヒュー・マジソンが直接出てきた。ヒュー・マジソンは、東洋貿易の第一人者であると同時に、イギリス政界・宗教界でも第一級の人物であった。人望もあった。ヒューは五人と話したあと、

（ノムラが少しわかるだけで、あとの四人は英語がまったくわからない。ヤマオの英語は正しいものではない）

と判断した。

相手国のことばがぜんぜんわからないで、留学させてくれとのりこんできたのだから、いい心臓である。この無謀な五人の若者に、ヒュー・マジソンは実に温かい迎えかたをした。

「きみたちは、まず英語をおぼえることからはじめなければならない。そのためには、ホテルにいるよりイギリスの知識人の家に住むことをすすめる。伊藤・野村・遠藤の三君は、ロンドン・ユニバーシティ・カレッジの化学の教授アレキサンダー・ウィリアムソン先生宅に、井上・山尾の両君は、ミスター・クーパーの宅にそれぞれ寄宿する手配をした」

と威厳ある態度で宣言した。

五人はよろこんで分宿した。春輔はせっかく親友の誓いをかわした井上と別々になるのがさびしかったが、そんなことはいっていられなかった。ヒュー・マジソンも十分考えてそういう組みあわせにしたのだろうからである。

ヒューは翌日から五人をロンドン市内の博物館や美術館に連れて行った。五人はそこにかざられた品や美術品を見て、ただただ目をみはった。特に、見物にきているこどもの多さと、そのしずかな鑑賞態度に感嘆した。

（こどものときからこういう名品に接している民族と、日本人との差は歴然だな……）

みんな正直にそんな感想を持った。

ヒューはさらに顔をきかせて、海軍の基地やドック、造船所なども平気で見せた。いろいろな工場も見せた。五人はイギリスの文明の進歩と、その幅の広さ、底の深さをいやというほど思い知らされた。

（こんな国と戦っても、とてもかなわない）

と思った。

しかも、そういう工業力・軍事力の資金源がほとんど外国との貿易、特に東洋貿易にあるときいて、いよいよ攘夷の無益なことを知った。

五人もまた邪気なくヒュー・マジソンになつき、何でも相談した。

「サー、靴を売っている店を教えて下さい」

とか、

「サー、シャツの洗濯の方法がわからない」

とかきいた。

イギリス第一流の紳士をつかまえてきくことではない。しかし、ヒューは親切だったし、

雅量もあった。何でも、

「うん、それはこうするのだ」

と教えた。

あまり親切すぎるので、社員のほうがみかねて、

「社長、いい加減になさって下さい。かれらの世話は私どもがやります」

といったが、ヒューは、

「いや、かれらの面倒は私がみる。私はかれらが好きなのだ」

と首をふった。

こうして、その年は暮れた。西洋は太陽暦だから、日本より月日は早くすすむ表示方法をとる。旧暦より約一か月半先になる。たとえば日本の一月は陽暦では二月中旬になる。五人は、これに一番まいった。いままで日本で身につけた春夏秋冬の季節感も合わない。しかしその反面、どことなくロンドンでの暦のほうが季節にぴったり合っているような気がする。

その陽暦の一八六四年一月、五人はたまたま、少し読めるようになった『タイムズ』を見て、がくぜんとした。

長州藩と外国との戦争の状況がくわしく書かれていた。長州藩は大変なことになっていた。というより、滅亡寸前だった。五人は蒼白になって相談した。結果、春輔と井上聞多のふたりが、とりあえず帰国することになった。

ふたりは、ロンドンへのかぎりない未練を抱えて出発した。

ふたりが横浜に着いたのは元治元年（一八六四）六月十日である。ほぼ一年ぶりの日本であった。

長州藩は、

「幕府を窮地に追いこんでやれ」

と、自国内の馬関《ばかん》海峡を通る外国船に、ほんとうに大砲をぶっぱなした。文久三年五月十日にアメリカ船、五月二十三日にフランス船、五月二十六日にオランダ船というように、とにかく海峡を通る外国船は、どこの国の船であろうと、みさかいなく砲撃した。これらの船はみんな商船だったから、砲を積んでいない。おどろいて逃げた。

長州藩人は、

「勝った、勝った」

と気勢をあげた。

怒った外国側は報復にやってきた。まずアメリカの軍艦ワイオミング号は、馬関近くに侵入してきて、襲いかかった長州の軍艦癸亥《きがい》・庚申《こうしん》・壬戌《じんじゅつ》の三隻をたちまち撃沈してしまった。長州藩はびっくりした。

さらに、六月五日にはフランスの軍艦セミラミス号とタンクレード号の二隻が前田湾にやってきた。海上から前田砲台を砲撃して、長州の旧式カノン砲を木っ端微塵《みじん》に吹っとばした。しかもフランス艦はそれではすまさず数百人の海兵隊員を上陸させ、浜の民家に火をつけた。

長州軍は銃で応戦したが、何百発も弾丸を撃ちながら、倒せたのはたったひとりのフランス兵であった。武器が古くてまったく役に立たないのである。

わずかに、久坂玄瑞《げんずい》、入江九一《きゆういち》らの吉田松陰《しょういん》門下の俊才が指揮する〝光明寺党《こうみょうじとう》〟が、勇敢に戦っただけであった。〝光明寺党〟というのは、身分を問わず、百姓、町人の有志も参加した隊で、馬関の光明寺に陣をおいていた。久坂玄瑞をはじめ、天野清三郎（長崎造船所の創始者）、山田市之允（明治政府最初の司法大臣）、滝弥太郎（のちの奇兵隊隊長）、入江九一、山県狂介《やまがたきょうすけ》（有朋《ありとも》）、赤根武人《たけと》、野村和作（のちの逓信大臣）等が参加していた。かれらは保守的で大過なく日々を過ごす萩の重臣たちに、愛想をつかした若者の群であった。

〝侍だけが国を守るのではない〟

という気持で結束していた。

しかし、この光明寺党のリーダー久坂玄瑞は、ただ馬関で戦っていただけではなく、実はそのころとてつもないことを計画していた。久留米の水天宮の神官真木和泉と組んで、

〝天皇が直接指揮をとる討幕軍の決起〟

を策していたのである。真木は筑後有馬藩の人間で、このころ五十一歳になっていたが、熱情溢れる尊皇攘夷論者で、全国の志士群からは、まるで神様のように尊敬されていた。〝今楠公《いまなんこう》〟と呼ばれて、南朝の忠臣楠木正成になぞらえられていた。

真木は、幕末最初の討幕論者だった。

「いい加減なことばかりいって、その日その日をごまかして送っている幕府は、滅ぼさなけ

れば駄目だ」

と、はっきりとなえていた。

これに久坂玄瑞とその同志、そして、京都にいる千余人の志士が同調していた。ほんとうは、外国艦に叩きのめされたのだが、長州の外国との戦争は、京都攘夷派を興奮させた。朝廷も、

「よくやった」

とおほめのことばを出す。長州の勢望はいよいよ高い。真木と久坂は、この気運に乗じて、一挙に、

「天皇を大和に行幸させ、神武陵、春日社に詣でたのち、護衛の親兵をひきいてそのまま江戸に向かう」

という策をたてた。親兵とは、真木たち日本浪人軍のことであり、江戸に向かう、とは幕府を討つということである。冷静に考えれば、このころの勢力でそんなことができるわけがない。しかし、真木・久坂そして長州藩過激派と浪士群は、この策の成功を信じて疑わなかった。

が、幕府側も決して傍観はしていなかった。

「これ以上、長州を図にのらせることはできない」

と、緊張していた。また別な立場から憂国の情を持つ藩もたくさんいた。会津藩と薩摩藩がその中心であった。そして朝廷でも、策士中川宮が呼応していた。この層け着々と、長州

藩・朝廷内過激派公卿・在洛志士群を、まとめて一挙に追い落す密謀をすすめていた。文久三年（一八六三）の八月のころのことである。

こういう状況を、じっと見つめながら、たったひとり、ふてくされていた長州人がいる。高杉晋作《しんさく》だった。

高杉晋作は胸をわずらっていた。当時とすればなおる見込みのない死病だ。それに高杉は詩人であり、画家でもあった。歌人西行を慕って東行《とうぎょう》と名のる歌詠みでもある。要するに芸術家気質のつよい人間なのだ。だから感受性がつよいし、潔癖症だ。不正や策謀をひじょうに憎む。そういうことをする人間を甚だしく軽蔑する。

何がほんもので何がにせものか、ものごとの本質をみぬく力は常人よりもはるかにすぐれていた。同時に、そのためにしばしば傷ついた。常人が何とも思わないようなことを何とも思うからである。こういう資質の高杉晋作が、日本の状況、特に京都の状況をみると、すべていんちきにみえた。

京都朝廷の公卿たちは、長年徳川幕府に疎外されてきた権力亡者だ。過激な浪士におだてられて攘夷だ攘夷だとただ調子づいているようにみえたし、その根っこにあるものは必ずしも純粋には思えなかった。

志士群にしても、中には本当に純粋なのがいるかも知れないが、多くは食いつめ浪人で、それが一挙に大手をふって京都御所内に出入りできるものだから、わが世の春をうたう素姓の知れない群であった。

（みんな、自分を売りこむだけだ）

高杉はそう感じた。どこに憂国の情があるのだ、どこに真に日本を思う気持があるのだ。考えているのは、手前のことだけじゃないか。高杉はひじょうに懐疑的になり、絶望的になり、そして虚無的になった。何だかすべてむなしかった。そのむなしいことに熱中している久坂玄瑞に腹が立った。

高杉は久坂に文句をいった。

「きみがそうだとはいわないが、京都にいる奴らはみんなまやかし者だぞ。いい加減にして手を引いたほうがいい」

「何がまやかし者だ？　みんな純粋に日本のことを考えている。きみこそ、なぜ、ものごとをそういうふうに悪くとるんだ」

「おれには、ものごとの正体がよく見えるんだ」

「そんなことはない。きみは曇った目で世の中を見ている」

こういう論争をよくした。嚙みあわない。世の中をひたすらにまっすぐ見る久坂と、ひたすらに斜めに見る高杉とでは、嚙みあうはずがない。

そして、大勢は高杉に不利であった。攘夷、討幕と流れる世論は、渦をまきたて、あらゆるものを押し包んで加速度を増す大きな川であった。高杉の抵抗など一本の杭にもならなかった。いや、杭のように立っていたら、根こそぎ流されてしまうだろう。

（面白くねえな）

そう思いながら、結局、川から岸に這い上るより手がなかった。たったひとりの反乱をやめて、戦列からはなれるよりほか方法がなかったのである。

感性の鋭い人間は、幸福なときは人一倍幸福になるが、不幸なときは人一倍不幸になる。そしてひがむ。この世の中に生きる人間のすべてが、自分に対する無理解者であると思いこむ。すさまじい孤独地獄におちこむ。いまの高杉がそうであった。それに、高杉は長州藩の上級藩士の家に生れた坊ちゃん侍だから、あまり下級藩士の、それこそ地べたを這いずりまわるような苦労を知らない。久坂に、

「公卿にしても、浪士にしても、長年、貧乏に苦しみ、政治とは遠いところに追いやられてきたんだ。いま、ようやく、一人前の人間として発言できる機会が持てたんだ。そのどこが悪い？」

といわれても、高杉にはピンとこない。

高杉もまた自分のことしか考えない男なのである。他人から大切にされなかったり、自分の思うように世の中がうごかなかったりすると、すぐふてくされ、ひがむ。こらえ性がない。わがままといっていい。

結局、高杉は酒に溺れた。毎晩、毎晩、浴びるように酒をのんだ。やがて朝からのむようになった。四六時中、酔っぱらっていた。酔っぱらっては久坂や桂小五郎にからみついた。久坂や桂も、次第にもてあますようになった。

「高杉をこのままにしておくと、長州藩の名が汚れるな」

という心配までするようになった。ある日、ついに京都留守居役が、

「国に帰れ」

と命令した。高杉は、

「ああ、帰るとも」

と捨て台詞を残して旅立った。留守居役は旅費をくれたが、その金を一晩でのんでしまった。無一文で大坂に行き、大坂の藩邸で、

「金を貸せ」

と、酒くさい息で談判し、金を借り出したが、これもまた一晩でのんでしまった。もう借りるところもない。無一文のまま、荒れに荒れた心を抱いて高杉は萩に帰った。途次、食うや食わずである。酒落者のかれが風呂にも入らず、垢まみれの旅であった。

そういう敗残の旅の中で、高杉晋作はなぜか伊藤春輔のことを思い出していた。

（あいつがいたらな）

と、ふっとそんな気がしたのである。へらへらと調子のいい奴だが、少なくとも、あの男ならいまのおれの気持がわかるだろうと思った。みんな単眼の単細胞だが、伊藤春輔だけは狡いけれど複眼で世の中を見つめる眼を持っている、そんな思いがつきあげてくる。

（あの馬鹿は、いまごろロンドンで何をしていることやら）

高杉は遠いエゲレスの都に思いをはせた。もちろん、ロンドンがどんな都市なのか、想像もつかなかった。

萩に戻った高杉晋作は、上士群の住宅地である菊屋横丁の自分の家には住まず、城外の丘の上の松本村に小さな家を借りた。松本村は刑死した師吉田松陰が松下村塾をいとなんでいたところである。下級藩士ばかりの門人の中に、たったひとり、上士の高杉が毎夜通ってきた懐かしい学塾だ。

伊藤春輔の留守家族の家もすぐそばにある。

「当分、本を読む、いっしょにこい」

高杉は妻のまさ子にいった。まさ子は十八歳になったばかりだが、始終家をあけている夫が、ひさしぶりに戻ってきたのをよろこんだ。しかも、政治から遠ざかって、ふたりだけで暮せる幸福に酔った。読書三昧に暮す高杉の世話を、朝から晩までできるとは、まるで夢のようだった。

正直にいえば、まさ子は高杉に愛されているとは、思っていない。もともと気まぐれな男である。高杉の心の底にはほかの人間とちがった放浪性、漂泊性がある。ほかの藩士は江戸に出ても京都に出ても、用がすめば必ず家族のところに戻ってきて心身をいこわせるが、高杉はそうではない。家族のところにいても心はうつろだ。どこかを彷徨《さまよ》っている。目は遠くを見つめている。家族との心の交流はない。

(この人は本当に孤独な人だ……)

まさ子はよくそう思う。まさ子に対してだけではない。誰に対してもそうなのだ。その意味では、まさ子は始終家をあける高杉に嫉妬をすることはない。たとえほかの女と交渉があったとしても、やはり心は漂っていると思うからだ。まさ子を心から愛さないのと同じように、ほかの女も心から愛することはないだろう。

　松本村で読書生活をしていても、高杉はほとんど口をきかなかった。

「茶」

　とか、

「めし」

　とか、最小限のことばしか口にしなかった。風呂、寝る、などと自分の用をいいつけるだけである。まさ子は下女と変りはなかった。

　だが、夜は毎晩のようにまさ子を抱いた。胸の病いが少しずつすすんでいくと、そういうときの高杉は異常に興奮した。終ったあとの胸の鼓動を鎮《しず》めるのにかなり時間がかかった。顔は熱で真っ赤になっている。眼はギラギラと燃えつづけている。

　ほつれた髪をそっとかきあげ、はだけた寝巻を合せながら、まさ子はよく、

「おからだにさわります」

　と心配した。そのたびに高杉は、

「心配するな」

　と、指の先でまさ子のおでこを突いた。不安だったが幸福でもあった。甘酸っぱい思いが少しずつまさ子の胸に溜った。

高杉はまさ子のからだからはなれたあと、そのまま読書に入ることもあった。深更の山中はいろいろな音がきこえる。家のきしみ、樹木の葉のさわぎ、けもののうごめき、時には地軸の呼吸のようなものさえ伝わってくる。

そういうとき、まさ子はいい知れぬ恐怖におそわれる。しかし、すぐそばにいる高杉が、それではその恐怖をいっしょにうけとめ、いたわってくれるか、といえば必ずしもそうは思えなかった。ふいとどこかに行ってしまう気がした。

底に不安と緊張を湛《たた》えた妙な幸福な生活が、しばらくつづいた。高杉は時折、

「割拠だ」

とひとりでつぶやいた。

かたわらでつくろいものをしながら、
と、まさ子が首を傾けると、高杉は、

「カッキョ？」

「そうだ、割拠だ」

と大きくうなずいた。何のことかまさ子にはわからなかった。

三か月ばかりそんな生活がつづいて、六月四日、藩庁から使いがきた。

「藩公がお召しです」

という。高杉は出かけて行った。そして夜戻ってくると、

「馬関に行く」

と告げてそのまま出て行ってしまった。何のために馬関に行くのか、そしていつまで馬関にいるのか、そんなことは何も話さずに行ってしまった。いつものとおりだ。

まさ子の胸の中で何かがくずれた。それは今日まで積んだ幸福の石の山であった。やはり賽《さい》の河原の小石の山か、砂の山であったらしい。もろかった。

（これがあたりまえなのだ……）

まさ子はそう思った。さびしかった。そして、

（あの人は、旅人だ、死ぬまで旅の人だ）

と思った。

高杉晋作が藩公毛利敬親《もうりたかちか》から命ぜられたのは、

〝馬関を防御せよ〟

ということである。敬親も攘夷にふみきっていた。京都の藩論の影響をうけていた。気が向かなかったが、藩主じきじきの命令にはそむけない。高杉は馬関にきて、外国艦との戦闘の模様をいろいろきいてまわった。そして、海戦はともかく陸戦における藩兵のだらしなさに腹を立てた。

が、救いがあった。それは久坂や入江らが編成した下級武士、農民、市民、僧、猟師などの混成隊が、正規兵が逃げ去ったあとも、最後まで戦いぬいたことである。

「よし、これだ」

高杉はひとつの方向を見出した。そしてすぐ、

「この隊を奇兵隊とする。おれが指揮をとる」

と宣言した。〝奇兵〟というのは、藩の正規兵に対する呼称で、変則な兵士という意味である。

まさ子につぶやいたように、高杉は、長州藩がいま京都でやっているようなことをつづけていれば、必ず近い将来大きな火傷をし、孤立するとみていた。長州は日本の孤児になる、と予測していた。そのときに、政治的にも経済的にも独力で自立していかなければならない。その自立のことを〝割拠〟といったのである。そしてその割拠を支えるのは、もうだらしのない藩軍ではない、むしろ農民・庶民の隊だ、それが奇兵隊なのだ。そう思うと高杉の胸は再び燃え出した。

（おれの出番がきた）

と思ったからである。

が、高杉が奇兵隊創立に熱中して二か月ばかりたったとき、京都で一大変事が起った。長州藩が京都から叩き出されてしまったのだ。

その直前の八月十三日、孝明天皇は、詔《みことのり》を出した。

「このたび、攘夷祈願のため大和に行幸する。大和では親征の軍議をする」

というものだった。

同時に、益田右衛門介（長州藩家老）、桂小五郎、久坂玄瑞、真木和泉、平野国臣らは学習院出仕を命ぜられた。ということは朝臣になったということである。大和行幸の供には、長州のほかに因州、備前、阿波などの十余の藩に勅命が下った。また長州、薩摩、土佐、加賀、肥後などの諸藩には行幸のための費用献納が命ぜられた。

いずれにしても、何にでも顔を出しているのが長州藩であった。この計画の軸はやはり長州藩なのである。桂小五郎、久坂玄瑞は真木和泉ら志士と祇園《ぎおん》で大いに気勢をあげた。すでに幕府を倒したようないきおいだった。が、これがまちがいだった。桂たちは油断したのだ。というのは、肝心の孝明天皇の二面性をみぬけなかったことである。

攘夷親征の詔勅を出しながら、孝明天皇は一方で穏健派の中川宮にこういう指示を与えていた。

○　幕府が攘夷を実行しないから朕《ちん》が直接攘夷の指揮をとる。

○　これにそむく者は、たとえ幕府でも討たざるを得ない。

○　しかし幕府には和宮が嫁いでいる。幕府を討つことは和宮をも討つことになる。これは肉親として忍《しの》びない。

○　また、日本の武備は、まだまだ夷狄《いてき》と戦えるほどととのってはいない。時機としては早い気がする。

○　そこで、一旦出した親征の詔を何とかひき延ばすような工作をせよ。

事実に立脚すれば、この考えかたのほうが常識だ。京都御所の奥にいたってそのくらいのことはわかる。これが孝明天皇の本音である。この判断は正しいのだが、あまりにもうるさい攘夷派に迫られて攘夷親征の詔勅を出してしまった。詔勅は建前だ。天皇が指示したのは、

「建前を立てながら本音の方向で処理せよ」

というとことだ。

しかしこれは土台無理な注文である。幕末の朝廷で岩倉具視とともに、最大の策士といわれた中川宮は、世間では、

「皇位を狙っている」

とまでいわれていた。中川宮は、

「天皇の指示は無理だ。どっちか一方をえらばざるを得ない。えらぶのは本音のほうだ」

と決断し、その線で工作をすすめてしまった。ただちに密謀に入る。心を割った相手は会津藩と薩摩藩だ。ここ、二、三年の長州の暴発に歯ぎしりしていた両藩は、即座に中川宮の策に賛成した。

そして、八月十八日未明（午前一時）――中川宮、近衛公父子、二条斉敬らの〝正義の公卿〟や松平容保、稲葉正邦（所司代）、山内容堂（土佐）ほか因州、備前、阿波、米沢などの藩主が至急参内を命ぜられた。

「朝議をひらく」

という名目である。ただし、

「異論（尊攘急進論）の公卿・大名は御所に入れてはならぬ」

という厳命が出された。御所の九つの門は会津、薩摩を核とする武装兵がかためた。

午前四時、

「警備の配置完了」

を知らせる合図の号砲が鳴った。それ、とばかりに御所内では朝議が開始された。議決された事項は、
○　攘夷親征のための大和行幸無期限延期
○　尊皇攘夷派公卿の閉居
○　攘夷派の窓口である国事参政・寄人職の廃止
○　長州藩の御所警衛（堺町御門担当）を解任、薩摩藩に替える。
○　在洛攘夷派浪士群の全員京都追放
○　特に、つぎの者は指名手配する。真木和泉・桂小五郎・久坂玄瑞・宮部鼎蔵《ていぞう》・轟《とどろき》武兵衛ら十二名。
さすがにクーデター側もよく情報を摑んでいた。未明からのあやしい空気に、長州藩や尊攘派の公卿が泡くってかけつけたが、あとの祭りで、クーデター側の武装兵は一歩も御所内に入れない。入れろ、入れないの小ぜりあいは終日つづいた。

尊攘派は、東山の妙法院で大軍議をひらいたが、結局、

「御所に発砲はできない、一旦長州にひきあげよう」

ということになった。

ひきあげの中には三条実美以下の七人の公卿、在洛浪人群もぜんぶ含まれた。長州が、まとめて面倒をみよう、ということになったのである。

折からの雨の中を、二千六百人の在洛尊攘派は、くやし涙にくれながら落ちて行った。

〝七卿落ち〟だ。久坂玄瑞が即席の、

〽　世は苅《かり》ごもと乱れつつ……

という有名な今様軍歌をつくって、朗々と持ち前の美声で歌い、落ちこみがちな全軍の士気をたかめたが、いずれにしても大敗北であった。

馬関でこの報をきいた高杉晋作は、

「思ったとおりだ」

と自身の予見の正しさを確認したが、しかしだからといって、ざまあみろといっているわけにはいかない。高杉も長州人なのである。

七卿は三田尻（小郡《おごおり》）の招賢閣に落ちつき、いっしょに供をしてきた浪士たちがその警護に当ることになった。

「桂や久坂はどうした」

と、報告にきた者にきくと、

「大坂からまた京都に戻り、市内に潜伏して勤皇活動をつづけるそうです」

という。これをきくと、高杉は吐き捨てるようにいった。

「何が勤皇だ、そんなのは功名勤皇といって真の勤皇ではない、馬鹿者たちが！」

報告者がびっくりするような怒りかたであった。高杉はしかし、心の中では、

（これで過激派も懲《こ》りたろう、これからは、きっと真の割拠に向かって藩力を蓄える方向にすすむことになるはずだ。雨降って地固まるだ）

と思っていた。災いを転じて福にしようと思ったのである。

ところが、それがそうはいかなかった。長州に戻ってきた過激派は、

「こんどのことは会津・薩摩の謀略だ。天皇の意思ではない、天皇はそんなお方ではない」

と、しきりに激昂し、また三田尻にいる七卿や真木和泉たち浪人志士は、

「いつまでも長州の厄介になっているわけにはいかない。天皇とわれわれをへだてる黒い雲を除き、もう一度、正しい攘夷討幕軍を起さねばならぬ」

と主張していた。居候としての居心地の悪さもあった。いずれにしても、

「もう一度京都に行こう」

という点では一致していた。

が、その京都で、かれらの信ずる孝明天皇はこういう宣言をした。

「八月十八日以前の朕の詔は、三条はじめ暴烈の臣や、浪士ばらに迫られて出したもので本心ではない。これから出す詔がすべて本当の詔である。重々ふらちの国賊三条以下をとりのぞいたことは、実に国家の幸福でこんな嬉しいことはない」

この宣言の報をきいた三田尻の三条実美たちは顔を鉛色にした。そして、こんどの詔勅はおそらく天皇の本心ではあるまい、周囲の奸臣が無理に出させたものだ、天皇の本心はむし

ろ八月十八日以前の詔にある、そのためにも京都に行って、自分たちの赤心を天皇に訴えなければならない、とくちぐちにいいあった。

「甘い奴らだ……」

高杉は苦い表情でそうつぶやく。そして、またしても、

(こういうときに、春輔の奴がいてくれたらな)

と本気で思うのだ。

こういう尊攘派のうごめきを知ってか知らずにか、当の京都では潜伏派がとてつもない密謀を企てていた。

その密謀とは、長州にいて、

「天皇に直訴しよう」

という考えを持つ落人群とはちがって、もっと激越だった。すなわち、

○　天皇を奪いとろう

○　中川宮はじめ松平容保・島津久光らの公武合体派の公卿・大名を殺そう

○　そのために、大風の日に京都のまちに火をつけ、大火災を起して市中を混乱させようなどというのがその骨子であった。無謀な計画である。放火されて逃げまどう町人、特に女、こどもはどうするのか。

しかし、この計画には多くの長州人が加わっていた。桂小五郎も加わっている。杉山松助もいる、吉田稔麿《としまろ》もいる。吉田稔麿は、故松陰がもっとも愛した吉田栄太郎だ。

もちろん、高杉は京都で桂たちがここまで追いつめられた計画を立てているとは知らない。

（早く戻ってきて、割拠のために協力してほしい）

と思っている。

ところがこの密謀が京都新撰組の耳に入った。元治元年（一八六四）六月五日、近藤勇のひきいる新撰組は、志士たちが集まっている三条高瀬川畔の旅宿池田屋に斬りこんだ。志士の多数が殺傷された。

この報が長州に届くと、長州尊攘派は沸騰し、

「即時、率兵上京！」

と、藩をあげての軍事行動にふみきる気配がつよくなった。高杉は、声を大きくしてこれをとめた。が、とまらなかった。率兵上京の声は大きな激流になっていた。そのはげしい流れはいよいよ高杉を孤独にした。

伊藤春輔がロンドンから横浜に着いたのは、こういう時期であった。六月十日のことである。

アーネスト・サトー

年代の重みが、そのまま街の重みになっているロンドンは、どこを歩いても、建物のひとつひとつがどっしりと腰を据えていた。それは世界制覇に自信を持つイギリスそのものの姿であった。

そのロンドンの街を見てきた伊藤春輔《いとうしゅんすけ》と井上聞多《もんた》には、横浜の外人居留地は、いかにも安っぽいつくりものに見えた。街がまだ土の中に根をおろさず、浮いていた。

ふたりは上陸すると、すぐイギリス公使館に行った。そして領事のガワーに面会した。ガワーはふたりを見ると、

「オオ、マイ、ボーイ!」

と抱きつき、ぽんぽんとつよくふたりの背中を叩いた。ふたりはかわるがわるおぼえた英語で、なぜ突然ロンドンから戻ってきたのかを告げた。ガワーは、よくわかる、よくわかると何度もうなずいた。そしてふたりに椅子をすすめ、こんなことをいった。

「きみたちの国チョウシュウは、無謀かぎりない。馬関《ばかん》海峡を航行中の外国船をいきなり砲撃するなどという乱暴な話は、世界にも例がない。しかも、日本を代表する政府（徳川幕府）は、外国と開国条約を結んでいるのだ。イギリス・アメリカ・フランス・オランダの四か国は、いま政府に強硬な申入れをしてある。申入れの内容は、二十日以内に政府が、外国船の馬関海峡航行の安全を保障しなければ、四か国連合艦隊はこらしめのために、直接長州藩を攻撃するということだ」

　ガワーは、春輔たちがイギリスに渡るときにひじょうに便宜をはかってくれた男である。自分たちの船を砲撃した藩の人間だからといって、いきなり憎むことはしない。春輔たちの開明的な行動をそれなりに評価して、長州藩への憎しみとは分けて考えるのだ。

（こういう点は日本人とちがう）

　春輔はつくづくそう思った。これが立場が逆だったら、

「われわれの国の船を撃った藩の人間とは会わない」

と、いきなり追いかえしただろう。

　ガワーの話から、春輔は、イギリスはじめ四か国がなにがなんでも長州を攻撃したがっているのではないことを知った。

　春輔はガワーにいった。

「その二十日というのを、もう少し待っていただけませんか」

「待つ？　なぜ？」

「われわれはすぐ長州に戻ります。無謀な攘夷を中止するよう、死力をつくして藩当局を説いてみます」

春輔は必死だった。ロンドンで、ジャージン・マジソン商会の社長に見せてもらった造船所ひとつとっても、日本に、あんなものはない。それが四か国も束《たば》になってこられたら、長州はめちゃめちゃにされてしまう。そうさせてはならない。そしてそうさせないことが、ロンドンに留学した成果を生かすことであり、またそのために戻ってきたのだ、ということを切々と訴えた。

ガワーは、また、よくわかる、よくわかるを連発しながら、しかしひじょうに困った表情をした。

「四か国の公使会議で、すでに決定したことだから……」

というのである。

「そこを何とか」

と春輔がくいさがると、突然、うしろから、

「ソレハ、ムダダネ」

という声がした。びっくりしてふりかえると、二十歳くらいのイギリス人が笑いながら立ってこっちを見ていた。そして靴音を立てて歩いてきた。

「ミスター・サトーだ」

その若い男を見てガワーがいった。

そのイギリス人はアーネスト・サトーといって、去年、春輔たちがロンドンに向かったあと公使館にきた通訳だった。それにしても、あまりにも日本語が達者なので、春輔が思わず、

「日本語がうまいですね」

と感心すると、サトーは、

「ハハ、オダテトモッコニャ、ノラネエヨ」

といった。日本の庶民が使う俗語《スラング》だ。春輔と井上はあきれて顔を見合わせた。サトーは、

「ニホンニキタラ、ニホンゴデハナスベキダ。デモ、ニホンゴハムズカシイヨ」

と笑った。そして、

「イマ、ニホンジンノシヨウニン（使用人）ニ、ホンヲカイニヤッタラ、ツリセンヲゴマカシヤガッタ、オドカシテヤッタンダ」

という。春輔たちはいよいよおどろいたが、おどろいてばかりはいられない。

「なぜ、われわれが長州に戻って藩を説得するのが無駄なのか」

ときいた。サトーは事もなげにいった。

「チョウシュウハ、イマ、アタマニキテイル。イギリスカブレノキミタチヲイカシテオクワケガナイ。チョウシュウニカエレバ、スグコロサレルヨ、ハハハ」

すぐ殺されるよ、といいながらはははと笑っている。

サトーはまだ二十一歳だという。春輔とほとんどかわらない。しかし、くやしいけれどそのとおりだった。春輔も井上も、長州人の純粋性と血の気の多さを知っていた。サトーのい

うとおり、一度頭にきたら容易なことではおさまらない。熱くなった鉄はちっとやそっとの水をかけたところで冷たくはならない。冷却水を逆にはじきとばしてしまうだろう。

「死力をつくして藩を説得します」

と大見得を切ってみたものの、実際にはそれが口でいうようにかんたんにはいかないことは、当のふたりがよく知っている。そこへアーネスト・サトーにびしっといわれて、春輔は自信をなくしてしまった。

そのふたりをそっちのけにして、こんどはサトーはガワーに何かいった。ガワーがいいかえす。サトーは目をむき、顔を赤くしてさらにいいかえす。英語の口論がはじまった。ふたりとも早口だから、何をいっているのかわからない。春輔はそれでもふたりの口からポンポンとび出す単語をたよりに話を理解しようとつとめた。井上は、

「ぜんぜんわからねえや」

と苦笑して、途中で肩から力をぬいてしまった。

やがてサトーがこっちへ向き直った。

「イマノハナシ、ワカリマシタカ？」

ときいた。

「ぜんぜん」

春輔が首をふると、

「チンプンカンプン？」

とサトーはいたずらっぽい笑いをみせる。

「そう、チンプンカンプン」

「ソレデハオシエマショウ」

　前置きをしてサトーが語ったところによると、
○　二人の申出をイギリス公使ラザフォード・オールコックに取り次ぐ。
○　公使は四か国公使会議をひらき、ふたりの提案を検討する。
と、こういうことだった。サトーのほうが熱心にその主張をしたのだ。さっきは無駄だと笑ったくせに、実際にはガワーよりも熱意をこめて春輔たちを支持する。こういうところは現代でいう〝複眼の思考〟というやつで、〝単眼〟でしかものをみない日本人にはわかりにくいところだ。

　しかし、この若いサトーというおそろしく日本語の達者な通訳に遭遇したことが、春輔には好運だった。それは今回のことだけでなく、明治になってからも、春輔はのちにイギリス公使になるサトーにいろいろと助けられるからである。戊辰《ぼしん》戦争のとき、官軍の江戸総攻撃を中止させたのも、実はこのサトーだ。

　オールコック公使は春輔と井上に会った。にこりともしないきびしい人だったが、しかしふたりには親切だった。

「責任をもって、きみたちの提言を検討しよう」

　といった。これも日本では考えられないことである。敵国の最下級の藩士のいうことを、一国の代表者が責任をもってとりあげるのだ。それだけ外国のほうが日本の問題に熱心なのだ。

（そこへいくと、萩の藩庁では、また身分だの手続だので、さぞかしうるさいことだろうな）

相変らずの旧弊にとらわれている自国の役所のことを思うと、春輔はまたまたゆううつになった。

オールコックイギリス公使は、熱意をもって約束を果たした。すぐ四か国公使会議をひらき、春輔と井上のために、

「きみたちの藩政府説得に期待し、さらに十二日間の猶予を認める」

と決定した。四か国公使の長州藩主への助言状もくれた。しかも、横浜から長州まで日本式に移動していたのでは、それだけで十二日以上かかってしまうので、

「イギリスの軍艦で、瀬戸内海上の姫島まで送る」

ということもきめてくれた。姫島は豊後《ぶんご》（大分県）領で、豊後国はコチコチの親幕大名小笠原家の領地である。長州とはまさに一衣帯水の地点にある。イギリス側も、さすがに長州領に送りこんだのでは、また戦争になると判断したのだろう。

ふたりは、その夜は居留地のホテルに泊った。長州人だといえば、こんどは居留地の外人が激昂してふたりにどんな乱暴をするかわからないので、サトーは、

「ポルトガル人ダトイイナサイ」

と忠告してくれた。

六月二十日、イギリス軍艦バロッサ号はふたりを乗せ、砲艦コーモラント号を従えて出港した。

「オモシロイカラ、オレモイコウ」

そういってサトーもついてきた。バロッサ号は三日後の夕暮れに姫島に着いた。

「ガンバレ」

上陸する春輔と井上にサトーは舷側から手をふった。

「いろいろとありがとう」

ふたりは手をふりかえした。その姿を見ながら、サトーの脇にいた日本語の教師中島が、

「可哀想に、長州に上陸すれば、あのふたりはすぐ首を斬られてしまう」

とつぶやくと、サトーは笑って首をふった。

「オレハ、ソウハオモワナイネ。アノフタリハイキノビル、ソウイウヤツダヨ、アノフタリハ。ヤガテ、オオモノニナルヨ」

え？　と思わず顔を見る中島に、サトーは、

「モウ、ニホンノトクガワバクフハオワリサ。コレカラハ、イトウヤイノウエノセイフニナル」

と、謎のようなことをいった。アーネスト・サトーは、日本にきてまだわずか一年だったが、日本の将来は、むしろ、いま外国が攻撃している長州や薩摩が背負っていくだろうとい

うことを、このころからみぬいていた。だからこそ春輔と井上を全面的に応援したのだ。

「対岸の三田尻（現防府市）に渡りたいから、小舟を一艘世話をしてほしい」

という春輔と井上に、姫島の住民たちはこわがって近寄らない。外国船からおりてきたふたりである。それに、頭はザンギリだし、洋服を着ている。しきりに、

「こわがらなくていい、おれたちは日本人だ」

というが、どうも怪しい。たしかに顔つきは日本人のようでもあるけれど、世界のどこかの国には、こんな顔をした人間が住んでいるかも知れない。だいたい、何のために上陸してきたのか。あの二隻の軍艦は一体何をする気なのか。

島民はふたりを遠まきにしたまま、そばへ寄りつかない。

「弱ったな……」

ふたりは悲鳴をあげた。そのうちに、

「わしは古庄寅次といって、島の庄屋だが……」

という男が前へ出てきた。

「庄屋さんか」

はじめて話が通ずる人間に会った思いがした。春輔は理由を話した。ふん、ふんとうなずいた寅次は、

「それでは舟を一艘出してあげるが、だいたい、そんな格好をしているから悪い、三田尻に

上ったらたちまち殺されるぞ」

と、ジロジロふたりの洋服姿をにらんだ。そこでふたりは横浜から念のために持ってきた粗末な着物に着替えた。

「はじめからそうすりゃいいものを」

と寅次は笑った。ふたりはサトーに、舟の手配ができたことを告げ、これからすぐ三田尻に渡るといった。サトーは軍艦の艦長と相談し、

「それでは七月六日に、周防《すおう》の笠戸島に迎えにくる」

と約束した。笠戸島は現在の山口県下松《くだまつ》の尖端にある島だ。こんどは堂々と長州海域にのりこんでくるつもりだ。春輔は緊張した。舟は翌朝姫島から漕ぎ出て、まっすぐ北上し、野島の脇を通って八崎岬を通過し、富海《とのみ》に入った。三田尻よりやや右方である。さすがに舟の船頭は三田尻のような大きな港に入ったら、自分まで災難にあうかも知れないと警戒していた。

富海から三田尻まで急いで歩き、三田尻の代官所に行って、代官の湯川平馬に面会した。そのころ、三田尻では、眼前の姫島にイギリスの軍艦が二隻やってきたので、

「いよいよ長州を攻めにやってきたぞ！」

と大変な混乱ぶりだった。そのさわぎの最中にとびこんできたふたりの話をきいて、湯川は目を丸くした。

「なに、あの軍艦に乗ってきた!?」

「そうです」

「おまえたちは一体？」

これこれです、と、ここでも春輔は根気づよく理由を話した。気ばかりせくが、腹を立てるわけにはいかない。

「とにかく山口へ行きたいのです。途中、勝坂の関所を通る鑑札（身分証明書）を下さい」

とたのんだ。ところが湯川は、うん、といったきり話にのらない。

「おまえたちが、たしかに伊藤と井上だという証拠がない」

という。さらに、

「そんな鑑札を出して、あとでおとがめがあったらたまったものではない。責任をとらされるのはこのおれだからな」

としぶる。春輔は、

（ああ、藩庁役人の悪いくせがもうはじまった）

と思った。事大主義と責任のがれの役人根性だ。そこへいくと、イギリス公使館の対応は早かった。たった一日でバタバタとすべて片づけた。

（このこと、ひとつとっても、日本は外国に勝てない）

と思った。かんたんな仕事をすすめるのにも、日本では書類を見たり、判をおす人間が多すぎるのである。

ああでもない、こうでもないとしぶる代官に、

「あんたには、ぜったいに迷惑をかけないから」

と、口を酸っぱくして同じことをくりかえし、ようやく鑑札をもらった。最後には湯川代官も、さすがに、

「しかし、その服装ではな」

と、羽織、袴と刀まで貸してくれた。礼をいって大急ぎで街道を走り歩き、夕方、山口に着いた。いきなり藩庁（山口城）に行くわけにはいかないので、城下町の竪小路《たて》にある商人万代利七の家にとびこんだ。井上がよく知っている店だ。井上は山口から近い湯田に家がある（現在、詩人の中原中也の記念碑がある高田公園になっている）。

「これは井上の若さま、一体、どうしました？」

とおどろく利七に、また、実はこれこれだと、こんどは井上が説明した。店の者にたのんで、

「ふたりはただいま戻ってまいりました」

と藩庁に届け出た。

夜になると、藩庁から重役の毛利登人《のりと》や、広沢兵助・山田宇右衛門・渡辺内蔵太・大和弥八郎などがかけつけてきた。そして、

「いいところへ帰ってきた。いよいよ外国と一戦するところだから、イギリス船の弱味を教えろ」

という。春輔は、

「弱味どころではありません。もし、外国と戦争なんかしたら、長州は滅びてしまいます」

と、ロンドンでの見聞を懸命に説明した。毛利たちは顔を見合わせた。そして、

「長州藩はいま外国と戦争するだけでなく、藩公がみずから軍勢をひきいて京都に上《のぼ》り、長州の冤《むじつ》の罪を晴らそうとしているところだ」

といった。春輔は呆然とした。

「そんなことをしたら、長州は朝廷まで敵にまわすことになるではありませんか?」

と目をむいて、

「桂さん、久坂さん、高杉さんは一体何をしているんですか」

と思わず大声を出した。毛利は、

「桂、久坂は京都にいる、高杉はふてくされてしばらく松本村にいたが、いまは馬関で奇兵隊をつくり、その総管として外国との戦争にそなえている」

と答えた。春輔はたたみこんだ。

「みなさんは、外国との戦争や、藩公が軍勢をひきいて京都に行くことに賛成なんですか?」

「いや……」

毛利はあいまいに首をふった。そして、

「必ずしも賛成ではない。が、来島《きじま》又兵衛や三田尻にいる真木和泉先生たちが強硬論なのだ。伊藤、これは時のいきおいだ……」

と、悲痛な表情をした。

「それで、あなたは」

「……時のいきおいには、おれも従わざるを得ない」

毛利は正直にいった。春輔は声を励ました。

「そんな馬鹿なことがありますか。時のいきおいというのは人間がつくりだすものです。その流れを変えましょう、変えられるはずです」

しかし力説する春輔に毛利たちは、

「さあ、どうかな」

と首をひねった。広沢兵助が、

「おれたちだからいいが、ここから一歩でも外へ出て、いまいったようなことを口にしてみろ。たちまち、殺されるぞ。いま、藩内は熱病にかかっている」

と忠告した。

良識派が決していないわけではないのに、長州藩はいきおいのつよい過激派にぐいぐい押されているのだった。みすみす、その過激派の行動を指をくわえて見ているのだ。春輔にはわからなかった。春輔は叫んだ。

「藩公に会わせて下さい！　愚挙をとめます」

「会わせてもいいが……」

毛利が当惑していった。

「その、愚挙などということばは使うな。たちまち殺されるぞ」

「平気です。こんどははじめから生命《いのち》がけです。そのために、ロンドンから戻ってきたのです！」

春輔は激していった。それは本心だった。

元治元年六月二十五日、伊藤春輔と井上聞多は、藩庁政事堂に呼び出された。家老の浦靭《うらゆき》負《え》と清水清太郎以下重役陣がびっしり並んでいた。

こんなにお偉がたが居ならぶ前に出るのははじめてだったが、ひるんでいては大事はできない。

「火急の際である。よけいなあいさつはいらぬから、両人思うところを申すがよい」

浦のことばに春輔は説明をはじめた。ただ口でいってもしかたがないので、世界地図をひろげ、ロンドンで買ってきた図版入りの参考書をひろげながら話をした。特にヒュー・マジソンに案内された造船所や、海軍工廠の光景をくわしく説明した。重役たちはそのすべてをふたりと同じように理解することは無理だったが、それでもイギリスの力が、自分たちの予想をはるかにこえていることだけはわかった。

動揺と当惑の色が重役たちの顔に浮んだ。

春輔はここを先途《せんど》と必死に説いた。その主張点は、
○　攘夷などという、できもしない無謀なことは、長州藩が率先してやめること。

○　そのことを至急、英・米・仏・蘭四か国に通告すること。その使者には、伊藤・井上のふたりが立つこと。
○　併せて京都進発を中止すること。これはいよいよ長州藩を孤立させ、また藩をいたずらに疲弊させること。

などであった。重役たちは黙した。

翌二十六日、こんどは藩主父子がじきじきにふたりの話をきいた。ふたりは前日と同じ説明をした。父子も深く考えこんでしまった。二十七日、長州藩は藩主父子臨席のもとに重役会議をひらいた。この日は激論になった。結論が出なかった。二十八日も会議はつづけられた。ふたりは気が気ではなかった。

二十九日藩直目付《じきめつけ》（藩主の連絡将校）毛利登人が万代利七の家に春輔と井上をたずねてきた。会議の結果がどうなるか、丸二日、まんじりともせず夜をあかしたふたりは赤い眼で毛利を迎えた。

毛利はいった。

「これから申すことは藩公からのおことばである。つつしんできけ」

「はい」

「おまえたちが身命をなげうって、国家（この段階では日本でなく長州藩のこと）の将来を憂慮する精神は、藩公の深く感賞されるところである。しかし、いま長州国人の心はほとんど攘夷に向かっており、騎虎のいきおいともいうべきで、とめることはできない。ゆえに、両人の意見は目下採用する余地はない……以上だ」

毛利は苦しそうにいい終った。ふたりのまごころだけは理解していたからである。

予想したことではあったが、

（あるいは……）

という期待もあった。しかしそれも破れた。長州藩は三人の家老や真木和泉、来島又兵衛らを先発させて、やがて藩主毛利敬親《たかちか》の世子《せいし》元徳《もとのり》が本軍をひきいて京都に進発することを藩議できめた。文字どおり、毛利登人のいう〝騎虎のいきおい〟であった。

「よくうけたまわりました」

ふたりは畳に突いていた手をひき、顔をあげた。

「ご決定にいまさら異議をとなえることはできませんが、それにしても藩がみすみす滅亡の道へ突入することは、いかにも無念であります」

「滅亡するかどうかわからぬ。京都朝廷は、長州藩の嘆願をおききとどけになるかも知れない」

「甘いです！」

春輔は苛立った。

「朝廷はすでに幕府に対し、いままでどおり庶政を委任すると宣言しているではありませんか！　昨年の八月十八日以来、帝《みかど》と将軍はいままでにないほど固く結びあっているのです。わが藩の嘆願などきくはずがありません。京都に突入すれば、わが藩は日本中を敵にまわします」

「伊藤」

　登人はおだやかにいった。

「世の中には人の力でとめられないことが起る。理屈でわかっても情がそうはさせない場合がある。いまがそうだ。わかってくれ」

「わかってくれといわれても……ああ、一体どうすればいいんだ！」

　春輔は髪をかきむしらんばかりに懊悩した。こんなことはめずらしかった。

「伊藤、井上」

　登人が居ずまいを正した。

「はい」

「これは、私がきみたちに好意を持つ人たちと相談してきめたことだ。すぐエゲレスに戻れ。そして、将来の日本のために改めて勉強してきてくれ。留学の費用はわれわれが何とかする」

「……!?」

「藩の乱暴者がきみたちを狙っている。いのちが危ない。藩公もひどく心配され、宿所に護衛をおけとまでいわれている……」

「……！」

　これにはふたりともおどろいた。

「そこまで、われわれのことを……」

感激性のつよい井上はもう目をうるませた。春輔も感動した。

（ありがたい殿さまだ……）

と、素直に思う。

どこか茫洋《ぼうよう》としてとらえどころがなく、ぐずなのか大物なのか、藩士の間ではその評価が分かれる藩主毛利敬親であったが、春輔は、

（偉い人だ）

と感じた。

第一、一方で攘夷進発の決議に従いながら、一方で春輔たちの開国論もきちんときく、そして春輔たちの身の安全を守るなどという柔軟な考えを持つ藩主がほかにいるだろうか。春輔は改めて、長州藩の京都藩邸にいた賄婦が、

「長州のお殿さまは、黙って、家来がきめたことにのるお方だ」

とささやいたことを思い出した。

議論は部下につくさせる、そしてたとえ自分の考えとはちがっても部下の合意にはだまって従う。しかも、

「思うようにやれ、責任は自分がとる」

という。

長州藩といえば、輩出した下級武士群にばかりスポットライトをあてがちだが、そういう

下級武士群を登用して思うように行動させたこの藩主の磐石的な存在は、やはり大きな意義がある気がするが、これは感想になるので措《お》く。

翌日からふたりが泊っている万代利七の家には、終日石が投げられ、国賊！　売国奴！の罵声がとびはじめた。ふたりは一歩も外に出られなかった。その間に、長州藩はどんどん京都へ進発した。大砲をひきずり、銃をかつぎ、刀を差して槍を持ち、まるで戦争だった。

「あれでは、天皇に嘆願に行くのではなく、天皇をおどしに行くようなものだ……」

窓をかすかにあけて、大道を進軍していく藩兵の隊列を見ながら、井上は嘲笑した。ふたりとも、朝から酒ののみつづけだ。春輔は外も見ない。

「いう馬鹿、きく馬鹿、うごく馬鹿、この世の三馬鹿そのものが長州だ。もう話をするのもいやだ、誰のつらも見たくない。京都へ行ってみんな死ねばいいんだ」

吐き捨てるようにいう。

「伊藤、ひどいことをいうな。同じ長州人じゃないか」

「いや、あいつらは外国人さ。話が通じない奴は同国人じゃない」

「ばかにひねくれてしまったな。いつものきみらしくもない」

「そうさ。もう何をいったってゴマメの歯ぎしりだしな」

ふてくされている春輔は、このとき、

「おい、いるか」

という声をきいた。

「誰だ」

と、緊張すると、

「おれだ」

と、ふたりに好意的な毛利登人が入ってきた。そして、

「藩の使者として、すぐ姫島に行ってくれ」

といった。

「え!?」

ふたりはびっくりして毛利を見かえした。

姫島にはイギリスの軍艦がいる。春輔と井上との約束を守って海上に碇泊している。しかし、長州藩士はたちまち発砲した。そこでイギリス艦は、少し後退して、長州の弾丸がボチャンボチャンと海中に落ちこむところまで位置を変えた。応戦はしない。

イギリス公使館員アーネスト・サトーは、船室でスコッチウイスキーをなめながら、海中に落ちる長州藩の砲弾を苦笑してながめた。

「マルデ、ガキダ。デモ、イトーハドウシタロウ」

とつぶやいた。公使館に幕府から派遣されている通訳の中島が、

「やはり殺されたんでしょうな。長州軍はどんどん進軍していますから、とてもふたりを生かしてはおかないでしょう」

「ワタシハ、チョウシュウヲモウスコシタカクヒョウカシテイルケドネ」

そういってサトーは、

「シカシ、カイカブリカネ」

と日本の俗語を使った。艦長が入ってきて、

「ミスター・サトー、今日の夕刻まで待って長州の使者が来ない場合は、錨《いかり》をあげます」

と固い表情でいった。実は約束の期限は昨日で切れ、すでに一日のばしている。責任はサトーがもつといっているが、軍人の艦長にはそういう融通はきかない。命令にはあくまでも忠実に従うというのが、軍人の使命なのだ。それに、艦長は、ペラペラ日本語をしゃべることのサトーという変な同国人がきらいだ。

(どうしてここまでニホン人に譲歩しなければならないのか)

と不満でしかたがない。砲撃されたときにも艦長はすぐ撃ちかえしたかったが、サトーがとめた。しかも、陸上の街道を長州軍はどんどん進軍していく。その光景を見て、

「長州の意思は戦争だ。あれが平和をねがう態度か」

と、艦の全乗組員が憤激していた。空気は険悪だった。サトーは艦長の申出に、

「ハイ、ワカリマシタ」

とうなずいた。サトーにしても、もうこれ以上は碇泊をのばせなかった。艦長が去るとサトーは、

「コンドハ、アタシガ、ハラキリカネ」

と笑った。

そのころ、山口の宿では、井上と毛利が大激論をしていた。井上は藩がよこしたイギリスあての文書の文面が気にくわない、と怒っていた。

「こんなものを持って行けるか！　がきの使いじゃあるまいし、おれはことわる！」

と、ひどい激昂ぶりだ。文面にはこうあった。

「さきごろの外国艦への砲撃は、日本の天皇の命令によるものであるから、文句があるのなら天皇にいってもらいたい。しかし、当藩としても、これからのちどうするのかを、今回京都へききにいくので、九月まで時間をいただきたい。そのうえで、京都があくまで攘夷だというのなら、改めて戦争しましょう」

誰が書かせたのかわからないが、井上の怒るのも無理はない。これではまるで挑戦状だ。こんな文書を持ってのこのこ行けるわけがない。

「おい、伊藤君、きみもそう思うだろう」

自分ひとりで怒っていたので、井上は途中で脇にいる春輔に同調を求めた。しかし春輔は酔っぱらってしまってぐらりぐらりゆれている。半分眠っているようだ。

「こら、春輔！」

肩を叩かれて、春輔は目をあけた。

「何だ」

「何だじゃない。仕様がないな、そんなに酔っぱらっちまって」

「いいじゃないか、酔っぱらったって」

しかし、

「イギリス艦へは行かないな？」

井上がそう念をおすと、春輔は、

「行くよ」

と無造作に答えた。

「なに！」

「だってサトーさんと約束したじゃないか。国と国とが約束したことを守らなければ、信義にかかわる」

「しかし、こんな失礼な文書を」

「失礼な文書もなにも、長州藩のやっていることはぜんぶ失礼だ。そんな文書でどうこうなる事態じゃない」

「………！」

井上も毛利もあきれて春輔を見ていた。毛利はしかしほっとしていた。毛利は春輔が酔ったふりをしていると感じた。春輔は酔ったふりをして巧妙に井上の怒りを鎮《しず》めているのだ。それが毛利にはひしひしとわかった。

（春輔、すまんな）

毛利は井上にさとられないように、そっと目で感謝の気持を表わした。

「まったくこんなに酔っぱらうとは思わなかったな」

ぶつぶついいながらも、井上も春輔を介抱するような格好で結局、イギリス艦に行った。

「ヤア、イキテイタネ！」

サトーが手をひろげて歓迎した。春輔は、もう酔ってなんかいなかった。誠意を顔にみなぎらせて事情をくわしく説明した。藩主の文書も見せた。サトーは苦笑しただけで、

「マ、コンナモノデショ」

と、大して気にしなかった。それよりも、ふたりが殺されなかったことがほんとうに嬉しいようだった。しきりにウイスキーをすすめて、

「カンパイ！」

をくりかえした。春輔と井上は、

(面白いイギリス人だな)

と思った。そして、それにくらべての日本人の心のせまさに改めて腹が立つのであった。しかし、

(おれたちもその日本人なのだ。日本と無縁には、生きるわけにはいかない)

と、責任を感ずるのだった。責任を感じれば感じるほど、藩の行動がいよいよ残念に思えた。が、どうきりきりまいをしてもしかたがない。賽《さい》は投げられてしまったのだし、ロンドンで学んだ西洋のことわざによれば、シーザーはルビコン河を渡りはじめてしまったのである。

急遽、ロンドンから戻ってきたふたりの意図はこうして失敗した。

冬の季節

長州には、

「お待ちうけ」

という風習がある。他国に勤務している息子のために、親が嫁をもらっておいて、その嫁に息子を待たせるのである。

このころ、伊藤春輔《いとうしゅんすけ》にはその〝お待ちうけ〟の嫁がいた。親孝行なかれは、妻をもらうについても自分の意見をいわなかった。ちょうど江戸にいたころ、父母から、

「そろそろ、国許に嫁を用意しておく」

という手紙をもらったときも、

「どうぞ、よろしいようにおねがいします」

と殊勝な返事を書いた。

どうせ、この国難の時期では家に落ちついてはいられない。妻をもらったとしてもどれだ

けいっしょにいられるか。

（妻は、むしろ父母と暮すことが多くなる。それなら、まず父母に気にいられる女がいい）

春輔の結論である。

決して女ぎらいでなく、むしろ人一倍女好きの春輔だったが、妻というものに、あまり大きな意義をおいていなかった。父母が春輔のためにもらったのは、同じ吉田松陰《しょういん》の門下で、親友の入江九一《きゅういち》の妹すみだった。おとなしい娘だった。

イギリス艦との交渉が終ると、春輔は萩に帰りたくなった。すみのことを思い出した。

（そうだ、一丁やるか）

と、不謹慎なことを考えた。そこで井上に、

「萩に戻る」

と告げた。

「萩に？　政事堂（藩庁）へでも殴り込むのか」

「いや。ぼくには〝お待ちうけ〟の妻がいる。すすをはらってやらんと蜘蛛の巣だらけになる」

春輔はあけすけにいった。井上はケラケラ笑った。そして、

「好きだなあ……」

と肩を叩いた。

「高杉さんにも会いたいし」

「高杉さんは獄につながれているそうだな」

「そうらしい。どんな顔をして牢に入っているのか、見てくる」

「よし、ぼくもいっしょに行こう。これ以上山口にいるといのちが危ない」

ふたりのことは長州藩内全体に知れわたっているのだから、萩に行ったって物騒なのだけれど、そんなことはかまわずに、ふたりはそうすることにした。毛利登人《のりと》が金を持ってきた。

「藩公からふたりにご下賜金だ。イギリスとの交渉のご褒美だ」

といった。

「そいつはありがたい、いくらくれた？」

無邪気な井上はすぐにひらいた。そして、

「お」

と声をあげ、春輔に、

「きみのはいくら入っている」

ときいた。

「十両だ、大変な金だ」

と春輔が感動の目でこたえると、

「なに」

と井上は険しい表情になった。そして毛利に、

「なぜ、私と伊藤君と金額がちがうんですか。私のほうは十五両ある」

とくってかかった。

これをきくと、春輔の胸は突然カリッと何かに嚙まれた。鋭い痛みにおそわれた。その理由はすぐわかった。

(身分だ)

ピンときた。

(井上は上士の名門、おれは足軽あがりの下士、それだけが理由さ)

「それは……」

いいよどんでいる毛利に、気のいい井上は、

「イギリスの交渉は、伊藤君のほうが働いたのだ。それを、同じ額ならともかく、差をつけるなどという話があるか！　伊藤君に失礼じゃないか」

と毛利を責めたてた。しかしいくら責められても毛利には答えようがない。そして、春輔にしてみれば、井上が威丈高にこの問題を責めたてれば責めたてるほど、いよいよ井上と自分との身分差を表に出すことになり、胸の傷は大きくなる。

(井上、もういい加減にしてくれ！)

というのが、春輔の正直な気持だった。ふたりのやりとりをきけばきくほど、屈辱感が増大した。

「井上君、もういいよ」

春輔は、どす黒い炎をあげている心の中とは別に、にやにやしていった。

「だって、きみ」

きっとする井上を目でおさえて、

「ぼくのような貧乏下士にとっては、十両は大変な金だ。家に持って帰って、腐った畳を替えたり、破れて風の入る壁の塗り替えをするよ。きみの気持はありがたいが、もう、よそう」

チクリと藩への針を含んだことをいって、春輔は毛利に礼をいった。針を含んだことばは、藩の上士に向けたものだったが、その中にはここにいる井上も入っていた。下士の屈辱感のわからない井上の無神経さも頭にきたのである。にやにや笑ってはいたが、実は、このとき、伊藤春輔は心の中で、再びすさまじい怒りの声をあげていた。

(外国と戦争するよりも、まず藩内の身分差別をなくすことが先だ！　人間が人間に与える屈辱を取り去らないで、何が攘夷だ！)


戻ってきた春輔を迎えて、萩の父母は涙を浮べてよろこんだが、春輔の姿にはとまどった。ザンギリ頭だったからである。

「すぐのびますよ」

こんな頭で長州内の険悪な雰囲気の中を、とても生きされないことをとうに知っている春輔は、そういって両親を安心させた。そして、

「これで家をなおしましょう、殿さまからの拝領金です」

と十両の金を渡した。父母はおしいただいてすぐ神棚にあげた。

裏から、畠仕事に出ていたすみが急いで帰ってきた。はあはあと呼吸《いき》が苦しそうだ。頭にかぶっていた手拭をとって、恥ずかしそうにおじぎをした。

「すみさんだ」

父がいった。

「はい」

うなずいて、春輔は、

「春輔です。よろしく」

とにこっと笑った。いたわるような柔らかいその笑顔に、すみはほっとしたようだった。

夜になると、父母は外出の支度にかかった。

「どこへ行くんです」

という春輔のいぶかしげな問いに、

「まちの大工さんと、家をなおす相談をしてくる。それと、遅くなったら知人の家に泊るかも知れない」

とこたえた。

「そんなことは、明日でもいいでしょう」

といいながら、両親の顔を見ていた春輔は、

(ははあ)

と気がついた。

（そうか。気をきかせたな）

この家はせまい、せめて初夜の晩はふたりだけにしてやろうと両親は相談したのにちがいない。すみを見ると、両親のことばの意味をすでに察していて真っ赤な顔をしている。

「………」

照れくさくなって春輔も赤くなった。

ふたりきりになって床に入ると、

「………」

無言で春輔はすみの衣類をはぎにかかった。こっちが恥ずかしがっていれば、すみはよけいに恥ずかしがる。

（軽い態度で、やるにかぎる）

そう思って、春輔は積極的に出た。すみは何度も、あ、とか、ひ、とか小さな悲鳴をあげた。

ほとんどまるはだかの姿にして、春輔は、〝お待ちうけ〟のすみのからだの中に侵入した。が、反応としてかえってきたのは、異常な苦痛をこらえる女のからだのこわばりであった。

おどろいて、

「痛いか」

ときくと、すみは、

「いいえ」

と首をふった。しかし額に汗がにじみ、口をかみしめている。

春輔は弱った。春輔がからだをうごかすたびに、すみの腰のあたりのこわばりはいよいよひどくなった。

(ちょっと変だな)

かなりの女の数を知っている春輔は、すみの応じかたと、そのからだの状態がいままで経験したことのないものであることを知った。

「やめよう」

「………………」

となりで寝まきを着ると、すみが起き上って春輔におじぎした。

「何だよ」

春輔はびっくりした。

「あの……」

「はい」

「ずいぶんと」

「うん?」

「ずいぶんと、これから精進いたしますので……どうか」

「!?」

春輔は仰天した。今晩はうまくいかなかったけれど、がんばりますから、といっているのだ。それも、まだ痛さをこらえて、はあはあ苦しい呼吸をしながらたのんでいる。

「馬鹿だねえ、あんたってひとは」

あきれて春輔は地金を出した。そして、人指しゆびをまるめてすみのおでこをはじくと、

「こんなことはそのうちになれるよ、心配しなくてもいい。それよりも」

脇にすみを倒しながら、

「両親をたのみます。ぼくは家をあけることが多いから」

といった。

小さな雀のように春輔に身を寄せて、すみは、

「はい」

とうなずいた。そしてしばらく間をおいて、

「きっと、精進いたしますから」

とまたいった。春輔にきらわれると思ったのだろうか。

「わかりました。大いに精進を期待します。とりあえず、今夜はゆっくり寝ましょう」

そういうと春輔はいびきをかきはじめた。その腕の中で、すみはひっそりと涙を流した。

このすみと春輔はやがて離婚する。しかし原因はこの夜のことではない。

春から萩市内にある野山《のやま》の牢に入れられていた高杉晋作《しんさく》は、春輔が萩に戻る三日前に自宅

に戻された。が、藩庁は、

「ひきつづき、自宅内謹慎を命ずる」

という指示を出した。高杉家では、家の中に座敷牢をつくって高杉を入れた。高杉は、山のような本を抱えて格子の中に入った。

春輔は藩の友人の家に泊っていた井上聞多《もんた》とうちあわせて、高杉を見舞いに行った。

「一体どうしたんだ？」

突然、春輔と井上の訪問をうけて、座敷牢の中の高杉はびっくりした。ロンドンにいるはずのふたりがなぜ萩に戻ってきたのか、さすがの高杉も知らなかったからである。

「藩のことが心配で、急遽戻ってきました」

ふたりはこもごも説明した。

「ほかの奴は」

「ロンドンにいます、勉強をつづけています」

「それはいい。おまえたちも戻ってくることはなかったのだ」

「しかし、藩が」

「こんな藩は駄目だよ。見込みなんかない。おれがいくら反対してもいうことをきかずに京都へ進発してしまった。来島《きじま》のやつと、真木さんがよくない」

「真木さん？　真木和泉先生のことですか」

「そうだ。あの人たちは居候だから死に場所を求めている。それに長州がのることはないんだ。それを来島や寺島はすぐ感動しやがって。ああいう進発をウワ（ニセ。ツワのソラ、という意味か）の進発というんだ。きっと手痛いめにあうぞ」

　春輔とまったく同じことを高杉はいった。高杉も激情家だから、あるいは進発論者かと思っていたのだが、これはちょっと意外であり、同時に嬉しかった。

「おうい、まさ子、酒だ！」

　牢の中から高杉はどなった。座敷牢で酒盛りをはじめる気らしい。

　高杉の妻のまさ子が膳を持ってきた。

「いらっしゃいませ」

　とふたりにおじぎをすると、春輔に、

「お待ちうけの奥さま、いかがでした」

　と、ちょっとからかうような顔でいった。突然の質問に春輔は狼狽し、

「はい、なかなかむずかしいものですな」

　と答えてしまった。

「何がむずかしい？」

　高杉がききとがめた。まさ子も井上もこっちを見た。春輔は、ははと笑ってごまかし、

「高杉さんのほうこそ、牢に入ってご感想はいかがですか」

　ときいた。うむ、とちょっと間をおいた高杉は、

「妙な話だが、はじめて松陰先生のお気持がわかった」

「は？」

「獄中であれほど本を読まれたこと、それと獄外における人の心の変りざま……野山獄にいたときに、おれを見舞ってくれたのは、わずかに杉梅太郎さんと周布政之助《すふまさのすけ》さんだけだった。おれがどれほどの罪を犯したか知らんが、一度入牢すると誰も寄りつかん。身の不徳のいたすところでもあるが、それにしても人の情の紙風船のようなうすさにはあきれかえったよ」

酒はどんどん減った。高杉はまさ子にどんどん持ってこさせた。

「いいんですか」

春輔は心配した。

「いいとも。藩の馬鹿どもはぜんぶ京へ行った。おい、おれが佐久間象山先生に会ったときな」

高杉は突然、突拍子もないことをいいだした。数年前、高杉は故吉田松陰の知己を順にたずねたことがあった。そのとき、特に信州松代の佐久間象山と福井の横井小楠《しょうなん》には感動して帰ってきた。

「圧倒されたな、まったくすごい人間がいる」

当時、しきりにそういった。春輔は横井には江戸で桂小五郎といっしょに会ったことがあった。佐久間象山は吉田松陰の師である。その佐久間がどうしたのか。

「象山先生の弟子に勝という男がいてな、こいつのおやじが乱暴者で、おれのように座敷牢にいれられたことがあるらしいんだ。ところがこのおやじさん、なかなかの豪《ごう》の者で、かみさんを呼んで格子戸の中と外でいたしたというんだ。そしてできたのが海舟勝麟太郎《りんたろう》さ」

「ほんとですか」

ふたりとも半信半疑の顔をした。高杉は、

「ほんとだとも。おい、まさ子、あとでおれたちも試してみよう」

と妻にいった。

「まあ、何をおっしゃいますか！」

高杉の妻は、きっと険しい表情になって高杉をにらみ、ついでにふたりをにらむと席を立ってしまった。

「まったく堅《かて》えんだよな。もっと柔らかい女がほしいなあ……」

そうつぶやく高杉は、

「先生を遠く慕いて、ようやく野山獄」

と自作の俳句をくちずさんだ。夏の真っ盛りなのに、春輔や高杉にとっては、冬の季節であった。

記録によると、このころの春輔と聞多は釣りをしたり、酒ばかりのんでいたようだ。まったくのやけくそ生活を送っていた。

そういう状況の中で、藩はついに世子《せいし》（次期藩主）の毛利元徳《もとのり》が、三条実美以下五人の公卿とともに、軍をひきいて京都へ進発することをきめた。海を船で行くという。進発に先立って、藩はそのむねの届書を朝廷と幕府に急飛脚《ひきゃく》で送った。この届書に春輔と井上の名が使

われている。届書の文意は、

「当家の家来、井上、伊藤という者が、先年脱藩してイギリス国へ行った。こんど急に帰ってきたが、ふたりの話によると、英・仏・米・蘭の四か国が、当藩を攻撃すべく、赤間《あかま》が関（下関）に来襲するという。攘夷の方針によって、当藩は四か国と決戦する気持はかためているが、本当にそうしてもいいのかどうか、改めておうかがいに京都へまいります」

ということであった。

ずいぶんと嫌味な届書だ。

が、これは建前で本音は、京都を武力で制圧し、自分たちを逐《お》った会津・薩摩の両藩を駆逐して、もう一度京都政局の主導権をにぎろうというのが本当の腹だ。そのために久坂玄瑞《げんずい》や来島又兵衛や入江九一らが京都にいる。藩軍はこれに呼応するのだ。

京都を制圧してもう一度日本を攘夷国にしてしまうつもりだ。これが長州の本音である。

そしてその本音は京都の朝廷や親幕派（会津・薩摩など）に、とっくにみぬかれている。

だから、

「長州を京都に入れてはならぬ、武力を行使しても追いかえせ」

と軍を集結している。長州の本音が決してそんなしおらしいものでないことはよく知っていた。

世子元徳が進発した日、また目付《めつけ》の毛利登人がふたりのところにやってきた。前掲の届書の写しを持っている。

伊藤春輔は届書を見て、むくれた。

「何ですか、朝廷や幕府への届書にぼくたちの名前なんか出して。これは、利用してるだけじゃないですか。汚いですよ、藩のやりかたは」

「そうだ、汚いぞ！」

井上聞多もいっしょに息まく。もういまは絶望の底にいるし、酔っぱらってもいるからこわいものがない。毛利は人がいいから、

「いいなあ、ふたりとも。こんな、藩がつぶれるかつぶれないかの瀬戸際に、酒なんかのんでいられて」

と羨ましがった。そして、

「伊藤、藩侯がきみを呼んでいる」

といった。

「ぼくを？　いよいよこれですか」

春輔は手刀で首を切る真似をした。毛利は首をふった。

「そうじゃない、たのみがあるそうだ」

「藩侯がぼくにたのみ？　何だろう」

「直接うかがってくれ。すぐ山口に行こう」

「ぼくは？」

脇から井上がきいた。毛利は首をふった。

井上は、

「ふん、おれはお呼びじゃないわけだな」

羨望と嫉妬をまじえて、そういった。水をいっぱいに張った桶の中に何度も顔を突っこんで酔いをさまし、春輔は毛利に連れられてまた山口に行った。山口城の一室で藩侯毛利敬親《たかちか》に拝謁した。

敬親が出てきた。

「春輔、元気か」

と上段から声をかけた。いとう、といわずにしゅんすけと呼ばれたことに感じ入りながら、春輔は、しかし首をふった。

「ただいまの藩の状況を見ては、とても元気ではおれません」

「そうだろうな。萩では、日々、何をしておる」

「はい、日々、酒をのんでおります。退屈をしたときは釣りに出かけます」

「何が釣れる？」

「はあ、金太郎、平太郎、タレクチ、いろいろ釣れます」

「何だ、そのキンタローとかヘイタローとかいうのは」

「キンタローはヒメイチのことであります。馬関でベニサシと呼んでおります。ヘイタローはベラで、タレクチはカタクチイワシのことであります。漁師はクジラを釣ってまいりますが、あの真似はできません。殿様は日々何をしておいでですか？」

と春輔は逆にきいた。そばにいた毛利登人が、

「おい、春輔」

とあわてて手をふった。敬親は微笑した。

「おまえのように酒をのみ、釣りをしたいが、国事多難でな、そうもいかぬ。落ちついたら一度釣りに連れて行ってくれ」

「必ずご案内いたします。その際は母がチリメンジャコでチシャナマスをつくりますから、ぜひ召しあがって下さい」

「たのしみにしているぞ」

「ところで……私を急にお召しのご用とは」

「うむ、春輔、横浜に行ってくれ」

「横浜に？　何をするのでございますか」

「藩軍はほとんど京へ向かった。いま外国に攻められては長州はつぶれる。横浜におもむいて、連合国にしばらくの猶予をもらってくれ」

「………」

春輔はじっと敬親を見つめた。釣りの話をしていたときとはうって変って、敬親の目は苦しそうだった。

藩士たちがきめた藩論の上にだまってのりながらも、やはり長州藩の責任者なのだ。京都に藩軍を突入させ、同時に英・仏・米・蘭四か国列強の攻撃をうければ一体長州はどうなる

のか。その最高責任者として、敬親は敬親なりに苦しんでいるのだ。その苦悩は誰に分担してもらうこともできない。長州藩主というのは、長州藩にたったひとりしかいない。その孤独感はおそらく人に語ることのできないほど深いものがあるだろう。

実をいうと、いままでの春輔は敬親に対して中っ腹だった。ロンドンから急行してあれほど理をつくしたのに、おれのいうことをきかなかった、いまさら何だ、という気持があった。だから、釣りの話が出たときも、本心は、

「クジラを釣っています」

と、皮肉な答えかたをするつもりだった。

が、敬親の顔を見ているうちに、その不満や怒りがどんどん溶けた。

(とてもかなわない)

という敬親の巨《おお》きな人柄が、春輔を圧倒し感動させたのだ。春輔は手をついた。そして、

「……わかりました、即刻、横浜へまいります」

といった。敬親は、

「そうか、そうか」

と頰をほころばせてよろこんだ。春輔はそれでも一本釘をさすことは忘れなかった。

「しかし、姫島で一旦交渉は決裂しておりますから、かんたんにはいかないと思います」

「わかっておる。若い春輔が支えきれる重さの岩だとは思っておらぬ。しかし、たのむ」

しかし、たのむといいながら敬親は頭を深くさげた。

（ああ、もう駄目だ）

こらえきれなくなって、春輔はうつむいたままくっくっと泣きだした。脇にいる毛利登人もぽろぽろ涙をこぼしていた。

「ちくしょう！」

春輔は泣きながら走った。

「何という殿さまなんだ！」

夕暮れの道を一散に走った。

処世術にたけ、他人との関係をうまくやることだけに狂奔し、またそれで多くのお偉いさんに気にいられ、出世してきたと思っている春輔は、敬親みたいな人間に会ったことはなかった。

（やはり育ちの好《よ》さというのはちがう）

と、つくづく感じた。

高潔な人格に対する、小器用な処世術の敗北であった。しかし快い敗北だった。春輔は、（あの殿さまのためだったら、何でもやろう！）

と思った。いのちもいらないと思った。横浜に行ってもおそらく四か国はいうことをきかないだろう、しかし、敬親にあそこまでいわれたのではやらないわけにはいかないじゃないか、なあ春輔、と春輔は自分に語りかけるのだ。

精神が昂揚すると、性欲がたかまるのが春輔の性癖だ。時は夏である。萩の松本村まで丘

の道を、汗みずくで走り上ると、春輔はまだ畠にいた新妻のすみを、

「おい、ちょっとこい」

と、近くの林に連れこんだ。

「どうなさったのです」

びっくりするすみに、春輔は、

「脱げ」

といった。

「え」

「着ているものを脱げ。おれは藩侯の命ですぐ横浜に発《た》つ。またおまえに〝お待ちうけ〟をさせるのはふびんだ」

春輔は袴を脱ぐ手をとめてすみを見た。

「いやか？」

「………………」

すみは真っ赤になった。が、首を横にふった。春輔は手をたたいて相好をくずした。

「そうか、そうか。よし、大いによし」

林の中の夏草の上で、春輔とすみは一体となった。初夜の日に、異常なほど痛がったすみは、今日はしずかに自然に春輔をうけいれた。春輔は、すみの体内で若い精を沸騰させた。

やがて起き上る元気もないほど疲れ果てたふたりは、ころがったまま木の間から空を見て

いた。すみがきいた。

「長州は、どうなるのでございましょう」

「なに」

春輔はびっくりした。そしてすぐ笑いだした。

「何をお笑いですか」

すみが気にしてきいた。

「何がって……突如として長州はどうなるのでしょうなんて、まぐわいのあとの話として適当ではないよ」

「そうでしょうか」

一瞬、そう応じたすみはやがて、

「そうですわね、あのあとのお話としてはちょっとまずうございますね」

と自分でもうなずき、くすくす笑いだした。のびのびした若い笑いだった。

「そうさ、まずい話さ」

春輔は指ですみのおでこを突いた。すみは春輔に抱きついてきた。

が、春輔の横浜行きはなめらかにはいかなかった。というのは、陸路を歩いて行ったのでは日数がかかってしかたがない。

「船のほうが早いぞ」

と、毛利登人の助言もあって、長崎から横浜に行く船が、馬関《ばかん》か三田尻（防府）に寄港するのを待った。ところがこれがなかなかこない。ぐずぐずしているうちに三日ばかり過ぎてしまった。すると、春輔のところへ、こんどは家老の清水清太郎がやってきた。清水は藩の名家で三千七百石の大身だが、まだ二十二歳の若さだ。俊才である。江戸では過激学者大橋訥庵《とつあん》の門にもいたことがあり、攘夷派だった。

が、このときは、

「なあ、春さん」

という調子でやってきて、深刻な表情をし、

「京都に行ってくれないか」

という。

「京都？」

春輔はいやな顔をした。

「だって藩侯は横浜に行けというから、こうしていま船便を待っているんですよ」

「知っている。殿にはご了解を得てきた」

「京都へ何をしに行くんですか」

「桂小五郎に話して、藩軍の京都突入をとめさせてくれ。よく考えたが、どうも分《ぶ》が悪い」

「だってそんなことはロンドンから戻ってすぐ、山口城で井上聞多とふたりであれほど口を酸っぱくしていったじゃありませんか、それを国賊だの売国奴だのといって、一体、いまさら何です」

とくってかかると、

「わかっている、きみが怒るのはもっともだ。しかし、いまは寸秒も惜しい。きみにはあとでゆっくり怒られるから、いまはとにかく京都へ急いでくれ」

「…………」

春輔は腕をくんだ。

桂小五郎は話はわかっても、久坂玄瑞や入江九一はどうかな、ましてもう日がつりあがっている真木和泉をはじめとする志士群は果たしてあきらめるだろうか。長州藩にも来島又兵衛のような猪武者がいる。

「しかし、また何でぼくばかりにたのむんですかね？　藩にはほかにも人がたくさんいるじゃありませんか」

そういうと、清水は若いだけに、

「それはそうだが、おまえみたいに他人をいいくるめるのがうまい奴は、ほかにいないんだよ」

と本当のことをいった。

「何ですか、それは。ぼくがいかにも口がうまいようにきこえるじゃないですか」

「いや、気にさわったらかんべんしてくれ。おれはほめたつもりなんだ」

と、にこにこしていう。

この人にも抵抗できない、と思った。とにかく、いまの長州人はみんな胆《きも》がきれいで、他人をだますなんてことができる奴はひとりもいない。直情人間ばかりだ。だから会津や薩摩にだまされたり、割りばかりくっている。吹けばとぶような軽輩侍の伊藤春輔に、殿さまが頭をさげる、家老が頭をさげる、たしかにいい気持だが、

（しかし、それでいいのか）

という心配も湧く。

それほど藩上層部には人がいないのか、ぼんくらばかりなのか、そんなことだと、いつかおれたち軽輩者が藩政を乗っ取って牛耳るようになるぞ、と春輔は思ったが、すぐ、

（いや、それは謀叛だ、恐ろしい考えだ）

と、あわてて首をふった。いずれにしても家老にたのまれていやですともいえない。

「ほんとうに横浜行きはいいんですね」

と念をおして、

「それじゃ京都に行きます」

と出発した。清水は早駕籠《かご》で行ってくれ、とその手配をした。これが七月十七日のことである。そして胃や腸が駕籠の振動でねじれるような苦痛をこらえて岡山に着いたとき、山陽街道を続々とひきあげてくる長州藩兵に遭遇した。

「どうしたんだ！」

と、おどろいてきくと、

「……敗けた」

という。たちまち湧くいやな予感を抑えて、

「敗けたとは？」

とさらにきくと、

「御所に突入したが、またしても会津と薩摩にやられた！」

と、傷を負った藩兵がくやしそうに歯がみした。春輔は呆然とした。

(御所に突入した!?)

何という馬鹿なことを。どんな理由があろうと天皇のいる御所を攻撃するとは一体どういうことだ。誰がそんな阿呆な命令を出したのだ、ああ、もう長州は駄目だ、と目の前が真っ暗になった。

もっと不幸なことを知った。御所での戦争で、久坂玄瑞、入江九一、寺島忠三郎、来島又兵衛らがみんな戦死してしまったという。

「ええっ」

春輔は絶句した。来島はともかく、久坂さんが死んだ、あの純粋詩人が。入江九一は妻すみの実兄だ。寺島も、久坂・入江とともに松下村塾の同期だった。あたら、これからの人物を何という馬鹿な戦争で殺してしまったのか、と春輔は心の底から自藩の短絡派に腹を立てた。

京都では、さすがに桂小五郎や久坂玄瑞は、御所への武力突入だけはするべきではない、と反対したという。しかし、猪武者の来島又兵衛や、もうひくにひけない志士の頭領真木和

泉があくまでも主戦論をとなえたという。真木も御所から敗退後、山崎の天王山まで退いて自殺した。真木たちを追いつめたのは新撰組だったという。

（これはえらいことになる……）

岡山の道路上に春輔は立ちつくした。

このころ、京都は大火災で燃えつづけていた。ちょうど強い風が吹いていた。火もとは九条邸とも河原町の長州藩邸ともいわれたが、とにかく八百十一の町、二万七千五百十三軒の家が焼失した。焼け落ちた土蔵は千二百七か所、橋の焼失四十一、芝居小屋二、公卿の家十八軒、寺と社二百五十三か所、諸家屋敷五十一、番小屋五百六十二等が被災した。

市民は、飯びつや梅ぼしと位牌ていどを持ち出すのがやっとで、着のみ着のままで火に追われ、まちの中を逃げまわった。死者を鳥辺山《とりべ》に埋めようとしても、半分土をかけたころに火が迫り、坊主が真っ先に逃げだしたという。

京都ではこのときの災害を、

「甲子のドンドン焼け」

といって、いまも古い人の語り草になっている。そして、この被害があまりにも大きく、明治になってかなりの年月が経《た》つまで、京都は復興できなかった。

風がどこから吹こうと、これだけの被害を出した責任はすべて長州藩にある。長州藩の無謀な御所突入が原因だ、というのは京都にいたすべての人間の一致した意見になった。わけても平和な御所を戦場にされた孝明帝は激怒した。

「毛利の官位を剝奪し、ただちに討て！　また長州に与《くみ》する親王と公卿の参朝を停めよ！」

と凄まじい表情で命じた。長州藩主毛利敬親・元徳父子は官位をうばわれ、朝敵となってしまった。親王で参内停止は二人、公卿は十二人である。

河原町の長州藩邸は叩きこわされ、長州人は新撰組や幕吏にドブネズミのように探索された。御所攻撃に加わらなかった桂小五郎は、だからといって幕府が、あいつは別だといってくれるはずもない。むしろ指名手配された。桂は乞食に変装し、二日ばかり鴨川の河原にいて、恋人の芸者幾松から食糧をもらったりしていたが、追及が急で京都を脱出した。

在洛中の将軍後見職一橋慶喜《よしのぶ》は、紀州、薩摩ほか八藩に大坂、兵庫、堺、西宮の港湾都市の警衛を命じ、

「もし、長州藩が逆襲してきたら、くいとめよ」

と命じた。そうしておいて、山陽、山陰、四国、九州の二十一藩に出兵を命じ、

「勅命により、長州を征伐する」

と天下に号令した。征長総督は徳川御三家の一、尾張藩主徳川慶勝が任ぜられた。

こういう幕府側のうごきを、長州藩は知らないわけではなかったが、長州藩は長川藩でそれどころではなかった。英・米・仏・蘭の四か国連合艦隊が、横浜を出港し、すでに姫島めざして波を蹴立てていたからである。一難去ってまた一難である。しかしみずからまいた種だ。艦隊は、
イギリス　軍艦九隻　砲一六四門　兵員約三〇〇〇人

フランス　軍艦三隻　砲六四門　兵員一二〇〇人
オランダ　軍艦四隻　砲五六門　兵員一〇〇〇人
アメリカ　軍艦一隻　砲四門　兵員六〇人

総司令官はイギリスのクーパー海軍中将だった。イギリスが一番強硬で、アメリカが一番消極的だった。万一にそなえて、横浜にはイギリスの軍艦四隻、アメリカ艦一隻と、急遽香港から呼んだイギリス兵千三百人が、外国人地域の防衛にあたった。

国内戦で大敗したのに、そのうえにさらに外国連合艦隊の追い討ちだ。これを幕府（日本の政府）がみているというのは変なものだが、当時の状況からすれば、自分の国の一自治体（いまでいえば山口県）を外国が攻めるのを、幕府はとめる気はさらさらなく、むしろ、

「身から出た錆だ、めちゃめちゃにやられてしまえ」

と思っていた。長州藩はたしかに暴発したが、こんな政府もない。

八月三日、春輔はまた山口の藩庁に呼び出された。呼んだのは国老（藩の首相）の麻田公《あさだきみ》輔《すけ》である。麻田は前は周布政之助といっていた。その麻田公輔がいった。

「たのむ、姫島に行って四国（米・英・蘭・仏）と交渉してくれ。このうえ、外国の攻撃をうけたのでは、長州はつぶれる……」

そんなことははじめからわかっているので、だからいったじゃありませんか、と、春輔はのどもとまで出かかった思いをことばにしようと思ったが、すぐ、

「行きます。が、条件があります」

「何だ？」

「まず、外国艦には長州から先に発砲しないこと、外国人の上陸をゆるすこと、かれらが求めれば燃料・食料は実費で供給すること、このことを守って下さい」

「わかった。帰り次第、藩命として全砲台と、沿岸諸役所に伝える」

「もうひとつ。私ひとりでは任が重すぎます。誰かひとり、つけて下さい」

「そのことは考えてある。海軍局長の松島剛蔵をきみの添え役にする」

「松島さんを？」

春輔は眉を寄せた。松島も藩のお偉いさんで、この間の藩庁の会議ではこちこちの攘夷論をとなえ、春輔と井上聞多を、

「このエゲレスかぶれの国賊め！」

と、罵《ののし》った男だ。

(そんな男を同行して果たして大丈夫だろうか)

春輔はゆううつになった。

三田尻に着くと、松島剛蔵は船着場の宿で待っていた。ごちそうをならべて酒をのんでいた。松島はこのとき四十歳。春輔を迎えると、

「大役ごくろうだ。まず飯を食ってから出かけよう」

と宿に案内した。春輔はさすがに恐縮した。

「あなたのような大先輩の労をわずらわせて、まことに申し訳ありません。今日の役目は、海軍総督である松島さんが正使で、私は一介の添え役にすぎません。どうかよろしくおひきまわしをおねがいいたします」

とあいさつした。松島は大笑した。

「山口藩庁での大会議では、私も思うところを語り、あんたに反対した。しかし一度藩議が決すれば、いさぎよくそれに従うことは、私も長崎で外国人から学んでいる。私には何のこだわりもない。本日は、きみが正使だ。きみは誰にでもそういうお上手をいうようだが、気をつかうことはさらさらない。本日は、きみが正使だ。おれはただの猿にすぎん。ま、仲よくやろう。しかし、伊藤春輔という奴は、口先だけのいやな野郎だと思っていたが、いまのあいさつは謙虚でよろしい、大いに気にいった！」

だんだん乱暴な口調になりながら、松島はバンと春輔の肩を叩いた。

大いにのみ、かつ食ったあと、二人は準備のできていた舟に乗って姫島に向かった。漁師が漕いだ。が、海上へ二、三里出たかなと思うころ、はるか沖合を十数隻の外国艦隊が、煙を吐きながら一路馬関に向かって進んで行くのが見えた。

「春輔君、これは駄目だな」

機械力で走る艦には、人力で漕ぐ舟はとうてい追いつかない。

「そうですな」

春輔もうなずいた。

「戻ろう」

松島の判断で二人はすぐ三田尻に引きかえした。そして山口に急行し、このことを報告した。藩政府は、

「それでは前田孫右衛門と井上聞多を馬関に急派し、四国艦隊と交渉させよう」

ということをきめた。

〝日本国防長国主〟

と名のる藩主毛利敬親の、

「これからは、下関を航行することはさしつかえない」

と書いた直書を持たせた。井上は前田と出発した。

三田尻から帰って一息いれていた春輔のところに、こんどは高杉晋作がやってきた。座敷牢から出されたという。春輔はよろこんだ。ところが、高杉は、

「春輔、おまえと弥次喜多道中だ」

といった。

「え」

思わずききかえすと、

「馬関へ出張を命ぜられた。奇兵隊がいきり立っている。前田と井上の交渉を成功させるため、おれとおまえで奇兵隊をなだめろ、という藩命だ、行こう」

と、せきたてた。春輔は首を傾けた。

（外国と和睦しろといってきたおれのいうことを、果たして奇兵隊の連中がきくだろうか）

という疑問を持った。この疑問は不幸にして当った。

奇兵隊というのは、藩の正規兵に対してつけられた名で、正に対する奇、つまり正規軍ではないという意味である。

隊員は侍だけでなく、あらゆる身分の参加を認めたが、創立者である高杉に果して完全な人間平等の理念があったかといえば、それはない。高杉が奇兵隊をつくったのは、あくまでも、

〝義士の集まり〟

つまり、正義の武士の集団であった。

創立以来、奇兵隊もいくつもの苦難を経験した。正規軍と武闘を起して高杉が責任をとったり、総管（隊長）も高杉から、滝・河上を経て、いまは赤根武人《たけと》に替っていた。

が、赤根になってから、

「どうも、藩の俗論派と妥協しすぎる」

という批判が湧いていた。そこで、

「初志を貫くためには、赤根の奇兵隊だけでは駄目だ」

という声があがり、奇兵隊とは別に御楯《みたて》隊、南園隊、遊撃隊、八幡隊、膺懲《ようちよう》隊などがつくられた。諸隊と呼ばれた。しかしこれら諸隊の主導者になっていたのは、高杉晋作である。

かれは、

「諸隊に誰が参加しようとも、武士と民はちがう」

と強調していた。そのため武士と武士以外の者とは服装や携帯品なども区別していた。

高杉と春輔が馬関に着いたとき、馬関のまちは異様な光景であった。異様な光景というのは、まちの人々が派手な衣裳と、顔に白粉を塗った姿で退避さわぎを演じていたからだ。

「何だ、これは」

高杉は眉をひそめた。春輔もふしぎに思った。

「昨日まで亀山八幡宮の祭礼があったんです」

迎えにきた山県《やまがた》がいった。

「祭礼って、何だ？」

春輔が脇からきいたが、山県は春輔には見向きもしない。ここへきたときから、意識的に無視している。武断派の山県は、春輔のことを、

(生来のオッチョコチョイで、エゲレスまで行って戻ってきては、藩を開国論でまどわすゆるしがたい奴だ)

と思っている。

こんど馬関にきたのも、うまいことをいって高杉をだましたのだと思いこんでいた。その気配は春輔にもよくわかった。山口で持った予感は当った。

(これは容易なことでは説得できない)

と思った。

奇兵隊は、最初は市内の光明寺《こうみようじ》に屯所をおいていたが、その後、海商の白石正一郎の宅に移ったり、あみだ寺に移ったりして落ちつかない。最初は、山陽道と萩への要衝吉田に陣をおこうと準備中だった。山県は高杉だけに話すように、

「八月一日からの八幡宮の祭礼は馬関の恒例です。外国艦がいつ攻撃するかわからないのに、町民たちは平然と祭りをおこないました。そして、祭りが終ったとみるや、こんどは一斉に立ちのきをはじめたのです。その図太さというか、したたかさは、因循に講和しようなどと考える弱気な武士が、爪の垢でももらって煎じてのむべきです」

といった。あきらかに春輔に対する嫌味であった。高杉は、

「そういうな、おれもおまえたちをとめにきた弱気の武士だぞ」

と笑ったが、山県は、

「いや、高杉さんはちがいます」

と真顔で首をふった。

屯所に行くと、知らせをうけて待っていた赤根武人が春輔を見て、

「いやあ」

と懐かしそうな笑みを浮べた。が、高杉に、

「ごくろうさまです」

というあいさつをしたときの赤根の表情は微妙にひきつった。どうしてそんな顔をするのか、春輔にはわからなかった。

このころ、前田孫右衛門と井上聞多は外国側と交渉して、とにかく、

「それでは二時間待つ」

という返事をもらった。旗艦のユーリアラス号に乗っている司令長官付きとして、例のべらんめえイギリス人、アーネスト・サトーがこんどもいっしょにきていた。司令官のクーパーは、

「艦隊はすでに砲撃準備をととのえている。二時間も待つわけにはいかない」

としぶい顔をしたが、サトーは、

「まあまあ」

となだめて、井上に、

「ミスター・イノウエ、二時間だよ。一分もマカらないよ」

と笑って告げた。そして、

「ミスター・イトーはどうした」

ときいた。

「ミスター・イトーは、いま、砲台兵の説得に当っている」

というと、

「ぜひ、セットクをセイコーしてほしいね。われわれも長州を撃ちたくないよ」

とサトーはいった。

だから、この二時間のうちに、春輔と高杉はなにがなんでも諸隊を説得しなければならなかった。高杉も本気で説いた。が、軍監の山県狂介《きようすけ》は、

「ぜったいに承服できない。馬関がたとえ焦土となっても、私は戦う」

といいつづけた。手を焼いた高杉は、

「赤根君、総管としてのきみの考えはどうだ？」

と赤根武人にきいた。赤根は、

「私は承諾します」

と応じた。山県の表情がきっと険しくなった。赤根は、

「しかし、条件があります」

といった。

「条件？　何だ」

「これを藩庁に取り次いで下さい」

といって一通の書状を高杉に渡した。嘆願書と上書してある。

「見てもいいのか」

「どうぞ」

高杉は読んだ。途中で、

「何だと？」

と声をあげ、赤根をにらみつけた。しかし赤根がしずかな顔で高杉を見かえしたので、高

杉はさらに読みつづけた。そして読み終ると、

「こんなものを取り次げるか。第一、おれが反対だ。百姓・町人を士分にしろなどと、とんでもない！」

と、いきなりふきげんに怒鳴った。

「そんなことはできん！」

「高杉さんのそういう考えはまちがっています」

赤根は負けずにいいかえした。高杉の顔が真っ赤になり、眼は怒りに黒ずんだ。高杉は叫んだ。

「柱《はしら》島のどん百姓が何をいうかっ」

「何ですと！」

赤根の顔も怒りで染まる。赤根は岩国領内の柱島の出身だ。が、農民の出ではない。かれの父は松崎三宅という医者である。藩の国老浦靭負《うらゆきえ》の臣赤根忠右衛門の養子になった。そのへんのこまかい経歴を高杉は知らない。百姓・町人を侍にしろなどと、とんでもないことをいいだす男だから、おそらくこいつも農民の出だろうと思ったのだ。

（そうか……）

春輔は、さっき赤根が見せた顔のひきつりの意味をさとった。赤根は高杉を鼻持ちならない武士として見ていて、それへの反発が無意識のうちに出たのだ。二時間があっというまに過ぎた。

元治元年八月五日午後二時二十分、連合艦隊はしびれを切らし、旗艦ユーリアラス号が、第一発を前田砲台に向けて撃った。戦争がはじまった。

馬関砲撃

馬関《ばかん》の海岸線には、前田・壇の浦・杉谷・城山・関見などの砲台があった。が、主力は前田と壇の浦だ。長州藩はこのころ百二十門の大砲を持っていたが、前田に二十門、壇の浦に十四門が配備されていた。総兵力は約二千人で、その主力は奇兵隊と膺懲隊《ようちょう》（有志による自主グループ）と農兵隊であり、わずかに支藩長府《ちょうふ》（馬関の北にある。馬関の管理をしていた）の兵が参加していた。

大砲はぜんぶ旧式の青銅砲だった。砲台の中には、

「遠くから見れば、これでも大砲に見えるだろう」

といって、丸太をくりぬいて桶のタガをはめた、いい加減な木製砲を並べているところもあった。が、守備兵の戦意は高かった。各砲台とも、

「長州藩の興廃この一戦にあり」

と待ちかまえていた。

そして、主力砲台の前田の指揮者は、奇兵隊総管赤根武人《たけと》であり、壇の浦の指揮者は、奇兵隊軍監の山県狂介《やまがたきようすけ》であった。前後するが、高杉と伊藤が赤根や山県を説得する前に、井上聞多《もんた》も奇兵隊を熱心に説いたのである。

「藩公の命だ、戦いをやめてくれ」

と懇願する井上に、赤根も山県も、

「いまさら駄目だ、帰れ」

と、とりあわない。同行の前田孫右衛門は藩の用談役という重職者で、前から奇兵隊のよき理解者だったから、

「とにかく、ここは井上君のいうことに従ってくれないか」

といったが、赤根と山県は、

「前田さんまで何をいうんですか。こんなエゲレスかぶれにだまされちゃいけません」

と逆にくってかかった。会談をつづけている砲台の営舎の内外には奇兵隊員がおしかけてきていて、戸口や窓にびっしり険しい顔が並んでいる。みんな殺気立っている。

「何だ、何だ！」

という声がするし、中には、

「お、ロンドン帰りだな、売国奴め！　血祭りに叩っ斬れ！」

とわめく隊士もいる。いや、本当にそうしかねない。そういう険悪な空気の中で、井上は、怒りをおさえながら、

「連合国には午後三時まで砲撃を待ってくれといってある。おれはそれまでに返事をしなければならんのだ。それが国際信義というものだ」

といった。

「何が国際信義だ。第一、誰が砲撃を待たせろとたのんだ？　きみが勝手にやったことじゃないか！」

と山県が眼を憤りに黒ずませて反論した。

「藩命にそむくのか」

「まちがった藩命は藩命とは認めない」

「長州藩は滅びるかも知れんぞ」

「大義に殉じて滅びるのならそのほうがいい。節を曲げて屈辱に生きるよりもな。おれたちは天皇の命により、また幕府の方針によって攘夷を実行しているのだ、どこが悪いのだ！」

山県の口調は悲壮になってきた。これは奇兵隊全員の気持だった。だから、営舎の内外に集まった隊員も一斉に、そうだ！　おれたちは天皇の命に従っているだけだ！　とわめいた。

「…………」

前田が井上の顔を見た。目が、

（井上君、駄目だ、あきらめよう）

と語っていた。井上はもっと説得をつづけたかったが、サトーと約束した時間が迫っている。井上もついにあきらめた。罵声と小突きの中をかき分けてふたりは砲台を降りた。

「ちくしょう」

歩きながら井上はうめいた。

「まにあうかな」

前田は時間の心配をした。

「もうどっちでも同じです。ようし、こうなればおれも徹底的に外国と戦ってやる！」

突然、井上は変なことをいい出した。艦隊は司令長官の命令で、ふたりが旗艦ユーリアラス号に着いたときは午後二時を過ぎていた。艦隊は司令長官の命令で、すでに総員が戦闘配置につき、百数十門の大砲は一斉に海岸線の各砲台に狙いを定めていた。

さすがにサトーも沈痛な表情をし、

「ザンネンダッタ、マニアワナカッタネ」

と達者な日本語でいった。井上は、

「ご迷惑をかけました。説得は失敗でした。サトーさんには感謝します」

と頭をさげた。サトーは、

「イヤ、ゴクローサン。デ、ドウシマスカ、コノフネニノコッテ、センソー、ミマスカ」

ときいた。井上は首をふった。

「陸へ戻って戦争に参加します。こうなった以上、こんどは本気であなたたちと戦います」

と告げた。サトーはうなずいた。

「アア、ソレ、ニホンノブシドーネ、ヨクワカリマス。デモ、シナナイデクダサイヨ」

そういってにっこり笑った。
交渉失敗を報告するために、井上と前田は山口への道を急いだ。その途中、ドーンという
ものすごい炸裂音をきいた。連合艦隊の攻撃を告げる第一発であった。旗艦ユーリアラス号
からの砲撃である。午後三時二十分であった（アーネスト・サトーは、砲撃開始は午後四時十
分だったと書いている。『一外交官の見た明治維新』アーネスト・サトー・岩波文庫）。
そして、さらに足を急がせはじめたときに、高杉晋作《しんさく》と伊藤春輔《いとうしゅんすけ》に会ったのである。高
杉と春輔も奇兵隊の説得に失敗した。高杉は赤根の「隊士を全員武士にしろ」という条件闘
争に腹を立てていた。井上のほうも憤りと悲しさで、極度に興奮していた。
「井上君、よく、そこまでがんばったね」
という春輔のなぐさめのことばも耳に入らなかった。憑《つ》かれたような目を宙に据え、
「おれは戦うぞ、戦うんだ」
とうわごとのようにつぶやいていた。春輔は前田孫右衛門の顔を見た。前田は無言で首を
ふる。弱ったなといった表情だった。
春輔は高杉にいった。
「この分だと、もう一度馬関に行っても無駄ですね。ぼくなんか殺されてしまうかも知れな
い。井上君も心配だし、山口に戻りましょうか」
「そうしよう」
高杉はすぐうなずいた。山口に戻ると、井上はすぐ藩庁で御前会議をひらいてくれ、とい

った。しかもその理由が、
「こうなった以上は、長州藩士に生えている一木一草のすべてが焼きつくされるまで戦いましょう」
というのだから、藩政府もあっけにとられた。高杉は、
「こいつァ面白い」
とにやにや笑っている。春輔ははらはらして井上を見ていたが、やがて、心配してみてもはじまらない、しばらくはどう納まりがつくのか形勢観望だ、と洞が峠をきめこんだ。バタバタするには、長州藩に押し寄せた津波はあまりにも大きかった。
戦争は八月八日までつづいたが、この戦争全体の人員被害は、
長州側　死者十五人（大半が奇兵隊員）、負傷者多数
連合国側　死者十二人（イギリス八人、フランス二人、オランダ二人）、負傷者六十人
だった。が、連合国側の負傷者の中には、旗艦ユーリアラス号の艦長アレキサンダー大佐をはじめ何人かの士官もいる。十六隻の軍艦と一隻の商船からなる大艦隊と、その艦に乗った数千人の将兵と、しかも右舷だけで百数十門という砲列を相手に、わずかに二千人足らずの長州の兵が相手をして、これだけ互角の勝負をしたということは、やはり奇兵隊や農兵隊の戦意がいかに高かったかを物語る。
しかし、連合国は艦砲射撃の援護下に二千数百人の兵を上陸させ、各砲台を攻撃した。砲台を占領すると、そこにあった砲や弾丸は海の中に投げこんだり、投げこめない砲には釘を

詰めて射てないようにした。火薬は火をつけて爆発させた。

ところが、上陸兵がひきあげて夜になると、長州軍はどこからともなく戻ってきて海から砲をひきあげ、釘を丹念にとり出し、夜明けとともにまたまた砲撃をはじめるのである。これには連合国もかなり悩まされた。が、結局は物量と人員の多さにものをいわせて、強引に長州を沈黙させていった。連合国の中には、

「馬関のまちを砲撃して、焼いてしまったほうが長州は屈服するだろう」

という意見もあったが、これはサトーが、

「そんなことをしたら、長州は死に物狂いになって戦う」

と反対した。事実、馬関を焼きでもしたら、こんどはさすがの保守派も起《た》ち上って戦列に加わったかも知れない。敗報がつぎつぎと入ってくる山口城内で、親英派から一転土戦派に変った井上聞多は、

「小郡《おごおり》を最後の防衛線にする、守備隊長は不肖この井上がつとめる。ついては、藩公がじきじきに藩軍の総指揮をおとりねがいたい」

と主張した。

藩全体がうろうろしているときは、どうしてもいきおいのいい意見が通る。わあわあいっているうちに井上のこの主張が通ってしまった。井上は即時「小郡代官」を命ぜられて現地にとんだ。藩主出陣は、やりすぎだということで、藩主のせがれ（世子《せいし》）に変えられた。

小郡に着任した井上はただちに軍議をひらいた。世子と藩重役前田孫右衛門、毛利登人《のりと》、

山田宇右衛門、渡辺内蔵太、波多野金吾（のちの広沢真臣）らが出席した。が、誰ものらなかった。主戦論は井上ひとりで、ほかの重臣はほとんど外国との講和説にかたまっていた。外国と幕府の両方に攻められてはたまらないので、とりあえず外国とは講和し、幕府と戦って勝ったら改めて外国と戦おうというのだ。

井上はあきれかえり、そして怒った。

「またそんなことをいう。山口の藩庁会議ではそれを承知のうえで、外国と戦おうときめたのではなかったのですか！」

「それはそうだが、小郡へきてみて、外国にはとても勝てないということが改めてわかった」

「そんなことは、ロンドンから戻って以来、私と伊藤が口を酸っぱくして説明したではないですか。いまさら何です。第一、藩政府の方針がそうくるくる変るようでは、兵士はどうしていいかわからなくなります」

「何といわれようと勝てない戦争は、早く終戦にしたほうがいい。民も救われる」

「いまごろ民が救われるもないものだ。しかも講和なんて体裁のいいことをいったって、これはあきらかに降伏だ」

どうにも収拾できなくなって、春輔と高杉がその席へ呼ばれた。座の空気を見て高杉は井上にいった。

「井上よ、戦争というものは、異常な熱と狂気がなければ遂行できんよ」

「……………？」

「残念だが、ここにいる人には、そのふたつともない」

痛烈な皮肉をこめた高杉のことばに重臣たちはしらけた。しかしそれは事実であった。馬関からの敗報で、重臣群は戦意を失っていた。外国と戦うことより、まもなく攻めこんでくる幕府軍との戦いのことで、頭がいっぱいだった。何といわれようと、いまはその準備に専念したかった。

ずっと家臣の討論をきいていた世子が断を下した。

「外国と和を講ずる」

といった。井上が猛然と反対したが、世子はきかなかった。そして、

「講和の正使は高杉晋作、副使は渡辺内蔵太と杉徳輔、井上、伊藤の両人を通訳とする」

と命じた。井上は、

「承服できません。それは藩公のご意思ですか」

と、暗に、藩主でない世子の決定の越権を指摘した。しかし世子はうなずいて、

「私は父から全権を委任されてきている。従って私の決定は父の意思である」

と応じた。

百八十度変った決定に、

「こんな馬鹿なことがあるか。おれはもういやだ、腹を切る」

と駄々をこねる井上をなだめ、五人の講和使節は出発した。

馬関に入ると、海上から轟音がとどろき、市内で砲弾が炸裂した。火災が起った。市民は

恐怖におののいた。五人は顔色を変えた。中でも高杉は険しい顔をした。

「奴らは馬関を焼く気だ」

といって怒りの眼で海上をにらんだ。春輔はいま高杉を怒らせてしまっては、せっかくの講和が破れると憂い、

「私がひと足先に外国艦隊に交渉に行きます。向うが和議に応ずるようなら、空砲を一発撃たせますから、そうしたら高杉さんたちはきて下さい」

と告げ、すぐ漁船に乗った。乗るときに大小の刀を浜に投げた。

「伊藤君、刀を捨ててどうする、万一のときの武士のたしなみだぞ」

と井上が口をとがらせたが、春輔は、

「その武士のたしなみが逆にいのちとりになる」

と笑った。春輔の舟は一番大きい軍艦に近づいた。英語で、

「旗艦か？」

ときくと、甲板からこっちを見ていた水兵が、

「旗艦ハユーリアラス号ダ」

と応じた。

「ドノフネカ」

「アレダ」

水兵の指さす艦に行くと、舷側から旧知のアーネスト・サトーがにこにこ笑いながら呼び

かけてきた。

「ヤア、イトウサン、ドウデス、モウ、センソウニアキマシタカ」

春輔は手をふってうなずいた。

「そうです、すっかり飽きました。ですから今日は講和のご相談にきました」

「ホウ、コーワノ？　ジャア、マズ、オアガリナサイ」

座敷へでも通すようなサトーのことばに従って、春輔は甲板に上った。艦長室に案内されると、ちょうど艦長のアレキサンダー大佐が傷の手当をしていた。春輔が見舞いのことばを告げると艦長は苦笑し、

「あなたのお国の人が、こういういたずらをしたのですよ」

といった。春輔はクーパー司令官に会いたいといった。そして馬関砲撃はやめてくれとたのんだ。艦長は砲撃をやめさせた。

クーパー長官は春輔に会った。そして、サトーを通訳に使いながら、

「講和は大変に歓迎する。しかし、藩主が自分で来るのか」

ときいた。

「藩主は病気で来られない。藩主の委任をうけた代理がすでに港に着いている」

「そうか。それではともかくその人に会おう」

そこで、きめたとおり、合図の空砲が一発海上にとどろいた。春輔はほっとした。

舷側で待っていると、高杉一行がやってきた。高杉は烏帽子《えぼし》をかぶり、陣羽織を着ている。

まるで武者人形か猿まわしの猿のような格好だ。ほかの三人は小具足をつけていた。

「ヤア、イノウエサン」

サトーが井上に声をかけた。井上はひきつった笑いを浮べた。春輔は高杉の姿を見て、ぷっとふきだした。

「この野郎、何を笑う」

高杉が目をむく。

「だってその格好は」

「五月人形だといいたいんだろう、承知のうえだ。この姿で外国人どもの度胆《どぎも》を抜いてやるのだ」

ことばどおり、高杉晋作はその姿で談判をはじめた。

高杉晋作は、連合艦隊司令長官クーパーと会見した。藩主毛利敬親の親書と、朝廷と幕府が日本全国の大名に〝攘夷〟を命じた書類を証拠として添えて出した。

文久三年五月十日以後、

「航行する外国船は、すべてうちはらえ」

と命じたのは、朝廷と幕府であって、決して長州藩が勝手にやったのではない、ということを示すためだ。

クーパーは書類を見ながら、

「この書類には、ただ下関の通航はかまわないと書いてあるだけで、和議を結びたいという意思はまったく表明されていませんね」

　と、不満そうな表情でいった。高杉はこう応じた。

「下関を自由にお通り下さい、ということがそのまま和議の証拠です」

「それは、あなたの議論で、国際法上はそんなことは認められない。もう一度きちんと書いて下さい。それに、最後もただ防長国主と書いてあるだけで、藩主のサインも印もない。ここもはっきり国主の署名と捺印を求めます」

　クーパーは書面の形式に対してきびしかった。頑として退きそうもない。

「…………」

　弱った高杉は春輔の顔を見た。春輔はアーネスト・サトーに小さな声できいた。

「なんとかなりませんかね」

　サトーはにやにや笑って答えた。

「ナントモナラナイネ。クーパーテイトクノイウトオリニシタホウガイイネ」

　そこで春輔は高杉に首をふった。高杉も上海に行って多少の外国についての知識はある。たしかに持ってきた書類はいい加減だ。

(ちょっと舐めすぎたかも知れない)

　と思った。

「それでは、改めて国主が署名した書類を持ってきましょう」

「そうして下さい。それまで休戦しましょう。ただし、連合軍が占領した砲台の大砲は戦利品としてこの艦にはこびます。どなたか立会人をきめて下さい」

「国主の書類は明後八月十日九《ここの》つ、ヨーロッパ国における正午に持ってきます。大砲の処分は残念ですがやむをえません。立会人には井上聞多をのこします」

高杉はそう応じた。井上はずっとムッとしていた。別に連合国に怒っているわけではないのだが、藩政府のやりかたにまだ腹が立っていた。

この交渉のときの高杉晋作の態度はりっぱだった。しかし交渉そのものはクーパーにおしきられた。

改めて、国老宍戸備前・毛利登人・高杉晋作・井原主計・楢崎弥八郎・波多野金吾らを使者とし、春輔が通訳を命ぜられ、八月十四日正午、またユーリアラス号に行った。

「なぜ国主が来ない?」

クーパー司令官は、使節の顔ぶれを見ると、たちまちふきげんになった。そして、

「今日は病気だなどという言い訳はさせない。先日、必ず国主が来ると、きみが約束したはずだ」

と毛利登人をにらみつけた。登人は何とも答えようがない。春輔は、

「藩公のお立場を正直に話したほうがいいでしょう」

と知恵をつけた。登人が説明し、春輔が通訳した。

「実は、国主は京都の帝《みかど》の怒りをうけているので謹慎している。それで来られない」

「なぜ、はじめからそのことをいわないのか」

「帝の怒りがとけるように努力していたからだ。国主は心から長官に会いたがっていた」

「みていると、どうも、長州国は国主や重役よりも下級者が勝手なことをしているようだ。国主は本当に謹慎しているのか」

「本当に謹慎中だ。自分の信頼する家臣にも思うように会えないありさまである」

春輔は登人がいわないことも自分で勝手にことばを加えて通訳した。日本語のわかるアーネスト・サトーだけがそのことを知っていた。しかしサトーは春輔の努力に好意を持ち、何とか和議をまとめようとしていたから、気がつかないふりをしていた。ありがたかった。春輔は、ほとんど自分の考えを登人がいっていることにしてクーパーに伝えた。通訳としては越権だったがやむをえなかった。

「こんな例は、いままでにない」

クーパーは相当にこだわって文句をいったあと、

「とにかく交渉に入ろう」

と、ようやく和議条約の案を出した。

第一条　この海峡を通過する外国船に対しては、親切な取扱いをすること。石炭、食糧、水、その他の必需品の購入をゆるし、また、乗組員が悪天候になやむ場合は上陸をゆるすこと。

第二条　こんご砲台は一切新しく築かないこと。古い砲台も修理しないこと。もちろん大砲をおかないこと。

第三条　長州国のほうから先に砲撃したのだから、ほんとうなら下関のまちは破壊してもかまわないのだが、われわれはそうしなかった。まちが無事にのこったのだから、その代償金を支払うこと。また、こんどの連合国側の戦費を払うこと。

等である。

これをきいて、高杉晋作が、たちまち、

「第二条と第三条に反対する。特に第三条はうけいれられない」

と、猛然とくってかかった。クーパーは、高杉をにらみ、

「なぜか」

ときいた。シシド・ケイマと名のる高杉を、クーパーはどうもうさんくさい人間だと疑いを深めている。

(この男が、国主や重役をふりまわしているのではないか)

と思っていた。高杉は敢然といいかえした。

「たとえ、戦勝国といえども、長州国の防備に口をいれられることは、大きな屈辱である。また、そもそも長州藩が外国船を砲撃したのは、朝廷と幕府の命を奉じたもので、勝手にやったことではない」

つよい語調でそういった。さすがに春輔は緊張して通訳した。クーパーの顔色が変った。

「あくまでも連合国がゆずらなければどうするのか」

高杉はクーパーをまっすぐに見て答えた。

「もう一度戦うだけだ。それこそ、長州人が死に絶えるまで」

長州の天才

事態は険悪になった。

春輔《しゅんすけ》とちがって高杉晋作《しんさく》は相当に感情的なところがある。一旦こじれると、それが不利だとわかっていてもがんばる。もう一度戦争するなどと威張ってみたところで、勝てっこないのだが、高杉は意地になって退かなかった。

相手のクーパー司令官も退かない。だいたい、敗けたくせに長州人は威張りすぎると思っている。クーパーは、

(もう一度戦争して、こんどは徹底的に痛めつけたほうが、この連中も思い知るだろう)

と思っていた。

両代表の昂ぶった緊張に、春輔は弱った。クーパーの脇のアーネスト・サトーを見ると、サトーも同じ思いをしているようだ。そこで春輔は、

「ミスター・サトー」

とサトーを小さい声で呼び、船室の外に連れ出した。高杉とクーパーがにらんだが、春輔はにこにこ笑いかえした。甲板に出ると、

「高杉さんのいっていることは嘘じゃありません。長州人の戦意はまだまだ相当に高いのです。賠償金にこだわると、本当にもう一度戦争になりますよ。賠償金の件は撤回してくれませんか」

と、真面目な顔でたのんだ。サトーは、うなずいたが、

「シカシ、バイショウキンノケンハユズレナイ。コクサイホウジョウ、ダメナノダ」

と、ちょっと苦しい表情をした。国際法上駄目だといわれると、春輔も辛い。

が、このことは、はじめから予期してきたことである。そして、このことはずっと頭の隅にひっかかっている。

(賠償が交渉の最大問題だ)

と思ってきた。春輔は自分なりにある考えをまとめていた。それは奇想天外な考えだった。大ばくちになる。しかし、その大ばくちにすべてを賭けるほか、長州人が助かる道はない。いま、何万ドルもの賠償金を払わされたら、もう、それだけで藩はつぶれてしまう。

春輔はいった。

「サトーさん、こういうことはできませんか」

「ドウイウコトデスカ」

「今日のところは賠償金の件は承知します。しかし、実際に支払うのは、何も長州でなくた

っていいでしょう」

「エ？」

サトーはおどろいて春輔を見かえした。

「ドウイウコトデスカ？」

サトーの表情から笑いが消え、半ば、不信の色が浮いている。ぎりぎりの立場になれば、かれもイギリス政府員である。どんなに親しくても、国と国との問題を、いい加減な冗談ですますことはゆるされない。いま、サトーの表情には、そういうきびしさがあった。

サトーはいった。

「ミスター・イトー、キミノユーモアズキハミトメル。シカシ、コノモンダイヲ、ジョーダンニスルコトハユルサレナイ」

「私は冗談なんかいっていない」

春輔も真顔になっていい返した。目が燃えている。春輔は賭けに出ていた。こういった。

「賠償金は徳川幕府に払わせるのです」

「ナニ!?　バクフニ？」

こんどこそサトーは仰天した。あきれて見つめるサトーに春輔は熱をこめた口調で語りはじめた。

「考えてみて下さい。攘夷実行を決めたのは、天皇と将軍ですよ。その意思を受けて、徳川幕府が五月十日を期した攘夷令を出したのです。これは、いわば日本国の法令です。長州藩は、その法令に従ったにすぎません。本当のことをいえば、あなた方が長州を攻撃するのさえまちがっているのです。本来なら、攘夷令を出した徳川幕府を攻撃すべきであり、江戸を攻めるべきなのです。長州藩のほうが賠償金をもらいたいくらいですよ！」

「………!?」

サトーはあきれかえり、無言をつづけた。青い眼は大きく見ひらかれたままだ。やがてサトーはいった。

「ソレデハ、キミハ？」

「そうですよ。徳川幕府が払うべきです。先例があります。生麦《なまむぎ》事件を起した薩摩藩の賠償金は、徳川幕府が払ったではありませんか？　イギリス政府もそれで了承したはずです」

たしかに春輔のいうとおりだった。生麦で行列の前を横切ったイギリス人を、薩摩藩士が殺傷した。そして、賠償を求めるイギリス側に、

「大名の行列を横切ってはならない、というのは、日本人に適用されている国法である。ましてや外国人が馬に乗ったまま横切るなどというのは、日本国に対する侮辱である。薩摩藩には、断じて賠償の義務はない！」

といい張った。理屈は通っている。弱った幕府は、ついに賠償の肩替りをした。春輔が先例というのは、そのことである。

「………」

春輔を凝視するサトーの目から不信の色が消え、替って笑いの色が浮んだ。

「ミスター・イトー」

「はい」

「カンガエタネエ？」

「ええ、考えましたよ。何しろ、長州藩がつぶれるか、つぶれないかの瀬戸際ですからね」

「ヨクワカルヨ、シカシ」

「しかし何ですか？」

「アナタハ、アタマガイイネエ、イヤ、ソウトウニズルイネエ、タイヘンナワルダ」

サトーは笑いだした。そして、

「ヨシ！　ソウシマショウ、ソレデテウチダ」

手打ちなどという日本の俗語《スラング》を使って、サトーは大きくうなずいた。ふたりは船室に戻った。サトーはクーパーに早口でささやく。春輔も高杉にいった。

「賠償金は承諾して下さい」

「なに、きさま、そんなことをあのエゲレス人と約束したのか」

「わけはあとで話します。とにかくこの場は承知して下さい」

「おれは知らんぞ。きさまが払え」

「はは、払いますよ」

大声で笑いだした春輔を、クーパーとサトーが見た。サトーのささやきで、すでにクーパーに話は通じている。クーパーは春輔を見て、意味深長な笑顔を見せた。

（キミハ、イイタマダナ）

という目をしている。何だかわからなかったが、高杉も春輔のいうことを信用して、承知した。サトーとクーパーの態度で春輔の提案が、イギリス側を感心させたことだけはわかったからだ。こういう点、高杉という男は、部下を大きく信頼した。元治元年（一八六四）八月十四日付で、五か条にわたる条約が結ばれた。

講和条約の件が片づくと、クーパー司令官は何気なく、

「彦島を租借したい」

といいだした。

「ソシャク？」

高杉はどういう意味だと春輔にきいた。春輔にもわからない。しかし何となくうさん臭い気がした。

彦島というのは、現在の関門トンネルの下関側の入口にあたる島だ。ソシャクの意味はわからなかったが、春輔の脳裡には、となりの国の上海や香港の姿が浮んだ。長州に外国の軍事基地をつくられてはたまらない。

「ノー」

春輔は高杉のことばを通訳する形でことわった。

「ナゼ」

クーパーがサトーにきかせる。春輔はちょっと理由につまったが、咄嗟《とっさ》に、

「何となく……」

と応じた。サトーも、そのまま、

「ナントナク」

と通訳した。これをきくと、はっはっはとクーパーは笑いだした。そして、春輔に、

「キミハ、コクサイガイコウ（国際外交）ノジーニアス（天才）ダ！」

とつよく春輔の手をにぎってふりまわしながらいった。彦島租借のことはそれ以上いわなかった。

再び小舟に乗って馬関《ばかん》（下関）に戻る途中、高杉は険しい顔で春輔にきいた。

「春輔、おまえは勝手に賠償金を承知してしまったが、どうやって払うつもりだ。だいたい、あのエゲレス人に何を話したんだ」

「長州はすってんてんで、一文も金はありません。どうしても賠償金がとりたいのなら、幕府からとりなさい、といっただけですよ」

春輔はそう答えた。

「なに……」

「だってそうでしょう。去年の五月十日以降、外国船を撃ち払えといったのは幕府なんですからね。長州は、忠実にその命令に従ったまでです。国際法上、罪は命令者にあります。イギリス側にはそう話したのです」

国際法上そんなとりきめがあるのかないのか、わからないが春輔はそういった。高杉は改

めて春輔を見つめた。そして、

（とてもこいつの心臓のつよさにはかなわない）

　と思った。

　高杉はつぶやいた。

「長州藩は、幕府にいよいよにくまれるな……」

「そのほうがいいんです。孤立すればするほど、藩は結束しますよ」

　春輔はそう応じた。が、胸の中は不安でいっぱいだった。自分は大変なことをしてしまったのではないか、という反省が突きあげていた。その不安を抑えつけるやけくそみたいないかただった。しかし、そういう春輔の肩を、高杉は大きく叩いた。そして笑った。

「おれもそう思う。春輔、よくやったぞ！」

　しかし、馬関にいる人間は、真っ二つに分かれた。高杉たちが結んだ講和条約を素直にうけとめようとする層と、講和を国辱だとして、あくまでも戦いぬくという奇兵隊等の過激派のふたつだった。

　奇兵隊士たちは、高杉の転向ぶりにあきれていた。しかし高杉は何といっても奇兵隊の創始者だから、まだ尊敬と期待の念が残っていた。だから、その思いは、

「いまの高杉さんはほんとうの高杉さんじゃない、だまされているんだ。だましているのは伊藤と井上だ」

　という考えになった。そこで、隊士たちは、

たちは、

「ふたりを斬れ」

と息まき、ふたりをつけねらった。

逆に外国人と積極的に仲よくなったのは、市民だった。かれらは、連合国兵が砲台から戦利品として大砲をとりはずすのを手伝い、海のそばまではこぶのを手伝った。連合国の兵士たちは、

「カインドリイ、ピープル（親切な人々）」

と、無邪気によろこび、タバコやチョコレートをくれた。（八十年後にも日本人は同じことをする）

そういう市民に、

「この国賊ども！」

と、奇兵隊士たちがいやがらせをしたが、市民は平気だった。野菜や鶏などもどんどん売った。高杉は、

「市民が一番したたかだな。どんな時代、どんな状況の中でも生きていく」

と苦笑してながめた。

が、陸上だと、よけいな摩擦が起るので井上は、漁船に連合国で必要な品物を積んで、艦から艦の間を忙しく走りまわった。艦隊は、

「イノウエ丸」

と呼んで、井上の舟が来るのを待ちどおしく思うようになった。しかし、反対に井上のこ

ういう行為は、いよいよ藩の過激派を怒らせた。

「やつはエゲレス人だ、日本人ではない」

と、井上をにくみ、そのいのちをねらった。

その点は春輔も同じだった。講和条約を結んだあと、春輔は藩主に命じられてクーパー司令官に進物を届けに行った。クーパーは大変によろこんで、藩主に美しい花瓶をお返しにくれた。さらに、

「コレハ、ジーニアス（天才）ニアゲル」

とピストルをくれた。クーパーは本気で春輔を長州の天才と思いこんでいた。この日、艦上でごちそうになったので、春輔はサトーに、

「あなたに、馬関でごちそうしたい」

といった。サトーは手を打ってよろこび、

「カナラズイクヨ」

と握手した。

陸に戻って高杉と井上にこの話をすると、高杉は、

「それはいいことだ」

とほほえんだが、井上は、

「馬鹿だな。一体何を食わせる気だ、フグだのマグロのサシミなんか、気味悪がって食わないぞ」

と本気で心配した。

そういわれればそうだ。そんなことは何も考えずに、艦上で出されたウイスキーでいい気持になって、春輔はそんな約束をしてしまったのだ。酔いがさめてくると、春輔は本気で頭を抱えた。それを見た高杉は、

「春輔、三百万ドルの賠償金を幕府に払わせようという男が、たかが毛唐《けとう》の接待で何をなやむ。いっしょに来い」

と立ち上った。

「どこへ行くんです」

と、きくと、

「稲荷町だ」

といった。稲荷町は馬関の大遊廓だ。けげんな表情をする春輔の脇から、

「おれも行く」

と、井上聞多《もんた》が眼を輝かせた。

稲荷町の遊廓というところは面白い伝統があって、ここでは芸者より娼妓のほうが格が高い。なぜそうなったかというと、この土地での娼妓の発生が、京都の官女にあるとされているからだ。それも遠い源平の時代にさかのぼる。源氏に追いたてられた平家が、ついに日本本土の西の端に追いつめられ、壇の浦で潰滅してしまった。安徳天皇を抱いてその生母の建礼門院が海にとびこんだため、供の官女もつぎつぎととびこんだ。源義経を大将とする源氏

の兵は、これを熊手でひっかけて救いあげた。救いあげたあと、戦勝男が戦敗女をどうするかは自明だ。さんざんもてあそんだ。それでも建礼門院は京に戻され、大原寂光院に住んだが、官女たちはおき捨てられた。しかたなく山中にひそんで、野の花を里やまちに売りに出たが、そんなことで食えるわけがない。

結局、もうどうなってもいいと裾をまくって売春をはじめた。だから稲荷町では娼妓のことを、

〝女郎〟

と書かずに、

〝女﨟〟

と書いた。せめてもの突っぱりだったのだろう。ほかにも、日本海を航行する、いわゆる〝北前船〟の船員たち用の娼妓もたくさんいたから、とにかくにぎやかな花街だった。

高杉はその一軒にあがった。心得た店の者の手配で、おうのという女がきた。おうのは、前に〝此《こ》の糸〟と名のって、この土地の芸者をしていた。堺屋新蔵という店の養女だった。大坂なまりがあるから、出身は大坂だといわれるが、本人は、

「さあ、どこかな」

とにこにこ笑いながら首をかしげる。茫洋《ぼうよう》として、こせこせしない女だ。美人ではない。しかし、その性格をひどく気にいって高杉は、かなり前に落籍していた。萩にちゃんと正妻がいるのだが、おうのは〝馬関妻〟のようなものだった。

高杉は、全身が神経のかたまりみたいでピリピリしているから、自分で自分を持て余すことがある。そういうとき、のんびりしたおうのと接触していると、何となく心がゆったりし、こせこせすることが馬鹿馬鹿しくなってくるのだ。高杉にとっておうのは、〝心の憂さの捨て所〟のことば通り、苦悩のごみ捨て場だった。

ついてきた春輔と井上に、おうのはお梅とお静という芸者を招んでくれた。お梅は落ちついた女で、春輔は何かお姉さんに接しているような気がした。サービス精神が旺盛で、こういう席になると、冗談ばかりいって他人を笑わせる春輔を、よそでは、軽くみる妓もいたが、お梅はやさしい微笑でときどきそっと見た。その目の中に軽蔑の色はなかった。春輔の心はなごんだ。

それでも、春輔の胸の中にはサトーを招待することが屈託《くったく》としてのこっていたので、つい口に出た。すると、

「そんなこと、何でもないよ」

と、おうのがいった。

高杉は、

「おまえはなんでもすぐかんたんに何でもない、というがよくないぞ。このことけ、ほかのこととちがい、それほどやさしいことじゃないぞ」

と、おうのを叱った。おうのは、しかしぜんぜん気にせず、

「だって、メリケン料理はお梅さんが得意だもの」

と、ケロリとしていった。

「え！」

と、春輔は盃を宙に釘づけにした。

「ほんとうか」

お梅の顔を見た。お梅は何ともいわずにほほえんでいる。が、その表情は必ずしもおうのことばが嘘だとはいっていない。

「お客さんの中には、メリケン料理の好きな人がいてね、お梅さんはその人に習ったんだよ。スッポンのシチューなんか得意だよね」

お梅が何ともいわないものだから、おうのが代りにそんなことを告げた。

「スッポンのシチュー？」

すぐイメージが湧かなくて、春輔は頭の中にその料理を思い浮べようと努力した。しかし、丸く平たい甲羅のスッポンが、宙で手脚をバタバタさせている光景が浮んだだけであった。

「たのむ、長州のために、いや、日本国のために手伝ってくれ」

春輔は正座するとお梅に本気で頭を下げた。

伊藤春輔にまねかれたアーネスト・サトーの記録（『一外交官の見た明治維新』）によれば、その日の様子はつぎのようであった。

「……伊藤はわざわざヨーロッパ風の食事を用意しようと骨を折っていた。まず、長さ七フイート、幅三フィート半の食卓をつくり、外国ものの生地で、少々あらいが少しは見られるような布をその上にかぶせ、よく切れる長いナイフと、くぼみの少ない、平べったい真鍮《しんちゅう》のスプーンとをおき、一対の箸をその脇にそえた……」

そして、出てきた料理は、

「四皿出た。最初はロックフィッシュ（くろはぜ）の料理で、つぎはウナギのカバ焼き、そしてスッポンのシチュー、さらにアワビの煮たのと鶏の煮たものが出た」

で、味のほうは、

「くろはぜは、まあ何とか。ウナギの焼いたヤツとスッポンのシチューは大変にうまかった。アワビと鶏はまったくお話にならなかった……」

と率直に感想をのべている。

そのころの日本ではまだ牛を食べる習慣がない。宗教からきたのだろうが、神聖なものとされていた。手持ちの材料でヨーロッパ料理を用意するとなると、こんなところで精いっぱいだったろう。いずれにしても日本最初の西洋料理だ。

この日、お梅は甲斐甲斐しく手伝った。お白粉を落し、きりっとした素人《しろうと》の姿で働くお梅を見ていると、まだ会ってから大して経《た》っていないのに、春輔の心はうずいた。それは、いままで行く先々で感じた好色心ではなかった。萩にいる〝お待ちうけ妻〟のおすみに、ふっと罪の意識を感ずるような心のうごきであった。

はっきりいえば、春輔はお梅に惚れたのだ。それも、

(そばに、いつもこういう女がいてくれると助かるな)

という惚れかたであった。

この日の接待に、サトーは皿を持って出入りするお梅をチラリ、チラリと見た。記録には、

「まったくお話にならない」

と書いたアワビや鶏の煮ものが出たときも、

「オオ、ナンテウマイリョウリダロウ!」

などと調子のいい感嘆の声をあげている。特に最後のデザートの、日本の甘いビール(ミリン)に漬けた柿は、

「ステキニウマイ」

と舌つづみを打った。そしてお梅が台所に去ると、

「アノオンナノヒト、ミスター・イトーノナニ? オクサン? オメカケサン?」

ときいた。春輔は、はずみで、

「女房です」

と答えてしまった。サトーは、

「ニョウボウ? オオ、オクサンノコトネ、ソウデスカ、イヤ、タイヘンニステキナニョウボウデス」

とほめた。

「おい、お梅」

と呼んだ春輔は、何でしょうという表情をするお梅に、

「ミスター・サトーがね、おまえのことを、おれのすてきな奥さんだとほめているぞ」

と告げた。なぜか胸の鼓動がはやくなった。お梅は、

「まあ、奥さんだなんて」

と真っ赤になって台所のほうに逃げた。しかし、逃げる瞬間、お梅の顔に一瞬の幸福感がよぎったのを春輔は見た。春輔も胸に幸福な甘い気持を走らせていた。故郷のおすみのことがまたふっと胸の中を通りすぎたが、このとき、春輔は、

(お梅を女房にしたい)

と本気で思った。そして、

(男は、同時にふたりの女を好きになれるのだ)

と感じた。どっちの気持も本心なのだと思った。

この日、サトーは重要なことをいった。

「アナタタチヲミテイテ、ワタシハ、ダンダンチョウシュウガスキニナッテキタ」

と前置きし、

「タイクン(大君、将軍のこと)政府は、嘘つきであり、その場、その場のごまかしをいう。そこへいくと、長州は正直だ。いや、馬鹿正直というべきだろう。だからこんどのようなひどいめにあう。しかし、私はいま、イギリスと長州が直接貿易ができたら、どんなにすばらしいことかと思っている。それにはやはりこの馬関を開港しなければならない」

といった。これをきくと、春輔は、サトーの提言に、一瞬目を輝かせたが、すぐ暗い表情になってこう応じた。

「ミスター・サトーの提言は、大変魅力があるが、まだまだ徳川幕府の力はつよい。あなた方と戦争をしたのも、実は藩の一部であり、それも侍の多くは萩にいてうごかなかった。私が幕府に賠償金を払わせよう、とすることとさえ、藩政府の大部分は、そんな大それたことを、と仰天している。かれらは幕府の報復が怖いのだ。再び、幕府が軍勢をひきいてきたら、一体、どうなる、と、そんな心配ばかりしている。そんな時に、お国と交易することなど、思いもよらない……」

だまって春輔の話をきいていたサトーはほほえんだ。

「ミスター・イトー、メズラシクヨワキダネ？」

「でも、事実です」

そういいながら、しかし、春輔はこんなことをいった。

「ロンドンで、お国の制度をつくづく羨ましいと思いました。それは、将軍や大名などでなく、ごくふつうの人たちが、議会というものをつくって政治をおこなっていることです。日本、いや、長州藩にとっては、永遠の見果てぬ夢です」

これをきくと、サトーは、

「ソウダロウカ？」

と、いった。目の微笑が不気味なものを湛《たた》えている。

「え？」

と、思わず見かえす春輔に、サトーは、

「タイクンがひとりの大名になって、力のある大名とイギリスのような共和政府をつくればいい」

という意味のことをいった。

「日本に共和政府を!?」

思わず目をまるくする春輔に、

「ソウ。デキナイハズハナイヨ。シカモ、ツクルノハ、ミスター・イトー、キミタチダ。イギリスハ、ソノタメノオウエンヲオシマナイ」

そういった。

「!?」

春輔は、胸の鼓動をはやめてサトーを見つめていた。サトーが、とてつもない不気味な巨人に思えてきた。アーネスト・サトーは、のちに『英国策論』を書く。

『英国策論』は、大政奉還によって、将軍はひとりの大名となり、日本は大名の連合による共和政府をつくるべきだ、ということを書いた本だが、この中で、

「この本は伊藤春輔に影響されて書いた……」

とサトーがのべている。

そして、

「その意味では、私は徳川政府に対する最大の反逆者だった」

　とサトーはいっている。もちろん、それはサトー一流の遁辞《とんじ》であり、この時期に、春輔がそれほどすすんだ考えを持っていたとは思えない。かれは目前のことで精いっぱいだった。しかし、目前のことに精いっぱいの春輔が、無意識に洩らしたことばの中から、サトーは逆に、イギリス人として、日本の今後の方向性を先取りしたのである。そして、それは同時に、イギリスのすすむべき方向でもあった。


　窓から見える前面の海に、連合艦隊の何隻かの艦が、淡い灯影を落している。夜になると艦の姿もわびしい。港特有のやるせなさが陸上にも伝わってくる。

「船がどんどんひきあげていきます」

　片づけを終ったお梅が、窓辺にいる春輔のそばにきていった。

「うん、サトーさんも明日は横浜に帰るそうだ」

「ずいぶん日本語の達者なお人ですね」

「ああ、おれよりうまい」

「まあ」

　春輔の冗談にお梅は笑った。

「疲れたろう」

　春輔はいたわりをこめた目でお梅を見た。

「いいえ。私より伊藤さんのほうが大変でしたよ」

お梅はほほえんで首をふった。その笑顔がまた春輔の胸を甘がゆくした。

「お梅よ」

春輔はお梅の手をにぎると、ぐっと引き寄せた。

「おまえを抱きたい……」

「……まあ」

パッと赤くなるお梅の耳に、

「いやか」

春輔はささやいた。

「いやじゃありませんけど」

お梅は燃える目で春輔を見つめかえした。

「馬関では、芸者が男の方とそうなると、もうほかの方とは……」

「知ってるよ、おれはおまえを女房にしたいんだ。サトーさんもそういっていたじゃないか、すてきな奥さんだって」

「ことばのうえでは、それですみます。でも本当にそうなったら、大変ですよ。伊藤さんの重荷になって」

お梅は、肉体をまかせることを取引きしているのではない。稲荷町遊廓のしきたりをいっているのだ。この土地では客と芸者が一度そういう関係になったら、客は最後まで芸者の面倒をみなければならない。ほかの土地のように、〃一夜妻〃ではすまないのだ。その覚悟がなければ、ここでは女は抱けない。

が、気持の昂揚していた春輔は、

(どうなってもいい)

と思っていた。明日は明日の風が吹く、と思った。それはやけくそでそう思っているのではなく、アーネスト・サトーと、長州の将来、日本の未来について、あまりにも気宇壮大な話をしたので、そういう気持になっていたのだ。

精神が昂揚すると、たちまち性欲もたかまるのが春輔の性癖だ。いまもそうだった。しかしいまは単なる性欲だけでなく、お梅への慕情が加わっていた。遮二無二、お梅がほしかった。しきたりがそうしろというのならば、いさぎよく、そのしきたりに従うつもりだった。萩のおすみをどうするかなどということは二の次だった。その思いは、そのままお梅に伝わった。男と女の仲は時間をかければいいというものではない。ひとめでそうなることもある。しずかなお梅であったが、お梅も商売をはなれて燃えていた。口にはしたが、お梅にしてもしきたりやその後のことはどうでもよかった。ふたりは、はげしく結合した。

そして――この夜が、この時期での伊藤春輔にとって最高潮のときだった。すぐ春輔、井上聞多、高杉晋作の三人にとって、いや、長州過激派にとって、まさに地獄の季節が疾風のように襲ってきた。

それは、連合艦隊に叩かれたあとの、弱り目にたたり目のところをさらに襲おうと幕府が動員した中国・四国・九州の諸藩二十一藩十五万人の軍勢がヒタヒタと、長州の国境に迫ってきたからである。

いま、藩の政治を牛耳っているのは、麻田公輔《あさだきみすけ》（周布政之助《すふまさのすけ》）を核とする討幕強硬派（正義派）である。高杉、春輔、井上らはみんなこの派だ。外国とは仲よくしても、腰の弱い幕府とは徹底的に戦えという強硬派だ。

これに対して、

「腐っても幕府は鯛だ。ごきげんを損じないよう、頭をさげて、無事大過なく、うまくやろう」

という俗論派がいる。椋梨《むくなし》藤太がその頭領だ。

幕軍に包囲されると正義派の旗色は次第に悪くなった。九月二十五日、藩主父子は山口の城内で大会議をひらいた。春輔はまだ馬関にいるので井上が出席した。

井上は一貫して、

「幕府と戦うべし」

と主張した。そのいきおいがあまりにもはげしいので、俗論派は圧倒された。

正義派追放

井上聞多《もんた》の家は湯田にある。国道九号線ぞいに高田公園というのがあり、湯田出身の詩人中原中也の詩碑がある。大岡昇平氏の筆である。

井上が襲われたのは元治元年の九月二十五日で、襲ったのは藩の先鋒《せんぽう》隊士三人だ。

先鋒兵士は、そのころ、

「ただ、身分が高く、高い給与をとるだけで、馬関《ばかん》での外国との戦いにも何の役にも立たなかった」

と、奇兵隊その他の諸隊からあざ笑われていた。藩主や世子《せいし》も奇兵隊ばかり重視した。先鋒隊はひがみ、奇兵隊に対して深く含むところがあった。

それと、奇兵隊は創始者の高杉はじめ現総管の赤根武人《たけと》も軍監の山県狂介《やまがたきょうすけ》も、藩の政治的派閥からいえば〝正義派〟に属し、先鋒隊は〝俗論派〟に属す。

山口の藩庁でおこなわれたこの夜の大会議では、数のうえでは圧倒的に俗論派が多かった

にもかかわらず、井上ひとりが熱弁をふるって、藩論を、

〝幕府と徹底抗戦〟

に導いてしまった。先鋒隊が、

「井上の野郎」

となるのは当然であった。先鋒隊の刺客は藩庁で大会議がおこなわれている間から外で井上を待っていた。

会議が終ったのは深更である。井上は、いまの国道九号線を歩いて湯田の自宅に向かった。袖解橋《そでつき》まできたとき、橋際から突然三人の刺客が襲った。井上は口は達者だが剣術はあまり達者ではない。たちまち斬られてしまった。道に倒れこむ井上に、

「とどめを刺せ」

と刺客のひとりがいった。ひとりが大刀を垂直に井上の胸に突き下した。が、これから先は巷説である。カチンと音がした。しかしかなり興奮、狼狽していた刺客たちは、それで襲撃をやめ、逃げ去った。瀕死の重傷の井上は、やがて供の者の急報でかけつけた家人にはこばれて、すぐ医者の手当をうけた。

このくだりは、戦前の小学校の教科書にものっていた。あまりの傷の多さに、

「もう駄目です……」

と死を覚悟する井上に、

「何をいうのです。あなたはきっと助かります」

と、井上の母親が、ともすれば消えそうになる井上の生命《いのち》の炎を吹きたてて、ついに井上は助かるという話であった。この間の母親の不眠不休の努力と、息子への愛情が特に強調されていた。

巷説というのは、刺客がとどめを刺したときに、刀をうけとめたカチンという音が何だったかということだ。昔から、これは京都の芸妓君尾《きみお》が井上に送った小さな鏡だといわれている。井上は君尾となじんでいた。ロンドンに密航する前、君尾は、

「この鏡をうちと思うておくれやす」

と、涙を浮べて鏡をわたした。それをずっと大切に持っていた井上は、襲われたときもふところに入れていた。斬られて倒れたとき、この鏡が胸の上にきていた。そしてこれが刀をうけとめた。カチンという音は鏡が立てたものである。だから、君尾にもらった小さな鏡が井上のいのちを救ったのだ、という話はかなり流布されている。

君尾といえば、なかなか情の熱い女で、井上と別れたあと、新撰組の局長近藤勇となじんだという話もあり、さらに長州藩士品川弥二郎の弁舌に惚れこんで、品川といっしょになったという話もある。

しかも、品川との話は、もっととてつもないほうに発展する。日本の軍歌第一号は、例の、

〽 宮さん　宮さん　お馬の前に
　ヒラヒラするのは　何じゃいな

という官軍の行進歌だが、この作詞者は品川弥二郎ということになっている。高杉といい、桂といい、長州の志士はみんな詩才がある。そして、品川の作詩を脇で見ながら、君尾が三味線でポツンポツンと、あの曲を作曲したというのである。つまり、日本の軍歌第一号は、京の花街で、志士と芸妓の合作によって生れたという話がのこっている。

井上が襲われた、という報は、すぐ馬関の伊藤春輔《いとうしゅんすけ》のところに届いた。春輔はお梅の養家になっている置屋「いろは」にころがりこんでいた。お梅とは、事実上の夫婦生活をしていた。

お梅には兄がいて、この兄は馬関の各戸に仏壇に供える花を売って暮しを立てていた。春輔とはひじょうに気が合って、いつも、

「妹をよろしくおねがいいたします」

とたのんだ。それでいてお梅には、

「伊藤先生には、ちゃんと奥さまがいらっしゃるんだ。高望みをするんじゃないぞ」

と、戒めていた。この兄は〝木田亀《きだかめ》さん〟と呼ばれていた。

そういう兄に、お梅は何もいわずうなずいていたが、春輔を見る眼は燃えていて、とても兄の忠告が耳に入るような状態ではなかった。

報をうけて、春輔はすぐ湯田に急いだ。みちみち、

「聞多よ、死ぬな！」

と叫んだ。

目くばりが完全で、はしっこい春輔にくらべれば、生れ育ちのせいもあって、井上のほうがどこかのんきで、へまをすることが多い。が、そういう井上の尻拭いやおせっかいをやくことが春輔にとっては、たのしいことであった。生甲斐なのだ。高杉は、いくら気が合うといっても、やはり主人である。井上は友だちだ。ほんとうに心の割れる親友だ。

春輔は調子がいいから誰とでもつきあう。誰とでも気を合わせる。その数はたくさんいる。しかし、ほんとうの友人は、と考えれば、その数はどんどん減る。そして、最後に残るのはやはり井上聞多なのである。

湯田の井上の屋敷にとびこむと、包帯でグルグル巻きにされた井上は、昏々と眠りつづけていた。包帯の間からわずかに出ている井上の顔を見ているうちに、春輔は胸が迫り、思わず涙をこぼした。その涙が井上の顔の上に落ちた。それが刺激になったのだろう、井上がかすかに目をあけた。

枕もとでずっと見まもっていた井上の母親が、

「気がついたかい」

と、よろこびの声をもらした。家にはこびこんでから、井上はずっと人事不省でいた。春輔の涙が井上を呼びさましたのかも知れない。

ぼんやり周囲を見まわす井上は、母親ににこりと笑顔を見せると、自分を凝視する顔の群の中に春輔を見つけた。

「春輔……」

と、その目が嬉しそうに輝いた。

「聞多」

春輔は井上の手をつよく摑みたい衝動をおさえて、涙ごえで応じた。

「やられたよ……」

井上は気弱くいった。

「うん、やられたな。先鋒隊か」

「そうだ。こんなことをしても何もならんのに」

「俗論派は馬鹿ばかりだ。面目のことしか頭にない。長州や日本のことなど、これっぽっちも考えていないんだ」

「春輔」

井上は笑みを消して真顔になった。

「ここにいては危ない。おまえも殺されるぞ。いや、おれだって生きているとわかったらもう一度やられる。傷がなおり次第、どこかに逃げるつもりだ。おまえもどこかにかくれろ」

井上のいうことはわかった。しかし、瀕死の重傷を負いながら、自分のことより春輔のことを心配する井上に、春輔は再び胸にこみあげるものを感じた。

「伊藤さん、聞多のいうとおりです。どうぞすぐご出発になって下さい」

聞多のことばをひきとって、井上の母もそういった。それだけしゃべっても疲れたのだろう、井上は再び昏々と眠った。その顔を見つめながら、やがて、春輔は井上の母親に手をついた。

「井上君をおねがいいたします」

「大丈夫です。必ず助けます。あなたもお気をつけて下さい」

「はい」

倉皇として井上の家を出た春輔は、しかしそのまま逃げなかった。かれは単身、山口の藩庁にのりこんだ。夜が明けかかっていた。藩庁に入ると、ちょうど中から徹夜をしたらしく、眼を赤くした毛利登人《のりと》が出てきた。沈痛きわまりない顔をしている。

実をいうと、春輔は毛利登人に会って藩情をくわしくきこうと思っていた。井上の話もよくわかるが、ただ危険だというのでなく、何が、どう危険なのか、もう少し実態を知ったうえで逃げるなら逃げようと思った。そこで虎穴にとびこんだのだ。

疲れた目で前方を見た毛利は、城門近くに春輔が立っているのを認めると、唖然とした。

「伊藤、おまえ！」

びっくりして脇へひっぱりこんだ。

「こんなところへのこのこと。殺されるぞ」

「井上にもそういわれました」

「井上？　生きているのか？」

毛利の疲れた目にぱっと活力がよみがえった。

「はい。しぶとい奴です。母堂の看護のたまものですよ。あの母堂がおられなければ、あるいは死んだかも知れません。それほどの傷です」

「そうか、生きていたか。それはよかった」

心から安堵の吐息をもらす毛利に、春輔はいった。

「でも、井上が生きていることは内緒にして下さい」

「いわない。知れたら大変だ。俗論派の奴らはみんな井上は死んだと思っている。ところで、おまえは何をしにきたんだ」

「毛利さんに会いにきたんです。くわしいことをきこうと思って」

毛利登人は、もう一度あたりを見まわすといった。

「麻田さんが自刃したよ」

「え!?」

麻田公輔《きみすけ》すなわち周布政之助《すふまさのすけ》は、往年の政治家村田清風の流れをくむ藩の重臣で、正義派の総帥だった。熱血漢である。藩がとかく問題児視した吉田松陰《しょういん》をはじめ、その弟子の高杉・久坂・寺島・入江・伊藤・山県たちに対しても、常に深い理解と愛情を示した。

高杉晋作《しんさく》が一時、萩の野山獄《のやま》につながれたときなど、馬で牢屋敷にのりこみ、「高杉、この危局に牢に入っているとは何ごとかっ」

と馬上からどなったこともある。純粋な人間であった。土佐藩主山内容堂を、

「あなたは、生ぬるい」

と罵《ののし》って、怒った土佐藩士に追われ、高杉晋作の機転で助かったこともある。以来、はばかって麻田公輔と変名していたが、依然として藩政務役の重職にあった。

毛利登人の話によれば、その周布を、昨夜の会議では俗論派の連中が寄ってたかって、

「今日の事態は、あなたの責任だ」

「若いはね上りをそのままにして、勝手なことをさせてきたからだ」

「幕府は、西国三十四藩の軍をひきいて、まもなく国境に迫る。しかし、わが藩は異国艦隊と戦ってもはや余力はない。ぜったい恭順だといえば、井上の若僧はぜったい抗戦だという。どうする気だ」

「長州藩はつぶれるぞ」

と、周布を責めたてた。

が、事実としては周布にも責任はある。特に長州軍の京都突入をとめられなかった責任は大きい。

「おれはとめようとしたんだ」

といっても通用しない。とまらなかったということのほうが意味を持つ。政治家のばあいは、意志よりも結果で判定されるのはやむをえない。

周布は一言も抗弁しなかった。そして今朝未明、宿にしていた吉敷郡矢原村の豪農吉富藤兵衛（のちに山口県議会議長・衆議院議員・防長新聞創刊者）の家の庭で自殺した。

遺書に、

「長州藩軍の京都進発をとめられなかった罪は重く……」

という意味のことが書いてあった。

暗然とする春輔に、毛利は、

「それだけではない」

といった。

「ご家老清水清太郎さまはお役ご免で謹慎、おれと前田孫右衛門・大和国之助・渡辺内蔵太・波多野金吾らもすべて免職、謹慎を命ぜられた」

「それは……」

春輔は絶句した。そして、

「正義派は根こそぎ追放じゃありませんか」

「そうだ。すでに後任政務役は椋梨《むくなし》藤太・岡本吉之進にきまった」

「さっそく俗論派が鎌首をもちあげたわけですね」

といいながら、春輔は思いあたって、あ、と声をあげた。

「何だ？」

「いま、おききしたお役ご免の方々は、すべてこの間の連合国との和議の使節に立った方々ですね」

「そうだ、おれも含めてな」

毛利は微笑した。淡々としている。春輔は衝撃をうけた。多少英語がわかるということで、いい調子になっていたが、自分が調子にのってこの人たちを政権の座からひきずりおろしてしまったのではないか、という反省をしたのである。

そういう春輔の気持を察したのか、毛利は、

「心配するな。すべて時の流れだ……」

と救ってくれた。そして、

「高杉と井上は狙われている。高杉は藩政府が追捕する。さっそく知らせてやったから、奴のことだ、すぐ逃げるだろう。ところでおまえだ」

「私も逃げたほうがいいですか」

「ところが、どういうんだろうなあ、おまえはふしぎな男だよ」

「は？」

「同じことをしているのに、高杉と井上は殺せ、追えということになるのだが、おまえだけはちがうんだ」

「……………？」

「おまえは藩撫育《ぶいく》局（通商局）の通訳として馬関勤務を命ぜられるよ」

「え」

これには春輔もびっくりした。あれだけ悪態をつき、あばれまわったのに、春輔だけは別格として役職につけるというのである。

狐に鼻をつままれたような思いだった。

「なぜ、私だけが？」

春輔は思わず、そうききかえした。調子がいいことは自分でもわかっているが、しかし、こんどはちがう。春輔は高杉と井上とまったく行動の軌を一にしていたのだ。いや、人によっては、

「高杉と井上をそそのかしたのは伊藤だ」

という者さえいる。それが、なぜ、そそのかされたふたりが追われて、そそのかしたおれが、事もあろうに撫育局の通訳に任ぜられるのだ？

春輔の問いに毛利は苦笑した。そして、

「わからないなあ、なぜだろう？　おれのほうがおまえにききたいよ」

といった。正直にいって毛利にもわからない。が、理屈ではわからなくても、感じとしてはわかるのだ。要するに、

「伊藤春輔というのは、いい、そういう人間」

なのである。そういう人間とは、接触する人間にそう思わせる、ふしぎな雰囲気が春輔にある、ということだろう。

その雰囲気というのは、春輔本人にもわからないが、こういうことだ。それは、いつ、どんなときでも、他人が、

（こういうことをしたいな。でも、おれの力はちょっと不足している）

と思うとき、春輔は必ずその期待に応える、ということだ。

（この男なら、不足分を必ず補ってくれる）

と思わせることとなのである。それは、ひとつは春輔の能力であり、そしてもうひとつは、信頼感である。調子がよくて、時に軽薄な印象さえ与える春輔が、実は、もっとも容易に他人を信じさせてしまうのだ。

それは、春輔の性格に、いつでも、

〝他人をよろこばせたい〟

という、サービス精神が漲っているためである。彼ほど、他人のよろこぶ顔が見たくて、必死の努力をする人間はいない。能力はもちろんある。が、たとえ、高杉と井上を逐《お》っても、藩政府が春輔を逐わずに逆に登用するのは、いわば、春輔の、この無私の奉仕の心にあった。

それと、さらに春輔の責任感だ。春輔は仕事がうまくいかなかったばあいも、決して逃げない。他人に尻拭いを押しつけない。自分で始末する。そういう態度は、上役からみると、ひじょうに好ましい。高杉や井上は、その点、無責任なところがある。やりたい放題のことをして、他人に尻を拭かせることがある。この差が、春輔だけを、藩庁上層部が特別な目で見るゆえんであった。

「そうそう、もうひとつある」

毛利はいった。

「力士隊をつれて行け」

「力士隊？」

「ああ、いざというときにそなえて、相撲の力士を四十人ばかり集めておいたが、もう不要だ。おまえにやるから馬関へつれて行け」

「……！」

春輔はこれには声を失った。力士を四十人ももらって一体どうなるんだろう。

「この人が今日からおまえたちの隊長さんだ」

やがて、四十人の力士たちに紹介されて、小柄な春輔は、

「やあ」

と手をふって笑った。力士たちは、

「ごっつぁんです！」

と、そろって頭をさげた。胸の中で、春輔は、

(これは、飯の心配だけでも大変だぞ)

と思った。しかし、これだけからだが大きく、力のつよい連中にかこまれていれば、かなりのことがあってもおれは安全だ、とも思った。

「部下ができた」

〝いろは〟に戻ると、春輔はお梅にいった。

「部下？　何のことです」

お梅は首をかしげる。

「つまり、おれが隊長になったということだ」

「先生が隊長さんに？　それはまた。藩の偉い方々は何を考えていらっしゃるんでしょうね」

いままで春輔のやってきたことを知っているから、お梅も奇異な表情をする。

「それで、部下の方々は」

「表にいる」

春輔は顎を外のほうにふった。お梅は出て行った。すぐ顔色をかえて戻ってきた。

「先生、部下ってあれは」

「そうだ」

花を持ったお梅の兄の木田亀も外のほうをふりかえりながら、目をつりあげてとびこんできた。

「お、お梅、表にいる力士たちは一体何だ？」

「伊藤先生の部下ですって」

「伊藤先生の部下？」

兄は、お梅の脇にいる春輔に気がついた。これは、お帰んなさい、といったあと、

「一体、どうなすったんですか？」

と、こんどは春輔にきいた。

「おれが山口から預かってきたのだ。長州藩ではいろいろな隊ができてな、猟師の隊、坊さ

ん の隊、商人の隊などもある。力士隊はそのひとつだ。昨日、おれは藩庁に呼ばれて、力士隊の隊長になったのだ」

「へえ、そりゃ、おめでとうございます。しかし、あんなに図体のでけえ男たちを四十人も……、食うものや、寝るところはどうしましょう」

「それなんだよ、お兄さん」

春輔は狡そうな目をしてお兄さんと呼んだ。目論見がある。が、木田亀は嬉しくなった。お兄さんと呼ばれたからである。お梅はもう少し冷静だから、ほほえんではいるが、眼はじっと春輔を見ている。春輔の意図をみぬいている。しかし警戒しているのではない。

（あなたのいいようになさい。あたしは何でもできることはしますよ）

と、いう表情だ。

春輔は、以心伝心でお梅の気持を知り、ありがたいと思った。実をいうと、毛利登人に命ぜられて力士隊を預かりはしたものの、一体、これからどう養っていけばいいのか、ちょっと見当がつかなかったからだ。さしあたりはお梅やその兄にたのむよりしかたがない。しかし、話し出すまえに嫌な顔をされたらきっかけを失う。そこを心配していたのだ。が、柔らかいお梅の表情を見ていると、話だけはきいてくれそうだ。

「お兄さん、お梅」

春輔は坐り直して改まった口調になった。手を突いた。

「どうだろう、しばらく力士たちの面倒をみてやってくれんか」

そういってすぐ、

「金のことなら心配しなくてもいい。実は、藩庁からは、力士隊の隊長だけでなく、撫育方の通訳も命ぜられたのだ。通訳をやれということは、外国と密貿易をしろということだろう。そこでおれは、この貿易を積極的に利用するつもりだ。藩に損をさせないようにしながら、多少のピンハネをする。それで力士隊を養う。が、そうはいっても、今日、明日にそのピンハネの金ができるわけではない。それまで何とか、面倒をみてくれないか」

切々とたのんだ。

木田亀はお梅の顔を見た。お梅は兄にいった。

「兄さん、私は持っているお金をぜんぶはたいても、伊藤先生のお役に立ちたいけど……」

「おれもそうするよ、できることは何でもする」

大きくうなずいた木田亀は、

「伊藤先生、大舟、というわけにはいきませんが、せめて小舟に乗ったつもりで、思うようにおやりになって下さい。お相撲さんたちのことはおひきうけします」

と胸を叩いた。

「……ありがとう」

春輔は心から頭をさげた。やがて、ふたりは手伝う人間を集めて炊きだしをはじめ、魚を焼き、お新香をそえて、

「さあ、みなさん、ご飯ですよ」

と告げた。力士たちは伊藤春輔に預けられたことを、多少心細く思っていたが、飯だときいて、全員、相好をくずした。そして、地をひびかせるような大声で、

「ごっつぁんです！」

と合唱した。その邪気のない大声に、春輔、お梅、木田亀の三人はにっこり顔を見合わせた。

力士たちは、お梅のことを、何の疑いもなく、

「奥さん」

と呼んだ。

「奥さん、ご飯のおかわり！」

「奥さん、汁を下さい」

「奥さん、ごっつぁんです！」

はじめのうちははにかんでいたお梅も、しまいには馴れて何とも思わなくなった。嬉しくて、時折、袖で涙を拭いた。

夜、それもかなりおそくなってから、春輔は〝いろは〟の一室でお梅と寝た。力士たちは、近所の寺にたのんで本堂に寝かせてもらった。お梅はしずかな寝息をたてながら、春輔にからだをあずける形で眠っている。信じきっている姿だ。

「奥さんか……」

春輔はお梅の顔を見ながらふっとそのことばをつぶやいた。

奥さんて、ほんとうに何だろう。考えてみれば、山口にとんで行ったときも、馬関に戻ってくるときも、萩にいる妻のことは何も考えなかった。すみのことは思い出しもしなかった。もちろん、すみに罪があるわけではない。父母にもよく仕えてくれるし、春輔には従順だ。が、それだけでいいのだろうか。

ほんとうにつながりあった男女とは、おたがいにやりたいことを理解し、ひとりでできないことを補いあうつながりをいうのではないのか。その意味からいえば、お梅には説明はいらない。何ごとにつけてだまっていても春輔のやりたいことを敏感に察知する。そして、損得を考えず、からだごと自分の力を出しきる。

(男にとって、一体、どっちが必要な女なのだろうか)

そんなことをつくづく考えるのである。

高杉晋作にきけば、

「それは両方必要だ」

と勝手なことをいうだろう。

「おれをみろ。父母用の妻と、おれ用のおうのと、ふたりいるんだ」

女がきいたら、横っつらをはりとばされる。しかし、事実としては春輔も家庭用と職場用の両方に妻を持ってしまったのだった。いつかはそれをひとつにしなければならない。ということは、どっちかにしぼるということだ。

（どっちをえらぶのだ？）

きくまでもなく、いまの春輔はお梅に倒れこんでしまっている。そして、たまたま、藩庁が大混乱におちいっているし、事実、藩撫育方づき通訳として馬関勤務を命ぜられたのだから、当分は、

「仕事が忙しくて、馬関からはなれられない」

といえば通用する。

そんなこんなを考えているうちに、春輔は眠ってしまった。そして翌朝未明、高杉晋作に叩き起された。

高杉はおうのを連れていた。侍の姿ではなく町人の格好をして、頭に手拭をのせていた。

「高杉さん！　どうしたんですか？」

目をこすって頭をふりながら睡気をはらって高杉の妙な姿に目をみはると、高杉は、

「おれは高杉じゃない、梅吉という町人だ」

と笑った。

中へ入ると、

「酒をくれ」

といい、つづいて、

「春輔、大変なことになった」

と鋭い表情になった。

「どうしました」

「長州征伐の軍が広島まですすんできて、岩国（毛利の分家の吉川家）を通し、降伏条件をいってきやがった」

「え」

ずいぶん早手まわしだな、と春輔は思った。何ごとによらずもたもたしている幕府が、こういうことにかぎって早いのは、長州藩が連合艦隊にこっぴどく叩かれてしまったからだ。動員した軍勢は三十四藩で二十万人近いという。

徳川幕府がこんな大動員をかけたのは、関ヶ原の合戦以来ない。その関ヶ原の合戦では、長州藩は徳川家康に刃《は》向かった。同じことが二百六十年ぶりに再現した。しかし、あのときは戦うほうも連合軍だった。こんどはたった一藩である。孤立無援で日本中を敵にまわす状態だ。

「降伏条件というのは？」

「それが、いまいましいことに征伐軍の参謀が薩摩の西郷吉之助なんだな。おれたち長州藩を御所から叩きだした張本人だ。その西郷がいうことには、
一　京都に突入した三家老の首と、突入時の参謀四人の首をさし出すこと
一　藩主父子は謹慎
一　五人の公卿を引きわたすこと
一　山口城を破却すること

一　高杉晋作・桂小五郎のふたりを引きわたすことざっとこういうことだ」
「へえ。それで藩庁はどうするんです」

「これがまた情けないことに、あっさりうけいれやがった」

「そうでしょうな、いまの藩庁では。それで高杉さんは自首するんですか」

「冗談いうな。九州へ逃げる。また戻ってくるがね。そこでおまえに別れを告げにきた。それともうひとつ」

ここで高杉はにやりと笑った。

「おい、春輔、金を貸せ」

「…………」

春輔は思わずお梅の顔を見た。お梅は、にっこり笑ってうなずいた。

高杉が亡命してまもなく、こんどは井上聞多があらわれた。やくざの格好をしている。やはり女を連れていた。お梅もよく知っているこの町の芸者で、お静という女だ。身請《ひか》せたらしい。

「何だ、その格好は」

春輔は呆れて井上をまじまじと見た。

「傷はもういいのか」

井上は首をふって、

「よくない。しかし、湯田の家のまわりには刺客がうろうろして、おちおち手当もしていられない。別府へ逃げることにしたよ。湯治場で傷養生でもする」

「それにしても、やくざの格好とは」

「はじめは土方《どかた》だったんだ。ところが、おれの格好をみた村田蔵六（のちの大村益次郎）さんが、さまになっていないというんだ。むしろやくざのほうが似合うし、それに女を連れて行け、というんでね、いま、女をみつくろってきたところだ。やくざには一度なりたかったしな」

そういう井上に、脇のお静が、

「まあひどい、みつくろったなんて」

と、軽く井上の背をぶった。

春輔は羨ましい気がした。みんな亡命するのに女連れで、のびのびしている。危険の不安よりも、あらゆるものから解放されるような自由を満喫している。

「おれも亡命したいなあ」

思わず声に出た。とたん、井上は真面目な表情になって首をふった。

「おれたちは物見遊山に行くんじゃない。本当は長州にいたい。が、いられないんだ。そこへいくと、おまえは調子がいいから、誰からも好かれ、敵もいない。どうか撫育局でがんばってくれ。おれも高杉さんも、必ず戻ってくる」

「うん、早くそうしてくれ」

うなずく春輔は、念のために、

「ところで金は？」

ときいた。井上は、

「母がたくさんくれた。使いきれないほどある。少し、やろうか」

「いや、なければ貸してやろうと思っただけだ」

「そういうおまえの友情はほんとうに嬉しいよ、伊藤。おまえとおれは死ぬまで友だ」

人の好《よ》い井上は、金を貸そうといった春輔のことばにすぐ感動して、つよく春輔の手をにぎった。もちろん、母からたっぷりもらってきたという井上に、

（いい母親がいてこいつは幸福だ）

と、春輔が心の中で羨んでいたことなど気がつかない。

去り際に、井上は、しかし、こういうことをいった。

「春輔、しかし、藩の中には、おまえのその調子のよさをにくんでいて、いのちを狙っている人間もいるぞ。ほどほどにして、身を大切にしてくれよ」

親身な忠告だった。春輔は、うん、と素直にうなずいた。

みんないなくなってしまった。ひとりぼっちで春輔は当分生きなければならない。

「先生も旅に出たかったんでしょう」

夜になって、何か孤独になった春輔に酒を注ぎながら、お梅はそういった。

「そんなことはないが……」

春輔は苦笑した。その苦い笑いの表情には、井上が心配した昼間の〃調子のよさ〃は微塵《みじん》もなかった。

お梅は、じっとそういう春輔を見ながら、

(複雑な人だ、あたしにもまだよくわからないところがある)

と思った。そこで、

「でも、私は旅むきの女じゃありませんから……先生が旅に出るときは、別な女の人をさがして下さいね」

といった。春輔は、反射的に、

「みつくろってか」

と笑った。

「おれは逃げないよ、おまえのそばでがんばるよ」

のみほした猪口《ちょこ》をお梅にわたしながら春輔はいった。


藩政府は、幕府に屈した。幕府の突きつけた条件をすべてのんだ。

そして、その年(元治元年・一八六四)の十一月十二日、藩は禁門突入の指揮をとった三人の国老益田右衛門介・福原越後・国司信濃に切腹を命じ、その首をはねた。また、突入の参謀をつとめた竹内正兵衛・中村九郎・佐久間佐兵衛・宍戸左馬介の四人を斬刑に処した。

七人の首が広島まできていた征長総督徳川慶勝(尾張藩主)のもとに届けられた。使者は、

このほかに、
○　藩主父子は天樹院に蟄居《ちっきょ》して、自署の謝罪状を幕府に出す。
○　藩内にいる三条実美以下の過激派公卿は、他藩に移す。
○　山口城は破壊する。
などを報告した。

総督府の参謀は薩摩の西郷吉之助である。使者の報告をきき、七つの首を見とどけると、

「これでよか」

と総督にうなずいた。征長軍は条件の実行を確約させ、ひきあげはじめた。

征長軍がひきあげると、藩保守政府は猛り狂った。

「誰がこんなにも多くの犠牲者を出させたのだ！」

という責任追及を蒸しかえし、前政府の要人だった前田孫右衛門・毛利登人・山田亦介・渡辺内蔵太・楢崎弥八郎・大和国之助・松島剛蔵らを捕え、全員、萩の野山《のやま》獄に放りこんだ。清水清太郎には謹慎を命じた。事態の推移によっては、この連中の生命も風前の灯だった。

俗論党のまきかえしに、正義派は抵抗しなかった。できなかった。本拠の山口でも、あるいは萩でも、反乱は起らず、正義派はつぎつぎと沈黙させられた。常にどちらでもない日和見派は、そうなると、また川の底の水草の群のように、水流になびき、従った。

俗論党政府はさらに正義派の残党狩りにのり出した。正義派の残党はほとんど馬関に集まっていた。奇兵隊・御楯《みたて》隊・膺懲《ようちょう》隊・遊撃隊・八幡隊・力士隊たちで、半年前の禁門突入

も、

「奸賊（会津と薩摩）と戦いに行ったので、天朝に対して何ら逆心を持っていない」

と主張していた。早くいえば、おれたちは何も悪いことをしていない、それを罰するとは何だ、ということだ。だから、もちろん幕府のいいなりになってその罰をつぎつぎと実行している俗論党政府には、怒りと不満で胸をたぎらせていた。馬関の一隅で気勢をあげているこういう連中が、萩政府にとっては目ざわりでしかたがない。しかもかれらは七卿の残党ともいうべき五卿を擁している。これがまた厄介の種だ。早くどこかの藩に移すというのも降伏条件のひとつである。

ところが、各隊は、

「五卿を他藩に移すなんてとんでもない、五卿がいるからこそ、長州藩は辛うじて信義を貫いている、といわれているのだ。そんなことをさせるものか」

と、かたく五卿を守り、長州藩の隊というよりも、いまでは五卿の親衛隊になってしまっている。これも萩政府には大いに気にくわない。

萩政府はついに決断した。

「全隊、解散せよ」

という命令が馬関に届いた。馬関は騒然とした。もちろん春輔のところにも、

「力士隊を解散せよ」

という命令がきた。が、これは春輔の一存できめられることではない。全隊が共同歩調を

とらなければならない問題だ。

噂はどんどん力士たちにも入る。力はつよいが純粋な力士たちは、しゃべるのが得意ではない。つぶらな眼で、こもごも春輔を見る。

(わしらは、一体どうなるんです?)

とその目がきいている。春輔は笑いながら、

「心配するな。一朝ことあるときにそなえて、腹いっぱい飯を食っておけ」

と告げる。飯を食うことだけは大好きな連中だから、お梅がやりくりしてととのえた苦心の飯を、

「ごっつぁんです!」

と、バクバク食ってしまう。飯の資金も底をついてきた。お梅は、

「あたしがもう一度芸者に出ましょうか」

という。

「やめてくれ、おまえにそれ以上の苦労はかけられない。おれが何とかする」

と春輔は応ずるが、何とかするといっても何とかできない。というのは事情が変ってきている。外国側が藩に政変が起ったので、しばらく様子をみはじめたからだ。交易に応じてこない。外国からみれば、時の藩政府がどこまで責任の負える実力政府かどうか、すぐには判断できないからである。春輔の撫育方の通訳の仕事も、いまは開店休業に等しく、従ってピンハネもちょろまかしもできなかった。

考えてみれば、長州藩が、

〝尊皇攘夷〟

を一枚看板にして日本中を敵にまわしながら、いつのまにか開国して外国と密貿易していることなど、誰も知らない。知ったら、幕府も仰天するだろう。しかも、その先頭に立っているのが、正義派に籍をおく伊藤春輔なのだ。もっと奇妙なのは、そうさせる藩政府は、正義派とはまったく対立する俗論党の集団なのに、春輔はその俗論党政府の馬関支店に身をおいているのだ。

二重三重に矛盾している。が、

(外国と交流しなければ、日本はつぶれる)

と考えている春輔にとっては、そんなものは矛盾でも何でもない。どこに身をおこうが、どんな方法をとろうが問題ではないのだ。しかし、馬関にいる諸隊はそうはいかない。

「諸隊は解散しないぞ、五卿もわたさないぞ。われわれは、五卿を守って、あくまでも戦うぞ！」

と気勢をあげている。

藩政府は諸隊に対する給与・食糧等の支給を停止した。こうなると、諸隊員は動揺した。脱走者が出はしないか、という心配もふえ、おたがいを猜疑の目で見る疑心暗鬼の空気がひろがりはじめた。

春輔は、

(ああ、高杉さんがいてくれたらなあ)

と、つくづく思った。高杉晋作なら、こういう状況でも、きっとぴたりとおさめるにちがいない。

(そこへいくと、それほどの力はまだおれにはない)

と、春輔は正直に自分の非力を反省するのである。春輔だけではない。奇兵隊を統《す》べる総管の赤根武人も、軍監の山県狂介も、まだ全隊士を掌握することはできない。

冬が近かった。元治の年もまもなく暮れる。新しい年がくれば、春輔は二十五歳になる。人間五十年として、もう半分は過ぎることになる。早いなあ、と思うと同時に、まだこんなことをしていてもいいのかな、とも思う。

(一体、いまのおれは何だろう)

藩の通商局ともいうべき撫育方通訳、力士隊隊長、そしてお梅のひも……どれひとつとってみても中途半端なものばかりだ。将来の発展を約束するものはひとつもない。馬関の空に立ちこめた暗い雲の厚さに、さすがの楽天家春輔も、すこし憂鬱な気分になってきた。

その春輔に、

「至急、密談をしたい」

という使いをよこした人間がいる。奇兵隊総管の赤根武人である。

赤根とは吉田松陰の松下村塾で同門だった。赤根の生れは周防《すおう》国の柱《はしら》島だが、のちに阿《あ》月《づき》に渡り、そこを領地とする国老浦靭負《うらゆきえ》の家臣赤根忠右衛門の養子になった。養子といっても、当時の武人は二十歳台であり、忠右衛門も二十六、七歳だから兄弟のような養父子だった。

春輔ももともとは周防国熊毛《くまげ》郡の生れだが、農民だった父十蔵が、萩城外の足軽の株を買って萩に移り住んだ。

〝長州〟とひとくちにいうが、長州藩は〝長防二国〟といわれるように、長門国と周防国の二国から成り立っている。しかし、それをひっくくって長州と呼ぶように、何かにつけて長門国主導だ。周防国の影はうすい。幕末維新時に活躍し、新政府の高官になったのも、ほとんど長門人である。

（何だろう）

と思いながらも、春輔は指定された料亭に行った。

「しばらく。この間の外国との和睦ではだいぶ苦労したね」

赤根は愛想よく迎えた。

「どうも」

用向きがわからないので、春輔はあいまいに笑った。赤根の胸の底には、人に明かさないドロドロした望みがあって、それが赤根という人間を複雑にし、周囲からみるものに不透明な感じを与えていることを、春輔は知っていた。

「今夜は大いにのんでくれたまえ。ぼくがごちそうする」

赤根はしきりに酒を注いだ。女を席に入れていないのでふたりだけだ。

「お話があるんでしょう」

春輔はちらと赤根を見ながらいった。

「うん」

うなずいた赤根は、

「ぼくは、萩の俗論党政府と取引きしてこようと思う」

「取引き？」

「そうだ。藩がいっている五卿の他藩引きわたしに応じようと思っているんだ」

「そんな」

おどろく春輔に赤根は手をあげて、

「まあ、ききたまえ」

とつづけた。

「取引きというのはその交換条件だ。五卿を他藩にわたす代りに、ぼくは奇兵隊はじめ全諸隊の解散命令を撤回させる。同時に野山獄に捕えられている毛利登人さんほか六人の正義派重職と、監禁中の清水清太郎さんを釈放させる」

「…………」

こういうところが、春輔の無原則主義なのだが、赤根のこの話をきいたとたん、かれは、

（名案だ！）

と思った。

実をいえば、春輔も五卿なんかどうなってもいいと思っている。こんな王朝の遺物的人間が、長州の将来に、いや、日本の将来にどれだけ役に立つか疑わしい(と、このときはそう思いながら、のちに〝華族〟という新しい王朝貴族をつくりだすのは、伊藤博文《ひろぶみ》だ)、これは赤根のいうとおりだと思った。

(やはり、この人は大したものだな)

と感心した。

一方の赤根は、自分の話に春輔がたちまちのったのを感じた。が、春輔は狡いから、すぐには色に出さない。

そこで赤根はもう一歩前に出た。

「実は、ぼくはもっと大事なことを考えている。ずっと考えてきたことだ。いや、生れたときから考えてきたことだ。大げさなことをいう、ときみは思うかも知れない。しかし、ぼくにとっては大げさでも何でもない、ほんとうに大切なことなんだよ」

(前置きが少し長いな)

と春輔は思った。その心をみぬいたように、

「伊藤君」

赤根は呼びかけた。

「きみも元はぼくと同じ周防人だ。しかし、この国では周防人は身をちぢめていて、長門人が何につけても大きな顔をしている。が、まあ、そんな国内のことはどうでもいい。ぼくが

がまんできないのは、人の下に人がいるということだ。侍が一番偉くて、あとの民がすべて侍におさえつけられているということだ。ぼくは、こんどの取引きにこのことを加えたい。加えたいのではなくて、このことのほうが一番の目的なのだ。このことというのはね、伊藤君」

　赤根は改めて春輔を見た。もう笑ってはいなかった。ギラギラと眼が異常に光っていた。

「諸隊の隊士をぜんぶ侍にさせることとなんだよ」

　春輔は、思わず、

「え？」

　と声を出した。すぐ反射的にこういった。

「赤根さん、それはおかしいですよ」

「何がおかしい？」

「だって、赤根さんは、昔から侍を否定していたではありませんか？　松下村塾におられたときも、私にそのことをはっきりいわれたはずです」

「さすがだな、よくおぼえている」

　赤根は苦笑した。春輔は、そういう赤根の態度に苛立つものをおぼえ、さらにいいつのった。

「第一、私が士分に取り立てられたときも、赤根さんはフンと鼻を鳴らして軽蔑したではありませんか。あのときのことは、いまだにおぼえていますよ」

「そのとおりだ、私も忘れてはいないよ」

「それなら、なぜ、いまさら奇兵隊士を全員武士にしろ、などというんですか？　おかしいですよ、矛盾していますよ」

「それが矛盾していない」

　赤根はきびしい面持になっていった。

「なぜ矛盾しないんですか？」

「きみのせいだ」

「え？」

「きみを見ていると、これは一度、まず士分になったほうが、私の考えを実行しやすい、という気に変ったのだ」

「は？　よくわかりません。どういうことですか？」

「私の考えは変らない。が、方法を一時便宜的に変える。つまり、武士を否定する人間たちが、一旦武士になって武士社会を牛耳り、その社会を骨抜きにしたうえで、こんどこそはじめて、武士をなくしてしまおう、というのだ」

「藩庁を奇兵隊で乗っ取ろうというのですか？」

「そうだ。だが、正確には奇兵隊全員ではない。奇兵隊の中でも、武士を否定する者で藩政府を牛耳る。その手はじめをきみにも手伝ってもらいたいのだ。なぜなら、きみも、元をただせば、周防の農民の子だ。萩の人間ではない……」

そういってことばを切った赤根の目は、冷たく春輔を見すえていた。それは、ひとりだけ苦しむ仲間から脱け出て、楽をしている人間をとがめるような目つきだった。

春輔はその目つきにつよい反発を感じた。春輔はいった。

「私が藩政府で用いられているのは、何も士分になったからじゃありませんよ」

能力のことをいったつもりだった。赤根はうなずいた。

「認める。しかし、士分にならなければ、いまのような用いられかたはしない。依然として君は武士の下男だ」

下男だ、ということばにつよい響きをこめていた。とめどもない議論に、少々うっとうしくなって、春輔はいった。

「それで、一体、私に何をしろというのですか？」

これをきくと、赤根はわが意を得たり、という表情になった。

「それだよ、伊藤君」

と、やさしい笑顔になり、手を春輔の肩においた。

「ぼくが藩政府とおこなう取引きに、きみも同意してほしいのだよ」

「…………」

春輔はまじまじと赤根の顔を見た。

「同意といいますと？」

「藩政府にきみの名も出して交渉する」

「何ですって!?」

「ぜひたのむ」

赤根は強引だ。かれも必死なのだ。是が非でもここで春輔を説得しようと思っている。

(これは弱った……)

降って湧いた難題だ。

春輔も農民・足軽・士分という階層を経験してきて、さらにそれにまつわりつく貧乏のために、どれほど不当な屈辱に泣いてきたかわからない。赤根のいうとおりなのである。が、このときの春輔には、まだ赤根ほどの気概はなかった。むしろ、春輔は、

(もっと出世したい)

という気持のほうがつよかった。

自分が生活をともにしている階層から、さらに脱出したいのである。

それは単なる出世欲ともちがった。ひとことでいえば、いまの春輔は仕事が面白いのだ。仕事が面白いというのは、長年、抑圧されてきた自分の能力が、いま、やっと開花の緒口を見つけたということだ。同時に、

「自分のやっていることが、誰かさんをよろこばせている」

という自覚である。そういう手応えが、いまの日常の中にあった。むずかしくいえば、伊藤春輔という人間の存在を、あちこちで肯定し、期待している層が多いということだ。

それは、出世すれば、もっとふえるし、また、もっとやりたいことがやれる。生命の燃焼

感が得られる、ということだった。

「しかし、そうしたくてもできない仲間がたくさんいる。そういう連中を置き去りにして、君は、ひとりで出世したいのか？」

赤根はそういうだろう。が、正直にいって春輔はそうしたいのである。同時に、一旦、侍になって、内部から白蟻のように侍社会を崩壊させる、という赤根の戦術転換もよくわかる。そのほうが、低身分層全体の解放という点からすれば正しい。

そう思うと、春輔は、さすがに、

(やはり、おれは自分のことしか考えていないのか？)

と思った。そして、

(そうだ、おれはおれのことしか考えていない)

と、居直るように自答した。そうさせたのは、赤根武人のおしつけがましい正義派づらが、カチンときたためかも知れない。が、そうはいうものの、

「さあ、どうする」

と赤根にひざづめで迫られて、春輔は完全に窮地におちいった。

蜂起

赤根武人《たけと》に迫られて、伊藤春輔《いとうしゅんすけ》が弱りぬいていたところ、高杉晋作《しんさく》は福岡にいた。おうのを連れて、大坂から四国行きの船に乗り、琴平の勤皇ばくち打ち日柳燕石《くさなぎえんせき》をたよるつもりでいたのが、急に気が変って、九州へ向かったのだ。

「すぐ気が変るんだねえ」

おうのが笑った。

「うるせえや」

高杉は苦笑する。途中から福岡藩士の中村円太がいっしょになり、

「そういうことなら、福岡に勤皇尼僧がいるから、彼女の山荘にかくまってもらったらどうだろう」

といってくれたからだ。

福岡の勤皇尼僧というのは、野村望東尼《もとに》といった。福岡藩で三百石取りの浦野という家に

生れ、十七歳のときに同藩の侍と結婚したが、うまくいかなくて実家に戻った。その後、三人のこどもを抱えて弱っていたやもめの野村新三郎の後妻に入った。この夫は歌ごころがあり、大隈言道《おおくまことみち》に和歌をならっていて妻にもすすめた。また尊皇心がつよかった。が、安政六年に死んだ。以後、本名モトを望東と改め、夫がのこしていった福岡城外一里の地にある山荘に移った。

元治元年（一八六四）の暮ごろから、福岡藩はにわかにさわがしくなった。幕府が長州を攻め、降伏条件のひとつに、

「三条実美ほかの過激派公卿を、他藩に移すこと」

というのを入れたからである。これをきいて福岡藩は立候補した。藩内には有名な太宰府天満宮がある。菅原道真をはじめ、朝廷で容れられなかった正義派が、よくここで暮した。公卿を迎えようという謀議は、望東尼の山荘でおこなわれた。中村円太や月形洗蔵や、すでに殺されてしまった平野国臣などは前からここに出入りしていた。

琴平よりも福岡のほうが長州に近い。いざというときはすぐ渡れる。高杉は中村の言《げん》に従い、野村望東尼の山荘に行った。望東尼は、高杉を歓迎した。高杉のことは、いままで人からよくきいていたからだ。高杉はこのとき二十六歳だが、望東尼はすでに五十八歳、しかし、これが縁で望東尼は高杉の最期を看取《みと》っている。

女の心というのはふしぎなもので、坂本竜馬《さかもとりょうま》や岩倉具視《ともみ》に対する松尾多勢子や、京の一隅で自分の歌を陶器に焼きつけた大田垣蓮月《おおたがきれんげつ》尼などもそうだが、彼女らはこのころすでに相当

な年齢《とし》になっていたが、だからといって恋の感情が湧かなかったとはいえない。それも、自分の年齢も相手の年齢も関係はないのである。山荘にかくまわれてから、おうのは、高杉と望東尼が、母子ほどの年齢のひらきがあるにもかかわらず、ふたりの気持の行きかよいが、ただ、かくまう山荘の女主人と、かくまわれる若き長州の志士というだけではないものを感じはじめた。女の勘である。

「もとにとは、どういう字を書くのですか」

高杉がきいた。

「東を望む、と書きます。本名をモトと申しますから」

「ははあ、私の号は東行です」

「とうぎょう？」

「ええ、東に行くと書くのです。西行法師に憧れていましたから、文久三年に頭を丸めたときに、そう名のったのです」

「まあ、そうでいらっしゃいますか。これはまた偶然でございますこと」

「いや、偶然でなく、前世から何かご縁があったのでしょう」

「そうでしょうか」

「そうですとも」

きいていて、おうのはむかむかしてくる。何をいってやがるんだ、トンチキめ。いい加減にしておくれよ。東を望んでモトだって？　西行にあやかって東行だって？　だから偶然でなくご縁がありましただって？　歯がうくよ、まったく。また晋作さんは悪いくせが出たし、望東尼も望東尼だ、晋作さんより倍も人間を長くやっていやがって、本当はしなびたお乳をむずむずさせているくせに。ふたりのあの気取った話ぶりはどうだろう、学問のないあたしへのあてつけなのかね。ちくしょう、おぼえていやがれ、と、おうのはずっとごきげんななめだ。

そんなとき、

「高杉先生、長州がえらいことになっています」

と、月形洗蔵が顔色を変えて山荘にやってきた。そして長州降伏の話をした。

三家老と四参謀の首を提出し、毛利登人《のりと》ほか前政府要人をすべて入牢させ、さらに山口城の破却・藩主父子の謝罪蟄居《ちっきょ》・公卿の他藩移動（それもひとり一藩というようにばらばらに）という条件をのんだ、という月形の話をきいて、俗論党政府のやり口に、高杉は激怒した。

「そんなことになったら、長州は滅びる。いや滅びたのと同じだ」

と、まっすぐ月形を見た。月形には何ともいうことばがない。

「帰ったほうがいいんじゃないの？」

夜になってもじっと腕をくんだまま、深い考えの底に沈んでしまった高杉に、さっきまで、ポツンポツンと三味線の爪《つま》びきをしていたおうのがいった。

「うむ？」

重い目で高杉はおうのを見た。

「ここで、いつまでもこんなことをしていてもしかたがないよ、長州に帰ろうよ」

「帰ってどうする」

「思うようにあばれりゃいいじゃないか」

「……………」

高杉はおうのを凝視した。やがて笑った。おうのだけが何度も見たことのある、高杉の快心の笑みだった。

「そうしよう。おうの」

「あいよ」

「おまえは、ときどきいいことをいうな」

「ときどきじゃないよ、しょっちゅうだよ」

腹の底にある望東尼への反感を噴き立てながら、おうのはいった。

「……深い池の底にな、木から散った葉っぱが二枚寄りそっている。おれとおまえはそんなものかな、と折にふれて思うよ」

「そう思うんだったら、抱いておくれよ。ここへきてから、ずっとごぶさたじゃないか」

「しかし、おまえ、他人《ひと》の家で」

「かまやしないよ」

高杉に抱かれて、その夜、おうのは殊更な声をあげた。ひさしぶりだったからではない。望東尼にきかせるためだ。獣《けもの》のような声をあげながら、おうのは、その声の底で、(ざまあみやがれ）と、望東尼に罵《のの》しりのことばを投げつけていた。

敗北感とも、屈辱感ともいいようのない思いにからだを充満させながら、隣りの部屋で望東尼は悶々とした。こんな経験ははじめてだった。望東尼は必死に歌ごころをひきおこそうと努力した。しかしそんな努力はまったく無駄だった。隣室の気配とおうのの声が、一瞬のうちに望東尼の思いを粉砕した。

「ああ……」

思わずくちびるからほとばしりそうになるうめき声を、望東尼はふとんの端をかんでおさえた。しかし、ふしぎにふたりに対してにくしみは湧かなかった。

翌朝、高杉晋作は、

「長州に戻って、あばれてきます。お世話になりました」

と、あいさつした。その表情にちらとおもはゆい色が走った。その色を見て、望東尼は自身の昨夜の悶えがきれいに洗い流された気がした。

「ご成功を祈ります」

と、しずかに頭をさげた。おうのが、

「長州にも遊びにきて下さい」

といった。望東尼は、はい、ありがとうございます、とほほえんだ。

馬関《ばかん》に渡った高杉は、すぐ奇兵隊の本陣に行った。軍監の山県狂介《やまがたきようすけ》がいた。

「九州で話をきいた。すぐ蜂起しよう」

高杉は山県にいった。

「何ですって」

山県はおどろいてききかえした。

「蜂起するのだ、俗論党政府をつぶすのだ」

「無茶です、そんな」

「何が無茶だ、虚を突けば勝てる。諸隊が一丸となって萩へすすむのだ」

十二月十三日である。当時は陰暦だからいまの一月末近くになるだろうか。雪が降りはじめていた。高杉は、降る雪をながめ、突然うたい出した。

「へ　ままよ　一升徳利横ちょに下げて　破れかぶれの頬かむり　おい、狂介、いっちょ、やらんかね！」

が、山県はしずかな態度を保ちつづけ、うんといわない。

「いま隊長の赤根さんが藩庁と交渉中だ。かれが戻ってくるまでは軽挙はできません」

「なにい」

高杉の表情は険悪になる。すぐ呼応すると思っていた山県が煮えきらないので、さっきからむしゃくしゃしている。高杉はどなりつけた。

「きさまらア、赤根のようなどん百姓の言を信用しちょるのかっ」

「…………」

このときの高杉のことばは暴言である。このひとことは後世にのこるかれの大失言だった。

このひとことで、かれはしょせん、長州藩の上士、現代《いま》のことばでいうエリート意識の持主であり、せっかく、農庶民の隊をつくりながらも民衆の仲間ではない、とされてしまう。

山県とて、決して赤根に好感を持っているわけではない。ことに、赤根が民衆を大切にしすぎて、長州藩の大事よりも、長州藩民の身分解放に熱をいれているさまが気にくわない。

（一体、奴の狙いは何なのだ）

と、いつも疑いの目で見ている。

しかし、とにかくかれはいま藩政府と交渉中だ。五卿の他藩移動を条件に、諸隊解散命令の撤回と、毛利登人たち要人の釈放を要求している。

高杉は、

「五卿を他藩に移したら、長州はおしまいだ」

と息まくが、山県は必ずしもそう思ってはいない。公卿なんぞいなくたっていい、と思っている。ただ、赤根が戻ってくるまでは、たとえ赤根がきらいでも、組織人として奇兵隊を妄動させてはならない、と山県は思っていた。

後年の山県は、日本陸軍の総帥であるだけでなく、日本官僚制の祖といわれるが、そういう組織の鉄の論理をこのころから持っていた。情と理とをはっきり使い分ける精神のつよさを持っていたのである。

不愉快になった高杉は、その足で伊藤春輔のところにきた。春輔は相変らず稲荷町のお梅の家にいた。

高杉は、

「おい、春輔、おれと兵を起そう」

といった。すると春輔は、

「起しましょう」

と即座に応じた。これには高杉のほうがびっくりし、拍子抜けがした。

「起しましょうって、きさま、そんないともかんたんに。おまえって奴は、まったく調子がいいなあ。おい、戦争にいくんだぞ」

「わかってます。どこへでもお供しますよ、力士隊は健在です」

「何人いる」

「四十人です」

「四十人か……」

高杉はちょっと考えこんだ。四十人、それも力士だ。力はつよいが鉄砲も大砲も撃てない。うーん、と思わずうなっているところへ、石川小五郎という遊撃隊の隊長がとびこんできた。山県さんから話をきいたが、ぜひ参加したい、という。

「何人いる」

「二十四人います」

石川は昂然と答える。合わせて六十四人。しかし高杉はにっこり笑った。春輔に、

「やるか」

といった。

「やりましょうよ」

春輔も笑って応じた。

春輔にすれば、このころ、もう二進《にっち》も三進《さっち》もいかなくなっていた。外国貿易は思うようにいかず、預かった四十人の力士の飯代にもこと欠きはじめていた。力士にとって空腹ほど辛いことはない。ふつうの人間以上に苦しむ。お梅の金も使い果たした。質にいれる物も底をついた。お梅の兄の木田亀が売る花の収入なんてたかが知れている。

「やっぱり、あたしが芸者に出ます」

お梅はしきりにそういう。それは駄目だ、と首をふりつづけながらも、そうかといって金を調達する途はない。進退に窮した、というのが春輔のいつわらざる現況だった。だから、成否なんか度外視して、春輔は蜂起でも何でも、現状打開の突破口がほしかったのだ。このときは本当に切羽詰まっていたのである。だから、高杉の案は春輔にとって一本の藁であった。

長州藩には支藩が三つ、分家が一つある。支藩は長府《ちょうふ》・清末《きよすえ》・徳山、分家は岩国だ。支藩の主は大名と同じ扱いで、江戸城内にも控え室を持っていた。その中の一つ長府は、その名が示すように、昔は長門国の国府がおかれた地であり、もちろん国分寺もあった。現在では下関市に含まれているが、伊藤春輔がはねまわっていたころは、下関は長府藩が管理していた。藩の収入にも大きな影響があった。

明治天皇に殉じた乃木希典《のぎまれすけ》は長府の出身だが、このころはまだ十六歳か十七歳で、一所懸命に学習していた。その乃木を祀った乃木神社近くに支藩主邸や国分寺や藩の鋳銭司跡などがあるが（国道二号線沿い）、功山寺という曹洞宗の古い寺がある。

この功山寺に、三条実美以下五人の公卿が仮ずまいしていた。すでに幕府の圧力に屈した俗論党藩政府が、五人を他藩に移そうとしていることをきいているから、心は安まらず、居心地はいたって悪い。それでも、長府藩の若侍や、京都からいっしょに落ちてきた浪人群や、長州藩の諸隊員などが集まって、警護していた。土佐の土方楠左衛門が親衛隊長のようなことをしていた。この間まで、親衛隊長をしていた宮部鼎蔵《ていぞう》（熊本）や真木和泉（久留米）などは、京の池田屋の変や禁門の変で、相ついで死んでしまった。

追いつめられた長州藩正義派にとって、長府は最後の拠点であり、五卿は最後の象徴であった。

「他藩移動など、ぜったいにさせぬ」

とがんばっていた。

十二月十五日の夜、高杉晋作と伊藤春輔は雪を踏み分けて功山寺にやってきた。深夜の十二時ごろだ。

土方楠左衛門が、さすがに眉を寄せて、

「こんな夜中に何です」

ときいた。高杉は、

「蜂起します。これから俗論党政府をつぶしに出かけます。五卿に最後のお別れにまいりました。まことに申し訳ございませんが、お取次ぎ下さい」

といった。土方は、

「それは……」

と絶句した。すぐ五卿に知らせた。五卿は高杉を大いに激励した。高杉の脇でおじぎしている春輔に目をとめて、三条実美が、

「その者は」

ときいた。高杉は、

「伊藤春輔と申す力士隊の隊長でございます。このたびの蜂起の総参謀をつとめております」

と紹介した。春輔が顔をあげると、三条は、

「いとう・しゅんすけ、誠忠の段、麿《まろ》は嬉しいぞ」

といった。

(へ、まろときやがった)

と思いながらも、春輔は三条以下五人の公卿に漂う気品と、かもし出す独特の雰囲気に圧倒された。やはり千年の年月をかけてつくられた人間はちがうな、と思った。

「力士隊と申すと、相撲のことか」

公卿のひとりがきいた。

「さようでございます」

「麿は相撲が好きじゃ。どんな力士がおる」

「そうでございますな、たとえば、江戸でも名をあげました山分《やまわけ》や菊ヶ浜などというのがおりますな」

「なに、山分や菊ヶ浜が」

「ご存知でいらっしゃいますか」

「よく知っておる」

春輔は、この公卿はおれ以上に調子がいいな、と思った。しかし、この公卿の力士への関心が座の悲壮感を解いた。何となくあかるくなった。土方は、別れの酒を汲《く》もうといって、冷酒を用意させた。つまみは残っていた煮豆である。高杉と春輔は大いにのんだ。酔いのまわった高杉は、自作の歌をうたい、しまいには、

「座興に、私の遺書をご披露しましょう」

といい出した。

「それは面白いな、ぜひきかせてくれ」

と三条ものり出す。高杉は、ふところから一通の封書をとり出し、少しふらつきながら読みあげた。

「ひとつ、筑前へ行ったときに、野々村に借りた金五両をまだかえしていない、誰かかえし

てやってくれ」

たちまち、座に笑い声が走った。

「ひとつ、陣中でたのしむために、白石正一郎の弟大庭伝七のところから、頼山陽の書を盗んできた、これも大庭にかえしてくれ」

笑い声はさらにつよまる。

「ひとつ、私は死んでも赤間関《あかまがせき》（下関）の鎮守になるつもりである、従って」

ひと呼吸《いき》いれて、

「従って、私が死んだら墓の前に稲荷町の芸者を集め、三味線をひかせてにぎやかにお祭りねがいたい」

座は爆笑に変った。遺書はまだつづく。高杉の顔は真っ赤で、しかも呼吸が相当に苦しそうだ。すでに、高杉はかなり肺を冒されていた。

「墓の表には……故奇兵隊開闢《かいびやく》総督高杉晋作　則《すなわち》西海一狂生東行墓　遊撃将軍谷梅之助也と。裏には、毛利家恩顧臣高杉某嫡子也、と書くこと……」

いつのまにか笑いが消え、座はしずまっていた。墓の表に、奇兵隊創立者としての誇りを書きつけながらも、裏にそっと毛利家恩顧の臣うんぬんと書くところに、この茶目志士の心の底がうかがわれ、五卿の胸をうったからである。

高杉晋作を誰よりも愛していたのは、藩主の毛利敬親《たかちか》であった。高杉もまた敬親を敬愛していた。そういう君臣の情が、はからずもこの場に浮き出た気がして、座にいる者の心を濡らした。

しずかになった座の空気を察して、高杉は、

「されば、死して忠義の鬼となります、大いに愉快です」

と笑い、

「土方先生、すまんがこの遺書は、誰かをやって大庭伝七に届けさせて下さい」

といった。土方はうなずいた。

「壮挙の成功を祈る」

という五卿の励ましに送られて、高杉は寺を出た。そして、

「春輔、見ろ」

と天を指で突き示した。春輔は天を見た。いつのまにか雪がやみ、月が出ていた。

「十五夜だ、冬の十五夜だ」

高杉がいった。月を見ることなど絶えてなかった。春輔は月を美しいと思った。春輔は、ぶるるとからだをふるわせた。

「どうした、寒いのか」

「いえ、武者ぶるいです」

「そうか。よし、進発だ！」

高杉は号令した。春輔がからだをふるわせたのは、寒さでも武者ぶるいでもなかった。今夜の一連のできごとが、天の月で括《くく》られて、いうにいえない感動が、胸の底を走りぬけたか

らであった。

翌朝、蜂起軍は伊崎の藩出張所を襲撃し、金と穀物を奪った。大坪の了円寺に陣をおくと、少しずつ噂をきいて参加者がかけつけてきた。高杉はその中から二十人ばかりの決死隊をえらび、

「三田尻に碇泊中の軍艦を奪ってこい」

と命令した。二十人は走った。そして、たちまち藩の軍艦二隻を乗っ取った。高杉はこの二隻を〝海上砲台〟とした。

十九日、馬関から、奇兵・八幡・膺懲《ようちよう》・南園の四隊が参加してきた。奇兵隊をひきいてきたのは山県狂介である。

「おう、きてくれたか」

高杉はよろこびの声をあげたが、山県はにこりともしない。少し体裁が悪いのだろう。しかし負け惜しみがつよいから、だまっている。

高杉は即興の歌を詠んだ。

〽　おれとおまえは焼山かずら　うらは切れても根は切れぬ

そういって、

「これがきさまとおれとの仲だ、わかるか」

と山県を見た。目の底に光るものがあるのを春輔は見た。山県は相変らずだまっていた。

が、山県の目もうるんでいた。見ていて春輔は、

（ふたりの気持は通じ合っている）

と思った。泣けそうになってきた。山県は、ぽつりといった。

「攻撃目標を指示して下さい」

個人で参加した者が百二十人になった。高杉はこれに〝好義隊〟という名をつけ、

「春輔、隊長はおまえだ」

といった。春輔は力士隊のほかに好義隊も持った。全軍は萩と山口をめざして北上をはじめた。

が、蜂起の報はたちまち萩藩庁に届き、狼狽した俗論党政府はすぐ報復措置に出た。藩庁がどういう報復をしたかは、蜂起に激怒して馬をとばして戻ってきた奇兵隊総管赤根武人がもたらした。本陣へずんずん入ってきた赤根は、そこに群れている奇兵隊員と、指揮者の山県狂介を見ると、

「山県君、これはどういうことかっ、なぜ、私が命じたとおり馬関にいないのだ！」

と、いきなり怒声を叩きつけた。

山県は答えない。だまって腕をくんでいる。山県の顔は一見柔和だが、目は冷たく鋭い。

「弁明をききたい！」

赤根はいきり立った。

「弁明はしません、ごらんのとおりです」

山県は氷のように応ずる。高杉が出てきた。

「おう、赤根、どうした」

「どうしたもこうしたもない！　あなたのおかげで、私の交渉はすべて水泡に帰した」

「それは悪かったたな。しかし、もう交渉などという姑息《こそく》な手段では、どうにもならんのだ。きみも軍に加われ」

「冗談じゃない。もう少しで、諸隊員全員を士分にできるところだったのだ」

「きみは士分を否定していたのではなかったのか？　ところが、春輔にきいたが、気持が急変したそうだな？　ま、この際、それはどうでもいい。その代り、五卿を他藩に移すのだろう？」

「そうだ、五卿などは単なる飾りもので、何の役にも立たん」

「ところがそうじゃない。その飾りものをありがたがるやつがゴマンといるんだ。日本という国はまだまだそういう国だ。おれは五卿を活用するよ。長州は、いまかれらを手放したら本当につぶれてしまう」

「高杉さん」

赤根は悲痛な声を出した。目から血が噴きとぶような表情である。

「あんたの蜂起は萩で大変なことをひきおこしたよ」

「俗論党政府のあわてぶりは目にみえる」

「そうだ。そして、そのあわてた俗論党は、正義派の要人をぜんぶ殺してしまったぞ」

「なに」

このことばには、高杉だけでなく、春輔も山県もおどろいた。

「いま、何といった」

高杉は顔色を変えた。

「いいか」

赤根はかんでふくめるようなことばつきになった。極度の興奮を無理におさえつけているので、一語一語に悲痛なひびきがこもりはじめた。

「毛利登人《のりと》、前田孫右衛門、山田亦介《またすけ》、渡辺内蔵太、楢崎弥八郎、大和国之助、松島剛蔵の七人が、ぜんぶ死罪になったのだ」

「死罪？　一体かれらが何をしたというのだ？」

「何もしない。ただ前政府員だったというだけだ。しばらく幽閉されればすんだことだ。それが急に首を断られたのは」

赤根は高杉をにらんだ。

「高杉さん、あんたの蜂起のせいだ。あんたが無謀な軍を起したから、藩政府はその報復に七人を殺してしまったのだ。私の交渉には、七人の釈放も含まれていた。しかも、もう少しで成功するところだった。高杉さん、七人を殺したのは、あんたですぞ」

泣くような赤根の声だった。これにはさすがの高杉も声を失った。

春輔はもっとつよい衝撃をうけた。特に毛利登人の死は春輔を身もだえさせた。登人ほど、春輔の深い理解者はいなかった。藩の由緒《ゆいしょ》ある家に生れ、いつも上級職にありながら、ちっとも偉ぶるところがなかった。いつもにこにこして、春輔のやりたいことを助けてくれた。自分の家柄や役職のすべてを、春輔のために活用した。いま考えてみれば、登人の行動は、登人自身にとってもどれほど危険だったことか。その危険を、登人はこれっぽっちも口に出さずに、いつも笑顔でこらえた。山口城の城門脇で会ったのが最後だった。徹夜で真っ青な顔をしていたっけ。

それでも、

「春輔、逃げろ」

と、おれの身を心配してくれた。

(あの人は、他人への思いやりとやさしさでいっぱいの人だった……あんなに温かい人はいない)

その登人が殺された。その原因は高杉さんとおれがつくった。

松島剛蔵は海軍局長だった。豪放で、おれとエゲレス艦に談判に行った。下士のおれの風下に立って、ごちそうしてくれた。腸《はらわた》の本当にきれいな人だった。その松島さんもおれが殺した、蜂起をしたばかりに……。

春輔と赤根武人

硬化した藩政府は、毛利登人《のりと》たちの処刑だけで、事足れりとしなかった。

「この際、一挙に、諸隊を蹴ちらし、つぶせ」

と、いきおいにのって、毛利宜次郎・粟屋帯刀・児玉若狭らを、それぞれ中軍・前軍・後軍の将として、鎮圧軍を進発させた。毛利は、明木に、粟屋は絵堂に、児玉は三隅に陣をおいた。このころ、蜂起軍は伊佐にいた。

毛利登人たちの死に、伊藤春輔《いとうしゅんすけ》が暗然と胸をつぶしているとき、突然、井上聞多《もんた》が帰ってきた。

「聞多……」

春輔は涙ではれたまぶたの間から、井上を見て、思わずよろこびの色を走らせた。泣き笑いである。

「大変なことになったな」

井上は重い表情をしていた。ここへ辿りつくまでに、あらゆる情報をきゝこんできたのだろう。井上は春輔のように胸の中が複層構造になっていないから、よろこびもかなしみも正直に表わす。井上にとっても毛利登人たちの斬首は大変な衝撃であった。

「傷は？」

春輔の問いに、井上は、もうほとんどなおったといった。

「おまえも加われ」

高杉がいう。ええ、そうします、とうなずいた井上は、

「その前に、湯田の家に行って、こまごましたことを整理してきます」

といった。すぐ湯田に行くという井上を送って、春輔は途中までいっしょに歩いた。そして、

「お静さんは？」

と井上に下関稲荷町の芸者がどうなったかをきいた。春輔の気性として、そういう消息もないがしろにできないのである。井上は、

「うん、また下関においてきた」

と応じながら、こんなときに女のことなんかどうしてきくんだ、という表情をした。春輔は、

「そうか。安心したよ。九州におきざりにしたんでは可哀想だからな」

といってほほえんだ。井上はつくづくと春輔を見つめ、

「おまえは変った男だな」

と、呆れた顔をした。しかし、そんな話題でいくぶん気がほぐれたのだろう。井上は苦笑してこんなことをいった。

「九州から戻って、稲荷町へお静を戻しに行ったらな、茶屋の〝竹兵〟で可愛い女を見つけたよ。お照という舞い子だがね」

「舞い子？　いくつだ」

「まだ十二歳だそうだ。おれは惚れたよ」

「十二の子に？　おまえこそ変ってるじゃないか」

春輔も井上も、生来、女好きでこの性癖は生涯つづく。どんなに大事なことに遭遇し、非常な状況に出会っても、ふたりは女を忘れることができない。どうすることもできないような切迫した状態の中にいても、必ず女と接触する機会をつくる。そして、

「こういう時間は、自分でつくるものだ」

とうそぶくのである。

いまがそうだ。わずかばかりの人数で蜂起し、藩政府軍が鎮圧の大軍をくりだしてきて、これからどうなるかわからないというのに、ふたりは会えばすぐ色ばなしをする。色ばなしがふたりの活性剤なのだ。不謹慎のようだが、生死を目前にしても、女の話をしないとふたりとも締らない。はじめは春輔を変な奴だな、といった井上も、結局は色ばなしに興じて、湯田に帰って行った。が、家の近くまで行ったときに、鎮圧軍に遭遇し、捕まって、そのま

ま監禁された。

春輔はこのことを知らない。ひさしぶりに井上と胸襟をひらいた話をして、頭の中に詰っていたものがどっと放流された。そのためだろうか、春輔はこの夜、萩にいる妻のすみに手紙を書いた。

ばい（婆）さま、かかさま、入江のかかさま（すみの母親）のことを案じ、自分のほうは心配いらない、ばいさまに少しこづかいを送ります、といって金を同封している。手紙に書いたことは、はやくいえば〝事務連絡〟で、すみに対して、愛しているとか好きだとかいうものではないから、すみを伊藤家の連絡窓口くらいにしか考えていなかったのかも知れない。

しかし、そのことを別にすると、春輔のこの日の手紙はひじょうにやさしい文章で、かれの家族思いの心情が実によく表われている。多面的な、それだけに時に矛盾する気持の持主であったことはたしかだが、とにかく根っこには、春輔はとてもやさしい心を持っていた。

元治二年一月二日（元治は二年二月二十日に改元され、慶応となる）、高杉晋作《しんさく》は伊崎会所を占領し、ここから付近の村々に蜂起の趣旨と参加をうながす檄《げき》をとばした。この檄文は、維新後、品川弥二郎が京都につくった尊攘堂（現在京都大学が管理）に保管されている。

「両殿さま（毛利藩主父子）が、せっかく毛利元就公のご遺志をつがせられ、正義をお守りになっているのに、奸吏どもはそのご趣意にそむいて、恭順の名をかりながら、実はおそれおののいて、四境の敵に媚び、国境の関門や城をこわし、あまつさえ正義のひとびとを幽殺したり、そのうえ敵兵を藩領に入れたりしている。さらに、いろいろの難題を申し立てて両殿さまをこまらせている。これらのことは、国家の恥辱は申すにおよばず、心ある長州人はみな切歯している。奸党のやりかたは言語道断で、われわれとしてはともに天をいただくわけにはいかない。よって元就公の尊霊を慰め、両殿さまのご正義を天下万世に輝かせ、長州国民を安撫せしむるものである」

こんな文章であった。

この檄文が撒かれた日、奇兵隊総管赤根武人《たけと》は、再び春輔を町の料亭に呼んだ。時期が時期だけに、春輔は行くには行ったが眉をひそめた。

「何ですか」

ときくと、

「高杉さんと行をともにするのはやめたほうがいい」

という。唐突なので、

「どういうことですか。もっと具体的にいって下さい」

といった。

「高杉さんは身分意識がつよすぎる。奇兵隊にいる庶民をどうも軽視・蔑視する。私にはがまんできんのだよ」

「…………」

「蜂起を中止して、藩内一致し、幕府に対するべきだ。そうすれば奇兵隊や諸隊にいる庶民の扱いが変る。藩政府は約束してくれたのだ」

「赤根さん」

春輔は真顔になった。

「あなたの身分解放の情熱はよくわかります。しかし、いまは俗論党政府をつぶすことが先決です。あなたのいっていることは、俗論党政府と手をにぎれということでしょう。いや、手をにぎるというより、いいなりになるということだ。この間までなら、あるいは、それができたかも知れない。でも、毛利登人さんや清水清太郎さんたちが殺されたいま、もうそれは無理です。私は蜂起を中止しません」

「きみは、それほどまで、高杉さんに毒されているのか」

「赤根さん、私はかなりいい加減な人間です。自分でもうすっぺらだと思っています。最初、蜂起したときは、たしかにちゃらんぽらんでした。金にもこまっていましたし、どうにでもなれというやけくそな気持もありました。が、いまはちがいます。私は本気で藩政府をにくんでいます。俗論党をみな殺しにしたいと思っています。それは、奴らが毛利登人さんを殺したからです」

まっすぐに自分の目を見て話す春輔の語調に、赤根はおどろいた。こんな生真面目な春輔を見たのははじめてだからである。

赤根は春輔をもっといい加減な男だと思っていた。若いくせに社交術にたけ、時の実力者から実力者の間を機敏にわたり歩き、おべっかを使って自分の出世欲を満たしていく高等茶坊主だと思っていた。しかし、いま目前にいる春輔は、毛利登人の死を心からかなしみ、その復讐のために、損得をはなれて強大な藩政府と戦おうとしているひとりの純粋な青年であった。

(これは、おれの誤算だったかも知れない)

赤根は突然さとった。

赤根は、春輔が実力者から実力者へとわたり歩く根底には、春輔が自分の出身身分をつよく認識しているからだ、と思ってきた。農民出身の足軽階級から脱したいために、春輔はそういう生きかたをしているのだ、と思ってきた。だから、松下村塾にいたときから、赤根は春輔と通ずる共通の地下水脈を持っている、と思っていた。

が、それはどうやら勘ちがいだったらしい。昔はいざ知らず、いまのかれには身分というこだわりはあまりない。それよりも仕事が面白くてしかたがない、といった風情だ。

(しかし、その考えはまちがいだ)

赤根はそう思う。そうだとすれば、藩内で虐げられている多くの人間に対する心づかいが春輔にはまったくないことになる。春輔はたしかに身分をのりこえたかも知れない。しかしそれは自分だけがのりこえたのだ。

(おれにはそういう真似はできない、そこがこの男と根本的にちがう)

赤根はそう思った。そして、そう思うとたまらない寂寥感がおそってきた。結局、この戦いは、おれだけの果てしなく孤独な戦いなのだ、と思った。

醒《さ》めた思いを表情に出して、赤根はほほえんだ。

「どうやら、私の思いちがいだったらしい。きみははじめから私とはちがう道を歩いていたようだ」

「そのようです。お役に立てずに申し訳ありません」

微笑をかえして、春輔は改まってきいた。

「どうするんですか、これから」

「わからん。きみと手を組めないということを予想していなかったからね……」

「高杉さんと行をともにしたらどうでしょう。藩政府をつぶせば、そのほうが赤根さんの身分解放の策が、案外早く実現するのではないでしょうか」

「逆だね」

赤根は苦笑して首をふった。

「高杉さんはより身分制をつよめるだろう。かれの蜂起に加担したくない理由はそのへんにもある」

赤根は本音を告げた。農民を、このどん百姓！　と呼び、木こりや猟師を、この土民！　と罵《ののし》る高杉は、いまの俗論党政府を倒しても、新しくつくる政府で、さらに身分差別を強化するというのが、赤根の予測であった。しかしそれなら赤根はどうするのか。このまま奇兵隊総管をつづけるわけにはいくまい。春輔がきいたのはそのことであった。

赤根は腕をくんだ。考えにふけりはじめた。

「帰ってもいいですか」

　と春輔はきいた。

「うん」

　赤根はうなずいた。

「貴重な時間をすまなかった。元気でな」

　一切を忘れたような赤根の表情を見ると、春輔は、

(歩く道はちがっても、赤根さんもやはり一個の人物だ)

と思った。総管になるくらいの人間なのだから、やはり凡俗の人ではない、何かを持っている、と思った。

「赤根さんもご自愛を」

　心からそうあいさつして、春輔が障子をあけて出かかったとき、廊下をはげしく鳴らして数人の奇兵隊士がおどりこんできた。全員、抜刀している。

「奸賊赤根はどこだ！」

　と叫びながら。

　春輔は、

「これは、一体何の真似だ」

　と隊士の前に大手をひろげた。

あと味の悪い思いが、いつまでも春輔の胸にのこった。陣に帰っても眠れなかった。あのとき、赤根を襲った数人の隊士を、必死になってくいとめ、春輔は赤根に、

「早く逃げて下さい」

と叫んだ。

が、赤根はぞっとするような冷たい笑みを浮べ、こういった。

「伊藤君、手のこんだ芝居はよせよ」

「何のことですか」

「やはりきみは私を売ったな。そこまで卑劣な男だとは思わなかったよ」

「赤根さんと会うことは、誰にも話していません。誤解です」

「言い訳はよしたまえ。そこまで高杉の歓心を買いたいのか。見下げ果てた人間だ」

「ちょっと待って下さい。この連中を呼んだのは、私じゃありません！」

そんな論争をどのくらいつづけたろう。結局、深い疑念と誤解の気持を抱いたまま、赤根は難を逃れて去った。去り際に、春輔にいいようのない憎悪の視線を投げ、

「この小才子め」

と、痛烈な罵声を投げ捨てた。春輔が刺客たちをおさえたことに対して礼もいわなかった。そんなことは最後まで芝居だと思っていたのだろう。

「赤根さん！　待って下さい」

こんな別れかたは嫌だ、二度と会うことはないにしても、いや、それならなおさら誤解さ

れたままでは嫌だ、と春輔は赤根を追って外へとび出した。しかし、寒気に凍《い》てついた往来に、すでに赤根の姿はなく、かわりに、春輔は、ひとりの腕ぐみをした男がしずかにきびすをかえして、闇の中に去って行くのを見た。奇兵隊軍監山県狂介《やまがたきょうすけ》であった。ずっと赤根武人に警戒の目を向け、決して好感を持ってはいない男であった。

（そうか）

春輔はすぐさとった。山県の部下に尾行《つけ》られたのだ。刺客は山県の密命をうけたのにちがいない。

明治後年、赤根武人の冤罪《えんざい》と行賞が論議されたことがあるが、実現しない。もっとも強力な反対者が、日本最大の官僚山県有朋《ありとも》（狂介）だったからである。山県の赤根に対するどろどろしたにくしみは、なぜそうなのか今日でも謎である。

この夜、奇兵隊日記には、

「赤根、行方知れずなり……」

と、赤根の脱走がかんたんに記録された。赤根はのちに長州にひそかに戻ってきたところを捕えられ、

〝売国奴（長州を売った者）〟

として斬首される。しかし、それは一年後のことになる。

陣の一隅でくらい表情で考えこんでしまった春輔を、山県は無視黙殺した。山県はさっき高杉から、

「これからは、赤根に替って、きみが奇兵隊の指揮をとれ」

と命ぜられたばかりだ。この命令は山県を満足させた。山県も野望家だが、決して自分からはいいださない。そんなことをすれば役と自分が軽くなる。人からいわれたほうが重みがあり、箔《はく》がつく。だからそれまでじっと待つ。焦らない。そういう狡さがこの男にもある。しらばくれて、じわじわと偉くなる男だ。その山県からみれば、伊藤春輔は軽薄きわまるおっちょこちょいだ。

(赤根のような奴と密談するなんて)

と思っている。

外から高杉が戻ってきた。隅にいる春輔をちらりと見たが、すぐ山県に、

「おい、狂介、明日は明木の本拠を襲おう」

といった。山県は首をふった。床几に腰を下したまま、

「そんなまわり道をするより、山口を占領し、一挙に萩を襲ったほうが効果的です」

と答えた。

「ほう」

と高杉は笑いだした。

「この野郎、奇兵隊をまかされたと思って、態度まで重々しくなりゃあがった。にこりともしねえな。よし、狂介のいうとおりにしよう。明日は山口を攻める」

高杉はそう宣言した。自分の作戦がそういうふうに採用されても、山県は、やはり同じ

重々しい顔をしている。

高杉は春輔のほうを見た。

「春輔、ちょっと来い」

「………」

春輔は目をあげた。高杉は先に立って陣を出、裏の庭に行った。そして脚をひろげると、

「連れ小便をしよう」

といった。

「出ません、さっきしました」

春輔がそう応ずると、

「つきあいってものがあるぜ。たとえ出なくてもチンボコぐらい出したらどうだ」

といって、自分はジャアジャア馬のそれのような音を立てはじめた。寒いからたちまち湯気があがる。春輔はいわれたとおり、出すだけ出した。元気のないのが垂れた。高杉は大声でうたった。

「もしきや、古き破れてつぎだらけ　今日の寒さに　チンチンちぢまる　あっはっは」

と笑った。

春輔は、高杉は馬鹿だと思った。何が今日の寒さにチンチンちぢまるだ、おれの辛さなんかぜんぜんわかっていない、鈍感頭め、と思った。

ところが——高杉はいった。

「春輔、思いきりが悪いぞ。おまえは誰にでも好かれようとする。あげくの果ては敵にもいい子になろうとする。そんなに欲をはるな、割りきるところは割りきれ、男だろう」

「………？」

こんどは春輔がびっくりする番だった。さすがに高杉であり、ちゃんとみぬいていた。春輔の悩みなど、手にとるようにわかっているのだ。

「……わかりますか」

春輔はおずおずときいた。高杉は、しずくを切りながらふり向いた。

「馬鹿野郎、おれを甘くみるな」

蜂起軍は雪の中を進んだ。絵堂では藩軍の尖兵隊長財満新三郎ほかを殺して、隊を蹴ちらした。小郡《おごおり》の代官所も占領した。

こうなると小郡・山口でも同調者が出てきた。義兵がつのられ、

〝鴻城軍〟

と名のった。義兵は捕えられていた井上聞多を救出し、自分たちの総督に仰いだ。大木津口では、南園・八幡の二隊も奇兵隊と組み、藩軍を大破した。大田の呑水でも総くずれになる。蜂起軍は連戦連勝し、ついに赤村の藩兵を掃討すると、藩軍は完全に逃げ去った。この間、春輔のひきいる力士・好義の二隊はあばれにあばれた。特に怪力をふるう力士たちのあばれぶりに、藩軍はその姿を遠くから見ただけで背を向けた。

高杉を先頭に、蜂起軍はついに山口に入った。一月十九日のことである。高杉は諸隊の隊長を集め、

「明日、萩を総攻撃する！」

と宣した。御楯《みたて》・南園の二隊は尖兵として佐佐並に陣した。隊長は大田市之進と野村靖之助である。大田は維新直後死ぬが、野村は子爵になり、内務・逓信の大臣をつとめる。

こういう状況になると、対極の間に中間派が生れる。このときの長州藩でもそうだった。

〝鎮静会議員〟

と名のる層が出現した。

鎮静とは、藩全体が鎮静するという意味で、蜂起軍を鎮圧するということではない。だからこの派は、

「そのためには、藩政府が蜂起軍のいい分をよくきいて、譲歩するところは譲歩しなければ駄目だ」

と主張した。俗論党タカ派は、冗談じゃない、と反対する。藩政府は終日激論した。しかし、その間にも高杉軍はどんどん萩に迫ってくる。

ついに藩主毛利敬親《たかちか》が断を下した。

「出兵を中止せよ。清末《きよすえ》支藩主が高杉軍と和平交渉にあたれ」

そこで清末支藩主毛利元純が佐佐並に馬をとばした。支藩とはいえ、元純も江戸城内に控え室を持つ大名である。この使者は異例だった。敬親が相当に高杉軍を重くみていた証拠だ。

いや、敬親は心の中では、姑息《こそく》な俗論党よりも、高杉のほうに拍手を送っていたのかも知れない。

支藩主が出向いてきたのだから、蜂起軍もすぐおそれいって、

「承知します」

というかと思ったら、そうはいかない。御楯・南園両隊とも頑強だ。特に隊長の大田・野村のふたりは、

「ただ和議しろでは承服できません」

と突っぱねる。

「清末藩主の私が申しているのだぞ」

と元純は威を張るが、ふたりともおどろかない。

「藩政府の誠意の証《あか》しを」

とゆずらない。

「藩政府の証しとは何だ」

「政府要人全員の罷免」

「なに」

元純はさすがにむっとし、呆れかえった。いわしておけば、という気がしたが、ここで腹を立てては事はぶちこわしだ、と思った。それに、元純も、もともと蜂起軍に同情的だ。だから、蜂起前の諸隊が、長府《ちょうふ》と同じように清末かいわいにごろごろしていたときも、黙認し

た。

「私を小僧の使いにしたな」

戻りぎわに、元純は大田と野村に苦笑しながらそういった。ふたりは、

「まことに申し訳ありません。立場上、おゆるし下さい。ただ、七日間だけ休戦します」

と、頭をさげた。頭をさげたが、ふたりとも表情は必死だ。それを見ながら、

(これからの長州藩を支えていくのは、こういう決死の若者たちだ。俗論党ではない)

と、元純は心から思った。

蜂起軍の言い分を持って帰っただけの元純に対して、俗論党政府要人は、口をそろえて不満の意を示した。ところが藩主敬親は、元純の復命をきくと、

「即刻、藩軍にひきあげを命ずる。現重役の中川、三宅、小倉、椋梨《むくなし》らすべてを罷免する。替って、山田、兼重、中村らが藩務の中心になれ」

と命じた。鶴の一声である。

敬親は、どんなときにもあわてず、家臣の案に、

「ああ、そうせい」

と応ずるものだから、

「そうせい侯《こう》」

だの、

「昼あんどん」

だのと悪口をいうものもいたが、こういうときの断の下し方は早かった。俗論党政府は轟々《ごうごう》と不満の声を立てながら、しかし君命にはそむけず総退陣した。

兼重が政務役になり、組閣した。広沢兵助（真臣）や佐世八十郎（前原一誠）らが登用された。新政府は、山田、柏村、宍戸らを特使として送り、高杉に交渉させた。高杉は、暫時、諸隊長と協議する、といって別室で協議した。諸隊長も異論はなかった。高杉は山県狂介に、

「狂さんもいいか？」

と、からかいながら念をおした。山県はにこりともせず、

「けっこうであります」

と重々しく答えた。高杉はこのことを山田たちに伝えた。山田たちはよろこんで藩庁に戻り、折りかえし、

「前政府から反乱の罪名をこうむっていた高杉・山県・井上・石川・梶山・時山らの罪をゆるす」

という新政府の決定を高杉に伝えた。高杉たちは顔をほころばせた。が、この中に伊藤春輔の名が入っていない。そのことを高杉は、使いできた佐世八十郎にきいた。

佐世は、笑って、

「赦免するにも何も、伊藤ははじめから罪人の中に入っていません」

といった。

「何だと？」

高杉はびっくりした。

「しかし、春輔は、最初からおれといっしょに反乱を起したんだぞ。山県狂介の奴でさえ、最初は蜂起には反対したんだからな。それなのに、あいつが反乱人ではない、というのはどういうことだ？」

「なぜでしょうね。とにかく、前政府は伊藤を反乱人には指名していませんよ」

佐世は笑いながらそう答えた。

「うーん」

さすがの高杉も、これにはうなった。

春輔を呼んで、これこれだと伝えると、春輔は、

「そうですか」

と笑った。

「なぜだ？　なぜ、おまえだけがはずされるんだ？　藩庁と何か取引きしたのか？」

高杉は納得しない。

「取引きなんかしませんよ。でも、なぜなのか、私にもわかりません。ただ、私は、高杉さんがいつかいったように、敵からも可愛らしい人間だな、と思われるのかも知れませんね。人徳ですかな」

「ぶんなぐるぞ、この野郎。きさまに人徳があるか」

思わずそういうにくまれ口を返しながら、しかし高杉は春輔のいうことを認めざるを得な

かった。

たしかに俗論党前政府も、伊藤春輔だけは別格にみていた。高杉や井上は九州に亡命しなければならなかったのに、春輔を追いかけまわす刺客はいなかった。

「同じことをやっていて、どうしてきさまだけが別扱いになるのか、どうもよくわからん。おれたちを裏切っているわけでもないのにな」

「そうですよ、私はいつも高杉さんに忠実です。俗論党の奴らとは、口をきいたこともありませんよ」

「そうなんだ。だからふしぎなんだ。わかるか、狂介」

高杉は山県にきいた。山県は、

「わかりませんな」

と、相変らずぶすっとした表情で答えた。

春輔は、このとき、自分が反乱者名簿からはずされた理由を自分でもわからないといったが、藩庁からみると春輔は、両棲動物だった。同時に、思想や信条のない人間だとみられていた。いつでも敵になり、逆に、いつでも味方になる。だから、藩庁にとって、伊藤春輔という人間は、真の味方にもならないかわり、真の敵にもならない。加えて、何にでも役立つ器用さと、自分で責任をとる自己完結性がある。英語につよく、外国との交渉にずば抜けた才能を示す。これは姑息な藩保守層にも畏敬の念を持たせた。とにかく春輔は〝ひとにやれないことをやる人間〟であった。〝やってほしいことがやれる人間〟であった。

それと、春輔の行為には破壊性がない。この男は何をやっても新しいものをつくり出す。そういう建設性がある。敵となり、破壊役をつとめても、春輔だけは、何かをその中でつくり出す。そのつくり出したものが、味方だけでなく、敵側にも利をもたらす。そういう奇妙な行動者であった。甲家と乙家が家族をあげて喧嘩しても、甲家の人間なのに、春輔だけがにこにこと、いままでどおり乙家とつきあい、乙家もまた、それを認める、というようなものだ。これは、春輔の人間そのものがそうなので、生得のもの、としかいいようがない。藩庁の〝春輔観〟も、理屈ではなかった。

（とにかく、あいつだけは、にくめない）

と、思っていることは事実であった。だから、こんどの事件でも、藩庁で、

「伊藤も叛逆者か？」

という論議になると、

「あいつは、ちょっとちがうんじゃないのかな？」

ということになるのだ。どうちがうのかよくわからないながらも、

「たしかに、あの男は別だろうな」

ということになってしまう。そこで名簿からはずされてしまう。

それでは、春輔が高杉といっしょにやったことは、一体、何だ？　ということになるのだが、藩庁は、もうそこまでの詮索をしない。伊藤春輔という人間のイメージを頭に描くと、その詮索心が消えてしまうのである。今回もそうであった。春輔は、藩庁にとって、いまま

で見たことのない〝新しい人間〟なのだ。そういう新しさと、それだけに一種の気味の悪さを持っていた。だから藩庁は、春輔の表面の調子のよさだけを見ているのではなかった。姑息であっても馬鹿ばかりではない。ひとことでいえば、藩庁は、

〝伊藤は、どんなときでも必ず藩の役に立つ〟

とみていたのである。

不得要領ながらも、感性の鋭い高杉は、藩庁の春輔観を事実によって示され、高杉自身が改めて春輔を見つめた。その視線を感じて春輔は、

「何ですか？」

と高杉を見た。高杉はほほえんだ。

「育ったな？」

「え？」

「おまえも大きくなったということだ。はじめて松本川の橋の上で会った若僧が、藩庁から重視されるようになったのだ……」

「高杉さんのおかげですよ」

「それもある。が、それだけじゃない。おまえは会う人間、会う人間を決して無駄にはしない。相手をぜんぶ自分の肥料にしてしまう。つまり、人を食って生きているのだ」

「ずいぶん人聞きが悪いですね。それじゃ、私が鬼みたいじゃありませんか」

「そうだ、鬼だよ、おまえにはそういうところがあるのだ」

うなずく高杉はもう笑っていなかった。光る眼でこういった。

「おれは、おまえを、はじめは五流の人間だと思っていた。が、精進がめざましい。こんどの反乱に加わって、つまり馬関《ばかん》でおれの反乱に加わろうと決断したとき、少なくともおまえは二流の人間にはね上ったぞ」

「まだ二流ですか？　高杉さんは何流ですか？」

「馬鹿なことをきくな。おれは一流にきまっている」

「桂さんは？」

「あいつは二流だ」

答えをきいて、春輔は、しまった、桂さんのことなんかきくんじゃなかった、と後悔した。

しかし、高杉がそういう認めかたをしてくれたのは嬉しかった。高杉は、春輔を単に機能人として見るのでなく、人間として見てくれていた。人間としての成長をほめてくれているのだった。高杉は、冗談で威張るが、いや、おれが今日あるのは、本当に高杉さんにめぐりあったからだ、と春輔は本気で思った。

「さて、こうなると、またやることがなくなったな」

高杉は反乱成功後の退屈を持て余しはじめた。春輔はぽつんといった。

「どうです？　いっしょにエゲレスに行きませんか」

乱に生きる男

伊藤春輔《いとうしゅんすけ》が、なぜ突然、

「エゲレスに行きましょう」

といいだしたのか、高杉晋作《しんさく》は知っていた。唐突な案だったが、春輔がそんなことをいうのは、

(おれのためだ)

と高杉はすぐ感じとった。

高杉は〝乱〟に生きる男だ。閉塞状況に突破口をつくったり、古いものを壊したりするのは得意だが、新しくつくられたものを維持するのは、苦手だ。

こんどのことでいえば、兵をあげて反乱し、姑息《こそく》な俗論党政府を倒すまでは高杉の独壇場だった。しかし、それに代ってつくられた新しい正義派政府の一員になって、政務をとるのは高杉の性に合わない。書類仕事はきらいなのである。

「そんなことは、向いた人間がやればいい」

と高杉はいう。

こんどのばあいも、

「反乱を成功させるまではおれの仕事だ。しかし、そのあとのことは、ほかの人間がやることだ」

と、ずいぶん前からいっていた。そして、かれのいう〝ほかの人間〟とは、直接には桂小五郎を頭においていた。ところが、その桂が、いま、どこにいるのか皆目わからなかった。

「桂の野郎、肝心なときに一体どこにいやがるんだ」

反乱成功後、高杉はそういって焦った。正義派から佐世八十郎(前原一誠)や波多野金吾(広沢真臣)や村田蔵六(大村益次郎)らが、藩新政府の要職についた。いずれも才幹のある青年たちだったが、だいたいドングリの背くらべである。軍事とか民政とかの、ある部門については優秀な能力を持っていたが、藩政全体をおさえ、指導するのには、それぞれ帯に短し、襷《たすき》に長しだった。

もちろん、京都での不透明な行動(池田屋事変の場にいなかったり、禁門の変のときも参加しなかったりなどのこと)で、桂小五郎に反感を持っている人間は多い。

はっきり、

「桂は卑怯者だ」

といいきる者もいる。

しかし、高杉の判断は、そういう萩人の感情をこえて、いま長州藩が一番必要としているのは桂小五郎だと思っていた。そういう大乗的なものの見かたをするところが、高杉の偉いところだった。つまり、高杉は、歴史の節目節目が必要とする人間の型をよく知っていた。ということは、自分の限界もよく知っていたということである。

「乱がないときは、おれはいらない」

と、春輔によく語った。

だから、いまのように正義派が藩政を掌握してしまうと、高杉のすることはなくなるし、出場《でば》もない。すっかり手もちぶさたになってしまう。

春輔がエゲレスに行きましょう、というのは、そういう手もちぶさたの高杉を、退屈の中からすくいだそうとする案だった。

高杉には春輔の気持がよくわかった。

「私がロンドンをご案内しますよ」

と春輔はいう。つまりいっしょにエゲレスに行く、というのだ。春輔は高杉に殉ずるつもりなのだ。その心根がいじらしく、高杉の胸を温かくしめらせた。

というのは、高杉とちがって、春輔は政務にも向いている。才幹がある。いや、軍事よりもむしろそっちのほうに才能がある。にもかかわらず、こんなときにいっしょにエゲレスに行こう、というのは、せっかく用意された春輔向きの舞台をおりて、高杉のために犠牲になろう、ということだ。

調子がよくて、出世のためにはあらゆることを計算づくでやる春輔が、高杉のために一切のものを投げ棄《す》てようというのだ。

(春輔め)

高杉の目はうるむ。

そして、高杉は春輔の案に素直にのろうと心をきめた。それといま春輔を藩新政府の小官吏に育ててしまうよりは、改めてエゲレスを見聞させて、大きく育てたほうが、これからの長州藩そして日本のために、大いに役立つと考えたのだ。

「よし、エゲレスに行こう」

高杉はうなずいた。

春輔はこの計画を井上聞多《もんた》に話した。井上は、たちまち、

「おれも行く」

と行った。春輔は首をふった。

「なぜだ」

井上はくってかかる。

「藩政府には、新しい理財役人が要《い》るよ。きみをおいてほかにいない」

「それこそ、きみの役ではないか、いっそきみがのこれ、おれが高杉さんと行く」

「そうはいかない」

高杉はわがままな人間だ。豪放なようでいて、鋭く感じやすい心を持っている。詩や歌を

つくるのはその証拠だ。絵も描く。その繊細な心を察し、きめこまかい面倒をみられるのは、おれよりほかにいない。だからこそ、おれはいっしょに行くのだ。そこへいくと、井上君よ、きみにも高杉さんに似たところがあるのだ。早くいえばきみも良家に生れ育った苦労知らずだ。いっしょに長い旅をして、高杉さんにがまんできるはずがない、きっと喧嘩になる。高杉さんもまた、きみにがまんできなくなるだろう——春輔は声に出さずに、井上が高杉の同行者として適当でない理由をのべ立てた。

春輔の胸の中の声がきこえないから、井上は納得したわけではなかったが、とにかくふたりの洋行準備には協力しよう、といった。佐世八十郎と山田宇右衛門が春輔から話をきき、

「それは妙案だ」

といった。佐世たちも、高杉の処遇に頭を痛めていた。正直にいって半分は厄介だった。

「しかし、それにしてもいきなりエゲレスへ行く、と公表するのはどうかな。藩内には、まだこちこちの攘夷論者がいるぞ」

山田はそういって腕をくんだ。

「では、横浜に出張させていただく、ということでどうでしょう」

春輔はそういった。それがいいな、と佐世は賛成した。そこで、藩政府から高杉と春輔に、

「両人は英学修行ならびに内外の形勢探索のため、横浜に出張を命ずる」

という辞令が出た。旅費として三千両くれた。大金である。が、高杉は、

「けちめ、これっぽっちじゃ、エゲレスの遊女と遊ぶこともできねえや」

と憮然とした。

「いまの藩政府としては、これで精いっぱいでしょう。よく三千両もくれたものです」

藩財政のきびしさを知る春輔は、そう慰めた。

「ロンドンで両替屋（銀行）でも襲うか」

高杉はそういう馬鹿をいって笑った。ふたりは、

「ちょっと遠乗りに行く」

といって馬に乗り、萩をとび出した。下関に行って網三という海商の別荘で、外国行きの船を待った。

二日後に井上聞多がやってきた。険しい顔をしている。井上は感情を正直に表情に出す人間だから、春輔はぎょっとした。井上が、

「どうしても、おれも行く」

といいだすと思ったからだ。が、井上の用件はちがった。

「奇兵隊はじめ、諸隊員がここのところ驕慢《きょうまん》になって手がつけられません。高杉さんでないと、とうてい鎮《しず》められない状況です。洋行を中止して、萩に引きかえして下さい」

といった。

「………」

高杉は、目を宙に向けて長い顎をなでた。

「おねがいします」

井上は手をついた。高杉は首をふった。

「いやだ」

「なぜですか」

「おい、聞多、考えてもみろよ。去年の暮、雪の中で反乱を起したのは、おれとこの春輔だ。ひきいる兵は百人たらず、それも力士隊が主力だった。やがて山県狂介《やまがたきようすけ》が奇兵隊を連れて加わった。いずれにしても、諸隊員が俗論党を追っぱらって正義派の政府をつくったんだ。つまり、諸隊員は功労者だ。少しくらいおごりたかぶったとしても当然じゃないのかな」

「それはよくわかります。しかし、そのおごりぶりが目に余るのです」

「聞多」

高杉は腕をくんだ。

「おまえはもう少し見どころがあるかと思ったが、ずいぶんとつまらない人間になったたな。小役人のにおいがぷんぷんするよ。諸隊員のわずかばかりのわがままが、胸におさめられないような尻の穴の小さい政府なら、そんなものはさっさとつぶれてしまえ。おれは、そんな藩政府をつくったつもりはない。誰の使いで来たのか知らんが、来させた奴も、来たおまえも、まったくくだらん」

高杉は本気で怒っていた。藩政府に対する嫌悪感が、その表情にみなぎっていた。高杉はあくまでも諸隊員の側に立っていた。来たときと打って変って、たちまち意気消沈してくしゃくしゃの顔になった井上は、

「春輔、おまえはいいなあ」

悲鳴に近い声を立てた。いいなあ、というのは、こんなごたごたを尻目に、高杉とエゲレスに行けるということだろう。井上はまだエゲレスに行きたいのだ。

「どうしても、駄目ですか」

と、半分べそをかきながら改めて高杉にきいた。高杉は、

「駄目だ、おれはエゲレスに行く。そのくらいの始末ができなくて、何が藩政府だと、おれがいっていたといえ」

きびしい目で応じた。それは高杉の本心だった。井上は、

「これじゃ、まるで小僧の使いだな……」

とぶつぶついいながら立ち上った。その背へ、

「そういう使いに来るのが、そもそもまちがいだったのだ」

と高杉は容赦しないことばを浴びせた。非情な高杉の一面をみせつけられて、春輔は頬をこわばらせた。井上は去った。

「ちょっと可哀想でしたね。あいつは、使いを口実に、本当は高杉さんとエゲレスに行きたかったのでしょう」

井上を途中まで送って戻ってきた春輔はそういった。

「そんなことは百も承知さ。が、あれでいいんだ。涙のむちさ」

高杉は仰むけにひっくりかえってそう応じた。そして、

「おい、エゲレス行きの船はいつくるんだ」

と、少し怒った声を出した。高杉も、井上にきびしくやりすぎたと思っている。しかし、負け惜しみのつよいかれは、そういう自己反省がはじまると、逆な態度に出る。そういう心理を春輔はよく知っていた。そして、こういうときは、むきになって相手にならず、さらりとかわすのが賢明だと思っていた。

三月二十日、港の船着場へ様子を見に出た春輔は、接岸するイギリス船上から、

「ミスター・イトー！」

と大声で呼ばれた。デッキを見て、

「おお、ミスター・ハリソン！」

と春輔は顔いっぱいによろこびの色を溢れさせた。ハリソンは英国公使館員で、春輔と井上が急遽ロンドンから戻ってきたときに、何くれとなく世話をしてくれた人物である。そのハリソンを見て、春輔は、

(これで、エゲレスに行けるぞ)

と直感したのだ。春輔は自分たちの計画を話し、ハリソンに高杉を紹介した。ハリソンはにこにこしながら高杉の手をにぎり、

「ミスター・イトーからうかがいました。いっしょに長崎に行きましょう。ミスター・グラバーにご紹介しますよ。ミスター・グラバーはイギリスの大商人ですから、必ずおふたりのロンドン行きのお世話をしてくれますよ」

といった。高杉は春輔の顔を見て、ほっとしたように微笑を浮べた。

翌日未明、船は出た。長崎に着くと、ハリソンはすぐふたりをグラバー商会に連れて行った。グラバーはただの商人ではなかった。かれは、長崎の丘の一角（グラバー邸は、いまもそのまま残っている。グラバーは歌劇蝶々夫人のモデルとして有名だ）からじっと日本の将来をにらんでいた。

グラバーは親しいイギリス人仲間に、

「トクガワ政府は、まもなく日本の政府ではなくなる」

と、大胆に公言していた。きいた連中はおどろいて、

「めったなことをいうものではないぞ」

と、グラバーにそれ以上のことをいうな、ととめたが、グラバーは平気だった。

「それでは、つぎの日本の政府はどういう形になるのか」

ときかれると、

「セキガハラで敗けたサツマとチョウシュウだ。かれらは、二百六十年間のうらみをはらす」

と真顔でいった。さらに、

「それもテンノーをかつぐだろう」

と予言した。そのためにグラバーは、しきりに薩摩人や長州人に接近したがっており、特に日本国内で孤立している長州と、何とかしてコネをつけようと伝《つて》を求めていた。

だから、ハリソンがふたりの長州人を連れてきたことに破顔した。それも、タカスギシンサクとイトウシュンスケという、イギリス人仲間では名の知れ渡っているふたりである。

「ロンドンには、私の責任で必ずお送りします」

と胸を叩いた。紹介したハリソンも大いに面目をほどこし、春輔と高杉も礼をいった。のちにグラバーの予言はすべて的中する。しかし、この時期に、はっきり長州を応援することは徳川幕府に対する敵対行為だ。明治維新が実現したとき、グラバーは、

「徳川幕府に対して、薩長よりもたちの悪い叛乱人は、この私だ」

といって大笑した。春輔と高杉に会ったころ、グラバーはすでに、

(薩長を支援しよう。それも、両藩にイギリス製の銃砲を売りつけることだ)

と考えていた。やはり商人である。決してただで応援することなど考えてはいない。薩長を相手に大いに儲けるつもりだ。それもただ儲けるのではなく、薩長がやがて日本の政権を担当すると目論んで、〝先もの買い〟をするつもりなのである。

ふたりのロンドン行きが、グラバーの協力でほとんど実現しそうになったとき、横槍が入った。横槍が入ったといっても、悪い入りかたではない。入れたのは、箱館駐在のイギリス領事ロウダーだった。たまたま長崎にきていて、グラバーのところに寄ったロウダーは、グラバーに紹介されて、高杉と春輔がロンドンに行くというやりとりの場に遭遇した。最後までじっとやりとりを見ていたロウダーは、

「水をさすつもりはありませんが」

と前置きしてこういった。

「ロンドンに行かなくても、イギリス文明をチョウシュウがどんどんとりいれる方法がありますよ」

高杉より春輔のほうがロウダーの顔を見た。春輔は英語がわかるから、通訳される前にロウダーのなまの話がわかる。

「ミスター・ロウダー、それはどういうことですか」

春輔は英語できいた。そうか、ミスター・イトウは英語がわかるんだったな、とほほえみながら、ロウダーは春輔のほうに向き直った。

「シモノセキを開港することですよ」

「えっ」

「シモノセキを開港して、チョウシュウが、わがイギリスと直接交易することです。おたがいの文明を積極的に交換すれば、両国の利益は計り知れません」

「それはそうですが、しかし……」

春輔はロウダーの話に衝撃をうけた。ロウダーは長州藩を日本国内での独立国として扱おうとしている。なぜなら、外国との貿易権は、日本の唯一の政府である徳川幕府以外にはないからだ。その禁を犯す危険は、長州藩よりむしろイギリスのほうが大きい。

春輔は率直にそのことをいった。

「ごもっともです」

ロウダーは自分の手を打ち合わせた。春輔がいいところを突く、というゼスチャーだった。ロウダーは答えた。

「幸いなことに、わが国の駐日公使がオールコック氏からパークス氏に替りました。二か月以内に日本に着きます。パークス氏は大変見識もあり、胆力もあります。あなたがたから説けば、必ずシモノセキ貿易を実現させせます」

そのいいかたには自信が溢れていた。春輔は、さっきから脇で、

（この野郎、ふたりでペラペラやってねえで、少しはおれにもわかるように話せ）

という顔をしている高杉に、いままでの話を伝えた。

「なるほどな」

高杉は眼を輝かせた。下関開港のことは以前、高杉も考えたことがある。かれは決してこちこちの攘夷論者ではない。香港や上海を見て、イギリスはじめ列強の力をいやというほど見ている。戦争すればひとたまりもなくやられることは、先年の四か国との戦いで痛いほど身にしみている。しかし、だからといって屈辱的に外国のいいなりになるわけにはいかない。対等にものがいいたい。隣りの清《しん》国のようになったらみじめだ。そうならないためには、むしろ、日本が開国してヨーロッパ文明をとりいれ、外国と同じようにつよくなることだ、と考えていた。

「春輔、エゲレス行きはとりやめにするか」

高杉は決断が速いからそういった。

かえした。

「そうしましょう」

打てばひびくように春輔もそう答えた。高杉が日本語で綴った文章に、春輔が英訳文を付し、パークス新公使あての、下関開港の文書をロウダーに託すと、ふたりは再び下関に引きかえした。

下関には井上聞多と楊井《やない》謙蔵がいた。藩政府から〝外国応接掛〟を命ぜられて赴任したばかりだった。高杉と春輔はふたりにロウダーとの話をした。局面の思わぬ展開に、井上はすぐ萩にとんだ。そして藩政府にこのことを報告した。藩政府はたちまちのった。高杉と春輔を外国応接掛に任じ、下関開港を成功させよ、と命じた。ふたりは藩命によって大っぴらに行動できるようになった。

が、この大っぴらに行動できるようになったことが、裏目に出た。高杉の行動があまりにも大っぴらすぎて、

「長州本藩が、下関を開港しようとしている」

という噂がぱっと流れた。

幕府は硬化し、

「一旦みせた恭順はやはり嘘か。もう一度徹底的に叩かなければ駄目だな」

と、再び長州を征伐する方針をきめた。

下関をひらこうとする以上、幕府の独占する貿易権を勝手に使うということだから、これは現代風にいえば政府の外交機能を自治体が侵すということになる。

「国家への叛乱だ」

と幕府が熱くなるのは当然だった。

しかし幕府が硬化するくらいのことは、正義派藩政府も十分承知のうえだったが、もっと厄介なことが起った。それは足もとの長府《ちょうふ》・清末《きよすえ》の二支藩が怒ってしまったことと、うごめいていた本藩攘夷派が再び噴火したことだ。

下関の土地の大部分は長府と清末の領内にある。管理はいままでこの両支藩にまかせてきた。それを急に、本藩が開港策を持ってのりだしてきたから、両支藩は、

「本藩は下関をとりあげる気か」

と大きな疑惑を持った。高杉にきくと、かれは面倒な話をすることは苦手だから、

「ああ、そういうことになるかな」

とそっけなく応じてしまう。一方、春輔のほうは、

「いや、そうはならないと思いますよ」

と、例の調子でのらりくらりとごまかす。あいまいなことをいって時間をかせごうとする。不得要領でひきあげた支藩士は、しかし、高杉の簡潔明快な回答に怒って帰ってきた連中から話をきくと、

「やはりそうか。伊藤のやつはごまかしておる！」

と激昂してしまう。結局、

「本藩政府とかけあおう」

ということになって、萩へ群をなして出かけて行った。思わぬ支藩の硬化に、この件では腰の坐っていなかった正義派政府の一員が、責任逃れに、

「あの件は、もともと高杉と伊藤と井上の三人に迫られて認めたことだ」

とからくりをばらしてしまった。

「高杉と伊藤と井上の野郎！」

と、顔を怒りで染める支藩士群の見幕に圧《お》されて、藩政府はついに、

「下関開港の件は撤回する。高杉・伊藤・井上の外国応接掛は罷免する」

という声明を出した。この藩声明で、高杉たち三人は完全に梯子をはずされてしまった。そして、これだけではすまなかった。藩声明をかちとった支藩士群は、

「三人を斬れ！」

と、くちぐちに叫びながら下関への道を走り出した。下関開港の陰謀は、高杉ら三人が勝手にやったことだ、と結論づけたからだ。

これに、本藩攘夷派が加わった。本藩攘夷派は、四か国連合軍に藩があっさり降服してしまったことにつよい不満を持っていた。その講和にあたったのが、やはり高杉・伊藤・井上の三人だ。伊藤・井上の小物はとにかく、かつて熱烈な攘夷論者として、長州の青少年群を煽《あお》り、またかれらの〝輝ける星〟であった高杉晋作が一体どういうわけで、イギリスと交易しようというのか。

「堕落だ！」

「星は落ちた！」

若者たちはくちぐちに叫び、支藩士群に加わった。かれらも、もちろん三人を殺すつもりだった。この奔流のような激徒たちを、本藩も支藩の首脳部もおさえることはできなかった。激徒たちは下関に殺到した。三人の宿所をめざし、血相を変えてとびこんで行った。

春輔はこのとき稲荷町のお梅の家にいた。そこへ雇人の源太という男が走りこんできた。春輔は外国応接掛になってから、こことは別に宿所をかまえていたが、その宿所でのこまごました用を源太がとりしきっていた。胆《きも》のすわった男で、春輔は大いにたよりにしていた。

その源太が、

「長府の報国隊と名のる侍が、二、三十人、お宿に乱入してきました」

と報告した。おどろいて春輔がくわしい話をきくと、激徒たちは、高杉・伊藤・井上の三人を殺すのだと叫んで、くちぐちに、

「伊藤はどこにいる？　かくすとためにならんぞ」

と源太をおどしたという。源太は、戸口に出て落ちついて応対し、

「主人は不在です。どうぞ遠慮なく、内《なか》をおさがし下さい」

といった。侍たちはその源太の態度にのまれ、

「好色漢《いろごのみ》の伊藤のことだ。どうせ、どこかの女郎宿にでもしけこんでいるのだろう」

と悪態をつきながら、ひきあげて行ったという。

きいて春輔はさすがにいやな顔になった。こんどだけは、激徒は春輔を別扱いにはしない。

殺すつもりでいる。

「お逃げになったほうがいいですね」

お梅が真剣な目でいった。

「そのほうがいいですよ、手配はあっしがしましょう」

お梅の兄の木田亀もそうことばをそえた。

「うん」

春輔がうなずいたとき、裏口から高杉晋作と井上聞多が入ってきた。

「きいたか」

という高杉の問いに、

「ええ、いま、この男からききました」

と春輔は、目で源太を示した。

「ひでえ藩政府だな、おれたちを売りやがった」

高杉はぼやいた。

「まもなく、ここにもきますよ、奴らは」

井上が表のほうを見ながらいう。

「逃げるよりしかたがありませんな」

春輔はいった。

「また逃げるのか」

高杉は長い顎をなでながら、いやな顔をした。そして、

「おれたちは、たった一年か二年先を歩いているだけなのに、人間て奴は、どうして古い場所にしがみつくのだろう。いつまで経《た》っても誰もついてこない」

とぼやいた。下関開港のことをいっているのだった。

「われわれには一年か二年先のことに思えても、藩の古い人たちからみれば、五十年も百年も先のことのように思えるのでしょうよ」

春輔はそういった。敗北感が三人を襲っていた。それは、下関開港が、こんごの長州藩のために大いに役立つと信じていただけに、よけい無念だった。

しかも、三人の考えに反対し、

「売国奴！」

と罵《ののし》って、三人を殺そうとしているのは、若い青年が多かった。高杉をもっともくさらせているのがそのことだった。しかし、青年たちに攘夷思想を深く植えつけたのは、高杉当人だった。

が、そんなことをいっても、高杉は、

「時勢はどんどんうごいているんだ。もっと勉強しろ。おれのような男のいうことにこだわるな、自分の力でおれをどんどん越えていけ」

といいかえすだろう。

自分たちがいいと考えることでも、他人からみれば、ひじょうに悪いと思われることもあ

る。人間心理のそういう図式は、天下国家にかかわりなく、つよい支配力を持っていることを、三人は身にしみて知った。

「おれは讃岐《さぬき》に行くよ。日柳燕石《くさなぎえんせき》の世話になる」

高杉はお梅が支度した膳の上の猪口《ちょこ》をとって、お梅に酒を注いでもらいながら、そういった。そして、

「お梅さん、すまんが、おうのの奴に、またいっしょに旅に出る、と誰か使いを出してここにこさせてくれませんか」

と、いった。

「あたしが行ってきましょう」

木田亀が気軽く腰をあげた。そして、中腰のまま、井上聞多を見た。井上はちょっとまぶしそうな眼で木田亀を見かえしたが、

「ぼくは……お静をたのみます」

と、赤くなっていった。春輔はからかうように井上にきいた。

「例の十二歳の舞い子でなくていいのか」

井上はたちまち狼狽し、

「まさか！　あんなこどもを。馬鹿だな、おまえは。何をいっているんだ」

と、しどろもどろの応えかたをした。

「何のことですか」

お梅が真顔で春輔を見た。何でもない、と春輔はにやにやした。高杉が井上にきいた。

「聞多はどこへ逃げる？」

「九州へ行きます。この前、懇意になったばくち打ちの親分がいますから」

「そうか」

うなずいた高杉はまっすぐに春輔を見た。

「春輔は」

「そうですね」

実をいうと、この中で春輔が一番追われているという実感がない。いままでがそうだったからだ。高杉や井上が逃げまわっているときでも、春輔だけはなぜかのこっていられた。同じことをしても、どういうわけかそうなる。こんどだってわからない。だからまだ切迫した気分になっていない。しかし、もう本気で亡命する気持をかためたふたりに、そんなことはいえなかった。

春輔は答えた。

「朝鮮へ逃げます。対島藩の大島さん（友之丞）に相談してみます」

「朝鮮……」

お梅がめずらしく我を忘れて絶望の声をあげた。春輔は笑った。

「馬鹿だな、朝鮮のほうが四国よりもよほど近いぞ」

「でも……外国でしょう」

「心配するな。すぐ戻ってくる」

この春輔のことばに高杉も大きくうなずいた。

「そうだ、おれたちはすぐ戻ってくる。必ず戻ってくる」

それは、自分自身にいいきかせるような語調だった。

木田亀の知らせで、おうのがまずやってきた。そして、

「先生、また旅に出るんだって？」

と、のんびりした口調で高杉にきいた。

男と女

人間を男と女に分けて、よく、

「男らしい」

とか、

「女らしい」

とかいう。男には、男としての要件がいくつかあって、同じように女にも女としての要件がいくつかある。しかし、それは、女からみた〝のぞましい男〟、あるいは男からみた〝のぞましい女〟の姿を分析してとり出した要件であることが多い。

高杉晋作《しんさく》とおうのを見ていると、伊藤春輔《いとうしゅんすけ》は時折首をかしげる。妙な話だが、高杉のほうに女の要素を感じ、おうののほうに、逆に男の要素を感じるのである。

春輔は自分のこの感じかたが当っていると思っている。たしかに高杉は果断な人間であり、ものごとにはいつも勇気をもって当っていく、男らしいといえば、これ以上男らしい男はいない。が、同時に高杉は詩人であり、画家である。繊細な神経を持っていて、ちょっとしたことにも感じやすい。胸の中にこまかい襞《ひだ》がたくさんあって、いちいちひっかかる。ひっかかると高杉は悩み、苦しむ。そしてそれに耐えられなくなると、めちゃめちゃに酒をのみ、暴れる。高杉自身がおさえきれない〝苦悩の虫〟が、高杉の胸の中にいっぱい巣くっているのだ。

そこへいくと、おうのという女は、神経が、空《から》の樽のようなもので、何もひっかからない。高杉が煩悶のために七転八倒していても、

「何をひとりでそんなに苦しんでいるのさ。からだをこわしちゃうよ。馬鹿だね」

とこの世の苦悩の一切を軽く片づける。母親のようなところがあって、いつも高杉を、

「いい子、いい子」

とあやしているようにみえる。それほどの美人ではないから、高杉はおうのに、おそらく春輔が分析したような性格のほうを、必要としているのだろう。

萩にいる高杉の正妻まさ子は、きちんとしていて、〝静〟の人だ。流動する旅には向かない。ところが高杉は旅ばかりしている。旅ばかりしているというのは、実際の旅もしているけれど、心のほうも旅をしているということだ。たとえ家に落ちつくことはあっても、心は落ちついていない。高杉の心は坐っていてもからだとは別に旅をしている。漂流している。おうのは、その心の旅の伴侶なのだ。

それも、高杉の心にある女的弱さに対して、おうののほうが男的つよさを持っているから

だ。

（おれのところはどうかな）

春輔は萩にいる正妻のすみと、この下関で同棲しているお梅とを、くらべるともなくくらべてみる。すみはいつまでも娘らしさがぬけない可愛らしい妻だ。男がかばってやらなければ、とてもひとりでは生きていけない心細さを持っている。そこへいくとお梅はちがう。春輔を立ててはいるが、実はやることはすべて自分の意思と自分の力でだ。気丈なところもある。芸者だから人間の裏表もよく知っている。お梅もまたほかに例のないひとつの型の女だ。

不謹慎にも、危急のときなのに、春輔が他人の女や自分の女の品定めをやっていると、ようやく井上聞多《もんた》の女のお静がやってきた。表情を見ると、かなりおびえている。めいわくそうだ。若いし、正直な性格だからすぐ顔に出るのだろう。

「お静」

井上聞多は声をあげてお静の肩に両手をおいたが、肩を摑まれたお静のほうはびくっとした。低い声で何かいった。え、ときかえした井上は、ちょっと慌てて、

「こっちへこい」

と隅へお静を誘った。お静を連れてきたお梅の実兄木田亀は、春輔を見て、弱ったというように首をふった。どうやら、お静は井上といっしょに亡命することをいやがっているらしい。

井上が次第に苛立ってきた。お静がいい返事をしないからだ。そして、お静は突然、春輔

を見た。その顔がすくいを求めていた。春輔はどういうわけか胸をうずかせた。お静の目つきに哀れさよりも、欲情を感じたのだ。自分で、へえ、と思った。これは気がつかなかったと思った。

つまり、井上の愛人《おんな》のお静に、春輔はいまはじめてここにいる女たちにないものを発見したのだ。発見といっても春輔の場合は、理屈でなく本能で感じとるから、何といえばいいのだろう。

春輔は顔つきだけきびしくいった。

「井上君、きみはどこへ逃げるつもりだ」

「別府へ行く。この間世話になった灘亀《なだかめ》というばくち打ちの親分をたずねるつもりだ」

「そうか。それではこうしたらどうだ？　追手をごまかすために、とにかくお静さんを別府まで連れて行って、その灘亀さんのところに着いたら、お静さんをすぐこっちへ帰してやれ」

これをきくと、お静の顔にたちまち喜色が浮び、天女のようになった。春輔はその顔つきをとても美しいと思った。胸のうずきはさらに大きくなった。

井上は不承不承、そうしようといった。こんなに怯《おび》えた女では、そばにいられるだけでかえってまわりから疑われてしまう、という不安も湧いていた。

「おい、井上」

突然、高杉が立ち上って呼んだ。

「そんなめそめそした女は、船から馬関《ばかん》海峡に投げこんでしまえ」

高杉はもう酔っぱらっている。この高杉のことばにお静はさらに怯え、身をちぢめて、どういうわけか春輔のところへ逃げてきた。井上よりも春輔のほうがたよりがいがあると思ったのだろうか。周囲でみんな妙な顔をした。春輔もさすがにとまどい、

「心配するな、大丈夫だ、なあ、木田亀さん」

と、仕様がないので木田亀に声をかけた。木田亀は苦労人だから、へえ、さようですとも、と相槌を打った。お梅がちょっと眼を光らせて春輔とお静を見た。

備後屋助次郎という変名で道楽商人に化けた高杉晋作は、おうのに三味線を持たせて四国に旅立った。井上聞多は春山花太郎と変名して、まだ心細そうなお静をひきずるようにして別府に旅立った。何を思ったのか春輔は井上とお静のあとを追い、お静だけ脇へ呼んで何かささやいた。お静は笑顔になって大きくうなずいた。

「何だ」

井上がみとがめた。

「きみをよろしくたのむ、といったんだ。もう大丈夫だ、この笑顔を見ろ」

春輔はそう応じた。人の好《よ》い井上は、

「そうか、それはどうもありがとう」

と礼をいった。もちろん春輔はお静にそんな話をしたのではなかった。

「さて、こんどはいよいよおれだ」

家に戻ると春輔は支度にかかった。

「本当に朝鮮にいらっしゃるんですか」

お梅が心配そうにきく。

「行くよ。いまの日本には、おれの居場所はないもの」

「何だか浮々《うきうき》していますね」

「浮々？　冗談いうな、国から逃げだすのに何で浮々するんだ。緊張しているのがそう見えるのだろう」

「でも、何だかとても嬉しそうに見えますよ。お静さんに何を話したんですか」

「井上をたのむ、といったんだ。もう落ちついていたよ」

「本当にそんな話をしたんですか」

お梅は目つきもことばつきも険しくしていった。春輔は、

「くだらないことをいっていないで、早く要《い》る物を荷にまとめろ」

とどなった。が、良心にやましいところがあるから、どなり声に何となく迫力がなかった。

春輔はお梅に、

「対島に行く」

とだけ告げて稲荷町を出た。対島は朝鮮との間にある小さな島で、まわりをかこむ海の波は荒い。

さすがに気丈なお梅も、

「これが最後の別れになるのでは」

と泣いた。そのからだを叩きながら、

「そんなことはない、必ず戻ってくる、少しの間の辛抱だ」

と春輔は殊勝にいった。いいながら、少し空々しいと思った。

夜にまぎれて出立すると、春輔は、途中まで送るというお梅を、そんなことをしたらすぐ捕まってしまう、とおしとどめ、走り出した。お梅は涙をいっぱいためて見送った。

春輔が行った先は、もちろん対島ではなかった。対島人でこの馬関で船問屋をひらいている伊勢屋だった。桂小五郎と仲のいい対島藩の重役大島友之丞の紹介で、春輔とは前から懇意だった。

わけをいうと、伊勢屋は大きくうなずいて、

「ご事情はよくうかがっております。お辛《つろ》うございましょう、何でもおっしゃって下さい」

といった。対島から朝鮮へ渡りたいのだ、というと、

「ちょうどよかった、明日の朝、一番でうちの船が対島に行きます。それにお乗りなさい」

といった。

「明日？」

春輔は狼狽した。

「へい、何か？」

「ちょっと早いな」

「早い？　でも、一刻を争うほど切羽詰まっていらっしゃるんでしょう」

「それはそうだが、明日というのは、ちょっと」

もごもごいっている春輔を、伊勢屋はけげんな表情で見つめている。

「いろいろと支度があってな。ご主人、つぎの船はいつだ」

「つぎの便ですと、半月あとになりますが」

「それがいい、ちょうどいいころだ。その便にする」

「へい」

伊勢屋は何となくうなずけない。春輔はいった。

「ご主人、ふたつ、たのみがある」

「何でもどうぞ」

「ひとつは、私がここにいることは誰にもいわないでほしい」

「そんなことはおっしゃられるまでもありません。しかし、たとえばお梅さんなんかにはよろしいんでしょう」

「いや、それが一番こまるんだ。やはり、身内の者からあざむかないとな。お梅には特にいわんでくれ」

「かしこまりました」

「ふたつめだが……近いうちに、お静という女が私をたずねてくる。この女は井上聞多からの密使でな、たずねてきたら、この女だけは通してくれ」

「…………」

伊勢屋は返事をしない。春輔が不審に思って顔をあげると、伊勢屋は複雑な表情で笑っていた。

「どうした」

「伊藤さん、失礼だが、あなた、おいくつにおなりになった」

「二十五だ」

「私のこどもか孫の年齢です。伊藤さん、はばかりながら、私のほうがそれだけ長く人間をやっているということです」

「それはそうでしょう」

「正直にいいなさい、そのお静ってのはこれでしょう」

伊勢屋は小指を出した。春輔は狼狽した。

「いや、まだそこまでは……だいたい、あの女は井上の女だから」

と、わけのわからないことをいっていたが、突然、ははと笑い出して手をついた。

「ご主人、まいった。そうなると思います。たのみます」

伊勢屋も大笑した。

「はじめからそうおっしゃればいいのに。よろしゅうございます、しばらく離れをお使いなさい。船のほうは半月後でも一か月後でも、気がむいたときにどうぞお乗りになって下さい」

とさばけたことをいってくれた。春輔はもう一度頭をさげた。伊勢屋は、その春輔をつくづくと見ながら、

「噂にはきいていましたが、伊藤さんは本当に得な方だ」

といった。

お静は三日後に戻ってきた。離れに案内されると、いきなり春輔にとびついてきて、首に両手をまきつけた。柔らかい手だった。それに柔らかいからだだった。

「早く会いたかった」

といった。この女も好きそうだな、と思った。本能と本能とが呼びあっている。ふたりはもどかしげに抱きあった。

やがてはげしい呼吸を、喘ぎながら鎮《しず》めると、春輔は、

「井上は」

ときいた。

「それがおかしいんです」

と、お静はひとりで笑い出した。

別府に渡った井上は灘亀という親分のところへ行った。灘亀は井上を歓迎し、

「しばらく温泉《ゆ》にでもつかっていて下さい」

といった。いわれたとおり、温泉に入っていると、脇にいた武士が、ずっと井上を見ていて、

「何かご事情がおありのようだな」

と話しかけてきた。井上は、本当のことがいえないので、

「実は、友人の女と深い仲になり、怒った友人にこのようにひどく斬られまして」

となおった傷を見せながらいい加減なことをいった。さらに調子にのって、女は帰すところですが、これから先、食っていく道がなくていま弱っているところですといった。

同情した武士は、

「私は隠居したばかりで、長年苦労をかけた妻や家来たちの慰労のためにこの温泉にきた。それでは、明日は家に戻るので私の荷物でもはこんだらどうですか。多少のお礼をしましょう。そのあと、もしよければ、家にきて、薪を割るとか、風呂をわかすとかしてくれれば、食事と寝るとこぐらいの世話をするから、ほとぼりがさめるまでそうしなさい」

といってくれた。嘘から出た話がとんでもない方向にいってしまったが、いまさら、話はでまかせですともいえないので、井上は武士の供をすることになった。

「ところが、そのお供が大変なんです」

とお静はさらに笑った。武士は、自分の荷物といったが、妻や家来たちも慰労旅行に新しい人夫がついたと思って、私のも、自分のも、と荷物をぜんぶ井上に担がせた。一十貫近い荷を背負わさせて、井上はそれこそ気の遠くなるような思いで、その武士一行に従って行った、という。

「その格好がおかしくて」

お静は口をおさえて何度も笑った。少し笑いがおさまると、

「伊藤さんに、くれぐれもよろしく、と申しておりました」

と、いまごろそんなことづけを伝えた。そしてこんどは複雑な笑いかたをして、

「でも、あたしには、伊藤さんは色好みだからよく気をつけろって……」

と春輔のひざを指で突いた。春輔は、これもお静のひざを突きかえしながら、

「色好みは、おまえのほうだ」

と笑った。お静のからだはこれが人間のからだか、と思えるほど柔らかかった。いいふるされたことばだが、文字どおり搗《つ》きたての餅に接しているようで、抱くと、春輔のからだは餡《あん》のように包まれた。陶然としながら、

（女のからだはふしぎだ、ひとりとして他人と同じからだをしている女はいない）

と思った。


そして、生きている間にもっともっとたくさんの女のからだを知りたいと思った。それは、春輔にすればこどもと同じ願望であり、子供が菓子をほしがる心理とまったく変らなかった。そのことが、お梅やすみなど、春輔とかかわりをもつ女たちを、どれほど傷つけるか、春輔は考えなかった。いや、考えはしたが、欲望のほうがつよい。春輔は天性の女好きであった。

伊勢屋は、伊藤春輔は一体何をしているのかわからなくなった。半月はとうに過ぎた。対島行きの船には乗る気配は一向にない。一日中、お静とふとんの中にいる。

今日も朝からうたっていた。

〽　三千世界のカラスを殺し　ぬしと朝寝がしてみたい

「いい文句ねえ、誰の歌？」

「京にいるとき、おれがつくったんだ」

「ほんと？」

「ほんとうだ」

ほんとうは高杉晋作がつくった都々逸だ。

が、そんなことを知らないお静は素直に感心する。

「こういうのもあるぞ」

調子づいた春輔は、

〽　きれてくれろと柔らかに　真綿で首のこの意見
　八千八声のほととぎす　血を吐くよりもなおつらい

とうたう。

「それも、あんたのつくった都々逸？」

「そうだよ」

「うまいのねえ、井上さんとはまったくちがうわ。早く馬関に戻ってきてよかった」

とお静は手を拍《う》つ。これは桂小五郎がつくったものだ。

ほかにすることがないから、結局、また抱きあう。自分でも、よく飽きないものだとあきれるほど抱きあう。ろくに掃除もしないから室内には独特の臭気が立ちこめ、淫らな空気が充満している。

春輔はもう朝鮮に行く気を失ってしまった。いや、朝鮮はおろか対島に行く気さえない。ここでお静と潜伏していたほうがいいと思っている。

伊勢屋の話では、数日前、藩政府は、

「下関開港などという噂があるが、とんでもない。藩政府はまったくそんなことは考えていない」

と公式に表明し、

「もともと下関開港の密謀は、高杉晋作、井上聞多、伊藤春輔の三人が立てたものである。きびしく糾問するため、藩政府はこの三人をさがしている。が、三人がどこにいるのかわからない。もし見つけたらすぐに届けるように」

と指名手配までしたという。

こんどこそ春輔も別扱いではない。それなのに、早くいえば井上の愛人をとってしまって、朝から晩までいっしょに寝ている。

(いかに何でも、すこし行きすぎではないのかな)

と、伊勢屋もこのごろは眉を寄せて、離れのほうを凝視していた。

そんなある日、春輔は床の中でお静の柔らかい乳を摑んだまま、

〽　酔うては枕す美人のひざ

と、これもまた桂小五郎作詞の唄をうたっていた。

すると、突然、障子の外から、

「覚《さ》めてはにぎる天下の権」

と、よく通る声がして、障子があいた。廊下にひとりの武士が立っていた。からかうように笑って、

「おい、春輔、京で私がつくった唄をよくおぼえていたな」

といった。武士を見た春輔はとび上った。

「桂さん！」

と悲鳴に近い叫びが口から走り出た。

「すぐ高杉君と井上君を呼び戻せ」

桂はそういった。そして、

「いや、おまえが朝鮮に渡ったと稲荷町の女の人にきいたものだから心配していたんだ。しかし、さすがにおまえだ、よく馬関でがんばっていてくれた。助かったよ」

「しかし、桂さんはなぜ私がここにいることが」

桂はもしかしたらお梅からきいたのではないか、そうなると、お梅に知られている、と急に不安になりながら春輔はきいた。桂は首をふった。

「偶然だ。この伊勢屋とは大島君のところで何回か会った。ひさしぶりに顔が見たくて寄ったら、私の都々逸や高杉の都々逸をうたっている奴がいる。伊勢屋にきいたら、やはりおまえだという、いや、懐かしかったぞ」

それは、どうも、と応じながら春輔は床の上に正座して身をちぢめていた。事実を知ったお静は、冷えはじめた目で春輔を見、こんどは桂小五郎に熱いまなざしを送っていた。

「桂先生、お話ですが、いまは長府《ちょうふ》の連中が険悪で、とても高杉さんや井上君を呼び戻せる状況にはありません。私がここにこうして心ならずもの日々を送っているのも、実はそのためでありまして」

お静の前で桂のことを先生と呼ばなければならないことは、ひどく屈辱を感じたが、何といっても、春輔はかつて桂の従僕だったからやむをえない。

春輔の苦しい言条《いいじょう》に、桂はもっともだ、とうなずいた。

「だから、長府とはいま話をつけてきた。野々村さん」

と母屋のほうへ声をかけた。ひとりの武士が入ってきた。室内に眼を走らせると、

「いや、これはひどい」

と顔をしかめた。そして、

「長府藩報国隊長の野々村勘九郎です。伊藤さんたちのご苦労を桂さんからきいて、実に申し訳なかったと思います」

と、武士らしく頭をさげた。

「しかし、もうご安心下さい。長府藩士は二度とあなた方に手を出すことはありません」

とほほえんでいった。が、もう一度室内を見わたすと、

「それにしても惨憺たる状況ですな。伊藤さんにこんな思いまでさせて、何ともお詫びのしようもない」

と、もう一度恐縮した。部屋の汚れを勘ちがいしているのだ。春輔は弱った。桂は意味のある笑いかたをしていた。

その夜、春輔は身じまいをととのえて、桂が宿にしている桶久に行った。村田蔵六と野村靖之助がいっしょにいた。ふたりは藩政府の正式代表として、戻ってきた桂に藩政府の重職に就任してほしいという要請をしているところだった。

「私にできる仕事なんかあるのかね」

慎重な桂は、笑いながらもすぐにはひきうけなかった。村田と野村は、藩情の一変と、いま長州藩を指導できるのは桂以外にいないことをしきりに語った。

春輔が行ったとき、まだ、その熱っぽいやりとりが続いていた。村田は春輔を見ると、大きな額の下から鋭い目をなごませ、

「いよう、春輔君、いいところへきた。きみは桂先生のお気に入りだ。どうか先生が藩政府

に戻られるように、きみからもたのんでくれたまえ」

といった。

普段はお世辞のまったくいえない村田である。そのため、本業の医師をやっていても、

「あの医者は愛想が悪い」

と、患者が寄りつかなかった。それがこれほど愛想よくするのだから、よほど桂の説得には春輔の力が大きいと踏んだのだろう。

「はあ……しかし、私にはそんな力は」

と、春輔は殊勝な顔でひかえめにいった。ここでいい気になれば、桂はたちまち気分をこわし、話が裏目に出ることが目にみえていた。そのへんの桂の気質を春輔はよく知っていた。

桂は、

「村田君、今日のところは返事は保留だ。春輔と旧交を温めるから、きみたちは帰ってくれ」

と手をふった。春輔からみると、どこか得意そうだった。村田と野村はうなずいてすぐ立ち、しかし出際に、

「春輔君、たのむぞ」

と、もう一度お愛想をいって出て行った。

「どうなさるんですか」

ふたりが去ると春輔はきいた。

「もちろん、うけるさ」

　桂はうすく笑い、

「春輔、このことだけはよくおぼえておけ。のどから手が出るほどその地位がほしくても、決して自分を安売りするなよ。必ず高く売りつけることだ」

「はあ」

　答えながら、ああ、桂さんもだいぶ苦労したんだなと感じた。酒のやりとりがはじまると、

「一体、どこにいらっしゃったんですか」

「出石《いずし》だ」

「出石？　出石というと、あの但馬《たじま》の？」

「そうだ。ここの主人もよく知っている、やはり対島藩出入りの商人で、広戸甚助という男がいてな、その男の世話になった」

　本当をいえば、出石で桂は幕吏の追及をごまかすために、広戸の妹の八重という娘と荒物屋をやっていた。それを嗅ぎつけた幾松が京都からやってきて、三角関係のもつれがあったのだった。

　が、桂は春輔にはその話はしなかった。

「春輔よ」

　いくらか酔いのまわってきた桂は、さぐるような目つきをして春輔にいった。

「はい」

「藩の奴らも現金なものだな。去年は、おれのことを同志を見捨てた卑怯者だといっていたのが、掌《てのひら》をかえしたように、藩の政務役だか用談役に就いてくれという」

「世の中はそういうものでしょう」

「そうかもしれぬが、それなら、なぜもっと早く手をのばしてこなかったのか。春輔、おれは出石でずいぶん苦労したぞ。船頭までやった。つぎからつぎへと逃げまわってな」

「大変だったと思います」

あたりさわりのない返事をしながら、しかし春輔は、

（この一年は、長州人なら誰でも血のにじむような苦労をしているんですよ）

と心の中で訴えていた。

桂さんは、自分の苦労だけを過大評価しすぎると思った。しかしまた、それが桂さんの性格なのだと思い、とがめる気にはならなかった。

春輔には、ひとつ気がかりなことがあった。それは、桂が帰藩早々、高杉と井上を呼び戻せといったことだった。春輔のみたところ、桂と高杉はあいっこない。溶けあわない。桂が藩政を主宰するのなら、むしろ高杉がいないほうがいいのではないか。それを、呼び戻せというのは理解できなかった。春輔は、桂にきいた。

「率直にうかがいますけど」

「何だ」

「ほんとうに、高杉さんと井上を呼び戻していいんですか」

「いいよ、なぜだ」

「だって、桂さんと高杉さんでは、どうなんでしょう？　うまくいくんでしょうか」

「どういう意味だ？」

桂は春輔を見つめた。春輔も桂を見かえした。桂も馬鹿ではない。春輔の凝視の中に、ことばになっていない意味をさとった。だから、やがてこういった。

「おまえも、勘はいいほうだから、いい加減なことをいってもごまかされまい。率直にいって、ふつうのときだったら、おれと高杉とでは性格があわない。四国でもどこでも長州の外にいてくれたほうがいい。ところが、そうはいかんのだよ」

「……………」

「春輔、戦争になる」

「え」

「幕軍が攻めてくる。将軍の家茂《いえもち》を大将に、こんどは本気で長州を攻める気だ。そうなったら、藩軍の指揮は高杉だ。おれは戦争は駄目だ。つまり、人間には、それぞれ役割があるということだ」

「……………！」

春輔は、人間の役割論よりも、幕府がもう一度長州を攻めてくるという話のほうに仰天していた。

女ふたり

高杉の妻まさ子は、慶応元年の四月末、突然、伊藤春輔《いとうしゅんすけ》から、

「馬関《ばかん》においで下さい」

という使いをうけた。まさ子のみるところ、春輔は調子のいい、高杉の腰巾着だ。自分という正妻がありながら、夫の高杉は、このごろでは、おうのという芸者あがりの女にうつつをぬかしているらしい。そして春輔自身も、馬関芸者のお梅という女の家にころがりこんで、同棲生活をしているという。

まさ子は、

(夫を堕落させたのは、伊藤さんだ)

と思っている。

だいたい、ふたりの遊興の金はどこから出ているのだろう。耳に入ってくる萩の藩士の噂では、

「また、高杉さんはエゲレスへ行くとかいって、藩から三千両出させた」

とか、

「高杉さんは、奇兵隊の軍用金をだいぶ使いこんでいるらしい」

とかいう話ばかりだ。

こういう噂は決して名誉ではない。家の名を重んずるまさ子は、たとえ嘘であろうと、そういう噂を立てられただけで、高杉の家が汚された思いがする。

そして――

（そうさせているのが、あの腰巾着の伊藤さんだ）

と思う。

（あの人は、うちの夫をうまくおだてて、自分の遊ぶ金も夫に出させているのだ）

と、身びいきに伊藤を悪者だと思いこんでいる。

考えてみれば、とんでもない家に嫁にきたものだ、と思う。まさ子は、萩の城下でも少女のころから評判の美人だった。父は井上平右衛門といって歴とした上士である。
十三、四歳のころから、
「ぜひ、うちの嫁にほしい」

という申しこみが殺到した。きびしい教育をうけたから、礼儀正しく、素直で、教養も深く、特に和歌に長じていた。誰の嫁にすればいいのか、両親は、ことわるのにほとほと頭を悩ました。これをみていた伯父が、

「くじびきにしろ」

といった。

「くじびき?」

あきれる両親に、伯父は、

「そうだ。おれに申しこみ者の名をぜんぶよこせ。三人えらんで、くじを三本つくってやる。それをまさ子に引かせればいい」

と、事もなげにいった。顔を見合わせた両親は、結局、そうするか、と伯父にまかせた。まさ子は、くじを引かされた。

「こんな馬鹿なことを」

と抵抗したが、

「こんな馬鹿なことをしなければ、かたがつかないでしょう」

という母親の泣くようなことばで、ついに一本引いた。伯父はひらいて、

「高杉家の晋作《しんさく》だ」

といった。まさ子はそのとき十五歳だった。相手の晋作は二十一歳である。結婚するとすぐ晋作は上海に行ってしまったし、それでなくても、江戸だ、京だ、と始終、家をあけていた。

しまいには座敷牢に入れられたこともあった。その気が起ると、

「おい、まさ子、ちょっとこい」

と呼ばれて、まさ子はよく座敷牢の中で押し倒された。いま思い出しても恥ずかしい。が、——たとえ座敷牢の中でも、昔はそういうことがあった。夫の肌に接しなくなってから、もうどれだけのときが経《た》つだろう。しかも、夫は、おうのとかいう芸者あがりの女をしょっちゅう連れているという。こんど、長州にいられなくなって、四国の讃岐《さぬき》に逃げるのにも、そのおうのを連れて行った、という。

「世間をごまかすためだ」

といっているそうだが、そんな理屈は通らない。男と女だもの、ひとつ部屋にいれば自然にそうなる。

でも、伊藤さんの急な使いは何だろう、夫が四国から戻ってきた、ということとなのだろうか。

また、藩の金を使いこんでいる、などといわれないために、まさ子は多少の金を用意して馬関に向かった。道を急ぐにつれて、心がはずんだ。いや、心だけではない。からだもはずんだ。からだは妙な熱さを伴っていた。

「そうなんです、高杉さんが讃岐から戻ってこられたんですよ。桂先生のいいつけで、私がお戻り下さい、という手紙を書きました。井上聞多《もんた》も戻ってきます」

調子のいい伊藤春輔は、長府《ちょうふ》の忌宮《いみのみや》神社まで迎えにきて、まさ子の、

「晋作が戻ってきたのですか」

という問いに、にこにこしながら、そう答えた。春輔のその答えをきいて、まさ子は、

（おや？）

という目になって春輔を見た。

春輔は微妙にことばの使い分けをしている。高杉・桂・井上の三人につける敬称がそれぞれちがっていた。夫の高杉はさん、それにひきかえ桂は先生、井上にいたっては敬称なしの友だち扱いだ。

たしか、この間まで城下町の高杉家にきていたころは、夫のことを先生と呼んでいた。先生からさんへの夫の格下げは何を示すのか。それと引きかえに桂を先生と呼ぶ春輔の心の変化に、まさ子は、この男の本能的な権力への接近をみぬくのだった。

そういう、まさ子の鋭い観察に気づいたのか気づかないのか、春輔は馬関までの途次、切れめなく冗談をいいながら、やがて、まさ子を高杉のいる家へ案内した。馬関稲荷町内の酒亭であった。

稲荷町に入って、紅い軒灯と、並んだ家の格子にまでしみこんだ女の脂粉のにおいを嗅いだとたん、まさ子はいやな予感がした。

（夫は、また女の町にいる）

と思ったからである。

「こちらです」

まったく、この町に溶けきった態度で、春輔はまさ子を一軒の家に案内した。溶けきった態度というのは、会う人間ごとに、

「おう」

とか、

「よう」

とかかわす春輔の応酬が、堂に入っていたからだ。あとからついていきながら、まさ子は、

(この人は一体侍なのかしら)

と思った。萩にもずいぶんと妙な侍が現われたものだ。まったくの異種《かわりだね》だ、と思った。

「まあまあ、これはこれは、おいでなさいませ」

と、店のおかみの大仰な出迎えを、照れもせずにうけて、

「お連れしたよ」

と春輔はずんずん中へ通った。まさ子が連れていかれたところは大広間で、中へ入ったとたん、まさ子は、うっとうめきそうになった。そして、すぐ、そのままきびすをかえして外に走り出たい衝動にかられた。

二十人くらいの男女がいた。ぜんぶ、芸者と幇間《たいこもち》だ。全体にもう相当に酒がまわっているらしく、そのさわがしさといったらない。下座のほうでは三人ばかりの芸者が、ジャンジャラ、めちゃめちゃに三味線をかきならしている。

そして――

その喧騒の中で、着物の裾をはしょり、頭に豆しぼりの手拭を辛うじて鉢巻に巻いたひとりの男が、かっぽれを踊っていた。その男が夫の高杉晋作だった。まあ、とその場に立ちつ

くすまさ子に、

「ま、こんなものです」

と、春輔はにこにこ笑いながらいった。まさ子は突然怒りがこみあげ、

「何が、ま、こんなものですか」

と、きっと春輔をにらみつけた。春輔は辟易《へきえき》して、

「いや、こいつはしくじった」

と、かれ自身が幇間のように、大げさに自分の額を平手で叩いた。ピシャリ、とその音が意外に大きかったので、座は気づいてこっちを見た。三味線がとまり、はやしの声が絶えて、しずけさが部屋をおそった。高杉も踊るのをやめ、ふりかえった。そして、

「よう、まさ子、きたか」

と笑った。しかし、まさ子は笑わなかった。

「一体、私に何のご用ですか」

まっすぐ高杉を見て、くってかかった。こうなると、怒りは増幅するばかりで、もうどうにもとまらない。それと、まさ子は、どう見ても、自分がいまここにいる連中とは質がちがう人間で、自分をはっきり〝場ちがい者〟だ、と意識していた。そういうまさ子を見て、

「こいつァ弱ったぜ」

江戸でおぼえた伝法なことばを使いながら、高杉は頭から鉢巻の手拭をとってひろげ、顔の汗を拭いながら、大柄な女の脇に坐った。その女を見て、まさ子は、

（あれがおうのだ）

とさとった。高杉がいった。

「このおうのと、おまえに丈《たけ》くらべをさせようと思ったんだよ」

「丈くらべ？」

まさ子は甲《かん》高い声を出した。

「そうだ。どっちが背が高いか、つまり背くらべよ」

「あなた」

まさ子は目をつりあげた。

「お国が明日にも幕府に攻められる、というときに、あなたはそんな女と私とを丈くらべさせるために、わざわざ萩からお呼びになったんですか」

なじるようなまさ子の語調に、高杉は段々鼻白みながら、

「ま、そういうことさ」

といった。

「何という……」

ぶるぶるからだをふるわせて、まさ子は胸の中で爆発した憤りを、どうことばにしようかと、めくるめく思いの中にいた。そうなると、からだの均衡が失われ、足もとがおぼつかなくなった。このとき、

「あたしのことを、そんな女だって」

おうのがトロンとした口調でいった。ドッと笑い声が起り、座はまた元の喧騒に戻りかけた。その喧騒の中から、

「あたし、丈くらべしよおっと」

と、おうのが立ち上って きて、巧みにまさ子と並んだ。そして、高杉に、

「先生、ねえ、奥さんとあたしと、どっちが高い？」

ときいた。誰が見てもあきらかにおうののほうが高かった。しかし、

「そうさな……」

と、高杉は苦笑しながら、あいまいにごした。酒のうえでの思いつきだったが、これはあきらかにやりすぎだった。

何がこんなことをさせたのか、高杉はよく知っていた。春輔も知っていた。それは桂小五郎のせいだった。もっといえば、桂小五郎と京から桂を追ってやってきた芸者幾松のせいだった。くずれた気分は微塵《みじん》もなく、文字どおり身を挺して好きな男のためにつくしてきた幾松の、桂の面倒のみかたは、周囲を圧した。

「偉い人だ」

と感嘆の声が湧き立った。

それを耳にして、突然、高杉は、

「春輔、稲荷町でドンチャンさわぎだ」

といい出し、酔って、

「おうのとまさ子の丈くらべだ、まさ子を呼んでこい！　まさ子が来るまで、流連《いつづけ》だ」

と、このさわぎになったのだ。

「あたしのほうが高いと思うけどな……」

そうもらしたおうののことばで、まさ子の顔は蒼白になり、鉛色になった。まさ子は一瞬、おうのをにらみ、高杉をにらみ、そして春輔をにらみ、ぱっと身をひるがえした。これ以上の屈辱にはがまんできなかった。

「おい」

さすがに、高杉は春輔に声をかけ、目で〝追え〟と合図した。

これには深い事情がありまして、という春輔の説明にも、まさ子はもう耳をかさなかった。

春輔は、帰国以来の桂への藩の期待のたかまりを高杉に話し、何度も桂が高杉に、

「会いたい、会って話をしたい」

と申しこんでいると伝えても、高杉は、

「うるせえ」

とか、

「同志が血を流しているときに、逃げまわっていた奴が、よくも図々しく帰ってきたものだ」

とかいって会わない。その拒否が何となく桂を避けているように思えた。春輔はその原因を、高杉にくらべ桂の実務的名声のたかまりと、それを支える幾松のひたむきな姿勢にある、

とみた。

要するに高杉はひがんでいた。面白くないのだ。そしてそれはまた、高杉の詩人的資質からくるわがままと孤独の気持であった。

蜂起が成功した直後、

「あとを括《くく》るのはおれじゃない、桂だ」

と、すぐ桂をさがして呼び戻せといったのは、高杉のはずだった。

「おれのような人間は、藩にいると邪魔になる」

といって、春輔のいい出したロンドン行きを承知したのも高杉だった。が、現実に桂が戻ってくると、高杉の態度は微妙になった。素直に桂を迎えなかった。その高杉の気持が、春輔には手にとるようにわかった。

どこまでも追ってきて、

「丈くらべはゆきすぎですが、どうか、高杉さんの心の奥を理解して下さい」

という春輔に、

「もうここでけっこうです」

まさ子は赤間《あかま》神社のところでそういった。

「しかし……」

「しかしも何もありません、伊藤さん」

とまさ子は向き直った。

「あなた、先ほどから夫のことを高杉さんと呼び、桂さんを先生と呼んでいらっしゃるけれど、使い分けには何かわけがあるのですか」

そういわれて、春輔は思わず、えっ、とおどろいた。そしてすぐ、

「いや、これはうっかりしました。まったく気づきませんでした。奥さんにいわれてはじめて気がつきました。いやあ、これはたしかにおっしゃるとおりです」

と大笑して応じた。まさ子は、

「笑ってごまかさないで下さい。あなたはいつもそうです」

と、きびしい目をした。そして、

「どうか、さんと先生の使い分けを教えて下さい。あなた、以前はうちの晋作を先生と呼んでいたでしょう」

とくいさがった。春輔は、これは厄介なことになったと思いながら、

「わけも何もありません、強いていえば、私は先生と呼ぶ人より、さんと呼ぶ人のほうに尊敬と親しみをおぼえているということです」

「そうですか、本当にそうですか？　桂さんのほうが偉くなりそうだから、目敏《めざと》いあなたは、もう夫から桂さんにのり替えているのではありませんか？」

なぜ、こんな卑しいことを、と自分で自分に甚だしい嫌悪を感じながら、まさ子は、それでもいいつづけた。いわなければ、気がすまなかった。

「伊藤さん」

「はい」

「高杉をあんなふうにしたのは、あなたですよ」

「…………」

「いえ、高杉を駄目にしただけじゃありません。あなたは長州も駄目にする人です。私は、はっきりそう思っています」

　そういうと、もう一度、にくしみをこめて春輔をにらみ、そのまま去った。見おくる春輔は、呆然と立ちつくしていた。胸の中に太い杭をうちこまれていた。衝撃で、その場から動けなかった。まさ子は、春輔の無意識な本能を鋭くいい当てていた。まさ子への奉仕のつもりで、ここまでいっしょにきたが、従《つ》いてくるのではなかった、と後悔した。何ともあと味の悪い思いが、胸いっぱいに満ちた。

　そのいやな思いから逃げるように、春輔はきびすをかえし、稲荷町に向かってかけ出した。とにかく高杉を桂に会わせなければならなかった。

「これはおまえの仕事だぞ」

　旧主の桂は厳然と春輔にいった。少年のころ、春輔は桂の下僕をしていたから、二十五歳になった今日でも桂のいいつけにはそむけなかった。

　それと、桂がいった、

〝幕府が攻めてくる〟

　という情報は正確で、つい数日前、幕府は、

〝長州再征〟を号令し、すでに十一藩に出兵を命じていた。将軍家茂《いえもち》はその総指揮をとるためと、天皇の許可をもらうために、大坂城に向かって出発していた。

「感情にこだわってぐずぐずしていると、幕府は本当に攻めこんでくるよ。春さん、幕府はこんどは本気だよ」

藩軍の近代化の全責任を持たされた村田蔵六はそういった。医者のかれが軍隊の改善をするのも変なものだが、桂は、

「蔵六以外、長州軍を変革できる男はいない」

といっていた。その村田も、馬関にきて、桂と同じ宿でジリジリしながら、高杉と桂が会うのを待っていた。医者だけに、冷静にものごとを見るから、村田には、高杉がなぜ桂に会いたくないのか、たとえその理由はわかったとしても、それではこまる、と思っていた。昔、ロンドンへ密航するときの協力者だから、春輔は村田にも恩があった。桂と高杉を会わせる責任は、大きく春輔の肩にかかってきた。

萩に戻った高杉まさ子は、翌日、松本川の橋を渡り、伊藤春輔の家に行った。坂道をのぼるのに少し呼吸《いき》が苦しくなった。着いてみると、小さなみすぼらしい家だった。侍の家というより農民の家だった。そして、春輔の母親と嫁のすみは、近くの畠に出て農耕の仕事をしていた。

りっぱな武家の妻然としたまさ子の来訪をうけて、母嫁《おやこ》はおどろいた。当主の十蔵は、迫りくる幕軍にそなえ、すでに周防《すおう》上関《かみのせき》に行って、防備の一兵卒にくみこまれている、という。

まさ子はそれにも腹が立った。腹が立ったというのは、

（貧しい父親をそういう苦労にあわせて、息子の春輔は、夫と毎日色街で馬鹿さわぎをし、藩のお金を使いこんでいる）

ということだ。

そういえば、くやしくて、持って行ったいくらかのお金も、一文もおかずに持って帰ってきてしまった、と思った。

「すみさんとお話したいのです」

というまさ子の申出に、母親はすみに仕事をやめさせ、

「家で、お茶でもお出ししなさい」

といった。すみは、ほとんど口をきかずにまさ子を家に案内した。心の中で、

（一体、何の用だろう）

と思っていた。

「お茶はいりません。それよりあなたと大事なお話がしたいのです」

まさ子はそういった。

「大事なお話？」

そのことばにひっかかったらしく、すみは顔をあげてまさ子を見た。ええ、とうなずきながら、しかし、まさ子は、萩城下町の菊屋横丁にある家を出るときに持っていた意気ごみが、いまはかなり萎《な》えてしまったのを感じた。それは、すみを見たからであった。すみはあまりにも疲れていた。

まさ子を見るときの怯《おび》えたような視線、しかし、眼の底にみなぎる一種のしたたかな光り、それは耐えに耐えた人間が、生きものとして発散する本能的なものだった。

年齢は、まさ子とほとんどかわらない。しかし、日々の生活が、まさ子とちがって農耕の仕事が主だから、そのことも影響しているとは思うけれど、いま、まさ子の前にいるすみは、ひとりの老婆だった。哀れさがその姿のいたるところに溢れていて、まず、まさ子に、つよいことをいう気持を失わせた。

実をいえば、まさ子は、馬関でうけた屈辱が忘れられず、憤りの洗いざらいをすみに叩きつけるつもりでいた。

「あなたのご亭主が高杉を堕落させたのだ」

となじり、すみの夫婦生活もめちゃめちゃに破壊してやろうと思っていた。そうしなければおさまらないものが、馬関から萩に戻ってくる間中、胸の中で煮《たぎ》っていた。そしてそれは菊屋横丁の家に戻っても消えなかった。ますますはげしく燃えた。一夜寝たらおさまるかと思ったがおさまらなかった。

（あの伊藤の妻女に、伊藤の馬関の生活《くらし》をみんな話してやろう）

そう思い立って家を出てきたのも、その胸の中のどす黒い炎のせいであった。

が、あまりにも疲れたすみの姿は、まさ子のそのどす黒い炎に、しずかに水をかけた。しかし、だからといって、しようと思ってきた話を、ぜんぜん口に出さないで帰るほど、まさ子は寛容ではなかった。まさ子は、感情をおさえて、高杉と春輔の馬関での乱れた生活を、見てきたことを話した。

「あなたのご亭主がうちの高杉を悪くした……」

とはいわなかった。同罪者として、ふたりを均等に扱った。せめてものすみへの配慮であった。最大の譲歩でもあった。

話し終ると、まさ子は、

「そこであなたにお話というのは」

と改めてすみを見た。すみは、まさ子の話をずっと、どこか気のない様子できいていたからだ。

まさ子のやや険しくなった表情を見て、すみは、

「はい」

と、その先をうながすような顔をした。

(何だかたよりないな。私の話を身にしみてきいているのかしら)

と思いながら、まさ子はいった。

「あなたとごいっしょに、藩のご重役におねがいして、高杉とあなたの旦那さまを、馬関か

ら萩に戻していただこうか、と思いまして、ちょっとご相談にあがったのです」

はじめは、ただ、うっぷんをはらしたい、と思ってきたのが、そんな結論に変っていた。

やや、間があった。すみはほほえんだ。

「お話は、とてもよくわかりました」

「では……」

「奥さま」

さえぎるように、すみは目の中に自分の意思をみせていった。

「私は、ご重役におねがいする気持はございません」

「………」

「奥さま、私、近く、この家を去ろうと思っております」

「え」

まさ子はおどろいた。そして、そうか、この人のさっきからの落ちつきようは、すでにそういう決意をしているからなのだな、と気がついた。

それにしても、一見、自己主張をまったくしないかにみえる、このおとなしい女が、そこまで考えをきめているとは思わなかった。

「このお家からお去りになるって、あなた……」

まさ子は狼狽してききなおした。自分のほうにそこまでの用意がなかったからである。不意をうたれたのだ。すみはほほえみの色を深めた。

「春輔と別れようと思います」

「そんな」

「奥さま、私はこう考えています。春輔のように志の多い人は、そのとき、そのときに、そばにいる女の人がちがわなければならないのではないか、と……」

「……？」

「私が嫁にまいりましたときは、たしかにそのときの春輔は私が要《い》りました。でも、いまは……馬関のお梅さんが要るのです」

「そんなことはありませんよ。一度、お嫁にきた以上は」

いいつのるまさ子に、すみは、いいえ、と首をふった。

「奥さま、私はこの家を出るつもりですから、はっきり申します。あの人の胸には何かえたいの知れないものが棲んでいるのです。魔性の出世亡者です。その出世欲も果てしがなくて、つぎからつぎへと、どこまでも昇りたいのです。ですから、そのために一年一年、人が変っていくのです。いまの春輔はもう昔の春輔ではありません。まったくの別人です。自分が変るだけじゃない、自分が変るたびに、私たちにも変ることを求めるのです。そして支えろというのです。それができないと知ると、すぐ、ほかの女の人をさがすのです。それができる女の人をさがすのです。あの人は女好きといわれています。でも、ふつうの人の色好みとはちょっとちがうんです。あの人の女好きは、自分の出世のために女の人を利用するんです。愛情なんかこれっぽっちもありません。でも……」

ことばを切って、すみは苦しそうに笑った。

「そうはいっても、私自身は、ただの一度もあの人のために役立ったことはありませんでした。お嫁にきた日から、何の役にも立ちませんでした……」

夫婦《めおと》のいとなみさえも、と、すみはことばを口に出さずにそういった。よけい、笑顔が歪んだ。その歪んだ笑顔のままで、すみはじっとまさ子を見た。

「奥さま、人間、必要とされない場所に、いつまでもいることほど、辛いことはございません。ですから、私」

そこまでいって、すみは、はじめて涙を見せた。ああ、とまさ子は胸の中で声をあげた。この人のほうがよほど突きつめて考えている、そこへいくと私はまだまだ甘い、萩のお嬢さんなのだ、と思った。すみが重ねている手の荒れが、鋭く心を貫いた。

そのあと、気分を変えてまさ子は、くじびきで高杉晋作のところに嫁にきた話をした。そしてすみと笑いあった。すみも、

「実は、私も……」

といって、吉田松陰《しょういん》に愛された兄入江九一《きゅういち》は、伊藤春輔よりも山県狂介《やまがたきょうすけ》に自分をやりたかったのだ、と話した。

「そう、山県さんに」

まさ子はうなずいた。山県狂介は、その後長府で友子という娘をみそめ、部下の奇兵隊士に友子を掠奪させて強引に妻にした、という。そういう乱暴をしたのは、そうか、そういう

ことがあったからなのか、と、まさ子は改めて思った。

何か深い絶望がまさ子を襲ってきた。それは、

(晋作は、二度と私のところには戻ってこない)

という予感だった。そして、すみがいった、

「春輔は昔とはまったく別人になってしまった」

ということばに即していえば、高杉もまったく別人になってしまった、あたしも高杉には、もう必要とされていないのではないか、と思った。


膳や食器のすべてが片づけられ、がらんとした大広間で、高杉晋作は自分の腕を組んで枕にし、仰向けにひっくりかえっていた。そばで春輔が神妙に坐っていた。

高杉はいった。

「おい、春輔、人間が必要とされない場所に、いつまでもしがみつくみじめさがわかるか」

桂との比較をしているな、とすぐ感づいたが、春輔は笑った。

「一般論としてはわかりますよ。でも、高杉さんは、まだまだ必要とされていますよ」

「この野郎、話の先まわりをするな。そんなみじめな思いをする前に、おれはさっさと死にたいよ」

部屋の中には行灯《あんどん》がひとつ、うすい明りである。そのうすい明りの中に、高杉の孤独感が漂った。

が、春輔からみれば、高杉のそんな孤独感はぜいたくであった。

(甘ったれている……)

それより早く桂さんと会ってくれ、そうしなければ、こんどこそ本当に長州はつぶされてしまう。

「……ああ、まさ子に悪いことをした。ほとほと自分がいやになる」

うめくようにいった高杉は、その自己嫌悪の念をふりきるように頭をふっていった。

「春輔、桂のやつに会おう。すぐ、ここへ呼んでこい」

春輔は犬のように走り出た。

桂と高杉

高杉晋作《しんさく》と桂小五郎との会談は、新藩政府を発足させるための協議、という名目でおこなわれたが、立会った春輔《しゅんすけ》の見るところ、それは協議などという生易しいものでなく、はじめから男ふたりの凄絶な対決になった。

座に着くなり桂小五郎はいった。

「高杉君、いまは長州が藩をあげて、心をひとつにすべきときだ。藩内でたがいにとがめ立てをしていては、とうてい大事は成らない」

先制攻撃である。高杉は、なに？　というような顔をして、桂を見かえした。すぐピンときた。

（この野郎、てめえが池田屋でも禁門戦争でも、同志を見捨てて逃げまわっていたものだから、いわれない先に、おれの口封じをしていやがるな）

と思った。

そこで高杉のほうは逆手に出た。高杉は春輔にいった。

「春輔、酒を持ってこい。冷やでいい」

桂はききとがめた。

「酒は話がすんでからでもいいではないか？　酒は逃げはせん」

「いや、おまえの話をきくと、酒は逃げる。そして戻ってこない」

そういって高杉はにやりと笑った。はじめから喧嘩腰だ。春輔は胃が痛くなってきた。初《しょ》っ端《ぱな》からこれでは、このあと、どうなるかわからない。

それと、ふたりが対立するたびに、春輔の言動はすべて試されることになる。つまり、どっちに従《つ》いているかを判断される。

（これは、えらいことになった）

春輔はそう感じた。が、逃げるわけにはいかない。ふたりの会談は、春輔にとっても正念場なのである。その手はじめが、高杉の命じた酒だ。持ってくるのか、こないのか。

案の定、桂はじっと春輔を見つめている。

（おれのいうことをきくのか？　それとも高杉に従うのか？）

という目をしている。が、春輔は立ち上った。酒を取りに立った。桂の目が光った。

酒を取ってくると、春輔は高杉にいった。

「燗をしたほうがいいんじゃないですか？」

冷や酒はからだによくない。内にこもる。あとできく。さくときは酔いが一度に出る。それもいい酔いかたにならない。気分が悪くなって、吐気をおぼえることもある。最近の高杉はかなり悪い酔いかたをする。その原因には、やはり、この、酒を冷やでのむということが大きく働いている。

せっかくの桂との邂逅だ。それに話は長州藩の近未来、日本の近未来に関することだ。決して頭の悪い人間ではなく、高杉はむしろ頭の鋭い男だが、その頭の鋭さ以上に、感性が鋭い。しかしその感性の微妙な部分を刺激されると、高杉は突然怒りだす。

今日だってわからない。もともと高杉は、去年の桂の行動を、

「卑怯者め」

と怒り、軽蔑している。その本心がいつことばになるかわからない。

案の定、高杉は怒鳴った。

「うるさい！　おまえはずっとおれのそばにいて、まだ、そのくらいのことがわからんのか!?　いまのおれは、酒は冷やでしかのまないことは、よく知っているはずだ！　よこせ」

徳利をひったくるようにして、茶碗に注ぎ、グイグイのんだ。

そのさまを見つめながら、春輔は、自分の横顔に刺さる桂の視線を痛く感じた。特に、いま高杉のいった、

「ずっとおれのそばにいて……」

ということばが、桂にどんな影響を与えたかを気にした。

高杉にすれば、いきなり酒をのむというのは、かれ一流の戦略なのだ。桂の正攻法に対す

る奇法である。それを味方だと思っている春輔に妨げられたのではたまらない。だからカッとしたのだ。

「桂」

酒を一気にのみほすと、ふうっと息をついて、高杉はいった。

「話をきこう」

「君のほうから話はないのか？」

「おれはこわし屋だ。新藩庁をどうするかは、おまえの仕事だ。そのために戻ってもらったのだ。構想がないとはいわせん。話せ」

「そうか。君がそういうのなら話す」

「戻ってもらった」という、高杉の優位に立ったことばに多少こだわりながら、桂は坐り直した。

呼び戻されはしたが、これからの話いかんによっては、

「そんな考えでは駄目だ。おまえは要《い》らない」

と高杉はいうかもしれない。桂は、試される座にいるのであり、高杉は面接官なのだ。桂がこだわったのは、そういうことだ。桂は話しはじめた。

「鎖国攘夷などというせまい考えは、この際、はっきり捨てよう。長州藩は開国進取を国是とする」

「日本を統一するには、幕府を倒し、朝廷に政権を戻さねばならぬ。幕府はまもなくわが長

州を攻撃してくる。敢然これと戦い、すすんで幕府を討とう。すなわち尊皇討幕の軍をあげるのだ」

桂の話はざっとこういう骨の立てかたである。その間、ほとんど桂がひとりで話し、高杉は、

「うん、それで」

とか、

「それからどうするんだ」

とか、合の手を入れるだけである。文法用語でいえば、接続詞以外しゃべらなかった。

桂の話すひとつひとつの考えには、その段階では、賛意も否定の意も示さないのである。焦らせるつもりなのか、それとも、まとめて、自分の意見をいうつもりなのか、よくわからない。

春輔は、高杉の反応を知ろうとその顔を凝視しつづけながら、ハラハラしていた。

「構想はこういうことだ」

桂はそういって一旦ことばを切った。この段階で、一応、賛否を示してくれ、という表情をした。もし反対なら、これ以上話したくない、という、桂なりのつよい態度がからだの構えに表われていた。

春輔は、またたきもせず高杉を見つめた。が、

「よかろう、大筋において賛成する」

高杉はうなずいた。春輔はほっとした。

「ありがとう。では、つぎにすすもう」

といって、桂は一枚の紙を出した。ひらくと藩庁の組織図が書いてある。

「いま話した構想を実行するのには、藩庁を組み直さなければならない。これは、野村や佐世（前原一誠）たちと相談してつくった案だ。あんたの意見もききたい」

高杉は組織図をジロリと一瞥《いちべつ》しただけで、すぐ、

「藩庁などどう変えようと、おれには関心はない。まかせる」

といった。しかし桂は、

「肝心のあんたに、あとできいていないなどといわれるのはこまる。一応説明する」

と説明をはじめた。強引だった。高杉はチラと春輔を見て舌を出した。桂は知らん顔をして説明を続けた。

「藩庁の頂点に政事堂をおく。藩公にもお出ましいただく藩の決議の場だ」

「エゲレスやメリケンの議事堂だな」

そういう知識は高杉にもあった。

「そうだ」

と桂はうなずいた。

「その下に国政方引請《ひきうけ》と国用方引請をおく。国政は政務、国用は民政と財政を担う。今後、財政は特に重要だ」

「よかろう」

「両引請の下に用談役をおく。国政の根本はここから出る。用談役の手足として、下に手元役をおく。両引請の下に用談役と蔵元役をおくが、これは用談役も口を出せる」

「………」

「そこで人選だが」

そういって桂は目をあげた。途中から高杉が返事をしなくなったからだ。組織図が気にいらないのか、それとも高杉ぬきでこういう案をつくったのが気にくわないのか、と桂は気にして目をあげたのだ。

が、そうではなかった。高杉は別なほうを見ていた。別なほうというのは、伊藤春輔をである。そしてその春輔は春輔で、自分の前で、

「おひとつ、どうぞ」

と、桂の話の邪魔にならないほどの低い声で、はこんできた膳の上の猪口《ちよこ》に酒を注ぐ女を、はあ、と口をあけて見つめていた。よだれが流れそうな痴呆ぶりだ。

女というのは京都三本木の芸者の幾松だ。幾松は、話では若狭小浜の藩士の娘で、だらしない父親のために芸者に売られた、という。しかし、やがて自前になったので、桂のほかにはほとんど男と寝なくてすんだらしい。

桂とは十歳年齢がちがうというから、

(いま、二十二か)

と、春輔は勘定した。

ほっそりした、それでいて骨だけではなさそうないい女だ。肩が鋭く落ちて、着物がよく似合う。

途中から桂も気が変って、「おれものもう」といい出し、「幾松、膳を出してくれ」と次の間に声をかけた。そして、「女を連れてきた。ちょうどいい機会だから、会ってやってくれ」と高杉にいった。そこで、その後も、この席に、時折、酒や鉢を持ってくるのだが、その間のとりかたが絶妙だ。間髪をいれずに、新しい鉢や酒を持ってくる。これには、さすがの高杉も、

「おい、酒だ」

と銚子をふる余裕もない。圧倒されっぱなしだ。

禁門戦争のあと、新撰組は桂小五郎の行方をしつこくさがした。幾松を捕えて屯所の柱に縛りつけ、糾問した。品のない隊士が前をまくって、

「きさまも京の芸者だから、これが好きだろう。こいつを食わして吐かせてやろうか」

とみだらなことをいった。まわりにいた隊士も、

「やれ、やれ」

とけしかけた。が、幾松は毅然としてその隊士をにらみつけていたという。隊士のほうがさめた。釈放されると桂は京にいなかった。対馬藩の御用商人広戸甚助に連れられて、甚助の故郷の但馬出石《たじまいずし》に逃げたという。たずねて行くと、桂は町人姿になって甚助の妹とふたり

で夫婦になっていた。思わずカッとして、出刃包丁を片手におどりこもうとしたが、「ここはとにかく」

と甚助にとめられてがまんした。泣く泣く京に戻った。そしてやっと、また広戸甚助に連れられて長州にやってきたのだ。

いまは、町家のつつましい内儀姿に身をかえ、ほとんど化粧もしていない。清潔な美しさで、桂にかしずいている。部屋に入ってきたときに、わずかに桂に向ける視線にも、愛情がみちみちている。そのさまが、なぜか春輔の胸にぐっとくる。ぐっとくるといっても、春輔のことだから、別に感動しているわけではない。

春輔は幾松に欲情していた。幾松を見ていると、どうしても彼女が新撰組の屯所の柱に縛りつけられた光景が目に浮ぶのだ。縛られた女というのは、なかなか男の欲情をそそるものだ。

(桂さんの愛人に、何という不謹慎なことを考えるのだ)

と春輔は自分を叱りつけるのだが、これだけはどうにもならない。すでに助平ヒヒという異名をもらっている春輔は、袴の下で自分のものを勃起させていた。

そういう春輔に、高杉はとっくに気づいている。桂も途中から気がついた。幾松を〝男〟の眼で見つめる春輔に、桂は、はじめのうちは不快な視線を送り、やがてその視線は怒りの色を含むようになった。

桂は突然、

「伊藤！」

と、ついにがまんできなくなって怒声をあげた。

「はっ」

びくっとからだをかたくした春輔は、あわてて桂のほうを見た。桂は鋭い声でつづけた。

「藩の行先をきめる大事な話をしている。少しは身を入れてきけ」

桂の叱りかたの底に、かなりの敵意がこめられているのを感じたのだろう、春輔は、

「身を入れて拝聴しております」

と反論した。これが桂の気にさわった。桂は、

「ほう、そうか、それは感心だ」

と意地の悪い笑みを浮べた。そして、

「では、たったいま、私がどういう話をしたかいってみろ」

ときいた。春輔はたちまち赤くなって狼狽し、

「その、国政方と国用方のふたつの引請をお設けになると……」

と応じた。桂は怒気を満面に浮べ、

「私の話はもっと先にすすんでおる！　そういういい加減なところは、昔とちっとも変っておらん。一体、何を考えちょるか！」

と長州なまりになって怒鳴りつけた。幾松は何もいわずに出て行った。

実は幾松もさっきから春輔の自分を見る眼には気づいている。立ち上るとき、だから桂に

怒鳴られる伊藤春輔を、

(いい気味だ)

と思った。

「桂よ」

高杉がにやにや笑いながらいった。

「そう怒鳴るな、きみらしくもない。春輔には大きな屈託《くつたく》があるんだ」

「くったく?」

桂は高杉を見た。

「ああ」

「こんな極楽トンボにも、屈託があるのか」

「そりゃあるさ。極楽トンボか、面白いことをいうな。その極楽トンボは、いま、女房から去り状を突きつけられているのだ」

「女房から去り状?」

怪訝そうな顔になって桂は、

「春輔、ほんとうか」

ときいた。春輔は、

「はい、ほんとうです」

とうなずいた。

萩の家から、すみが、

「よく考えましたが、こののち、私はとてもあなたのおそばでお役に立てないと思います。実家に戻りたいと思います。どうか、おゆるし下さい」

と書いた手紙をよこしたのはたしかだった。たしかだったが、春輔は、すみのその決意をいま大きな屈託として悩んではいない。逆であった。逆だというのは、手紙をもらって春輔は、

「ありがたい！」

と、とびあがったのだ。

「何をよろこんでいらっしゃるんですか」

不審な表情をするお梅に、春輔はすみの手紙を見せた。

「………」

まあ、とお梅は声を胸のうちであげて手紙を凝視した。

春輔は、その顔をのぞきこんで、

「嬉しいだろう」

と、はしゃいだ声できいた。

「そんな……何も嬉しいことはありません。お気の毒じゃありませんか」

「何が気の毒だ、胸の中では、ざまあみろと舌を出しているくせに」

「先生」

お梅はきっとなった。

「立場をかえて考えてごらんなさいまし。あたしが奥さまのお立場だったら、そういう女の人をにくみますよ、恨みますよ。あたしは、おそらく奥さまに恨まれてますよ……どうしましょう」

「………」

春輔はお梅のそういう態度をまだ、この女め、芝居をやっているな、と思って見ていた。お梅が本心で苦しんでいるとは信じられないのだ。自分がそうなら他人もそうだ、という単純さが春輔にはあった。そしてその単純さが、春輔の楽天主義につながっていくのだった。身をひく、というすみの手紙に、お梅はほんとうに考えこんでしまった。考えたあげく、

「あたしのほうが身をひきましょうか」

と、最後にいった。

「冗談ではない。これはそういう問題ではない。すみは、もうおれの役に立たないということを自覚したんだ。気がつかなかったが、男と女、いや夫婦の間でもそういうことがあるのかも知れない。そうなったら、すみのいうように、さっさと別れたほうが気が楽かも知れない」

「でも、奥さまは、先生のところからお去りになって、気が楽にはなっていらっしゃいませんよ。きっと悲しんでいらっしゃいますよ」

「変な女だな、おまえは。どうしてまたそんなにすみに同情するんだ」

「女だからですよ、男の先生にはおわかりになりません」

「ああ、おれにはわからない。だいたい、ややこしいことはきらいだからな。すみが去っておまえまで去っては、おれのまわりには女がいなくなるではないか。おまえたちは自分のことばかり考えているが、おれの身にもなってみろ。おれが可哀想ではないか」

「何が可哀想なものですか。ご自分のことしか考えていないのは、先生のほうですよ。先生のことです、どうせすぐ新しい女の人をおみつけになることでしょう」

「そりゃそうだ」

「何ですか」

そんなやりとりをしたことはたしかである。が、どんなに自分の胸の箱をさかさに振ってみても、すみに対する同情心がひとかけらも落ちてこないことはたしかだった。

「おれは、生来薄情なのかな」

「そうでしょうね」

「すみに同情しよう、という気持はおれにだってある。だが、いくらそう思ってもそういう気持は湧いてこないんだ。おれ自身、自分が嫌になる。正直にいって、すみの手紙を見て、おれは嬉しくてしかたがない。これからは晴れておまえと暮せると思ってな。それを、おまえは嬉しくない、という。そのへんのところがまったくわからない」

「あるいは」

夜、床の中に入ってからの話だから、お梅も昼間のような建前は捨てていた。

「女の身勝手かも知れませんが、あたしにも奥さまに恨まれたくないっていう気持があるのかも知れません」

「すみがなぜおまえを恨むんだ？　恨むのならおれのほうだろう」

「それが、そうじゃないんですよ」

「どうしてだ」

「そこが女なんです……」

また堂々めぐりになった。

高杉晋作はすくってくれたが、伊藤春輔にしてみれば、だから、いま、高杉のいうように決してすみのことで屈託があるわけではない。あるとすれば、むしろお梅のほうだった。お梅に身をひかれては何もならないのだ。

「そうか……それは気の毒な。それで、おまえはうつろだったのだな」

桂も幾松やほかの女をさんざん泣かせてきているから、高杉の説明でたちまち春輔に同情した。

「おまえの女房は、入江の妹だったたな」

「はい」

「入江は松下村塾でおれの弟弟子だ。おれが入江の家に行って、すみさんを呼び戻してきてやろうか」

「そんな……」

とんでもないといった顔で、春輔はびっくりして手をふった。せっかく状況が好ましい形になってきたのを、よけいなことをしてぶちこわさないでくれ、といった態度である。春輔は、

「そんなことまでしていただくわけにはいきません。いや、うわのそらで申し訳ありませんでした。どうかお話をつづけて下さい。ちゃんとうかがいます」

と話の方向を切りかえた。そうか、と桂は話に戻った。高杉のほうへ向き直った。

「さて、どこまで話したかな」

「人事に入るところまでだ」

この野郎、またとぼけていやがる、という目をして高杉はいった。平然とその視線をうけ流して、桂はいった。

「引請役は形式上、藩名門をあてざるを得ない。毛利筑前、鈴尾駒之進、志道安房各氏を考えているが」

重役をつかまえて各氏という桂のことばづかいに、ちょっとひっかかりながらも、高杉は、

「承知」

と答えた。

「蔵元役、用所役には、それこそ、実践的な若者、あるいは低い身分でも能力のある者を登用したい」

「それも承知。この伊藤も登用してやってくれ」

「もちろん、そのつもりだ。それから、いろいろな意味もあって、この両役には、あんたとおれが入ったほうがいいと思う」

「片方ずつにか」

「いや、ふたりとも両方に入るのだ」

「ふむ」

鼻をならしながら高杉は桂を見つめた。

(わかってきたぞ、このむじな野郎)

と心の中でつぶやいた。桂はいった。

「問題は用談役だ」

そらきた、と高杉は思った。いままで説明された組織表と人の割りふりから帰納すると、この用談役というのは大変に重要な役だ。というより事実上の藩政の実権は、この役についた人間がにぎることになる。新体制の要《かなめ》は、この用談役がつとめるのだ。

「あんたがやってくれ」

桂小五郎は高杉にそういった。すると、高杉は、軽く、う、とうめいて、

「ちょっと」

といって急いで外に出た。気分が悪くなったらしい。冷や酒が一度にきいてきたのだ。のこった春輔に、桂は異常な眼をして、

「用談役は高杉がいい、あいつならみごとにつとまる、適任だ」

といった。しかし、手は組織表を小きざみに叩いており、目も落ちつきがなかった。その様子から、春輔は、

（嘘だ、桂さんは、用談役は自分が適任だと思っている）

と察した。そういう桂を見つづけるのは辛かった。

「様子を見てきます」

春輔は立ち上った。

厠《かわや》まで行きつかないうちに、高杉はがまんできなくなった。庭の真中を貫く渡り廊下の中ほどで、柱に摑まったまま、う、う、と吐いた。とても苦しそうだ。

春輔は走るように高杉の背後に行くと、その背をさすった。こういうことになると、春輔の行動は献身的になる。

「大丈夫ですか」

「ああ、大丈夫だ、ありがとう」

汚物を口の端につけながら、しかし、すぐそれを手で拭って、高杉はあえぎながらほほえんだ。そういう弱さを見せる高杉には、とても魅力があり、春輔はそういう高杉が好きだった。

が、何気なく庭に目を落した春輔は、高杉が吐いたものの中に散っている赤いものを見て、思わず、

「高杉さん」

と声をのんだ。高杉は不気味な笑いかたをした。そして、

「春輔、みざる、きかざる、いわざるだ……」

といい、

「それより、桂の狙いは大体わかった。巧妙な奴だ。魂胆は見え透いている。が、反論はできない。奴のいっていることは全部的《まと》を射ている。癪《しやく》にさわるが、すばらしい構想と人事だ。が、このまま押されっぱなし、というわけにはいかん。おれも捲き返す。そこでだ、おい、おれとしばらく長崎でいっしょに仕事をしないか」

といった。

高杉が吐いた血から、高杉の病いが、そこまですすんでいるのを知った春輔は、すでに動転してしまっている。

「高杉さんとなら何でもやりますよ、長崎へでもどこへでも行きますよ」

と、おろおろ声で応じた。高杉の提案は、長崎で藩のための仕事をする、というよりも、この際、春輔を自分の手もとに引きとめておきたい、という気持のほうがつよく働いている。一度は、春輔も新体制に登用してやってくれ、といったものの、こうなってくると、こんどは春輔を桂にわたしたくないのだ。だから、その確認をとるために廊下に出た。高杉のそんな気持は、春輔には痛いほどわかった。結局、今日の会談で、高杉は桂に敗けたのだ。その腹いせに、春輔だけはわたさないぞ、と心をきめたのだろう。春輔の答えをきくと、高杉は嬉しそうに笑った。

「よし。どうせすぐクルクル変るおまえだが、いまはその返事をよしとしよう。こい」

廊下で姿勢を立て直すと、くちびるを指でおさえ、

「みざる、いわざる」

と、もう一度いって高杉は部屋に戻った。戻ると正座していった。

「桂の話はよくわかった。いままでの案はそれでけっこうだ。しかし問題はおまえのいうとおり用談役だ」

桂は緊張した。高杉はつづけた。

「へどを吐きながらおれは考えた。土台、おれは机仕事には向かん。併せておまえとは気が合わない」

「ずいぶんはっきりいうな」

桂は苦笑した。

「こういうことははっきりいったほうがいい。ほかの奴は狡くていわんからな。おれが机の前に坐り、おまえと顔を合わせていたのでは、いつか気が狂う。そこで解決策はひとつだ。おれはこの春輔と井上を連れて長崎に行く」

「長崎？」

「そうだ、長崎でエゲレスと交渉して、藩のために軍艦や銃砲を買う。それには藩からの輸出品がいる。それをおまえたちが急いでつくってくれ。同時にのみ食いの金も不自由しないようにしてくれ。桂、用談役はおまえがやれ、適任だ」

高杉は桂の肩を叩いた。桂は赤くなり、

「おれが適任だなんて、そんな」

といいながらも、大きなよろこびを感じていることはあきらかだった。

「よし、これできまりだ」

高杉はいい終って腕をくんだ。そして、

「ただし、ひとつ条件があるぞ」

といった。

「条件？　何だ」

にわかに警戒する桂に、高杉は真面目な顔になっていった。

「幾松さんを正式な妻にしろ。しなければ、おまえの用談役は承服しない。しないどころではなく、奇兵隊を使っておまえを長州から叩き出してやる」

高杉の目は笑っていなかった。考えてみれば妙な条件である。桂が幾松を正妻にしようとしまいと、そんなことは、これからの長州藩政に何の関係もない。しかし、そういう条件を出して桂にのませることが、高杉のせめてもの面目であった。高杉のそういう心情を思うと、春輔はせつなくなってきた。が、桂はうなずいた。

「……約束しよう」

「たしかか」

「たしかだ」

「よし」

　にっこり笑った高杉は、

「そうときまれば長居は無用だ。春輔、おいとましよう。稲荷町に行ってまたのむか」

　と立ち上った。

　隣りの部屋から急いで小走りに去る人の気配がした。幾松だろう。入りかけて話をきいてしまったのだ。幾松はいまの高杉と桂のやりとりに、涙を一杯浮べていることだろう。特に、高杉には、そっと手を合わせているにちがいない。その意味では高杉は桂に敗れても、幾松からは大きな点を稼いだのだ。

「高杉君」

　桂が呼びとめた。

「何だ」

「ほんとうは、きみに藩庁で長州新国軍の調練をたのみたかった」

「嘘をつけ」

　鋭く高杉はふりむいた。眼に怒りの色が走っている。

「おまえは、すぐそういうことをいうからいけない。それがおまえの悪いくせだ。おれにはわかっているぞ！」

「何がだ」

「何がではない。おまえは新国軍の調練役は、あのおでこの村田蔵六にきめているではないか。おれなんかとっくに見捨てているくせに」

「そんなことはない！　おれはきみを」

「よせ」

手をふって高杉は首をふった。手と首をいっしょにふりながら、

「おれも馬鹿ではない。これが潮だ、潮は古い人間を捨てていく。おれも結局は古い人間なのだ……」

実感をこめてそういった。哀しそうだった。

稲荷町で高杉は荒れた。その後も冷や酒をのみつづけ、次第に顔色を蒼くした。目もつり上った。その顔で、高杉は春輔にいった。

「おい、春輔、おまえ、ほんとうにおれといっしょに長崎に行くのか？」

「行きますよ」

「これからは桂に従ったほうが得だぞ。長州藩は桂を軸にして廻るんだ」

「そうとばかりはいえませんよ。高杉さんがいなければ納まらない場がまだまだいくつも出ますよ」

「そんなことはない。おれはすでに無用の人間だ、おれは必要ない。が、そんなおれを見捨てないのはおまえだけだ、この極楽トンボだけだ。おまえは見かけによらない律義者だよ」

しまいには話しているのか、わめいているのか、わからなくなった。そして高杉はつぶれてしまった。

春輔は、自分の羽織を脱いで高杉にかけながら、寝てしまった高杉を見つめた。胸の底がさめていた。さめた胸の底に、ポタリ、ポタリと、冷たい雫が落ちていた。それはいいようのない虚しさだった。

自分がこれからどう生きるかは別にして、今夜、春輔は高杉と桂の大きな差を見た。いってみれば、高杉は詩人だ。桂は政治家である。高杉はいつも遠くを見て目をあげている。桂は足もとを見つめている。

（共に大事だ）

と思う。

が、今夜の春輔は、高杉と共に夢の道を歩むことをえらんだ。さめてみれば、どこか悔いのような気持が湧いている。それは、春輔が桂小五郎という人物にも、卓越した能力を認めているためだ。それも単に能力を認めているのではなく、自分の将来を託するに足る、というふうに思っていたからである。

そう考えると、春輔はまた混乱した。高杉をえらぶか、桂をえらぶかは、やはり大問題なのだ。

しかし、春輔は、ええっと低く唸って、はげしく首をふった。そして、

（こんなことを考え出したらきりがない。一度くらい考えずに行動してみろ。損得抜きで高杉さんに従いて行け！）

そう自分にいいきかせた。春輔が身をふるわせた震動で高杉が起きかかった。うわごとを

つぶやいたが、すぐ寝こんだ。

ところが、長崎へ行く前に、春輔は突然桂に呼ばれた。

「岩国へ行ってくれ」

「は？」

「岩国侯にお目にかかって、至急萩までお越しありたいとおねがいしてくれ」

春輔はおどろいた。

「このお使いは？」

「藩公の正式使者だ」

「……！」

「おれが推薦した。高杉の了解もとってある。いつまでも高杉の腰巾着のように思われていると、この先損をするぞ。もっとも、そのほうがいい、というなら別だがな」

からかいと皮肉のこもった桂のことばだった。

しかし、桂は見ちがえるような貫禄《かんろく》だった。高杉との会談のときに見せた、あのひかえめな態度は微塵《みじん》もなかった。桂は自信を取り戻していた。いろいろな悪評をこえて、長州藩が誰よりも桂を必要としていることを知ったからだ。

〝士はおのれを求めるところに赴く〟

ということばどおり、人間は求められると、大きな自信を湧かせるものだ。

それにしても、支藩扱いの岩国侯に会って、本藩藩主毛利敬親《たかちか》の意向を伝えるというのは大役である。その大役に春輔を抜擢推薦したのは、桂は前と同じように自分の腹心として、春輔の才能を新藩庁で使いたいからだろう。

それにしても、〝高杉の腰巾着〟といういいかたはひどい。春輔に対してでなく、高杉に対する桂の感情が露骨に表われていた。それも、つい数日前、高杉の大譲歩によって、自分が用談役の職についたことをケロリと忘れているかのような態度だった。

岩国は毛利一門の吉川広家がひらいた家である。長府《ちょうふ》、清末《きよすえ》、徳山などが支藩になっているのに、岩国だけはどういうわけか本藩が支藩にしなかった。その原因として、関ヶ原の戦いのときに、吉川が徳川軍に通じて、講和処理でだましたから、という噂があった。

桂が、

「藩公の意向だから」

というのは、二百六十年ぶりに、再びその関ヶ原の決着をつけようといういま、岩国の忠誠心を確認したい、ということなのだ。だからよけい大役なのだ。

岩国は長州藩の東端にあり、隣りは芸州藩になる。春輔は父母の生れ故郷熊毛《くまげ》郡の東荷《つかり》村を遠望しながら街道を急いだ。岩国に着くと、藩重役の塩谷、大草のふたりに会って来意を告げた。すると、

「本藩のご意向に従い、主人は、ただちに萩に出立いたします」

軽輩の春輔に二人は丁重に答えた。春輔は拍子抜けがした。岩国は岩国で本藩の意向を察

し、使者が来る前から議論をつくし、藩意をきめていた。

(世の中は変ったな)

春輔はしみじみとそう思った。

春輔はマメな男である。藩使として岩国へ行った帰りに、母親の実家である秋山家ほか、何軒かの親戚をくまなくあいさつしてまわった。

総体に、出世する人間は、こういうあいさつまわりに手をぬかないようだ。このとき、春輔は、秋山家に一泊し、翌日は氏神である天神さまにお詣りして、そのあと、守田家ほかの親戚をぜんぶまわった。もともと人見知りをする性質ではないから、持ち前のサービス精神と、ユーモアで、親戚中を大笑いさせ、さわやかな空気をのこして東荷村を去った。

このころ、父の十蔵は、迫りくる幕軍にそなえて、上関《かみのせき》の防衛隊に編入されていたが、前から、

「短銃がほしい」

といっていたので、用意してきたピストルを、父に渡して下さいと親戚に託した。

しかし、このころ、幕府もまた岩国を狙っていた。十四代将軍家茂《いえもち》はこの年(慶応元年)の五月十六日に江戸を発《た》って、翌月閏五月二十二日に京に入った。

即日参内し、

「長州再征伐の勅許」

を申請し、大坂城を宿所とした。

ここへ、一橋慶喜《よしのぶ》や会津容保、小栗上野介、阿部正外、松前崇広らの重臣を招いて協議した。このとき一決したのは、

「徳山ならびに岩国の支藩主を大坂に呼び、訊問のうえ、長州処分をきめよう」

ということであった。

長州本藩はこのことを知って、支藩主に、

「どう対処するか」

と、火急に萩城集合を命じたのだ。

冷遇してきた岩国に特に気を使ったのはそのためである。その使者に春輔のような人間を用いたのが成功した。春輔は小さな目で事態を見ていない。外国をじかに見てきている。ひろがりのある説得が功を奏した。

長府、清末、徳山、岩国の四侯が萩城に集まり、

「長州は一体となり、幕軍と一戦する」

と誓った。

幕府から召喚されていた徳山・岩国の両侯は、

「急病のため、お伺いできません。悪しからず」

と、返事を出した。大坂城は激怒した。

「この上は、懲罰戦あるのみ」

と、息まいた。が、参加している諸藩軍のほうは、この息まきどおりにはいかなかった。

いやいやの参加だった。

こういう時期に、春輔は高杉との約束を守って高杉、井上と共に長崎に向かった。が、長崎での武器購入交渉はうまくいかなかった。外国側が長州藩を警戒して売らないのだ。攘夷の前科があるからだ。

「甘く見すぎたか……」

高杉は腕をくんだ。三人は馬関に戻った。

青春児

高杉の、自身の進退に対する決断で、桂小五郎は、国政・国用方用談役になり、また政事堂内用掛を兼ねる地位についた。現在でいえば、議会と執行機関双方の実権をにぎったのである。

「昔なら、池田屋と禁門であれだけ同志を見殺しにしたのだから、当然、切腹か暗殺されていたろうに。おめおめと長州に帰ってきて運のいい野郎だ」

高杉も苦笑していった。春輔《しゅんすけ》はうなずきながらも、

「それだけ、長州も変ったのでしょうね」

と応じた。高杉も、ああ、といった。そして、

「その意味では、長州にはまったく奇妙な奴が多い。たとえば、おまえのようにな。長州では、そういう奇妙な奴がどんどん藩を変えていくのだ。長州は、あきらかに奇妙な人間の梁《りょう》山泊《ざんぱく》だ」

といった。春輔は、

「他人《ひと》のことをいえませんよ。長州最大の変り者は高杉さんですからね」

と笑った。

藩庁の桂から使いがきた。春輔に、

「攻めてくる幕軍の正確な数がわからないか」

という問合せである。

「ずいぶん、かんたんにおっしゃいますね」

春輔は苦笑した。苦笑しながら春輔は高杉に、

「どうしましょう？」

ときいた。桂に対する態度は自分一存ではきめない。

「やってやれ」

高杉はそういった。そして、

「もういちいち、おれにきかなくてもいい。おれはそんなに尻の穴の小さな男じゃない。桂と会った夜のことは忘れろ。桂はよくやっているよ」

とほほえんだ。胸がたちまちうずくような笑顔だった。

「そうします」

春輔もほほえみ返した。そうはいうものの、桂の指示は難問である。が、かれにとって、あらゆる難問に対して方法が見つからず頭を抱えこむ、などということはない。

運のいいことにたまたま、イギリスの軍艦が下関港に入港した。艦には通訳のアーネスト・サトーが乗っているという。春輔はすぐ手紙を書いた。

「ごぶさたしておりますが、ますますご健勝の由で何よりです。さて、当藩危急存亡のときにつき、左の二点について率直にうかがいます。ご親切なご教示を賜らば幸いです。

一　幕軍の実数ならびに進発の状況

一　これにともなう貴国の態度

以上」

というような内容である。

返事はすぐこなかった。それはそうだろう。春輔のほうはいともあっさり二点に絞ってきいているが、イギリスがこんどの国内戦に中立あるいは幕府に味方をするのなら、春輔の問いに答えることは、重大なひみつをもらすことになる。さすがのサトーも独断では回答できなかった。

それにしても、イギリス人に情報をきく、という春輔の日のつけどころはよかった。日本の局地にいて、ああでもない、こうでもない、という日本人からの情報では、ふりまわされるのが関の山で、正確なものは得にくい。局外にいて、岡目八目で見ている外国のほうが、よほど冷静に日本全体をながめている、と判断したのだ。

サトーは誠実だった。数日後、返書をくれた。それによれば、

○　幕軍の総数は五万一千人にすぎない。

○　そのうち、砲兵隊は千人ほどだが、使っている大砲は旧式で小さなものである。
○　イギリス国としては、長州の味方はできない。しかし同時に幕府の味方もしない。
○　下関港に軍艦を配備したのは、わが国の商船から、幕府が兵器を買うことを禁ずるためである。
○　お目にかかりたいが、もっかやぼ用が多くて、なかなかうかがえない。とりあえず英和辞典をお詫びの印にお届けする。
とあった。署名は、「薩道懇之助」とあって、脇にアーネスト・サトーとルビがふってあった。薩道をサトーと読ませるのだろう。ずいぶんと日本かぶれしたものだ。

はははは、と声を立てて笑いながら、春輔はサトーの手紙を高杉に見せた。高杉は目をみはった。

「何だ、幕軍はたったの五万か。上方《かみがた》からの情報では二十万から三十万だといってやがったが……」

　と舌をならした。

「興奮している人間からの情報は駄目ですよ。大げさに考えますから」

「そのとおりだ。それにしても、おまえはいいツルを持っているな」

高杉は、サトーからの返事を見てつくづく春輔に感嘆した。そして、こういった。

「桂にそのことを報告するときに、サトーの返事の内容を全藩民に印刷物で伝えろ、といえ。敵が五万ばかりで、まして旧式の大砲しかないとわかれば、一挙に士気があがる。正しい情報を全藩民に伝えるのだ。これは、長州の侍だけの戦争ではないからな」

「そうします」

春輔はうなずいた。高杉の判断は正しい。藩庁の一部が情報を独占せず、どんどん公開すれば、藩民も、

「幕府との戦争はお侍のやることだ、おれたちは知らねえ」

などと、他人ごとのようには考えなくなるだろう。高杉の進言を桂はすぐ実行した。いまでいうビラを大量に刷り、藩内にまいた。その数は三十六万枚にのぼった。

おでこの村田蔵六は、春輔からのこの情報で、にっこり笑い、藩軍を強化した。かれは、農民、庶民を問わず根こそぎ動員した。国民皆兵の走りである。明治維新後、大村益次郎となったかれは、この方法を日本全国におよぼす。かれは、はっきり、

「武士は戦争の役に立たない。民兵のほうがよほどつよい」

という信念を持っていた。

その民兵を総轄している山県狂介《やまがたきょうすけ》のところにも、この情報はすぐとんだ。

「よし」

と、狂介もふるい立った。が直後に春輔のところにきた手紙には、そのこととまったく関係のない奇妙なことが書いてあった。

「お松さん（幾松のこと）は、桂さんがしばらく面倒をみられないだろうから、おれが三田尻で預かろうと思うが、それでいいかどうか、おまえから桂さんにきいてみてくれ」

という内容である。

と、眉を寄せた春輔は、すぐ、ははあ、と気がついた。

(何だ、これは)

(狂介の野郎、幾松に惚れやがったな)

と思った。そこで、すぐ
「お松殿の件、桂さんは、馬関《ばかん》で小生がお世話するようにとのことだ」

と返事を書いてやった。春輔もまた幾松に気があったからだ。幾松こそ、いい災難だった。

しかし、桂は高杉と、

「幾松を必ず正妻にする」

と約束したものの、すぐ萩に呼んでそうするわけにはいかなかった。また、それどころではなかった。幾松は、こうして当分の間、伊藤春輔のいやらしい目つきのもとで暮さなければならなくなった。

長州藩は春輔がサトーからもたらされた情報で、一気に気勢をあげた。桂を軸とする新藩庁は、この情報を最大限に活用し、

「幕軍、おそるるに足らず」

という気持を、長州全藩民に持たせた。それほど、重大な情報であった。その意味では、

「イギリスは中立を守る」

といいながらも、その実、サトーは完全に長州に味方していた。同時に、高杉が、

「薩道の薩は、薩摩の薩ではないのかな……」

と何気なくつぶやいたように、イギリスはすでに薩摩とも深くかかわりを持っていた。そして、このことがその後の長州の進路をさらに変えた。

春輔にとって嬉しかったのは、迫りくる長幕間戦争の兆しを見て、高杉が積極的に協力をはじめたことだ。戦雲が渦巻きはじめると、高杉の血はさわぐ。小さなこだわりなんか忘れてしまう。戦争は高杉にとって特効薬だった。いいことではないが、それがまた高杉の業《ごう》なのだ、と春輔は思った。

この年（慶応元年）閏五月四日、桂小五郎が突然馬関にやってきた。

春輔は高杉と、

「どうも日本国内で、長州が洋式武器を買うのはむずかしいようです。ひとつ上海に行って買いこんでこようじゃありませんか」

と相談し、高杉も、

「そうだな。また、ひさしぶりに清《しん》国を見てくるか」

と、大いにのり気になっているところだった。その進言は文書で前原彦太郎（一誠）に出してあった。

下関に着く早々、桂は、

「両君の上海行きは少し待ってくれ」

といった。

「なぜだ」

ときく高杉に、桂は、

「ここで薩摩人と会う」

と複雑な表情になって答えた。

「薩摩人と？」

高杉の目が険しくなった。

「薩摩人とは誰だ」

「西郷吉之助だ」

「さいごうきちのすけ？」

思わず高杉は息をのんだ。禁門戦争のあと、高杉は履いている下駄の裏に、薩賊・会奸と書いて踏みつけて歩いた。長州藩を京から逐《お》った薩摩と会津の両藩を長州の敵だ、というわけだ。特に薩摩については、いつも時の権力の推移を敏感にみていて、藩の方針をなりふりかまわずクルクル変えるので、不信の極に達していた。そして、その中心にいるのが西郷だと思っていた。

禁門戦争で、一時は優勢だった長州軍を、堺町御門で洋式銃隊で敗退させた指揮官は、実はその西郷である。話をきいた高杉は、だから下駄の裏に書いた薩賊という字は、本当は、

〝西郷吉之助〟

のつもりであった。八つ裂きにしてやりたいほどの憎い男なのだ。その男に桂は会うとい

う。桂は、あのころ京にいて、一番西郷に煮え湯をのまされたのではなかったのか。憤りと、あきれをいっしょにして、とがめるように無言で自分をにらみつける高杉に、

「とにかく事情をきいてくれ、これは太宰府におられる三条卿らのご意志でもある」

と桂はいった。桂の説明によれば、
○　幕軍の中にあって、薩摩はこんどの長州征伐には出兵を拒否した。
○　その理由は、西郷・小松帯刀・大久保一蔵らの薩摩藩実力者たちの間で、むしろ長州を援けるべきだ、という意見がつよいためである。
○　そして、かれらがそうなったのは、イギリス国や土佐浪人坂本竜馬《りようま》、中岡慎太郎、さらに坂本の師である幕府旧軍艦奉行勝海舟の意見であったこと。殊に勝は、幕臣のくせに、西郷に、幕府は腐っている、長州と組んで倒幕の道を歩みなさい、と告げたという。この示唆で西郷は大きく開眼した。
○　西郷は、従来のいきさつもあり、自分からはいい出しにくいので、長薩提携のあっせんを、坂本・中岡にたのんだ。
○　快諾した坂本・中岡は、まず、太宰府にいる三条卿たちをたずね、この話をした。三条たちは、それこそ日本国家の快事、と手をうってよろこんだ。
○　たまたま、その席に長州の小田村素太郎と長府《ちようふ》の時田少輔がいて、これをきき、たちまち賛同した。そして、とりあえず坂本が下関にきて桂と会ってくれ、とたのんだ。坂本は了承し、一方、中岡は、まもなく上京する西郷と大久保に急遽連絡し、京へ行く途中、下

関に寄って桂と会わせよう、と鹿児島に向かった——。

「そこで、ここでまず坂本という男に会い、そのあと西郷に会う。太宰府からも、公卿方に従っている安芸守衛という侍臣が来る。そういう経過だ」

桂はそう語った。高杉の胸にはいいようのない感情がいぶった。が、藩政の実権を桂にゆだねた以上は、きめられたことには従わなければならない。

それに、高杉個人の反省として、いま、一触即発の状況にある長州で、感情過多の自分がカッとなると、どんな事態をまねくかわからない。そこは十分に注意している。それにしても桂の話は面白くない。ひじょうに面白くない。そのへんの憤懣をこめて、

「しかし、きみはよく西郷に会う気になったものだな」

といった。痛烈な皮肉だった。が、桂は高杉のそのことばを真っ正面からうけとめて、

「ああ」

とうなずき、深い目をしてこういうことをいった。

「藩庁に戻ってから、おれは自分を公人と私人のふたつに割った。私人としてがまんできないことも、公人としてはがまんしなければならないこともある。いま、薩摩と手を組むことは、幕軍をむかえ討つ長州としては、何よりも心づよいのだ」

「にくい薩摩に屈するのか」

「いや、対等の提携だ」

「薩摩はいつまたひっくりかえるかわからぬぞ。長州の実態を知ればな。おれは長州一国で

大割拠したほうがいさぎよいと思う。薩摩は禁門戦争やその前の八・一八政変で、武力で長州を京から駆逐したではないか」

「高杉よ」

桂はここで濡れたような声を出した。理で語ることの多い桂が、これほど感情をこめて話すことはめずらしかった。

「残念なことだが、薩摩の洋式軍勢にわが長州はかなわなかったのだ。こんどの幕軍に薩摩が加わったら、やはり長州は危険だ……」

桂のことばに何とか反論したいという思いが、胸いっぱいにつのっていた。が、高杉は、

（それはおれの感情だ、おさえろ）

と、しきりにその思いをおさえつけていた。これもまたかつてなかったことだ。高杉もいまの長州のおかれた情勢は正しく認識していた。

やがて、高杉はいった。

「おれは会わんぞ。きみが西郷に会うのは邪魔はせん」

「ありがとう。きみのその了解をとりつけたかった。もうひとつ」

「まだあるのか」

「坂本、西郷との会談に伊藤を貸してくれ。こんどの交渉には、この男の才覚がどうしても必要なのだ」

「よかろう、春輔、手伝ってやれ」

高杉は折れた。理で割りきれない大きな敗北感が、おそらく、また、高杉の心の中で渦をまいているにちがいなかった。

坂本竜馬という、その土佐の浪人を見たとき、春輔はさすがにおどろいた。まるで、会ったことのない型の人間だった。

「土佐は、太平洋と直接つながっているきに。わしのような変り者が生れるんじゃ」

終始、笑い声をまじえて大声で話す坂本を、たいていの人間はほら吹きと思うだろう。いうことが大きく、まるで日本人ばなれしていた。

「ここへくる途中、熊本で横井小楠《しようなん》先生にお会いしてきた。横井先生は、もう将軍は大政を返上して一旦幕府をこわし、徳のある大名が連合して共和政府をつくれ、といわれた。メリケンのワシントン大統領にひどく感心されていたな。なに、先生がワシントンのことを知るわけがない。わしの師匠の勝先生が咸臨丸でメリケンに渡ったときにきいた話のうけうりじゃ。しかし、先生は、その共和国政府づくりに自分がのり出すというから、わしは、いや、まあ先生は二階で酒でものんで芝居をみていなさい。芝居は、わしと中岡が台本書いて桂先生や高杉先生と、それに西郷・大久保らと面白うやるから、とこういってきた。横井先生はそうか、そうか、と笑っておられたぞ」

話の中身がどこまでひろがるのかわからないような、気宇壮大なことをつぎつぎといった。そのくせ、桂や高杉の名を出しながら、長州をちゃんと立てている。

（芸のこまかい、細心の人だ）

と春輔は思った。そういう点は自分と似ているが、しかし、この男は藩だの組織だのという枠には、まったくわずらわされることのない自由人だ、と感じた。

それだけに、理解する人間とそうでない人間がはっきり分かれ、

（こんなことばかりいっていると、いつか殺されてしまうのではないか）

と、春輔はふっとそんな予感を持った。

吹きまくる坂本のほらに、同席した土佐の土方楠左衛門や公家侍の安芸守衛や、時田少輔は、すでに坂本をよく知っているから笑っていたが、桂は多少辟易《へきえき》していた。時田に何かささやいた。時田はそれをうけて、坂本にそっとときいた。うむ、うむ？　と耳を傾けていた坂本は突然、

「大丈夫、来る。西郷さんはきっと来る、中岡が迎えに行っているきに。桂先生、ご心配はご無用じゃきに」

と大声でいった。桂は顔を赤くした。

これは桂にとって面目をつぶされたことになる。時田に、

「西郷はほんとうに来るのか」

ときいたことはたしかだが、これをこう大声でやられると、何だか桂がひじょうに小人物のように思われる。気位の高い桂にとって恥辱だった。

（こういう無神経なところもあるのだな）

春輔は坂本竜馬の一面をそうみた。

二十一日になって、中岡慎太郎が下関に上陸した。憔悴しきっている。

「西郷さんはどうした？　いっしょではないのか」

と、たちまち大声を出す坂本に、中岡はくぼんだ暗い目のまま、首を横にふった。

「来ない。まっすぐ大坂に向かった。京坂の状況が急を告げているそうだ。佐賀湾でこのことをきいた西郷さんは、下関には寄らずに直行するといい出したのだ」

「一日二日を争うことではなかろう。おまえもまたなぜとめなかった」

「とめたよ。しかし、一度いい出すとあの人はきかない。結局、提携の話は中断せずにたのむ、桂先生にはくれぐれもお詫びしてくれ、と」

「……弱ったな、そいつは」

弱ったな、といいながら坂本はもうすでに自分がどううごくかをきめていた。

(西郷を追って京に行こう。是が非でも、この提携の話はまとめなければならない)

と思った。

長州藩への言い訳や詫びで時間を費やしていても事態はすすまない。考えるときは行動している、というのが、わずか三十三年の生涯で、他人の何倍ものことを成し遂げた坂本の、有効な時間の使いかたであった。偉人、というのは、同じ二十四時間の時間を四十八時間にも七十二時間にも使いこなすのだ。

坂本は中岡といっしょに桂のところに行った。そして、

「そういうわけだが、これはわしと中岡の共同責任でまとめるため、すぐ京に行く」

といった。桂は、やはり、という表情をし、

「ぜひそうしてくれ」

とはいわなかった。

(西郷は、やはり信用できない)

と思ったからである。この点、高杉晋作《しんさく》のいったとおりであった。にわかによそよそしくなり、また、ことばをあいまいにする桂の態度に、坂本・中岡の二人は当惑し、狼狽した。ここで桂を怒らせてはまずいからだ。

伊藤春輔が、口を出したのは、そういう気まずい空気が座いっぱいに立ちこめたときであった。

「ちょっと、いいでしょうか」

春輔は桂に発言の許可を求めた。

「何だ」

桂は不きげんな顔で春輔を見た。春輔は、

「提案があるのです」

と桂を見かえした。

「提案？　西郷さんが来ないのに、何の提案だ」

胸の中の不満がことばになった。春輔はそういう桂の性格を十分知りながらも、あえてこ

ういうことをいった。

「わが藩が、エゲレスから武器、艦船を買うのに、薩摩藩の名義がお借りできませんか」

そういいながら、春輔は別に気負ったり、思いつめたりしているのではなく、逆ににこにこ笑っていた。

「………」

穴のあくほど坂本竜馬が春輔の顔を見つめていた。やがて中岡と顔を見合わせた。中岡は仰天している。もちろん、桂もおどろいた。

「伊藤、おい」

とんでもないことをいうな、というひびきの声を立てた。

が、そういう一座のおどろきを破ったのは坂本竜馬だった。

「面白い！」

坂本は手を拍《う》った。

「そうか、それで薩摩の誠意がわかる。いや、先生は知恵者じゃのう」

バンと春輔の肩を叩いた。坂本は桂のほうに向き直り、

「桂先生、わしはこの知恵者の提案をうけて立とうと思うが、どうじゃろう」

「………」

桂は苦笑した。

「西郷さんがおられない席で、そういう話をしても無駄のような気がするが……」

「いや、そうじゃない」

　坂本ははげしく首をふった。そして、

「これは大いに実現できる話なんじゃ。というのは、長崎にわしの懇意なエゲレス商人グラバーというのがおる。また、つぶされた神戸の海軍塾におったわしの同志が、長崎の亀山におる。さらに太宰府に、薩摩の篠崎、渋谷という者がおる。この篠崎、渋谷は、交易のことをまかされておる。そこでじゃ、桂先生、どうじゃろう？　大筋のところで、この知恵者の提案に賛成なら、ひとつ、あとのことは、この知恵者とわしらにまかせて下さらんか。長州ののぞみがかなうように、このことも含めて、わしらは京で西郷さんに談判する」

　熱をこめてそういった。話の途中で、何度も坂本が知恵者、知恵者というので、春輔は身をちぢめていた。

　桂は考えていた。春輔の案は妙案であった。約束を破った西郷に、そうなれば贖罪《しょくざい》させることができる。本当に長薩連合の気持があるのかどうかもたしかめられる。

　それと、もっと大きなことは、これが実現できれば、高杉晋作に対しても、長薩連合の意義が具体的に立証できる、ということであった。

「…………」

　腕をくんでしばらく春輔を見ていた桂は、

「おまかせしよう」

　といった。

「ようし、これできまった。これは、うん、中岡よ、相当に楽しいな」

坂本はたちまち陽気になってはしゃいだ。頃合だと思ったのか、桂は、

「では、私はこれで」

と立ち上った。見おくる春輔をそっとかげにひっぱりこみ、桂は春輔にささやいた。

「おまえの案を必ず実現させろ。そのくらいのことは、西郷の奴がするべきだ」

まだ西郷に怒っていた。春輔は、うなずいた。そして、席へ戻ると、

「さて、両先生、あとの話は稲荷町に行ってやりましょうや」

といった。

「稲荷町？」

「遊廓ですよ。前景気に、ぱあっとやりましょう」

謹厳な中岡は渋い顔をしたが、坂本はすぐのった。

「よし、ぱあっとやろう」

と応じた。が、席を立つとき、うすい笑いでじっと春輔を見た。その眼の底に、

（おまえさんは、油断のならない相当な策士だな）

という色がにじみ出ていた。

この夜、春輔が坂本竜馬とかわした〝薩摩藩名義による武器・艦船の購入契約〟は、事実上の長薩連合の第一弾である。

「京の西郷先生の了解が先ではないのか」

ときく春輔に、

「いや、かまわない。どんどんすすめてくれ」

と坂本は胸を叩いた。そして、

「長州も購入資金が大変だろうから、米を薩摩に売ってやってくれ。そうすれば、武器を買う金がいくらか助かるだろう。それに、イモばかり食っている薩摩人に、長州のうまい米を食わせてやれるというものだ」

といった。

土佐の才谷屋という商人を本家とする坂本は、さすがに商人精神が溢れていた。それと、春輔が感心したのは、坂本が、

「土佐は、太平洋と直接つながっているきに」

といったように、何に対しても〝こだわり〟を持たずに、流動する姿を保ちつづけていることであった。極端にいえば、昨日、白だ、といったことを、今日は平気で黒だ、という態度だ。

（おれには、この人がわかる）

春輔はそう思った。

（それも、おそらくほかの誰よりも、おれが一番この人のことをわかるだろう）

と思った。そして、

（この人のことをおれがわかるのは、おれがロンドンに行ったり、外国のことを多少知って

いるからだ。この人の考えかたは日本人のそれではない。外国人なみだ。世の中のうごきがこう早くなっては、この人のことを誤解する人間も出るだろう）
殺される危険性がある、という予感がまたした。

馬関で、長州に戻ってきた桂小五郎と会った夜、

「おれは、すでに時世の潮に見捨てられた古い人間だ」

と自嘲した高杉晋作を、しかし、時世の潮はまだ見捨てなかった。逆に高杉に大きな出場《でば》を用意した。それは、高杉自身に畢生《ひっせい》の名演をさせる見世場でもあったが、同時に、高杉の名演が幕末劇を盛りに盛り上げ、しかも、高杉は派手な六方《ろっぽう》を踏みながら、観客の万雷の拍手と歓声の中を、花道を去って行く、という、高杉にとっては、至れりつくせりの、天の用意した脚本であった。

劇というのは、長幕戦争である。第一次長州征伐時に、長州諸藩は諸種の降伏条件をのんだ。しかし、幕吏のその後の内偵では、どうも長州藩はその条件をひとつも守っていなかった。派遣した訊問使にも、小馬鹿にした態度で、のらりくらりと応じた。

幕府中央は、この態度に怒り、

「長州討つべし」

と叫んだが、諸藩の足並みは必ずしもそろわなかった。特に、幕府がもっとも頼りにしていた薩摩藩が、公然、出兵に反対した。

「この戦闘は私闘だ」

とまでいい切った。このころ、すでに薩摩は長州と密約し、軍事同盟を結んでいた。薩摩は長州から米を買い、長州は薩摩名義でイギリスから軍艦や鉄砲を買っていた。薩長は連合していたのである。

この時期になると、長州の立役者は桂小五郎だった。たしかに高杉の出場はなかった。しかし高杉は二度と狂態を見せなかった。稲荷町で春輔に見せた荒れぶりは、あの夜一度で終りだった。その後は、ぴたりと自制し、悠然として間を保らつづけた。そこへ幕府軍の攻撃である。幕軍は、周防《すおう》大島口（海上から）、石州口（石見《いわみ》国境から）、芸州口（安芸国境から）、小倉口（関門海峡の門司側から）の四方面から攻撃してきた。長州藩は文字どおり、士民一体となって戦った。大島口だけが無防備だったので、一度は幕軍の上陸をゆるしたが、すぐ藩軍が駈けつけて、海に追い落した。藩軍といっても戦闘の主力は第一・第二奇兵隊や民兵だった。侍よりもみごとに戦った。

そして、この奇兵隊や民兵の戦意をいやが上にも盛り上げたのが、高杉晋作の獅子奮迅の活躍だった。高杉は藩主から海軍総督を命ぜられ、薩摩藩名義で坂本竜馬の密輸機関である〝亀山社中〟がイギリスから買いこんだ軍艦に乗って、幕艦を蹴ちらした。高杉はこの艦に〝おてんとさま号〟という名をつけた。太陽の意味である。艦には坂本竜馬も乗りこんだ。高杉隊は、幕軍を追って小倉に上陸し、小倉城を占領し、幕軍を京都《みやこ》郡行橋《ゆくはし》まで駆逐する、という快勝ぶりを示した。この高杉の快勝が長州全軍を鼓舞し、各口の戦闘はことごとく勝った。

　大げさないい方をすれば、長州は日本中を敵に廻して、しかも勝ったのである。この戦争で高杉の果たした役割は大きかった。それは、長州藩という傾いた日輪を再び中天に押し戻すようなことをしたのである。

　が、高杉自身の生命《いのち》は落日だった。馬関海峡上の〝おてんとさま号〟の上で、凱旋するかれの頬を西日が赤く染めた。高杉の顔は真っ赤だった。しかし、それは西日の光のためだけでなく肺患で高熱を出しているためだった。

　長州藩は、天を逆行して中天の位置に戻ったが、高杉のいのちは戻れなかった。かれは全精力をこの戦争で使い果たした。かれは倒れた。しかし、まだ、がんばる、というような意地は張らなかった。馬関招魂場の麓の小さな家にこもり、素直に床の中の人となった。看病するのはおうのである。それでなくても疳癖のつよい高杉は、肺患が重くなってから、ますます神経が鋭くなった。ものごとがことごとく気にいらず、すぐまわりの者を怒鳴りつけるだろう、というのが周囲の予測であった。それで、そばにいるのは、おうののようなのんびりした女がいいだろう、と判断したのである。

　が、この判断はまちがっていた。病床に臥《ふ》してからの高杉は、別人のように悠揚迫らない人物になった。桂が藩庁の軸になってから見せた変化がさらに深くなり、高杉は大物になっていた。それも付焼刃《やきば》でなく、芯《しん》からのものであった。詩を作り、絵を描き、洒落をとばして見舞客を笑わせた。死ぬことが慶事であるかのような錯覚を持たせた。悠然と、おとずれる死神を待っていた。

　伊藤春輔は、このころ、完全に桂小五郎の支配下に入っていた。桂は木戸貫治《かんじ》と改名していた。一応、幕府を憚《はばか》ってのことである。かれはまだ、幕府指名の政治犯であった。しかし、改名は桂の自己変革でもあった。桂は新しく生れ変ったのだ。別人になったのである。それは桂自身の気構えもそうだったが、桂は他人の自分に対する態度にもそれを求めた。

　池田屋事変や禁門の変のときの、桂の不透明な態度をとがめるような視線は、桂のほうがゆるさなかった。いまだにそういう目を向ける者がいると、桂は、

「何だ？」

　というような冷たい目で相手を見かえした。桂のほうがとがめる態度だった。そうなると相手のほうが目を俯せた。迫力負けである。かれはこうして、自分の過去に対する非難を一掃した。

（居直ったな）

　と春輔は思った。そして、桂のこの居直りを支持した。

（新しい長州藩は、桂さんの、この居直りで導かれていく）

　と思った。そう思うと、胸がふくらみ、桂に新しい期待が湧くのであった。

　長幕戦争中、春輔は桂たちといっしょに、内政の整備に努めた。前原彦太郎や兼重譲蔵・広沢藤右衛門・秋村十蔵・大田市之進・野村弥右衛門・中村誠一など、新しい藩僚が出現していた。戦争よりも、経世、治民の術に長じているグループであった。これには日を見張っ

た。攘夷馬鹿ばかりだと思っていた長州藩に、こんな連中がいたのだ。

（長州というところは、ほんとうに人のいるところだな。いつか高杉さんが、長州は人材の梁山泊だといったが、そのとおりだ）

と、つくづく思った。

そして、おどろいたことに、そういう新規藩僚の中に、春輔自身が何の違和感もなく、ぴたりと納まっていることであった。これには春輔自身がおどろいた。

「どういうことなんでしょうね？」

桂に訊いてみたことがある。が、桂は、

「おまえは、もともとそういう人間なんだよ。戦争なんかには向いていない。まだ、自分で自分がわかっていないだけだ」

と、事もなげにいった。そして、

「本当はおれ向きなのさ」

と、からかうような笑いを浮べた。そして、こんなことをいった。

「こんなことをいうと、おまえはまた、おれが高杉と張り合う器量の小さな人間だと思うだろう？　たしかにそうだ。おれ自身が身もだえするほどの、おれの嫌な面だ。だが、この嫌な面はいつも表に出るわけじゃない。奇妙なことにおまえと対していると必ず出るのだ。おまえのせいにするわけでは決してないが、おまえ自身に、他人の器量の小さな面を吸い出す性《さが》があるのだ。章魚《たこ》のようにな。おまえは、他人のいいところを吸い出す性も持っているが、醜い面を吸い出す性も持っている。そういう目で自分をふりかえることも必要だぞ。自分だけのためじゃない、おれたち周囲にいる人間のためにもだ……」

いい終ったとき、桂は笑っていなかった。春輔は、幕府との戦争のときも父十蔵の身を案じて石州口に出張したほか、ほとんど戦場に行かず、武器買い入れ等銃後の仕事に桂と狂奔していたから、自然と春輔は桂と共にすごす時間が多くなった。選択も何もなかった。仕事の関係でそうなってしまったのである。

しかし、桂がこんなことをいうのは、めずらしかった。いわれてみて、春輔は衝撃をうけた。そして、桂の指摘は当っていると思った。自分より上位の人間にひそむ卑小さを発見して、悦に入るような倨傲《きょごう》さ、不遜さが、たしかにおれにはあると思った。そしてそれは、やはり貧農のせがれに生れた劣等感に源がある。

(偉い人にも、こういう弱い面がある)

ということをさがし出して、自分の地位を越えて、その人に人間的に伍している、おれは人間通なんだ、と思いこもうとしてきた性癖は、結局、〝ひがみ根性〟の裏返しだったのだ。

桂はそのことをいっていた。

「大きな目的をすすめる課程では、共に歩む人間の欠陥を、いちいちこまかく気にするな。また、当人に意識させるな。そんなことに何の益がある。いつもその人間の底の底までみぬくような目をするな。見られているほうは、ぎごちなくなって、ものごとに身が入らなくなる。おれにしたってそうだぞ。こまかい弱点に目をつぶることが、他人への愛情ではないのか？　それがまた、おまえが大きくなるゆえんなのだ」

桂はそういっていた。

「相手に卑しさを感ずるのは、その人間が卑しいからだ」

といわれた気がして、春輔はその夜、眠れなかった。桂にいわれたことを物指にして、過去をふりかえってみると、他人が卑しいよりも、自身が一番卑しい気がした。春輔は、ふとんの中で転々悶々としながら、

(桂さんは残酷な人だ)

と思った。しかし、桂さんはおれの本質を鋭くみぬいていると思った。

ただ、桂がそんなことをいう本当の気持は、果たして大義のためなのか、自分のためなのか、そのへんになると、春輔には疑問だった。桂にはそう疑わせるものがあるのだ。

翌日、桂は、

「春輔、高杉君を見舞いに行こう」

といった。春輔はパッと顔を輝かせた。ずっと気になっていたからだ。いまの激務の間に、もし、高杉さんが死んだら？　と、その不安と恐怖が四六時中、頭にこびりついていた。ただ、自分からは積極的にいい出せなかった。とぶように馬関の高杉の宅に行くと、おうのがふきげんな顔で迎えた。

「どうしたんだ？　そんなふくれっ面をして。高杉さんに叱られたのか？」

春輔がきくと、おうのは、

「そうじゃないよ。九州からあたしのきらいなばばあが出てきやがったんだ……」

と吐き捨てるようにいった。乱暴なことばつきである。びっくりして、

「きらいなばばあ？」

ききかえしたが、おうのはふくれていて返事をしない。部屋に通ると、病床の高杉の枕もとに、ひとりの尼がいた。桂と春輔は見ると、高杉は、顔をくずし、

「よう」

と手を上げた。そして、尼を紹介した。尼は野村望東尼《もとに》といった。

（これが話にきいていた望東尼さんか……）

と思いながらも、春輔は、しかし、なぜ、おうのがふくれているのかわからなかった。望東尼はていねいにふたりにあいさつした。ふたりがいる間中、まめまめしく高杉の面倒をみた。高杉とは母子ほど年齢がはなれていたが、望東尼の看病のしかたは、母親のそれともちがった。女のそれだった。

（ははあ）

と春輔は感じた。おうのがふくれた原因がわかった。

「元気か？」

高杉は春輔にきいた。

「はい、がんばっています」

「らしいな。おれはついに天命がつきる」

「そんなことはありませんよ。幕軍に勝った高杉さんです、病気にも勝てます」

「駄目だ、そんなことをいっても。春輔」

「はい」

「世話になったな。これからは、桂のいうことをよくきいて、のびていけ。おまえは、ヒマワリみたいなところがあるからな、ちょっとやそっとのことではへこたれまい。桂よ」

高杉は、桂のほうに向き直った。

「忙しいところをよくきてくれた。こいつをたのむ。おれはこいつが可愛くてしかたがないんだ。もっと面倒をみてやりたかった。が、おれの運もいのちもつきた。こいつは、まだまだこれからの男だ」

「ああ……」

桂はことばを濁してうなずいた。望東尼が立ち上って去ろうとした。高杉がとめた。

「いいんですよ。私には、もう何のひみつもない。それに、春輔と桂に会えたので、心残りもない。うん、ほんとうによくきてくれた……」

と、もう一度嬉しそうにふたりを見た。

たしかにそうだ、と春輔は思った。昔の高杉だったら、こんな遺言めいた話をするときは、照れて、他の人間に席をはずしてもらっただろう。が、いま、高杉は、そうしなかった。他人の前ではっきり春輔のことを桂にたのむのである。

それは、高杉がすでに死生を超越した、昇華した次元にいるためかも知れなかった。かれの本性である詩的世界に棲んで、人間世界の些事からはるかに飛躍してしまったのだ。

（高杉さんはすでに雲の上にいる……）

春輔はそう感じた。にもかかわらず、春輔に対する愛情の深さはどうだろう。春輔は嗚咽《おえつ》していた。涙があとからあとから湧いてきた。望東尼も目頭を法衣の袖の先でおさえ、いつのまにか入ってきたおうのも、顔をおさえていた。

「何だ？　みんな、どうしたんだ？」

にこやかに笑いながら、高杉は一座を見廻した。その表情には仏のような明澄さがあった。

「春輔……」

桂がうながした。桂はこういう座に長くいるのは苦手だ。愁嘆場がきらいなのだ。かれはいつでも醒《さ》めていた。特に春輔中心の話題は面白くなかった。桂は高杉に、

「また来る、大事にな」

といった。

「ああ、ありがとう」

高杉はほほえみながらうなずいた。そして目一杯に愛情を溢れさせながら、春輔を見た。春輔は、たまらなくなった。そんなことをすれば、桂がどんな気分になるか、十分に知っていたが、駄目だった。春輔は、衝動的に、

「高杉さん……なおって下さい、どうか、本当になおって下さい、おねがいします……」

と、泣きながらいった。おねがいします、といったとき、われ知らず、自然に手を合わせ

て高杉を拝んでいた。高杉はうん、うんと、うなずき、

「努力するよ。しかしそれはむずかしいぞ」

と笑った。桂はしらけ切っていた。興奮の鎮まらない春輔に、

「春輔」

と、もう一度うながした。冷えた目だった。春輔の胸の底を冷たいものが走った。そのふたりの様を高杉がじっと見ていた。敏感な高杉は透徹した目ですべてをみぬいていた。しかし、何もいわなかった。もう死を目前に控えた身では、いってもしかたがない、と思っていた。

帰途、桂は春輔にこんなことをいった。

「高杉は長くないな。しかし、高杉が死んだら、もうおまえには逃げ場はないぞ」

「は？」

「いままでおれとのつきあいで辛くなると、おまえはきまって高杉のところへ逃げた。これからは、もうそれができない、という意味だ。どんなに辛かろうと、おれが気にくわなかろうと、これからのおまえは、おれと本気で対《む》き合わなければならなくなる」

一瞬、春輔は息を呑んだ。が、すぐ、

「わかっています」

とうなずいた。

「これからの私は、桂さんに従いますよ」

「当然だ。そのほうがおまえの身のためだ」

「でもね、桂さん」

「何だ？」

「この間、桂さんは私にいいましたね、おまえは他人の卑しい面をひき出す章魚の吸盤を持っているって」

「いった。それがどうした？」

「私はその吸盤を、これからもどしどし活用しますよ、特に桂さんには」

「何？　どういうことだ？」

きき捨てならないといった表情で、桂は足をとめ、路上で春輔をにらんだ。春輔はいった。

「桂さんのいやなところ、弱いところを大いに吸い出して、それをテコにしながら、私は桂さんに従《つ》いていく、ということです」

「自分のいやな性格を逆手にとって、武器にしようというのか？」

「そうです、高杉さんがいなくなったら私にはそれ以外、桂さんと対き合っていくのには方法がないからです」

そういって春輔も桂をじっと見つめた。勝負だった。高杉がいなくなろうとしているいま、これは、はっきりしておかなければならない、と春輔は思っていた。

桂は怒らなかった。しばらく経《た》って苦笑した。そして、こういった。

「おまえという奴は……好きにしろ。どっちにしても、おまえはおれが要《い》る。そして、おれもおまえが要る。口惜しいけれどな」

桂の笑いは冷えていた。春輔もうすく笑った。その笑顔がどんなものか、春輔には自分でもよくわかった。だから自分で背筋を寒くした。

(おれは悪人《わる》だ)

と思った。ふたりは萩に急ぎ出した。

まもなく、慶応三年四月十四日に高杉は死んだ。死ぬ直前、高杉は辞世の句を詠んだ。が、

おもしろきこともなき世をおもしろく

と上の句だけを詠んで力尽きた。枕頭にいた野村望東尼がすぐ、

すみなすものはこころなりけり

と下の句をつけたという。それをきいて高杉は、

「面白いのう……」

といって、こと切れた。

しかし、高杉は本当にこの句を面白い、と思ったのだろうか？　高杉は、この世の面白くないことを面白く、ドラマのないところにドラマを生んだ男だ。そういう高杉に対して、ま

たかつて、

へ　三千世界のカラスを殺し　ぬしと朝寝がしてみたい

というような都々逸をつくり、京都の花街に流行《はや》らせた高杉の豊かな詩心からすると、望東尼があとにつづけた下の句は常識的すぎる。高杉の「面白いのう」は、死にゆくかれの、老婆に対するお世辞だったのではなかろうか。

その夜、春輔は松本川の橋の上に立った。誰もいない。初夏の月が川面を照らしている。小波が金の舟、銀の舟になって、水面を走りまわっていた。高杉にはじめて会ったのも、この橋の上だ。あのときもこんな光景だった。そう思うと、たまらない思いが突きあけてきた。橋の向うから高杉の鳴らす高い下駄の音が聞こえてくるような気がした。

春輔はからだ中の力をふりしぼってわけのわからない声で叫んだ。涙がバッとほとばしり出た。目の前が霞んだ。しかし、春輔は思った。

(高杉さんは決して死んではいない。おれがおぼえているかぎり、おれの中に生きている！死者は生者が記憶しているかぎり、決して死ぬことはないのだ！)

高杉さんはいつまでもおれの胸の中で生きている！　桂さんが何といおうと生きている！これからも、おれは高杉さんといっしょに生きていこう！　と思った。

そう思うと高杉の死の哀しみがうすれた。

川面で、金の舟の群れが、ひときわにぎやかに走りまわった。春輔は家路を辿りはじめた。

日本は列島の西の端から地殻変動を起していた。かつて春輔の師吉田松陰《しょういん》が門人たちにこういった。「諸君、松下村塾から長州藩を変革しよう。そして長州藩を変えることによって日本を変革しよう」

その変革が軌道に乗りかけていた。新しい世の中がきそうであった。その新しい世の中で、春輔は、いままでよりもっと自分が必要とされていることを知った。

「お梅、おれは生れかわるよ」

いまは正式の妻になったお梅にいった。お梅はほほえんでうなずいた。

「そうですね、ますます多くの人たちの間を調子よく泳ぎ廻るようになるでしょうね」

そして、

「それと、いよいよ女好きになるでしょうね、このヒヒおやじ」

と、ひざをつねった。そのとおりだな、と春輔は笑った。維新が目前だった。

（完）

解説――出会いを好機に生かした伊藤博文

長谷部史親（文芸評論家）

ある年代の人々にとって伊藤博文の名前や風貌は、まことになじみ深いはずである。なぜならば彼の肖像画が、一九六三年から八四年まで千円札のデザインに用いられていたからにほかならない。蛇足ながら六三年よりも前に千円札に肖像があしらわれていた人物は聖徳太子であり、おりしも頻発した千円札の贋造《がんぞう》事件に対抗すべく、いっそう高度な印刷技術の導入がはかられた際に肖像の主が伊藤博文に交替したのである。そのあとは夏目漱石が千円札の顔を継ぎ、さらに野口英世にとって代わられることになった。

とかく物価は変動するものであり、聖徳太子の肖像が印刷されていたころの千円札は、現在よりは確実に値打ちが高かった。大和朝廷の時代の伝説的な皇族から、明治維新をもたらした元勲のひとりを経て、広く国民に愛された文学者へ至る過程で、どんどん相対的な価値が下落したのは何とも皮肉な話である。しかるにそうはいっても、日本銀行券の中で普及率が高かったのはつねに千円札であろう。それゆえ一定の時代を生きた日本人の誰にとっても、伊藤博文は親しみの的だったといってさしつかえあるまい。

だがある意味において、物価以上に変動しやすいのが世の流行である。とくに近年においては、その傾向が顕著になってきた。かつて一世を風靡《ふうび》したものでも、いったん古びてしまえば一顧だにされず、それに対して何の疑問も呈されない。価値観が多様化し、いろいろなものが巷間をにぎわす一方、諸文化への嗜好が世代ごとに偏りがちなようにも思われる。つまりある若者にとって自分が直接的に知らなかったことは、知らずにいるのが当然であって、努力して知る必要などまったくないといった感覚の蔓延《まんえん》だろうか。

世代の断絶めいた現象は、人類の歴史が始まって以来、たえずつきまとっていたものらしい。ひとりの人間のものの考えかたや感じかたが、たいてい年齢とともに微妙に変化してゆくせいである。壮年期や老年期に至って、自分が青年だったころや、ましてや幼かったころの感性を復元できる人は少数派だろう。だからついつい若者に向かって苦言を吐いてしまい、それが延々と繰り返されるのである。だが先ほど取り上げたような現代に蔓延しつつある感覚は、こうした世代の断絶と同一の地平では語りにくい。

そもそも昔の人たちは、親の世代との感性の齟齬《そご》に反発やいらだちを覚えつつも、謙虚な姿勢で過去に学び続けたはずである。誰だって自分が生まれる前に起きたことなど、はじめから知っているわけもない。知らないからこそ先人や書物をとおして学び、それを糧に自己の生きる指針を定めたのではなかろうか。一個人の直接的な経験や見聞には限度があり、親を含む先人たちの話に耳を傾けたり書物を読むことで、足りない部分をどんどん補ってゆかなければ、実り多い精神生活はとうてい望めないだろう。

いつだったか、日本が第二次大戦における敗戦国だった事実を知らない高校生がいたというニュースが新聞に載っていた。その高校生にとっては、現在の自分が愉快な毎日を送れているかぎり、生まれる前の出来事には何ひとつ関心がもてないのだろう。授業の内容も右の耳から左の耳へ抜けてゆき、せっかく教えてもらったことを覚えていなくても恥だとは思わない。自分にとって価値がないと判断した知識については、それを無理に押しつけようとするほうが悪いのであって、そう決めてしまえば一面では安楽だろう。

つまらない無駄話を開帳したのは、こんな現代の風潮に拍車がかかるにつれて、いつかは夏目漱石の名前すら一般には忘れられそうな気がしてきたからである。何しろ千円札から消えて久しい伊藤博文の名前は、中学や高校で歴史を習ったはずの今の二十代の若者の過半数に、おそらくは思い出してもらえない。かりに伊藤博文の名前や業績を知らなくても、十二分に面白おかしく暮らしてゆけるわけだし、子を生んで親になることだってできる。何の不足があるかと開き直られたら、返答に困ってしまいかねない。

もちろん本書を手にとった方々は、少なくとも日本の歴史に興味を抱いているであろうし、書物をとおして知識を蓄えたり刺激を受けようとする主体的な意思の持ち主である。昔のことを知った上で自分なりの考えかたを育ててゆけば、将来へ向けて役に立つ場合もあるということが理解してもらえるにちがいない。したがって釈迦《しゃか》に説法めいてしまうけれども、過去は時間の推移とともに現代から未来へと連続しており、畢竟《ひっきょう》するに過去を知ることは現在の自分自身を知ることにもつながってくるのである。

本題へ戻すと本書の主人公である伊藤博文は、天保十二年（一八四一）に周防国に生まれた。くしくも江戸では十一代将軍家斉が亡くなり、老中水野忠邦が天保の改革に着手した年である。この改革が充分な効果を発揮せず、結局は失敗と見なされるのは、幕府の長期にわたる内部崩壊と疲弊の様子を端的に物語っていよう。ともあれ江戸から遠く離れた長州の地では、もともと外様藩で徳川家への忠誠心も義理も稀薄だったせいもあって、幕藩体制の維持とは無関係な新たな価値観が醸成され始めていた。

そのひとつの象徴が、吉田松陰で有名な松下村塾である。父親が長州藩の仲間《ちゅうげん》だった伊藤家の養子に入った関係で、下級ながら武士となった博文（当時の名前は利助）は、吉田松陰のもとで学んだ。本文中にも説明があるとおり、松陰が塾生の指導に携わったのはごく短期間にすぎず、そのときにめぐり合わせたのは幸運だったといえる。また後にもふれるように、明治維新の原動力となった長州の志士たちには松陰の門下生が多く、短期間に多くの人材を世に送り出した松陰の影響力はきわめて大きかった。

松下村塾のような私塾を含む当時の学問施設には、いろいろな流派があって一概には断じきれないけれども、たいていは古典的な書物について学ぶかたわら、そこを出発点に思考を掘り下げるかたちで研鑽を積む方法が採用されたはずである。現代の教育現場になぞらえるなら、大教室での講義よりもむしろ少人数のゼミのイメージに近いかもしれない。とりわけ松陰は実学の重要性を訴えたので、文献によって伝えられた精神を丹念に読み解くのみならず、それをいかに活用するかの問題に熱心だったと思われる。

本書の前半でとくに印象に残るのは、その松下村塾に学び始めたころの伊藤博文の様子ではなかろうか。当時まだ利助を名乗っていた博文は、塾に住みこませてもらって雑用をこなす道を選んだ。そのほうが自宅から通うよりも学問に身が入る上に、師の松陰の謦咳《けいがい》に接する機会が増えると判断したからである。かたや他の塾生たちに対して、自覚せずとも少しでも優位に立ちたい上昇志向がまったくなかったとはいいきれまい。それが、先輩格の山県小助（後の有朋）や赤根武人の不興を買う結果を招いた。

終生の好敵手であり続けた山県有朋のような例も含めて、少年期から青年期へ至るころの伊藤博文は、それぞれの時節ごとに最も合致した人物と巡り会う幸運に恵まれたようにも思われる。ひるがえって、はなはだ貴重な出会いを無駄にせず、機敏に対応できたのは博文ならではの才覚のたまものであろう。古今東西を問わず、着実に好機をとらえられるか否かが、すなわち本人の実力の指標だったりするわけで、本書において博文が出会う人物群像の彩りの豊かさは、そのまま博文の人間性の深みにつながる。

名前を利助から俊輔、そして春輔へと変えた伊藤博文は、文久三年（一八六三）に井上聞多（後の馨）らとともに、ひそかにイギリスへ渡航して当地の文化や社会状況にふれてきた。これもたぶん長州の人だから可能だったことであり、師の松陰をはじめそれまでに知り合えた人物からの影響がはかりしれない。強い上昇志向をもちながらも、同時に周囲との調和をつねに心がけた博文は、ひときわ大胆な言動に走ることもなく、それでいて充分に先導的な役割を果たし、幕末の激動期を生き抜いて維新の世を迎える。

本書の叙述は、いわば維新前夜までで完結しており、それ以後の博文については言及がない。じっさいのところ博文の人生は、維新の後のほうがはるかに長かった。明治新政府の中枢に位置し、明治十八年（一八八五）に近代的内閣制度が設立されたときには初代の内閣総理大臣を務めたほか、総計で四度にわたって内閣を組織している。日本の近代化の歴史は諸外国との軋轢《あつれき》の歴史でもあり、多くの紆余曲折を経験した後に明治四十二年（一九〇九）に暗殺によって生涯を閉じるわけだが、それはまた他日の話題であろう。

本書が伊藤博文の一生のうち、半分にも満たない時点で幕を閉じているのには理由がある。それは本書が伊藤博文の生涯を鳥瞰《ちょうかん》するのではなく、彼が青春を送った時代を描くのが主眼だったからにほかならない。しいていえば真の主人公は、吉田松陰門下の若者たちの群像であり、さらには彼らの躍動を実現させた時代相であろう。叙述の視点が伊藤博文に据えられたのは、作中には書かれていない後世の業績も含めて彼がこの時代をよく具現していると同時に、なおかつ傍観者の役割も務められたからだと思われる。

志半ばに死を選んだ久坂玄瑞や維新を目前に倒れた高杉晋作をはじめ、明治維新後も活躍した桂小五郎（木戸孝允）や井上馨、山県有朋ら、松陰門下の若者たちは俊英ぞろいである一方、みなどこかに破天荒すぎる部分を露呈していた。それに対して伊藤博文は、内に秘める決意は固くとも他人の話に謙虚に耳を傾け、目立った敵をつくりにくかった観がある。その意味で伊藤博文は、激動の真っ只中に身を置いていたにもかかわらず、冷静な観察者としての視座を付与されうるのだとも解釈できるだろう。

彼らが京都を拠点に討幕運動を進めていたところ、将軍警護を名目に江戸からやってきた浪士団が新選組を結成した。新選組の目的は、幕府を守るために京都の市井から不穏分子を一掃することである。したがって新選組と長州の志士たちは、京都を舞台に真っ正面から激突した。本書には新選組との角逐の模様は、おりおりに少しずつ描かれている程度だけれども、長州側にとって新選組は時代の流れを妨害する邪魔物だったのである。

しかしながら完全な敵どうしだった両者は、どちらも自分たちの正義を貫いた。かたや旧来の武士道に忠実たらんとし、かたや新たな価値観を模索した末、結果的に敵対しただけである。誰もみな信念のもとに行動し、若く勤勉であった。なお本書の作者の童門冬二氏はきわめて多くの歴史小説を手がけており、とりわけ『全一冊　小説　新撰組』（集英社文庫既刊）という一作があるので、併せて読んでいただければ幸いである。

鑑賞——日本人とグローカリゼーション

平松守彦（前大分県知事・大分県文化振興財団名誉理事長）

◎人生は出会いである

「人間が出世するかしないかは、出会った人間次第だ」

伊藤利助（博文）が父・十蔵からきいた言葉から、この幕末青春児の物語が始まる。

伊藤は農民から藩士となり、来原良蔵との出会いから吉田松陰の松下村塾に入る。井伊大老の「安政の大獄」の頃、尊皇攘夷論者であった彼は井伊暗殺に共鳴するが、「航海遠略こそ日本を救う」（本書190頁）と、暗殺思想を一転し、イギリスに渡航。帰国後、幕末の動乱の中で高杉晋作、桂小五郎、坂本竜馬、後の駐日英国公使アーネスト・サトウなどに出会い、ついに明治維新の中枢に昇りつめていく。

人は、人との出会いで運命が変わる。だが、会った人を自分の成長のバネにできるか、否かで人の運命も変わるのだ。

伊藤は、「日本の志士は藩という縦社会でつながっているだけでは駄目だ、横につながって藩人から日本人に脱皮するのだ」と、自分の性に合う人物と会うことを考える。「ヒューマンケミストリー」という言葉がある。「相性」と訳す。「出会いにも相性がある」（134頁）ように、人と人とのつき合いから生じる化学反応で自分が変化し、新しい人生が開けていく。

私は、通産省（現・経済産業省）に二十四年勤務した後に、まったく畑違いの郷土・大分の知事になった。

昭和四十九年（一九七四）、当時の大分県知事（立木《たき》勝氏）が上京して、私に副知事になってほしいと言ってきた。地方行政の知識も経験もない私はお断りしたが、翌年、再選を果たした彼が再度私に依頼してきた。同僚や先輩たちからは、「ミクロの地方行政なんてやめた方がよい」という意見だった。だが、ふるさとの知事から直々に要請を受け、郷土の友人からも、大分の発展のために一肌脱いでほしいとラブコールも受けた。役人を長年勤めて天下りするのも人生かもしれぬが、請われてふるさとのために尽くすのも、男冥利につきると自分で決断し、副知事に就任した。

前知事引退に伴い、知事選に出馬。昭和五十四年（一九七九）に知事となり、六期二十四年、地方行政に携わった。中央官庁二十四年、大分県副知事・知事二十八年。まさに「一身にして二生」（福沢諭吉）である。これも、立木知事とのめぐり会いがなければおこらなかった。人と人との出会いが人生を変えるのだ。

◎ローカルとグローバル

私が大分県知事になった当時、大分は貧しかった。高度成長に乗り遅れ、高速道路は一メートルもなく、陸の孤島といわれていた。何より、県民は行政に頼るばかりで、自分で何とか頑張ろうという意欲に乏しかった。これではいけない。県民が自分の住む町に誇りを持ってもらいたかった。そこで、名産品でもよい、観光名所でもよい、芸能民謡でも何でも掘り出して全国にPRしよう。これが「一村一品運動」であった。その頃、山間部にある農山村で、米や畜産をやらず、ウメとクリを植え、地域の特色ある付加価値の高い農産品をつくろうと「ウメクリ運動」を始めた矢幡治美・大山町町長に出会った。「牛一頭牧場」や辻馬車を走らせる湯布院温泉地づくりに頑張る中谷健太郎さん、溝口薫平さんとも出会った。この出会いが運動の原点になった。

こういった人たちとの出会いがなければ、一村一品運動がこれほどのエネルギーで全県下の若者を立ち上らせるものにはならなかったであろう。

新しい人々との出会いが新しい知事としての道を拓く。その時私はこういった。

「一村一品とは観光地の土産品のようなご当地名物ではなく、〃地域ならでは〃の品物で、しかも日本市場、将来は世界市場にも通用するものをつくろう。ローカルでありつつ、グローバルにも通用するものを」——

ローカルといえば、ローカル線とか、ローカルニュースといった田舎くさいもの、グローバルというと全世界的なファッションブランドをイメージさせ、互いに矛盾したように思われるが、そうではない。もっとも日本的な古来の伝統技の柔道がいまやオリンピックの種目となり、全世界の選手が柔道着を身につけ試合をする。イギリスの田舎に始まったサッカーが世界中の人が興奮するW杯を生み出した。ローカルな特色ある産品に磨きをかければグローバルに通用するものになる。大分でしかつくれなかった麦焼酎「吉四六《きっちょむ》」「いいちこ」が全日本のブランド産品になり、世界各地に輸出するまでになった。ローカルこそ、グローバルなのだ。

私は「地域づくりは人づくりから」と、県下の市郡ごとに「豊の国（大分の古称）づくり」塾を開き、地域づくりをすすめる若者集団を養成した。塾是は常に「国際的視野を持ち、地域に根付いて行動せよ（Think Globally Act Locally）」であった。

環境問題もそうだ。地球的規模で温暖化問題を考え、地域ごとに実情に合った対策を講じる。中国の空がきれいにならないと韓国や九州も空が汚染される。グローバルに考え、ローカルに行動しよう。グローカリズムが地球環境のキーワードだ。ＥＵ（欧州連合）、ＮＡＦＴＡ（北大西洋自由貿易地域）など、世界の広域化が進む一方で、イラクやチェチェン、イスラエルなどの地域紛争も後を絶たない。ローカリゼーションとグローバリゼーションの同時進行。まさに二十一世紀はグローカルな時代なのだ。

伊藤俊輔こそ、幕末において、グローカル人間の第一人者だった。

伊藤はエゲレス（イギリス）を見たいと思った。西欧の現実を見ないで、「攘夷」とわめく志士に空しさを感じた。

林子平が「江戸隅田川の水は、エゲレス・ロンドンのテムズ川とつながっている」と喝破しているように、メリケン（アメリカ）もオロシャ（ロシア）もフランスも水で伝わる。伊藤は策を講じ、井上聞多とエゲレスへ渡る。イギリスを見聞して、日本はいくら攘夷を唱えても世界の情勢は許さない。「攘夷など、まったくの虚構だ」ということを認識する。帰国した二人は長州藩と英仏艦隊との馬関戦争をやめようと努力する。

結局、調停も空しく、長州は英仏艦隊に攻撃され、講和条約を結び、馬関通行権を認めさせられるが、伊藤のグローカルな行動は、長州を動かし、薩長連合、倒幕、明治政府の成立と井上聞多と並んで、歴史の機運の中心人物となっていく。

「人生は出会い」というが、伊藤は会う人々をことごとく、自分の内部に消化していった。文字通り、「人を食って」生きてきた。吉田松陰の純粋さに理想の心を燃やし、高杉晋作の情熱に身を委ねた。同じ人生を歩みながらも、高杉は夭折《ようせつ》し、伊藤は藩閥政府の初代首相になる。

この小説は伊藤の全生涯ではなく、幕末青春児というサブタイトルがついているように、幕末のグローカル精神に富む若き風雲児の行動を奔放に描いている。

伊藤は文久三年（一八六三）、イギリスに渡航したのを皮切りに、その後も明治四年（一八七一）、不平等条約改正のための使節団長として欧米に渡り、さらに明治十六年（一八八三）、新憲法制定研究のため、欧州に渡る。日露戦争後、初代の韓国統監になるが、不慮の死を遂げる。頭は常にグローバルに考え、行動はローカルに、日本が欧米列強に互す国力増強に全力を注いだ。まさにグローカル精神の権化の生涯であった。

◎童門文学の視点

私は、『全一冊　小説　上杉鷹山』以来の童門ファンだ。私が鷹山を知ったのは戦前、修身の教科書だった。この本で鷹山が米沢藩再建のため、地元の特産品に付加価値を与え、織物や漆器、紙、鯉の養殖と次々と特産品をつくり出していったことを知った。童門さんと対談でお会いした際、「上杉鷹山は一村一品運動をやってきた私の大先輩であることが初めて分かりました」と申し上げた。しかも、若者の人材育成のため、興譲館を創設するなど、私の地域づくり塾と同じ発想であったように思う。

その際、童門さんから小説鷹山の読み方を教わった。バブル経済崩壊後、鷹山がリストラの名手として一時ブームになった。

「改革の手法だけではなく、リストラの目的まで読んで欲しい。鷹山の改革は赤字減らしではなく、愛民の思想に基づく、やさしさと思いやりに満ちた地域づくりに目標を置いていたことを知っていただきたい」

童門さんのライフワークの出発点は、内村鑑三の『代表的日本人』に出会ったことだと伺った。明治末期、日本は日清、日露の戦争に勝ち軍部の力が強くなった。内村は、富国強兵策をとる日本が諸外国から誤解されないかと心配した。グローバルに考え、諸外国と交流し、ローカルな自分の住んでいる地域を過ごしやすい地域にしていかねばならない。

日本人は本当はもっと弱い人に思いやりや優しさを持った民族ではなかったか。グローカルな思想の持ち主ではなかったか。そこで、上杉鷹山や二宮金次郎、中江藤樹ら各界の代表者五人の伝記を英語で書いた。

童門さんは戦後、歴史教育でまったく逆の価値観が登場したことに驚いた。軍国少年の鏡であった二宮金次郎の像が引きずり降ろされていた。本当にそうだろうか。内村の『代表的日本人』こそ、本当の日本人の「美しい心」と「志」を持った人だと思ったという。

日本人が直面する経済、社会、教育問題や国際的な信用を確立するうえで、解決の武器となり、パワーとなるのが他国にない日本独特の「美しい心」と「志」、つまりグローカル精神だと思う。この小説を読まれた読者に童門さんの他の伝記を読まれることを勧めたい。

伊藤博文　年譜――（細谷正充・編）

天保十二年（一八四一）
九月二日、周防国熊毛郡束荷村に生まれる。父は林十蔵、母は琴子。幼名・利助。後に、俊輔・春輔・林宇一などの改名を経て、博文の名に落ち着く。

弘化三年（一八四六）
十月、十蔵が萩に移住。琴子と利助は、実家の秋山家に移る。

嘉永二年（一八四九）
一月、寺子屋に通い始める。
三月、母と萩に移る。

嘉永六年（一八五三）
一月、久保五郎左衛門の家塾に通う。毛利家に初めて召し出

天保十二年五月　天保の改革始まる。

天保十四年九月　天保の改革を指導した水野忠邦が失脚。

嘉永六年六月　ペリーに率いられた黒船が浦賀に来航。

安政元年三月　日米和親条約締結。下田・箱館の二港が開港。

される。

安政元年（一八五四）
一月、父・十蔵が伊藤直右衛門の養子となる。

安政三年（一八五六）
九月、相州出役の命を受ける。

安政四年（一八五七）
二月、作事吟味役の来原良蔵の配下となる。
九月、相州出役交代となり、萩へ帰る。来原の慫慂により、吉田松陰の松下村塾に入る。

安政五年（一八五八）
七月、中村道太郎の随行員として、山県小助（有朋）ら五人と共に、京都に赴く。
十一月、来原良蔵に従い長崎に赴く。

安政六年（一八五九）
二月、再び長崎に赴く。

安政六年一月　吉田松陰、処刑される。

茅葺き平屋建ての伊藤博文旧宅

九月、桂小五郎の配下となり、江戸に赴く。

十月、同志と共に吉田松陰の遺骸を、小塚原回向院内に埋葬。

文久二年（一八六二）

一月、水戸藩浪士自刃の件で町奉行所の訊問を受ける。

五月、桂小五郎に従い、江戸から京都に赴く。

八月、来原良蔵、江戸藩邸で自刃。

閏八月、来原の遺髪を萩に埋葬する。

十二月、堀真五郎と共に、水戸藩の内情を偵察。高杉晋作らと、品川御殿山の英国公使館を焼き討ち。山尾庸三と共に、国学者・塙次郎を斬殺。

文久三年（一八六三）
三月、入江九一の妹・すみとの結婚を明かす。
五月、井上聞多（馨）らと共に、英国に密留学。

元治元年（一八六四）
三月、長州藩の外国船砲撃を知り、井上聞多と共に帰国の途に就く。

松下村塾にて、著者

維新の志士が学んだ松下村塾

六月、横浜に到着。英国公使オールコックと面会して、艦隊出動の延期を求める。以後、事態打開のために奔走。

八月、講和使通弁役を命じられる。講和使・宍戸刑馬に扮した高杉晋作に従い、井上聞多らと下関碇泊中の英国艦に赴き、停戦交渉をする（十四日、和約締結）。修交特使通訳として、横浜出張を命じられる。

十一月、力士隊総督となる。

十二月、高杉晋作の挙兵に、力士隊を率いて随行する。

慶応元年（一八六五）
一月、藩内休戦の談判成る。
七月、井上聞多と共に、長崎に赴く。

慶応二年（一八六六）

三月、妻・すみとの離縁を決める。

五月、高杉晋作と共に、英国公使パークスと会見。

六月、軍艦購入のため、長崎出張を命じられる。

七月、藤井勝之進と共に、長崎に赴く。英国商人のグラバーと、汽船二艘の購入を約定する。

八月、グラバーと共に、長崎から上海に赴く。汽船二艘を購

万延元年三月　井伊直弼、暗殺される（桜田門外の変）。
文久二年一月　坂下門外の変。二月、皇女和宮、十四代将軍家茂に降嫁。八月、薩摩藩の大名行列が神奈川の生麦でイギリス人を殺傷（生麦事件）。
文久三年五月　長州藩、米・仏・蘭の艦隊を砲撃。翌六月には、米・仏の艦船が下関を報復砲撃した。
元治元年一月　将軍家茂、上洛。六月、新選組が尊攘派志士を急襲（池田屋騒動）。七月、禁門の変。八月、英・仏・蘭・米の四カ国連合艦隊が長州藩を攻撃（馬関戦争）。幕府軍、長州藩を攻撃（第一次長州征伐）。十二月、高杉晋作、奇兵隊を率いて挙兵。

入して帰国。

慶応三年（一八六七）

四月、藩主より、京都視察の命を受け、薩摩藩邸で、中岡慎太郎・大久保一蔵（利通）らと会談。

九月、大久保一蔵・大山格之助の案内として、長州に帰る。

十月、坂本竜馬と、下関で会う。長崎に赴き、グラバー商会と、汽船一艘借入の契約を結ぶ。

明治元年（一八六八）

一月、朝廷より、外国事務掛を命じられる。

五月、従五位下に叙せられる。兵庫県知事となる。

明治二年（一八六九）

七月、大蔵小輔となる。

八月、従五位に叙せられる。

明治三年（一八七〇）

十月、財政調査のため、米国派遣を命じられる。

十一月、横浜より米国に赴き、サンフランシスコに到着。

慶応元年四月　幕府、長州征討を発令（第二次長州征伐）。

慶応二年一月　薩長同盟、成立。十二月、一橋慶喜が十五代将軍となる。

慶応三年十月　慶喜、大政奉還する。武家政権の終焉。十一月、坂本竜馬、暗殺される。十二月、王政復古の大号令。江戸の薩摩藩邸、焼き討ちされる。

明治元年一月　旧幕府軍、政府軍と交戦（鳥羽伏見の戦い）。三月、西郷隆盛と勝海舟の会談により、江戸城無血開城。七月、江戸を東京と改名。

明治二年三月　東京遷都。

十二月、米国大統領に謁見。

明治四年（**一八七一**）

五月、米国より帰国。

十一月、岩倉使節団の副使として、欧米に赴く。

明治五年（**一八七二**）

二月、条約改正談判の全権委任状を得るため、急遽、帰国の途に就き、翌月帰国。

五月、全権委任状を得て、再び、米国に向かう。

六月、サンフランシスコに到着。条約改正談判を中止。

七月、ロンドンに到着。

十一月、ビクトリア女王に謁見、国書を奉じる。

明治六年（**一八七三**）

三月、ベルリンに到着。ドイツ皇帝ウィルヘルムに謁見、国書を奉じる。宰相ビスマルクと会談。

明治七年（**一八七四**）

二月、正四位に叙せられる。

明治四年七月　廃藩置県。十一月、岩倉具視を全権大使とした一行が、欧米に出発。

明治六年一月　徴兵令が公布される。十月、征韓論に敗れた西郷隆盛が下野。

「学業の神」松陰神社境内にある石碑

七月、地方官会議議長となる。

明治八年（一八七五）

六月、地方官会議開会式に参列。

七月、元老院開院式に参列。法制局長官となる。

明治九年（一八七六）

八月、釜山に赴き、鉱山を視察。その後、北海道・東北を巡視。

明治十年（一八七七）

一月、大久保利通と、地租改革について協議する。大和及び京都行幸の供奉を申しつけられる。

二月、京都に到着。西郷隆盛決起の報に接する。

七月、還幸供奉を申しつけられる。天皇御召艦で横浜に到着。

十一月、西南の役の功労で勲一等に叙し、旭日大綬章を賜る。

十二月、刑法草案審査総裁となる。

明治十一年（一八七八）

五月、内務卿となる。工部省御用取扱となる。仏国博覧会事

博文像。萩市内を望むように建つ

明治十年二月　西郷隆盛が挙兵（西南の役）。五月、木戸孝允（桂小五郎）、死去。九月、西郷隆盛、敗死。西南の役が終結した。

明治十一年五月　大久保利通、暗殺される。日本、パリ万国博覧会に参加。

務総裁となる。刑法草案審査総裁を辞す。

明治十三年（一八八〇）
六月、経済方法取調掛となる。
十二月、立憲政体に関する意見書を上げる。

明治十四年（一八八一）
一月、参議大隈重信らと、熱海で国会開設問題などを協議。
六月、立憲政治に関する意見を奏上。
七月、国会開設に関する大隈重信の建議に反対する。
十月、国会開設の期について大臣岩倉具視に書簡を送る。公参議兼参事院議長となる。
十二月、宮中庶務主管並びに主管会計となる。

明治十五年（一八八二）
二月、参事院議長兼任を辞す。
三月、憲法調査のため、欧州に赴く。
五月、ローマからドイツに向かう。憲法学者グナイストに週三回の憲法講義を依頼する。

明治十四年十月　参議大隈重信が罷免される。明治二十三年国会開設の詔が下される（明治十四年の政変）。
明治十五年四月　板垣退助、岐阜で刺客に襲われ負傷。

明治十六年（一八八三）
一月、ドイツのビスマルク首相と会見。憲法制定顧問としてドイツ人三人を日本に招聘する約諾を得る。
十二月、外務卿代理となる。

明治十七年（一八八四）
二月、外務卿代理を辞す。
三月、制度取調局長となる。宮内卿兼任となる。
五月、工部卿兼任となる。
七月、伯爵となる。
十二月、従三位に叙せられる。

明治十八年（一八八五）
二月、全権大使として、清国に向かう。
四月、朝鮮問題について、清国と天津条約を調印する。
十二月、初代内閣総理大臣となる。宮内大臣も兼ねる。

明治二十年（一八八七）
六月、伊藤巳代治らと憲法の草案を練る。
九月、宮内大臣を辞任。

萩城跡は市民の憩いの場となっている

明治二十一年（一八八八）
四月、初代枢密院議長となる。

明治二十二年（一八八九）
十月、条約改正に反対して、枢密院議長を辞す。
十一月、元勲優遇の勅書が出る。

明治二十三年（一八九〇）
十月、初代貴族院議長となる。

明治二十四年（一八九一）
六月、枢密院議長となる。

明治二十五年（一八九二）
八月、枢密院議長を辞す。第二次伊藤内閣発足。

明治二十八年（一八九五）
三月二十日、日清戦争の全権大使として、陸奥宗光と共に、下関で李鴻章と会談（下関講和会議）。

明治十八年一月　全権大使井上馨、甲申事変の事後処理で、漢城条約に調印。

明治二十一年六月　枢密院、憲法草案審議を開始する。

明治二十二年一月　枢密院、憲法草案を再審。二月、大日本帝国憲法発布。

明治二十三年七月　第一回衆議院議員総選挙が実行される。

明治二十四年五月　訪日中のロシア皇太子が襲われ、重傷を負う（大津事件）。

明治二十七年七月　日英通商航海条約締結。八月、日清戦争、勃発。九月、黄海海戦。

八月、侯爵となる。

明治二十九年（一八九六）

三月、父・十蔵、死去。
八月、内閣不統一で辞表提出。

明治三十一年（一八九八）

一月、第三次伊藤内閣発足。
六月、元老会議で政府党組織を提議し激論。辞表提出。

明治三十三年（一九〇〇）

九月、立憲政友会を結成。総裁となる。
十月、第四次伊藤内閣発足。

明治三十四年（一九〇一）

五月、内閣不統一により辞表提出。
十二月、ロシア外相と日露協定について交渉する。

明治三十六年（一九〇三）

七月、枢密院議長となる。

明治二十八年三月　下関で清国と講和会議。四月、日清講和条約調印。独・露・仏の三国が遼東半島を清国に返還するように勧告する（三国干渉）。

明治二十九年二月　朝鮮国王、親露政権を樹立。七月、日清通商航海条約締結。

明治三十一年四月　日露、朝鮮問題に関する議定書調印（西・ローゼン協定）。

明治三十五年一月　日英同盟調印。

明治三十七年二月　日露戦争開戦。

十月、母・琴子、死去。

明治三十八年（一九〇五）

十二月、枢密院議長を辞す。韓国統監となる。

明治四十年（一九〇七）

七月、ハーグ平和会議へ密使を派遣した韓国皇帝の責任を追及。

九月、公爵となる。

明治四十二年（一九〇九）

六月、韓国統監を辞任。枢密院議長となる。

十月、外遊のため満州に赴く。二十六日、ハルビン駅で、安重根によって暗殺される。

年譜写真撮影／島村　稔

年譜は諸資料に基づくもので、創作である『全一冊　小説　伊藤博文　幕末青春児』とは異なる点があります。

明治三十八年一月　旅順開城。三月、奉天会戦。五月、日本海海戦。九月、ポーツマスで日露和親条約締結。十一月、第二次日韓協約調印。朝鮮各地で反日運動が起こる。

明治三十八年十二月　韓国統監府開庁。

明治四十年七月　第三次日韓協約調印。第一次日露協約調印。

明治四十三年五月　大逆事件、起こる。七月、第二次日露協約調印。八月、日韓条約締結。

童門冬二の本　全一冊シリーズ

全一冊 小説 上杉鷹山

民を思い、組織を思い、国を思った稀有の人物・上杉鷹山。九州の小藩からわずか十七歳で上杉家の養子に入り、米沢藩の財政を建て直した名君の感動の生涯。

全一冊 小説 直江兼続《なおえかねつぐ》 北の王国

上杉謙信、景勝の二代にわたって仕え、「越後に兼続あり」と秀吉をもうならせた智将・直江兼続。戦乱の世を豪胆に駆けぬけたその戦略と生き方を描き出す巨編。

全一冊 小説 蒲生氏郷《がもううじさと》

戦国の武将・蒲生氏郷は、信長に心酔し天下盗りの野望を秘めつつも若死にした。後に「近江商人育ての親」と称されることとなる彼の波瀾に満ちた生涯を活写。

全一冊 小説 二宮金次郎

「勤労」「分度」「推譲」の人、二宮金次郎。だが若き日は極端な短気だった。人間味溢れるその人生を追い、誤った人物像を見事に打ち破った傑作。

全一冊 小説 平将門

平安期、猟官運動に明け暮れる都の軽薄を嫌い、美しい湖水に囲まれた東国で「常世の国」の実現をめざした平将門。中央と地方の対立、民衆愛、地域愛を描く。

全一冊 小説 新撰組

「誠」の旗を掲げ、落日の幕府に殉じた新撰組。天皇守護、王城警衛の軍たることを近藤勇は示そうとするが…。「人斬り集団」と恐れられた新撰組の、根底の精神を明かす傑作。

S 集英社文庫

全一冊《ぜんいっさつ》 小説《しょうせつ》 伊藤博文《いとうひろぶみ》 幕末青春児《ばくまつせいしゅんじ》

2004年12月20日 第1刷
2010年3月7日 第3刷

定価はカバーに表示してあります。

著 者 童門冬二《どうもんふゆじ》

発行者 加藤 潤

発行所 株式会社 集英社

東京都千代田区一ツ橋2-5-10 〒101-8050

電話 03-3230-6095（編集）
03-3230-6393（販売）
03-3230-6080（読者係）

印 刷 大日本印刷株式会社

製 本 大日本印刷株式会社

フォーマットデザイン アリヤマデザインストア マークデザイン 居山浩二

ISBN978-4-08-747765-8 C0193